Nelly Glimm
Das Wasserjahr

Roman

BLOOMSBURY BERLIN

© 2004 Berlin Verlag GmbH, Berlin
Bloomsbury Berlin
Alle Rechte vorbehalten
Umschlaggestaltung:
Nina Rothfos und Patrick Gabler, Hamburg
Gesetzt aus der Stempel Garamond
durch Fotosatz Amann, Aichstetten
Druck und Bindung: Clausen & Bosse, Leck
Printed in Germany 2004
ISBN 3-8270-0560-4

The drunken politician leaps
Upon the street where mothers weep
And the saviours who are fast asleep,
They wait for you.
And I wait for them to interrupt
Me drinkin' from my broken cup
And ask me to
Open up the gate for you.

(Bob Dylan)

Das Wasserjahr beginnt mit einem Knall.
Gegen Morgen springt im Flur ein Spiegel von der Wand. Kerzengerade richte ich mich auf, aber nichts weiter passiert, kein Laut, nur dieses zarte, kaum hörbare Splittern. Dann schlägt wieder Totenstille über der Wohnung zusammen. Panik überfällt mich, fast filmreif der kleine, feige Schock, bis endlich mein Verstand einrastet.
Schluss mit der Hitchcock-Nummer.
Meine schöne Boxerin, sagt Paul Barth irgendwo in mir.
Sein Tonfall klingt jedoch wie Schritte über Scherben. Beinah gelangweilt erwarte ich den Schmerz, aber als er einsetzt, am Rande meines Bewusstseins, ist es, als würde jemand ein Auto in eine Mauer fahren. Fehlen nur noch die Filme. Goldflimmernde Narkosen und Choräle, Szenen voller Echos und Gesichter. All das, was im letzten Mai mein Leben in die Luft gejagt hat. Das kurze Telefongespräch, die paar Worte und Sätze, die gewechselt wurden, bevor Linda ihre Bombe hochgehen ließ.
»Wir haben eine Genanalyse gemacht!«
Die Handflächen, die ich mir auf die Ohren presse, sind eiskalt. Plötzlich taucht an der Wand das Bild einer gelben Kinderjacke auf.
Unfassbar, wie brutal Erinnerungen sein können.
Von Osten her füllt sich der Himmel mit einer rosigen, kalten Dämmerung. Es ist ein frisch gewaschener Tag. Der 1. Januar

des Jahres 2003. Man sollte einfach versteinern – die etwas elegantere Art, sein Leben in den Griff zu bekommen.

Damals, nach dem Anruf, brach etwas los, was man weder hier noch in Santa Monica überblicken konnte. Es hatte nur wenig mit dem feinen Gleichgewicht zu tun, das die Amerikaner sonst für den Gipfel des guten Geschmacks halten. Was Linda Carruthers betrifft, habe ich ohnehin folgenden Verdacht: Gott liebt die Idioten.
Überhaupt sind meine Ideen neuerdings eigenartig, Bestrafungen, die außer mir keiner wahrnimmt. Dabei bedeutet Strafe nicht unbedingt leiden. Das hat selbst der Papst erklärt, der klapprigste Papst, den wir je hatten.
»Der Kusspapst!«, sagte Jesse.

Lieber Paul.
So weit stimmt der Brief. Ich kritzele im Bett. Aus lauter Langeweile.
Du wunderst Dich sicher, dass ich Dir schreibe.
Garantiert nicht.
Wo wir gerade davon reden, malst Du eigentlich noch? Deine heftigen Studien sind mir in bester Erinnerung.
Ha, ha.
Ich kenne keinen Mann, der sich so sehr in die Wut, den Geifer und ...
Mein Gott. Zu opulent. Und außerdem gelogen. Er wird es sofort merken, er merkt alles, was er nicht merken soll. Den Rest merkt er nicht. Unglaublich, zu was ich fähig bin.
Hallo, Paul.
Schon besser.
Mir geht es so weit gut.
Die nächste Lüge.

Falls Du bisher geglaubt hast, dass Jesse und ich Dich vermissen ...
So nicht. Auf gar keinen Fall. Dass ich ihn vermisse, ist klar, aber was mit Jesse ist, hat Paul noch nie interessiert.
Am Ende bleiben also Anrufungen.
Jähe, verbitterte Satzzeichen.
Paul! Du Arschloch! In Liebe, Deine Afra.

Alarm.
Das Lämpchen des Anrufbeantworters blinkt, und ich weiß, was ich hören werde, sobald ich zurückspule. Ich weiß nur nicht, ob ich es hören will. »Mamma?«
Ein sehr technisches Surren, und ich weine sofort, weil Weinen nie Jesses Sache war. Einer muss es für ihn tun, denn er verachtet die Öffentlichkeit von Trauer. Natürlich sind ab und zu Tränen geflossen, nie jedoch laut, aber jetzt werden seine atemlosen Schluchzer vom Band verzerrt. Ich halte eine Handfläche fest auf das Gerät gepresst, bis sein erster Kummer vorüber ist.
Ein umfassender Kummer.
Ich hatte Linda versprochen, keinen Kontakt aufzunehmen, aber nicht aufzulegen, falls er es irgendwie schafft zu telefonieren. Sie kann nicht verlangen, dass man, nur um ihr schlechtes Gewissen zu beruhigen, einen Mord an menschlichen Regungen begeht. »Mamma?«
Etwas bewegt sich, etwas geht entzwei, und dann plötzlich die schimmernde Stille, die dem Weinen folgen muss, damit die Leere zu ihrem Recht kommt. »Bist du nicht da?«
Atemlos lausche ich den Geräuschen im Hintergrund: einer Tür, die zuschlägt, zornigem, exotischem Geschrei wie von einem Papagei. Plötzlich Schritte, ein dumpfes Klacken und erneut Jesse, übertönt von einer hohen Altfrauenstimme. »Mamma! Mamma!«, weint er.

Wie ein Automat reibe ich mir die Arme.
Englische Rufe, chinesischer oder japanischer Akzent, etwas poltert, als Jesses Keuchen in ein entsetzlich tiefes Jammern übergeht. Dann legt jemand auf.

Das Unglück kam wie eine Virusgrippe.
In der einen Minute besteigt man noch Berge, in der nächsten fällt man einfach um. Mein Leben kippte im letzten Frühjahr, kurz vor Jesses siebtem Geburtstag. Der Tag, an dem ich Linda Carruthers kennen lernen sollte, zog mit denkwürdigem Wetter herauf, fast kristalline Luft und ein Licht, vor dem die Robinien wie mit der Schere ausgeschnitten standen. Als ich abends vor dem Haus parkte, war das tiefe Blau jedoch einem fiebrig durchsichtigen Schimmer gewichen.
Schon im Flur riss ich alle Fenster auf. Die beiden spielten wieder Monopoly, verrammelt wie in einem Gefängnis. Draußen, wo Gehsteigplatten unter Wasserschleiern aus den Rasensprengern dampften, kochte die Luft, und Schwüle staute sich im ganzen Haus, das mir immer unheimlicher wurde. Vier Zimmer, in denen sich unsere Bewegungen mit jedem Tag verzögerten, als lebten Jesse und ich unter dem Meeresspiegel.
Esther schreckte hoch, als sie mich kommen hörte.
Immer wirkte sie bei der Ablösung, als hätte sie ein schlechtes Gewissen. Mit einem Blick auf ihre hochroten Wangen schüttelte ich den Kopf, als sie viel zu laut »Bingo!« rief. Wie eine Braut, dachte ich gehässig. Wieder überließ sie ihm die Schlossalle, Geduld, offensichtlich war ihr beigebracht worden, was das hieß. Im Gegensatz zu mir hatte sie *ein Händchen* für meinen Sohn, wie Mutter sagte. Selbst wenn er ununterbrochen dasselbe verlangte, wenn er nervtötend war, ein *Kind*.

Vor dem Fenster klapperten die Werkzeuge des Hausbesitzers, ein eigentümliches Geräusch, wie von Wetzsteinen. *Ich hab dich lieb, Mamma. Ich hab dich auch so lieb, Jesse.* Er schob den Stuhl zurück, und einen Moment lang sah ich nur sein rotes Haar, ihn, als er laufen lernte, mutterseelenallein, im Vorgarten. Mich, meine Angst, das Singen der Luft, wenn ich ihn einholte. Autistisch begann Esther zu summen, und mich überkam ein Gefühl, das sich nicht benennen ließ. Bedauern, Angst oder Selbstmitleid, so hypnotisch wie das Urteil, das Paul Barth mir entgegengeschleudert hatte, bevor er endgültig ging.
Kalt wie eine Hundeschnauze.
Jesses nasser Kuss landete auf meinem Ohr, ich hoffte, dass er das mit Esther nicht hatte. *Du bist mein Ein und Alles.* Wehmütiger als nötig sah meine Freundin uns an, und wegen dieses Blicks war ich froh, als sie endlich ging. Was blieb, war Leere, die plötzliche Brüchigkeit zwischen den Dingen, die jedes Möbelstück mit einer fast körperlichen Kühle überzog. Auf dem Tisch baute Jesse schweigend, die Zunge zwischen den Zähnen, an einem Weltraumschiff, während ich Gurken schnitt, das Radio anschaltete, mir nützlich vorkam und mich gleichzeitig von oben betrachtete. Es war alles *richtig*. Es sah jedenfalls richtig aus.
Vielleicht war es eine Vorahnung, oder ich las einfach zu viel, über Jesses Lieblingstiere, die Schnecken. Am liebsten hätte ich jede Minute gefilmt, fotografiert. Bei strittigen Weichtierarten empfiehlt es sich nämlich, die Körper in Alkohol aufzubewahren. Die Zeit anzuhalten. Damit man die Sekunde später von allen Seiten betrachten kann.

Es grenzt an Kannibalismus.
Mittags dinieren Mutter, Esther und ich in einem raffinierten Restaurant am Hafen, in der Nähe von Pauls letzter

Wohnung. Eigentlich esse ich aber nicht, sondern überlade meinen Magen. Ungesundes Zeug, das verspricht, sich tröstlich auf die allgemeine Depression auszuwirken.
Wenigstens wird es draußen kalt, einen Tag nach Silvester.
»Ich habe gestern mit der Frau gesprochen«, sagt Mutter übergangslos. Ihr Löffel klirrt am Tellerrand, knapp über der faden Suppe. »Jesse geht es sehr gut. Und ich möchte, dass du dir endlich einen Anwalt nimmst! Es gibt so viele *hervorragende* Anwälte!«
Ein Schimmer ihres goldenen Armbands erfüllt die Luft, und auch über Esthers Kopf bildet sich bereits ein Heiligenschein. Zahlreiche Ketten scheppern, als beide synchron die Weingläser berühren, und daran erkenne ich, dass sie Gefangene sind. »Sinnlos abzuwarten ändert nichts, Afra«, sagt meine Freundin. »Du musst die Dinge in die Hand nehmen, ihnen etwas entgegensetzen!«
»Ja«, sagt Mutter, »schaff Fakten, statt wie ein Ölgötze herumzusitzen!«
In meinem Mund geht das Soufflee auf, während sie Durchhalteparolen verkünden. Weil die Masse in meiner Kehle immer größer wird, kann ich kaum noch schlucken. Aus den Stereoboxen singt Aznavour *She*, die Kluft zwischen Amerika und Frankreich, wo es nachdrücklicher *Tous Les Visages de L'Amour* heißt.
»Aber so warst du immer, Afra. Schon als kleines Mädchen.« Interessiert schaue ich hoch, denn hier spricht eine Fremde zu einer Fremden. »Was auch passierte, du hast in deiner Ecke gehockt, den Mund aufgeklappt und geheult. Ich frage mich, von wem du das hast.« Ein strenger Blick, während Esther mit den Füßen scharrt. »Von mir jedenfalls nicht!«
Mein eigenes Gesicht ist mir fremd, deshalb betaste ich es, das Gesicht, das eine Wand ist. Als die Wand anfängt zu re-

den, füllt sich der Raum endlich wieder mit den Geräuschen, die zuvor verschwunden waren.

»Nur gut«, sage ich, »dass ich es Jesse nicht vererbt haben kann. Ich hoffe, das macht euch glücklich.«

»Afra!«, sagt Esther mahnend. Mutters Gesicht verwandelt sich in die Wand, die eben noch mein Gesicht war. In dieser Wand suche ich nach Jesses Zügen. »Nimm dir endlich einen Anwalt!«, sagt sie. »Sonst muss ich es machen.«

»Das kannst du nicht, Mutter.«

Aber sie greift nach meiner Hand, die ich wegreiße, weil sie zu Eis geworden ist. *May be the cheer that autumn brings*, singt Aznavour, *may be a hundred different things, within the measure of a day.*

Vom Nebentisch beobachtet uns ein Mann im Sakko mit teurem Schnitt. Obwohl er um die fünfzig ist, hätte ich ihn unter anderen Umständen vielleicht attraktiv gefunden. Er wirkt wie einer, der gelernt hat, auf das Leben herabzusehen und trotzdem die Haltung nicht zu verlieren. Über dem Stuhl liegt achtlos ein langer Ölmantel, wie sie die Engländer im Kampf gegen ihr Klima tragen. Ein Blick trifft mich wie eine Gewehrkugel. Das rötlich schimmernde Haar erinnert mich an Jesse.

Aber was erinnert mich nicht an Jesse?

»Also gut«, sagt Mutter. »Ich nehme uns einen Anwalt.«

Esthers Augenbrauen wandern bis zum Haaransatz, und ich betrachte gedankenvoll die Gefangenenketten. »Einen guten Anwalt, den besten!« Diesmal klirrt mein Löffel am Tellerrand.

»Du wirst«, sage ich sehr leise, »gar nichts tun.«

Drüben sehe ich den Mann bezahlen, aufstehen, seinen Ölmantel nehmen, begleitet von Aznavours halluzinogener Stimme. *The one I'll care for, through the rough and ready years.* Die eine Sekunde, in der unsere Blicke sich verhaken,

als er verharrt und der Mantel zu einer schraffierten Fläche vor der hellen Wand wird. Endlich rastet etwas ein, tief unten in der Stille meiner Gedanken.
Die Geschichte, die nicht mehr Jesses Geschichte ist, sondern mir allein gehört, beginnt Monate zuvor. Sobald ich mich erinnere, spüre ich, wie überaus irritierend Müdigkeit sein kann.
Deshalb mache ich mir inzwischen auch ernsthaft Sorgen.
Was hier passiert, nennen Leute, die sich wichtig nehmen, Agonie.

Seit dem Winter ertranken wir in Fortsetzungsgeschichten. Eine verlogene Päpstin namens Theodora wurde zu Jesses Heldin, das Gegenstück des Tiroler Drogisten, Nisters, der über Schnecken schrieb. Aber versessen war und blieb Jesse auf die Urgermanen. Als Grund gab er an, dass sie ihre Toten im Wasser bestatteten.
»Seltsames Hobby!«, sagte mein Exmann, dem ich einmal davon erzählte. Bevor das Telefon zu klingeln begann, hatte ich mich quer auf dem Kinderbett ausgestreckt, einem schrecklichen Möbel in Form eines Maserati. Zwergwüchsig nannte mich Paul, der auch behauptete, dass sich Zwergwuchs auf Gehirne erstrecken könne. Allerdings hat meine Größe durchaus Vorteile, da man mich immer unterschätzt. Statt zuzuhören, was Jesse vorlas, starrte ich durch die Tür das Geschenk an, das zwei dicke Kerle morgens angeliefert hatten. Zwar wirkten sie wie Möbelpacker, schienen aber Galeristen zu sein. Verwirrt betrachtete ich all die Kleckse auf einer korrupten, schneefarbenen Leinwand, ein mannshohes Bild voller Eier oder Embryos. *Präsentation des Präsents* entzifferte ich, während ich den Beipackzettel ratlos zwischen den Fingern drehte.
Wie ungehemmt musste man sein, um öffentlich solchen

Blödsinn zu äußern? Paul und ich waren uns einig, dass S. Bahn schlicht nicht malen konnte. Er behauptete aber, Handwerk bedeute die Abwesenheit von Genie. Was er selbst pinselte, war viel zu bunt, um gefragt zu sein, eigentlich Grund genug, ihn noch vorm Vollzug unserer Leidenschaft zu verlassen.
Plötzlich schien mir unerklärlich, warum ich eine gewisse Erregung für Pauls Freund entwickelt hatte. Vielleicht nur, weil ich mir vormachte, er würde mich mit Herrschsucht im Schlafzimmer überraschen. Vor allem wegen der Intarsien seiner Gemälde: Baumrinde und Stacheldraht.
Charakterlos hatte S. Bahn sich umgetauft, als die Kunstszene auf ihn aufmerksam wurde. Er hielt dieses Wortspiel für komisch. Wie tief man doch sinken konnte: Ich kannte nicht mal den richtigen Namen meiner nächsten Affäre. Aber sie liebten Paul Barth, sie würden auch S. Bahn lieben. Wenn ich mich anstrengte, würde ich begreifen, warum.
Von Menschen, die malten, statt zu leben, konnte man nur lernen.

Geschichten sind wie überzogene Konten. Immer zu leer.
Steine, die man in einen Teich wirft.
Schon als Kind brachte es mich fast um, wenn mein Vater flache Kiesel über Gewässer schleuderte – Dingen beim Versinken zuzusehen war einfach nicht mein Fall.
Wetten, ob sie Kreise ziehen. Natürlich tun sie das.
Bis heute fehlt mir jeder Sinn für Wiederholungen, mir liegen praktische Lösungen mehr, auch weil ich Trübsal so hasse. Deshalb muss ich diesen Neujahrstag vergessen, samt der Fakten, an die er mich erinnert.
Nach dem Essen schicke ich also Esther, die in Tränen schwimmt, hinauf und lege mich in der Parterrewohnung ins Bett. Bei vollem Tageslicht, bevor Mutters Stimme mich

wieder besetzt wie ein Entwicklungsland. Immer wenn mir der Anrufbeantworter einfällt, drehe ich mich um, aber nach einer Weile ist das Chaos kaum noch zu ertragen. Nie wollte ich den Müll der Vergangenheit nach ein bisschen Sinn durchsuchen, sondern werde wütend, wenn mir das Traktat einfällt, zu dem sich mein Leben entwickelt hat. Wenigstens lässt sich mit dem Jammer etwas anfangen. Multiple Choice. Man kann aus Elend Poesie machen.

Wenn wir geboren werden, haben wir leider nicht die geringste Ahnung, und ich bezweifle, dass sich das ändert, obwohl es Leute gibt, die sich das Gegenteil einreden. Ihr ganzes Leben lang. Leute wie Linda Carruthers oder ich, die daran gewöhnt waren, alles auf eine Karte zu setzen.
Keine von uns hat je sonderlich unter den eigenen Macken gelitten. In der Agentur brachten sie mir sogar ein perverses Prestige ein.
Dort hält man Schwachsinn nicht für überflüssig, sondern für Kunst.
Darum überraschte mich auch die Minute, die alles veränderte, der kleine Moment, in dem etwas gesagt, getan wird.
All die wunderbaren Worte vor Lindas Anruf waren blanke Bequemlichkeit, nichts ließ sich mehr beschönigen, auch nicht von mir, der Königin der Arroganz.
Stimmen, Gebetsmühlen, Geschichten, schlimmer als das Nichts. Das unerträglich alltägliche Gewicht ihrer Folgerichtigkeit. Der Stein, der Teich, der konzentrische Kreis, die Schockwellen.
Bei Düsenjets nennt man sie *Verdichtungsstöße*.
Das sagt einiges über ihren Sinn und Zweck.
Nur so viel: Sie wirken bombastisch.

Sehr spät läutete in der Küche das Telefon.

Ein fast kindliches Schrillen, das mir in die Knochen fuhr.
Nie gelang es mir, Jesse zu einer ordentlichen Zeit zu Bett zu bringen. Aber irgendwann musste ich ihm schließlich erzählen, dass es einen neuen Maler in unserem Leben gab, einen wie seinen Vater oder *Hühnchen!* und den Dritten im Bund, Kainsbach, den prüdesten deutschen Findekünstler. Seit Jahren sammelte er den Schrott der halben Welt auf, um ihn in ausrangierte Kirchen zu stopfen und Eintritt zu verlangen, falls sich jemand zwischen die geweihten Müllhaufen verirrte. Was praktisch niemals vorkam.
Mit einem Ruck zog ich die Bettdecke zurecht und schloss die Schultasche mit dem kleinlichen Bärenmuster, in Gedanken allerdings längst woanders: Was, in Gottes Namen, sagte man nach dem Sex zu jemandem, der ohne Lachsalven nicht mal in einem Wartezimmer aufgerufen werden konnte? *S. Bahn, ich liebe dich* etwa?
Auf dem Laken wirkten Jesses Hände plötzlich falsch.
Vorspringende Knöchel, derselbe arrogante Schwung, den auch Pauls Finger aufwiesen. In der Küche läutete das Telefon weiter. Draußen war es stockfinster, das Zimmer lag im Halbschatten wie ein zerbrochenes Ei im Lampenlicht. Es roch winterlich, nach Curryhuhn, kindlichen Atemzügen, Erregung und geschmolzenem Zucker.

Ihre Stimme war nicht mein Fall.
Amerikanischer Akzent, beinah perfektes Deutsch, die Betonung zwanghaft korrekt, wie Jesse, wenn seine Wassermacke ihn überkam. Ein sprachlicher Tick, erklärte die Kinderärztin, als er begann, wie eine Maschine Wortreihen aufzusagen: *Rinnsal, Bach, Lauf, Fluss, Strom, Meer.* Allerdings lag hinter der Hektik dieser Frauenstimme etwas anderes, eine Kühle und Schnelligkeit, die mir nicht gefiel.
»Spreche ich mit Afra Barth?«

Mein Name, der mir genauso wenig gefiel, nicht so, wie sie ihn aussprach.
»Am Apparat!« Sofort ärgerte ich mich. Am Apparat, das sagte ich sonst nie, nur Paul meldete sich so: *Paul Barth am Apparat*, Paul Barth am Rasierer, am Trockendock, an der Waschmaschine, an der Nabelschnur.
Paul Barth. Immer noch am Leben.
»Linda Carruthers«, sagte sie, wiederholte es sogar, als ich nicht antwortete, wie um sich selbst zu versichern, dass kein Irrtum vorlag. Aber auch beim zweiten Mal konnte ich mit dem Namen nichts anfangen. Wahrscheinlich nur eine von Pauls verrückten Volkshochschullehrerinnen mit Ölfarbenambitionen, die er sich vom Leib hielt, indem er sie mit meiner Nummer abspeiste.
»Sie werden mich nicht kennen...«
»Und außerdem«, unterbrach ich, »ist es mitten in der Nacht.«
»Tut mir Leid, aber mein Flug hat sich verzögert, und ich dachte... Ich wollte mich so schnell wie möglich melden. Sie haben einen Sohn?«
»Ja«, sagte ich. Noch im selben Moment wusste ich, was passieren würde.
Nur eine Eingebung.
»Ja«, sagte ich wieder. Jesse.

»Ich will Sie nicht überfallen...«, sagte Linda Carruthers.
Auch ohne sie war mein Leben kompliziert genug.
»Falls es um Paul geht«, sagte ich mürrisch, »ich bin kein Auskunftsbüro. Er wohnt nicht mehr hier. Und ich habe einen kleinen Jungen und sollte irgendwann schlafen.«
»Ich weiß...«, sagte sie, »Afra, aber ich muss *wirklich* mit Ihnen reden!«
»Worüber? Ich sagte bereits, dass Paul...«

»Ich möchte über Ihren Sohn sprechen.« Wieder ein Atemzug, dann wiederholte sie, als hätte sie es mit einer Idiotin zu tun: »Ihren Sohn!«
»Jesse?«, sagte ich. »Was ist los mit Jesse? Ich habe keinerlei Bedarf, mich nachts über Kinderstreiche auszulassen, es ist schließlich ...«
»Ich weiß, wie spät es ist«, sagte sie. »Hat Ihr Sohn am 6. Mai Geburtstag?«

Bevor es zu dunkel wird, suche ich den silberbestickten Rock aus Vietnam.
Er erinnert mich an eine bestimmte Mozart-Sonate, klare, tropfende Töne, gefolgt von Läufen aus explodierenden Noten. Um endlich schlafen zu können, sollte ich mich bei Esther für das Mittagessen entschuldigen.
Ich brauche diesen Rock. Also stehe ich wieder auf.
Sonst bin ich nicht der Typ, der nach Vietnam fährt.
Zu viele Tote in den schönen, dunstigen Hügeln.
Aber Paul Barth hatte mich in unserer Frühzeit dazu gezwungen, und darum hörte ich auf Cat Ba zum ersten Mal Gregorianische Choräle, schlanke weiße Finger, die in die Nacht zeigten. Das alles steckt noch in diesem Stoff, segnet ihn. Bei dem Gedanken hänge ich den Bügel schleunigst wieder zurück.
Es hat gedauert, bis ich über Erinnerungen weinen konnte. Ich ... ich brauchte dazu immer Musik, die jedoch lange wie die lateinische Sprache war, schwerelos und heftig in ihren Forderungen. Sonst bin ich eher der Typ, der bei Seneca in Tränen ausbricht.
Als ich die *Verkürbissung des Kaisers Claudius* zu übersetzen versuchte, war ich tagelang am Ende, es liegt an der Reinheit, die sonst nicht zu haben ist. Inzwischen kreise ich durch Melodien meine Stimmungen ein. An diesem ver-

wahrlosen Neujahrsnachmittag lege ich schließlich Mozart auf.
Nur um zu hören, was hier genau passiert.
Plötzlich bin ich unsagbar müde.
Eine Klarinette füllt das Zimmer, bevor ich wieder einschlafe.

Linda Carruthers hatte den ersten Flug aus New York genommen.
Sie kannte nicht nur Jesses Geburtsdatum, sondern alle Umstände, bis hin zum Wetter, das sie angekündigt hatten. Sie beschrieb selbst die Wolken, die abends aufgezogen waren, nach einer unwirklichen Morgenröte. Wie eine gewiefte Meteorologin spulte sie ihre Einzelheiten ab, Beweise, die sie gegen mich gesammelt hatte. Trotzdem vergingen Minuten, bis ich begriff, dass es sich hier nicht um ein Missverständnis handelte.
Ihr Gerede holte schnell den außergewöhnlich heißen Maitag in mein Bewusstsein zurück, fast exakt sieben Jahre zuvor, als ich stundenlang meine geschwollenen Füße in Eiswasser gekühlt hatte. Die Wolken waren zerfetzte Kaugummiballons, und ich starrte in ihre merkwürdigen Muster und suchte nach einer Spur der Sonne, die eben noch den Himmel ausfüllte. Mit dem Regen setzten Wehen ein, eine unglaubliche Überraschung für jemanden, der die Wirklichkeit von Tod und Leben sonst für ebenso utopisch hielt wie die Bewegungen, die sich unter meiner Bauchdecke abzeichneten. Bis zu dem Tag war Jesse eine reine Erfindung der Gynäkologen.
Wenigstens das wusste Linda Carruthers nicht, aber sie kannte das Krankenhaus, das ich ohne Paul Barths Unterstützung auf dem Fahrrad erreichte, die Parkanlagen und den Rasen, den schäumende Blüten bedeckten. Ein Meer

aus Farben, das im Platzregen organisch roch, ein Anflug von Aufbruch und Verwesung.
Linda Carruthers wusste, dass die Wände der Station in vorsichtigen Veilchentönen gestrichen waren, sie erwähnte selbst den Namen der Oberschwester, einer Nonne namens Gertrudis, deren Mund einem querliegenden Nagel glich. An dieser Stelle hatte die Stimme in der Leitung gelacht, ein Lachen, als ob sie in meinem Ohr säße und nicht gedächte, sich je wieder daraus zu entfernen.

Das Datum knallte wie ein Pistolenschuss.
Dann begann sie ihr Verhör, wie ein katholischer Inquisitor.
»Ist er kurz vor Mitternacht geboren?«
»Hören Sie, ich habe nicht die geringste Lust...«
»Wenn es mir um Lust ginge«, fuhr sie mir ins Wort, »hätte ich mir andere Umstände ausgesucht. Bitte, nur noch das, Afra!« *Afra!*
»Ja«, sagte ich widerwillig, »er ist kurz vor Mitternacht geboren!«
Mitten in der Nacht fehlte mir jedes Verlangen nach historischen Diskussionen. Jesse war ein Tatbestand, der sich nur in der Familie abhandeln ließ, und auch das lediglich unter Protest und der Bekanntgabe stichhaltiger Gründe. »War Ihr Sohn eine Frühgeburt?«
Hätte sie *Missgeburt* gesagt, es hätte nicht bedrohlicher klingen können. Plötzlich stand mir wieder das kleine Gewächshaus vor Augen, in dem Jesse fast erstickt war, und ich erinnerte mich, wie ich ihm das Leben gerettet hatte, im Tran, ferngesteuert, ohne nachzudenken.
Alle Ärzte hatten es danach bestätigt.
»Ja«, sagte ich, »natürlich, ja. Aber es wäre mir lieb...«
»Ich will Sie sehen!«, sagte sie in einem Tonfall, der mir mehr als Unbehagen einflößte.

»Die richtige Frage wäre doch, ob *ich Sie* sehen will – Sie belästigen mich zu einer Zeit, in der and...«
»Ich befürchte«, unterbrach Linda Carruthers mit ihrem lächerlichen amerikanischen Akzent, »nein, anders: Ich habe eine Neuigkeit... oder, Sie sagen nicht Neuigkeit, Sie sagen...«
»Überraschung?«, fiel ich ihr ins Wort. »Eine von Pauls berühmten, bemühten Überraschungen?«
»Afra«, sagte sie, »ich muss Sie wirklich treffen!«

Den ersten Splitter, der sich in meinen Fuß bohrt, spüre ich kaum.
Nur dieses wehe Gefühl von Verlust oder Leere.
Der neue Schnitt in meiner Fußsohle schmerzt höllisch, aber ich starre nur die Spiegelscherben an, die wie Messer in der schwachen Sonne glitzern. Bisher konnte ich mich bestenfalls mit Randnotizen brüsten, mit dem einen oder anderen debilen Werbespot oder einem toten Vater, der wie ein Auspuff gedacht hat.
Aber ab jetzt bin ich die beste Märtyrerin der Welt.
Obwohl ich noch versuche, Jesses Schulbild aufzufangen, kippt es herunter, als meine Hand über die Kirschbaumkommode wischt. Nur ein paar Scherben mehr, die in vorhandene fallen. Unter der englischen Rosentapete gehe ich zu Boden und bleibe wie eine Marmorstatue liegen.
Die rote Aufschrift des Kalenders, *Neujahr*. Die vielen Bilder. Jesse, unsere letzten Tage im Herbst, Ahornblätter, die wie geflammte Hände von Alleebäumen rieseln. Noch einmal kläffen mausfarbene Hunde, und er winkt ihnen zu, eine dünne Figur vor der viel zu grellen Tönung des Himmels. Immer wieder zerspringt in Zeitlupe das Foto zu meinen Füßen, das oberflächlich fröhliche Kindergesicht. Man könnte tausend Dinge tun.

Ich will ihn mir nur vorstellen können, wenn ich die Augen schließe.

Keine Ahnung, wie sie es fertig brachte.
Aber ich ließ mich auf ihre Einladung zum Kaffee ein.
Massive Gegenwehr macht mich immer wehrlos, eine Schwäche, die man mir nicht ansieht. Wieder spüre ich die Verwirrung, nachdem ich aufgelegt und die Feiertagsflasche mit spanischem Brandy gesucht hatte, der nach verbranntem Kaffee schmeckte. Schon nach zwei Gläsern fühlte sich mein Kopf wieder befreit und glasklar an, ein weiterer Anlass zur Sorge in einem Land, wo immerhin gut zweieinhalb Millionen am Rande des Alkoholismus balancierten.
So gut wie ganz Kuba also. Sah man es so, konnten einen blanke Zahlen schon erschrecken.
Auf den Schock gönnte ich mir einen zweiten, danach den dritten Veterano und dachte ausgiebig nach – über Alkohol, über acht Millionen beschwipster Träumer hierzulande, ganz Tokio also, die das Auflichtmikroskop der Statistik als beinah, aber noch nicht vollständig süchtig ausgemacht hatte und zu denen vermutlich auch ich bald gehören würde. Erst danach erkannte ich das Gefühl, das sich unter den Magenschmerzen verbarg, Beschämung über mein Versagen, sobald ich mir den Anruf ins Gedächtnis rief.
Wegen zunehmender Benebelung beendete ich den Tag in Jesses Bett, konnte aber nicht einschlafen, weil ich seinen Seifenduft einatmen musste. Zehn Finger, die ich einzeln abzählte, streichelte, bis sie sich im Dunkeln bekannt anfühlten. Der Jesse, den Paul Barth und ich in einem Anflug von Wahnsinn gemacht hatten.

»Abendessen!«, ruft Esther.
Ihr Schlüssel in der Tür ist ein dramatisches Ereignis.

Ich schüttele den Kopf, um Linda daraus zu verjagen oder den Optimismus in Esthers Stimme, die jede Wahrheit, wie sie passiert, vom Tisch wischt.
In mehr als einer Hinsicht ist sie inzwischen Gott.
»Kein Abendessen«, sage ich. Als ich lache, wird das Lachen zum Geschoss, das sie zwischen den Augen trifft. Nicht, dass Esther es nicht verdient hätte, denn ihre hübsche neue Frisur erinnert jeden außer ihr an einen Staubwedel. Beeindruckend, wie viel Sinn für Details einem bei allem Kummer bleibt.
»Afra…«, sagt sie zögernd. »Du musst aber etwas essen!«
Wenigstens ein Satz, mit dem sich etwas anfangen lässt, aber nur, weil ich ihn kenne. Iss etwas! Der Erlass von Kaisern, Königen und Müttern, dazu passt der alberne Teller auf Esthers Tablett, Punkte, gelbes Porzellan, dampfende Brötchen. In ihrem tollen High-Tech-Ofen wird täglich Schönheit hergestellt, denn sie hält Ästhetik nicht für eine Frage der Begabung, sondern des Willens. Diesmal thront ein Büschel Petersilie exakt in der Mitte der Salami, aber es bleibt ein Kinderteller, und deshalb rühre ich das Stillleben nicht an. Stattdessen reibe ich eine Mango am Pyjama.
»Verzögerungstaktik!«, sagt Esther mit unentschlossenem Lachen, während ich die Frucht zu schälen beginne, aber dann verändert sich ihre Stimme.
»Du lieber Himmel, Afra, du blutest ja!«
Da ich nicht in Neujahrslaune bin, hebe ich den Kopf in Zeitlupe, wie ich es in Gedanken tausendmal getan habe. Angesichts von tausend unterschiedlichen Leuten.
»Verschwinde«, sage ich, so langsam und hörbar, wie man ein kleines Wort eben sagen kann.
Bemerkenswert, wie viele Arten es gibt zu weinen.

»Bist du wach, Jesse?«, fragte ich.

Am Morgen nach Linda Carruthers' Anruf sickerte ein Gefühl in mein Bewusstsein, ein schlimmes Gefühl, wie Übelkeit im Kopf. Es hatte mit dem Telefonat zu tun und auch mit Jesses Namen. Jeder fand ihn unpassend, zu amerikanisch, wie eine schlechte Erinnerung an Sehnsüchte zwischen Flipper und Lassie, die meiner Generation nur zu vertraut waren. Nicht umsonst wollte man Vietnam endlich hinter sich gelassen haben, den Schah und Schulmilch, wollene Leinchen, Immi, Atta, Bonanza oder andere Sklavereien.
Der Namensirrtum spiegelte jedoch nur das Aussterben der letzten Intelligenz, da Jesse eigentlich die lateinische Form des hebräischen *Isai* war. *Mann Jahwes.* Wobei ich weder zu Jahwe noch zu seinem europäisierten Kollegen *Gott* Beziehungen pflegte. Überhaupt wirkte Jesses Name fast naiv, verglich man ihn mit *Aphrodite*. Letztlich verwarf Mutter leider diese Idee, die ihr wie ein Anspruch vorkam, dem ich schon äußerlich niemals würde gerecht werden können. Eine Befürchtung, mit der sie sich, meiner letzten Affäre zufolge, getäuscht hat.
Ich bin zwar sehr blond, habe aber feine, elegante Knie.
»Mamma!«, sagte Jesse schlaftrunken. »Ich muss immer an die Urgermanen denken. Übrigens hab ich auch mal im Wasser gesessen!«
Sein Säuglingsgeruch schwappte über mich hinweg, aber bald würde auch das vorbei sein. Als ich seinen Körper zu mir zog, spürte ich jeden einzelnen Knochen und darüber das bisschen Haut wie ein samtenes Tierfell.
»In der Badewanne«, sagte ich, »da hast du höchstens gesessen. Und im Atlantik, letztes Jahr. Die Wellen waren so wild, dass wir...«
»Du hörst mir gar nicht zu! Ich habe gesagt, die Toten sitzen im Wasser. Mamma!«
»Ja...«, sagte ich gedehnt. »Klar, Jesse. Aber sicher doch.«

»Später, nein früher, bevor ich auch wieder ein Junge wurde. Weißt du noch, wie du mal die andere Mutter warst? Mit dem komischen Hut? Und komischen Schuhen? Holzschuh! Nun werd endlich wach!«
Pause. »Mamma!«
»Ja«, sagte ich benommen, »ja, ja, natürlich.«
Niemand hatte mir erklärt, dass mein Kind seinem durchgedrehten Vater ähneln könnte, dass Pauls halbierte persische Gene sich mit meinen sachlichen Erbanlagen zu dieser aberwitzigen Mischung verbinden würden, zu einem Kind, das wie sein Namensgeber war. Jesse, Grundbesitzer aus Bethlehem, Davids Vater. Man stellte ihn überwiegend schlafend dar, wie mir ein Kunstlexikon aus Pauls Beständen erklärte, wobei aus Isais Bauch nahezu immer ein Baum spross.
Jesse wäre wie ich, davon war ich fest ausgegangen.
»Dann«, sagte er wichtig, »wollten wir Wasser holen. Ich hab auf dem Brunnenrand gesessen, und plötzlich«, er machte eine Bewegung zum Fenster, vor dem die Sonne schwebte wie ein eisweißer Ball, »war ich weg. Schwupps! Runtergefallen.«
»Was?«, sagte ich. »Jesse, was erzählst du da?«
»Denk doch mal nach!«, sagte er. »Als sie kamen und mich hochgeholt haben? Aber ich war tot?«
»Mausetot?«, sagte ich. Jesse nickte, und sein Kopf sank zurück. »So«, sagte er und drehte unvermittelt sein Gesicht weg, mit dem etwas nicht stimmte, eine Tür, die jemand aus den Angeln gehoben hatte.
»Ziemlich übler Traum«, sagte ich.
»Ich träume nicht«, sagte er. »Nie, Mamma! Das müsstest du aber wirklich wissen.« Als ich aufsprang, um Frühstück zu machen, stand mir plötzlich wieder das Bild der unbekannten Amerikanerin vor Augen. Linda Carruthers, deren

Schatten sich im matten Glänzen der Mailuft zwischen Küchentür und Hängeschrank herumtrieb. Sie hatte etwas wie eine Kugel in Händen, Jesses Kopf, der sich später, im Badezimmer, zwischen meine Rippen bohrte.

Esthers zögernde Schritte, die sich auf der Treppe entfernen, die Haustür, das Blut auf den Dielen, mein schlimmes schlechtes Gewissen. Alles dreht sich, aber statt etwas zu tun, betrachte ich nur die schwache rote Fußspur.
Ich will es eben auf die Spitze treiben.
Das Küchenfenster, mit dem ich auf das neue Jahr anstoße, klirrt, während ich lache, ich muss aufpassen, denn ich klinge bereits etwas verrückt. Der Sektrest beißt so abscheulich im Hals, dass sich mein Magen immer wieder umdreht. Vor dem Fenster glänzt Gras im flachen weißen Licht der Straßenlampen, fast gläsern davor der Zaun, den ich mit Jesse gesetzt habe.
Damals war es nicht viel, machte aber eine Zukunft aus.
Nur noch ein Schluck Sekt, dann noch einer, der saure Geschmack von schon einmal erlebten Schmerzen und das, was Linda Carruthers nicht mitgenommen hat: Tage, in einzelne Fotos zerfallen, auf denen Jesse nie lächeln will, das Skelett der Äste und brüchig-zartes Mondlicht, das zwischen den Tropfen zu Boden fällt. Man kann es drehen, wie man will: Es ist höchste Zeit.
Das Wasserjahr hat angefangen.

Ereignisse sind wie Scharfrichter.
Aber noch gnadenloser arbeitet das Vakuum danach, Leere, das beste Wort für alles, was nicht mehr passiert. Meine Erinnerungen scheinen jedes Detail aufzusaugen, das sonstwo keinen Platz findet, Satzfetzen, Tonlagen, jede Silbe, die damals gesprochen wurde.

Manchmal finde ich, ich ähnele bereits Julius Cäsar.
Die Iden des Mai. Jemand nimmt einfach ein Messer.
Dabei habe ich mich um all das nicht geschlagen. Nicht einmal darum, Mutter zu sein, es passierte mir einfach, wie so vieles. Draußen bewegt der Wind plötzlich die Schaukel, mit der ich mir die Mütterberechtigung erkauft habe. Ihr Aufbau hat selbst Esther von mir überzeugt, die mich sonst egomanisch fand und selbst nie genug bekam von fremden Kreißsaalgeschichten und fremden Kindern.
Auch ihr Jahresanfang ist diesmal brutal, kein Jesse, dem man die Rolle der Oboe in *Peter und der Wolf* erklären kann, keine Afra, die sich dankbar tadeln lässt wegen ungewaschener Socken oder Füße. Stattdessen hocke ich unsportlich in einem Haufen von Scherben und betrachte die Kinderzeichnung an der Wand. Den Necker-Würfel, den Jesse gemalt hat und dessen Kanten entweder nach links unten oder rechts oben zeigen, je nachdem, ob man zwinkert oder nicht. Du schließt die Augen, und eine Sache wird zu ihrem Gegenteil, eine simple optische Täuschung.
Auch Ereignisse müssten sich verändern lassen. Das denke ich. Sie sollten drehbar und dehnbar sein.
Wie der andere Zirkus, den ein Gehirn veranstalten kann.

Die Stimmen aus dem Büro sind blau.
Ab und zu mischt sich die Dunkelheit eines Seufzers hinein oder Gelächter in erfrischendem Gelb. Alles ist voller Farben, davon lasse ich mich nicht abbringen, allerdings ohne je auf verwandte Seelen zu stoßen.
Aber ich bin nicht der Typ, der das allzu persönlich nimmt.
Ich habe andere Ausgleichsmöglichkeiten.
Als ich am zweiten Januarmontag die Agentur betrete, legt sich sofort ein Schleier über die Räume.
Man kann es fast riechen, Peinlichkeit.

»Afra! Ja, grüß dich!«
Hektisch wie einer dieser grässlichen fadendünnen Windhunde saust Seyfried vorbei, aber für Höflichkeit fühle ich mich nicht mehr zuständig. Als ich Jelly, der Reprofotografin, erkläre, dass ich nur die Negative vom Sommer holen will, erstarrt ihr Begrüßungsgesicht zu Aspik. Ihr Name kommt von *Jellyfish*, weil das Team niemanden offen *Qualle* nennen würde, der wie eine Qualle aussieht.
»Es tut mir so ...«, sagt sie, stoppt aber, bevor sie noch etwas sagt, was sich nicht mehr zurücknehmen ließe. Paul hat sie *brunzblöd* genannt, aber wohlwollend betrachtet, ist sie *bemüht*, nur eine tanzende Dilettantin mehr, die unter dem Systemfehler der Anmaßung leidet. Sonst gebraucht Jelly gern Trendsprache: *Ein Stückweit. Ein-norden. Ab-checken.* Grausamkeiten, die ihr nun, Auge in Auge mit einem *Opfer*, im Halse stecken bleiben.
Immer noch leuchtet mir allerdings nicht ein, wer dieses Opfer sein soll, jedenfalls nicht ich. Für meine Begriffe schwebe ich unsichtbar über meinen Kollegen wie ein weißer Schatten. Jesus persönlich, der über Wasser geht oder durch Wände laufen kann, unerkannt von denen, die sich hinter Yuccapalmen und afrikanischen Zierhölzern verstecken. Vielleicht denken sie ja, ich hätte Jesse ermordet.

Linda Carruthers' Haar war rot wie eine Ampel.
Immer sehe ich nur diese Anklage aus Haar, wenn ich an unsere erste Begegnung zurückdenke. Um peinliche Verwechslungen zu vermeiden, hatte ich einen Tisch in der Osteria reserviert. Ich trug die spitzen Bally-Schuhe, in denen ich sehr selbstbewusst aussah, Linda dagegen trug die ererbte Untertreibung zur Schau, die man Frauen ihres Kalibers kilometerweit ansieht.
»Afra!« Wie ein Schulmädchen sprang sie auf, die typische

Rothaarige mit untypisch langer Nase. Auf dem Stuhl lag achtlos eine bestickte Fendi-Tasche, Einzelstück, 5000 Euro aufwärts, Engel, Rosen und Vogelbeeren. Irgendein flambiertes Dessert, das sie nicht angerührt hatte, stand auf dem Tisch, und Linda Carruthers nestelte an ihrem Kragen. So also sahen Schwäne aus, wenn man sie in einfache weiße Blusen stopfte.

»Ich bin nur gekommen«, sagte ich, »weil ...«

Als ich stockte, breitete sich klammes Schweigen zwischen uns aus, bis das Servicemädchen kam. Ich brauchte einen einfachen Kaffee, Linda orderte ihr zweites Evian. »Afra«, begann sie, »als ich mich entschlossen habe, mit Ihnen zu reden – es war jedenfalls keine einfache Entscheidung.«

»Was wollen Sie eigentlich von mir?«

Sofort überzog sich der Schwanenhals mit einer ungesunden Röte.

»Sehen Sie ... eigentlich weiß ich auch nicht, wie man so was macht. Es bereitet einen ja keiner darauf vor.«

»Hören Sie, reden Sie wie ein vernünftiger Mensch mit mir!«

Linda Carruthers zog die Schultern zurück und atmete durch. Wie Jesse damals, als er keine Luft bekam, Jesse in seinem kleinen Gewächshaus.

»Ich wollte – nein, sagen wir, die Anwälte haben ...«

»Welche Anwälte?« Diesmal schrie ich fast.

»Afra!«, sagte sie eilig. »Gut, vergessen Sie die Anwälte ... Man hatte mir nur geraten, ich solle die rechtlichen Konsequenzen bedenken. Insofern ist auch alles so riskant, man muss vorsichtig sein ...«

»Nun kommen Sie«, sagte ich. »Ich habe wirklich nicht viel Zeit.«

Der Kaffee kam, und während die Bedienung Porzellan auftischte, so schimmernd, dass Linda Carruthers' schöne

Haut dagegen matt wirkte, schwiegen wir beide. Dann aber erzählte sie weitschweifig, dass sie aus Santa Monica käme. Allerdings deutschstämmig, aber seit mehr als hundert Jahren in Kalifornien. »Glückwunsch«, sagte ich trocken.
»Meine Eltern, das heißt meine Mutter – wir haben einen Familienbetrieb, Schmuck und Mode, und mein Vater ist Chemiker. Professor an der Universität. Berkeley...«
Abwartend rührte sie in ihrem Wasserglas, als müsse ich applaudieren. »Damals, Anfang April, sind wir...«, abwesend schlug sie den Löffel gegen den gläsernen Rand. »Mein Mann und ich wollten Berlin besuchen, Verwandte meiner Mutter leben noch da, und wir dachten, es würde reichen, eine Rundreise...«
»Reichen? Was würde reichen?«
Natürlich wusste ich, dass es nicht um Geld ging, nicht so, wie ihre Bluse aussah. Einen Moment verharrte ihr Löffel im Glas, Sauerstoffperlen fingen sich an den Wänden, und Linda Carruthers lief von Kopf bis Fuß wie eine seidige Stoffblume an. Der Makel der Rothaarigen, ich kannte es von Jesse. Fast tat sie mir Leid. Dann hob sie den Kopf, die Augen so groß, dass ich die Farbe erkennen konnte, dünne Fasern aus Bernstein schwammen in der Iris, so dicht, dass sie beinah gelb wirkte.
»Ich war schwanger«, sagte sie fast entschuldigend.

»Willst du dir das wirklich antun?«
Als Jelly das Kuvert mit Jesses Fotos herüberschiebt, liegt in ihrer Stimme der Hunger nach dem, was einem selbst nie passieren darf, nach Schicksal, Unglück und Desaster. Es funktioniert wie eine Impfung oder ein kleines Kreuzzeichen, das man schlägt.
»Ich habe kaum Bilder«, sage ich knapp.
»Aber wie kannst du ... ich meine ...?«

Natürlich werde ich ihr nicht erklären, dass ich die Aufnahmen vergrößern lassen will, meine Wohnung damit pflastern, denn in dem Blick, den sie mir wortlos zuwirft, lese ich das Urteil, das lange gefällt ist. Afra Barth muss verrückt geworden sein. Kein Wunder, bei dem, was ihr unterlaufen ist.
Wie kann eine Mutter in all den Jahren rein gar nichts gemerkt haben?
Würde man mit einer Nagelschere den Glanz ihrer Pupillen abkratzen, bliebe wohl nichts übrig, nur schöner, schneeweißer Hass.
»Wo wir gerade darüber reden...«, sagt sie scheinbar locker.
Ihre Lider hängen bis fast zum Kinn, eine grundlos hässliche Person, die nie geglaubt hat, dass ich den Erfolg, den man mir nachsagt, auch verdiene.
»Hast du denn nie – ich meine, ist dir *vorher* nicht irgendetwas aufgefal...«
Meinen unterkühlten Blick empfängt sie wie eine Oblate. Ihre Finger fahren immer wieder über die Hüften, da, wo ein zu enger roter Rock kaum ihre Rettungsringe verbirgt.
»Nein, Jelly, ich habe gar nichts vermutet.«
»Ah!«, sagt sie fasziniert, als habe sie eine eigenartige Maserung entdeckt, an einem sonst ganz unnützen Gegenstand. Fortan wird sie mich nur für noch verrückter halten, denn der Quader, der im Kreis steckt, hat sich schließlich doch noch materialisiert. Afra Barth ist verwundbar. Afra Barth ist jeder. Afra Barth ist so gut wie tot. Das ist für Leute wie Jelly, die mit sich selbst im Unreinen leben, immer außerordentlich wichtig.

»Beinah wäre ich nicht aus der Narkose aufgewacht!«, sagte Linda.

Einen Moment stutzte ich. Was sollte das? Musste ich nun Mitleid heucheln? Ein Kaiserschnitt war kein Mordanschlag, auch wenn es sich im ersten Moment vielleicht so anfühlte. Das hatte ich am eigenen Leib erfahren.
»Wissen Sie, als dann die Nonne über mir stand, Gertrudis«, ein verschwörerischer Blick, »dachte ich, es wäre so weit, ich wäre schon – irgendwo anders angekommen.« Interessant, wie sie das Wort Tod vermied. Sehr amerikanisch. »Sie haben natürlich sofort meinen Vater aus Kalifornien geholt. Er war – so braun gebrannt, das fiel mir zuerst auf, aber diese braune Haut lag irgendwie über seiner richtigen Haut. Darunter kam er mir furchtbar bleich vor. Hurt hatte aber...«
»Hurt?«
»Mein Mann. Damals waren wir noch zusammen. Ein eher unsteter Typ. Wir sind seit drei Jahren geschieden.« Ihre Lippen verzogen sich zu einer blassen Knospe, der einzige Hinweis auf Koketterie, den sie sich bisher geleistet hatte. Sie hatte sich also scheiden lassen, als Jesse und ich im schwungvollen Haus einzogen, Paul lebte damals schon im Loft, aber wir nannten uns noch Familie. Gratulation, was das anging, war Linda entschlossener als ich.
»Jedenfalls machte Hurt ein beängstigendes Theater um das Kind. Ich muss leider gestehen, *mir* war das Baby völlig egal. Halten Sie mich nun aber bitte nicht für herzlos.« Das tat ich nicht, ich wusste genau, was sie meinte. »Aber alles war in gewisser Weise – so unwirklich. Die Männer sehen es immer übertrieben, Geburt, das klingt in ihren Ohren wie Gebet. Sie stecken ja auch nicht drin«, sie lächelte leicht, »oder es steckt nicht in ihnen. Sie müssen es nicht herausbringen. Nach sechzig Stunden Schmerzen kannst du dir nicht mehr aussuchen, was dir dazu an Lyrik einfällt.«
Mittlerweile trank sie das dritte Evian. Wie eine Infusion

kippte sie die farblose Flüssigkeit, wohl weil sie sich wirklich aufregte.
»Ich habe Jonathan dann auch nur einmal gesehen. Und ab da wissen Sie ja, wie es weiterging.«
»Nein«, sagte ich, »das weiß ich nicht. Ich weiß gar nichts.«
»Die schrecklichen Kästen, in denen sie liegen und von dieser Maschine aufgepumpt werden.« Ihre Finger trommelten auf den Tisch. »Auf, ab. Sie sehen darin so unfertig aus. Und dann die Haut, wie übergroße Plastikbeutel. Jonathan wirkte gänzlich unmenschlich. Dem Himmel sei Dank lag aber der andere daneben, rein äußerlich fast wie ein Zwilling. Wäre er rosig und rund gewesen, hätte ich es wahrscheinlich nicht ertragen. Deshalb, erzählte Gertrudis, hatten sie auch solch ein Chaos veranstaltet. Zwei Kaiserschnitte, zwei Frühgeburten, was Überleben angeht, sind sie wirklich Huren.«
Jetzt war Lindas Stimme blank wie Glas. Mein Kaffee dampfte, kaltblütig und mit einem gewissen Stoizismus.
»Was soll das heißen?«, fragte ich.
»Es heißt, dass sie es vermurkst haben, Afra.«

Zwischen den Kartons taste ich nach den Negativen.
Sie fühlen sich glatt an, wie Jesses Rücken, wenn er in der Badewanne Ansprachen hält, die Knie Inseln zwischen rosigen Schaumwolken.
»Das wollte ich dir übrigens noch geben«, murmelt Jelly.
Ohne einen Blick zerknülle ich den mehrfach gefalteten Zettel und tätschele gedankenverloren die Birkenfeige, bei deren Anblick ich jedes Mal vor Langeweile fast einschlafe. Vermutlich ein Zitat aus einem Trauerratgeber, schließlich habe ich hier viele Freunde, bei denen sich Jellys Hilfsbereitschaft schnell herumsprechen wird.
Als ich die Schachteln passiere, die Wendt Jussen, mein

Partner, Büros nennt, atmen die Kollegen genauso wenig wie die Pflanzen. Im Schachbrett, das ihr Leben ist, ahnen sie vielleicht, wer die irre Gestalt sein könnte, die schlampige Schuhe und einen ungebügelten Rock trägt und die einmal eine recht befähigte Visionärin war.
Aber keiner weiß wirklich, was außer mir nur Esther wissen kann.
Dass ich Jesses Fotos brauche, weil ich seinen Geruch vermisse, der bereits beginnt, aus seinen Kleidern zu verschwinden. Bald werden seine Kleider nur noch Kleider sein, irgendjemandes Kleider. Sie mögen zwar verstehen, dass er mir fehlt, aber keiner von ihnen besitzt genug Phantasie, um sich auch nur annähernd auszumalen, was ich mir geschworen habe. Nie wieder werde ich nur ein einziges Wort mit Jesse reden.

Plötzlich sah Linda mich an, als wären wir Geheimnisträger. »Es ist natürlich ein sehr kleines Krankenhaus, und sie waren – dafür einfach nicht eingerichtet.« Eingehend betrachtete ich meine Hände. »Zwei Kaiserschnitte, dieser doppelte Notfall...«
In meinem Kopf spielte jemand Hockey, aber ich hatte kein Aspirin dabei.
»Natürlich werde ich niemanden verurteilen, nur was mich die Sache bis heute gekostet hat, kann sich keiner vorstellen. Nicht finanziell«, sagte Linda Carruthers. Nur zur Sicherheit. »Finanziell überhaupt nicht. Aber als ich Jonathan dies eine Mal sah, fühlte ich mich schon – falsch. Sie werden es nicht glauben, aber ich fand den anderen niedlicher. Etwas wie ein Hormonschock, dachte ich erst. Man liest ja viel, und ich habe mich darauf verlassen, damals. Man hat doch keine Ahnung, vorher.«
»Vor was?« Ungläubig ließ sie die Augen über mein Gesicht

schweifen, als käme es ihr plötzlich zu groß vor. Wie eine breite, unzugängliche Landschaft.
»Ja, haben Sie denn überhaupt nichts mitbekommen?«
»Ich hatte andere Sorgen«, sagte ich.
»Unser Baby ist gestorben. Sie hatten ein Problem mit den Schläuchen und der Zuleitung. Jonathan bekam keine Luft.«

Als ich die Toiletten ansteuere, wird es totenstill.
Das verleiht mir ein seltsames Machtgefühl, kristallklar wie das Wasser, das mir kurz darauf über die Handgelenke prasselt. In den letzten Monaten hat Esther mich abgeschirmt, wer weiß schon, was genau sie Wendt Jussen erzählt hat, um meine Abwesenheit zu rechtfertigen. Mein Exmann taugt nicht für solche Jobs, denn erstens kennt er bloß die halbe Wahrheit, ist zweitens nicht belastbar und drittens nur bereit zu lügen, wenn es um ihn selbst geht.
Das erklärt auch Paul Barths Anziehungskraft auf Armeen phantasieloser Seelen wie *Hühnchen!*, der aus Kummer über seine Ladehemmung bei Frauen und Kunsthändlern zum Säufer geworden ist, auf Kainsbach, S. Bahn und weitere Verehrer. Paul sammelt banale Charaktere wie andere Verbrecher Gefängnisstrafen, und sobald er pfeift, führen sie sich plötzlich wie die Kinder von Hameln auf. Letztlich ist Charisma eben auch nur die Weigerung von Untertanen, Lüge und Wahrheit fein säuberlich zu trennen.
Ein einziges Mal hat er mich nach dem Drama angerufen. Und zwar, als ich gerade schlief.
Wasser klatscht ins Waschbecken, rinnt mir über die Schläfen ins Haar, und ich schnappe nach Luft, wobei im Spiegel plötzlich die Afra auftaucht, die Paul geliebt haben könnte. Ein widerstandsloses Gesicht. Mit einem der teuren französischen Handtücher, deren Anschaffung Wendt für eine Di-

rektinvestition in den Kunden hält, reibe ich mir das Makeup von den Wangen, bevor ich die Tasche nehme und die Tür hinter mir zuknalle.
An der Wand im Flur lehnt Seyfried, hinter ihm Wendt, der mit gerunzelter Stirn auf unseren vermeintlichen Teamstabilisator einredet. Dabei besteht Seyfrieds größter Verdienst darin, keinen Krach zu produzieren.
Als ich nicke, grinsen mir beide eher hilflos zu.
Auch Paul Barth hasst jeden Krach, den er nicht selbst veranstaltet. Deshalb verzichtete ich bisher auf jede weitere Kontaktaufnahme. Seine bislang letzte und ehrlichste Botschaft wurde mir von Esthers jüngster Schwester übermittelt, der Hübschesten, deren Mundpartie der Mona Lisa gleicht. *Das kann ja wohl alles nur ein Scherz sein*, lautete die Nachricht. Obwohl ich nicht zurückrief, wird Paul sich nichts gedacht haben, schließlich hatte ich für alles Gründe, die nicht weiter erforschenswert waren. Esthers ausweichender Blick allerdings sprach Bände. Mit Sicherheit hatte sich ihre Schwester Pauls nicht nur mit telefonischem Trost erbarmt.
Sondern vermutlich schon lange vorher. Anders, tiefer.
Als ich irgendwann nach Jesses Geburt einmal nicht zu Hause war.

Merkwürdig unbeteiligt wischte Linda mit der Handfläche über den Tisch.
»Als es hieß, er wäre erstickt, war ich...«, sie schüttelte den Kopf, »fast erleichtert. Hurt saß am Bett, und ich habe nur diese gnadenlos violetten Wände angestarrt und die ganze Zeit gedacht: Gott sei Dank, Gott sei Dank. Ich wusste, dass ich Jonathan nicht geliebt hätte. Dieses Baby war mir absolut fremd.« Verwirrt zündete ich mir eine Zigarette an, Margeritenduft umfing mich, als die Bedienung einen Aschenbecher brachte.

»Das ist am Anfang immer so«, sagte ich lakonisch.

»Ja«, sagte sie, »das habe ich auch gelesen, aber das Ganze hielt an. Es kam einfach keine Trauer. Wir reisten ab, und zu Hause hat mich Hurt dann zum Psychologen geschleppt. Denne, ein wirklich intelligenter Mann. Er hat mich sehr unterstützt. Vater und Hurt sind sonst solche Streithähne, aber alle außer Denne behandelten mich plötzlich wie ein kaputtes Auto. Ich war ihnen zu viel, so wie ich mich aufgeführt habe.«

Nervös beschrieben ihre Finger Kreise am Stiel des Glases.

»Ich nahm gar nichts mehr wahr, nur diese Gedanken, eine Form von Besessenheit, wie andere Bodybuilding betreiben. Exzessiv. Als lebten wir plötzlich mit einer Kinderleiche. Ich war nicht mal traurig. Nur dauernd der Satz, das Kreisen: Ich hätte dieses Kind nicht lieben können. Hurt befürchtete schon, ich würde wie meine Mutter, ich zitterte ständig. Sie sitzt im Rollstuhl«, sagte sie erklärend. »Parkinson.«

»Tut mir Leid«, sagte ich.

»Jedenfalls«, sagte Linda Carruthers, während sie einen weiteren Schluck Wasser nahm, »war dann plötzlich die andere Idee da: Jonathan ist gar nicht gestorben.« Als ich ihr ungläubig in die Augen starrte, zuckte sie nur leicht die Schultern. »Ich weiß, was Sie denken«, sagte sie. »Ich habe es ja selbst gedacht. Ich dachte, du willst es nur nicht wahrhaben. Niemand kann so was wahrhaben wollen. Aber es blieb, er lebte noch, ganz sicher.« Unsicher lächelnd sah sie auf. »Nicht *dieses* Baby natürlich. Ich dachte ja nie an den toten Jonathan, so durchgedreht war ich nicht. Sie hatten mich nämlich gezwungen, mir die Leiche anzuschauen. Hurt hielt das für wichtig. Manchmal hat er eine Psychomacke, er redete dauernd von Verarbeitung.«

Aus ihrem Lächeln schloss ich, dass ihr das nicht unangenehm gewesen war.

»Nein, ich dachte, *irgendwo* gibt es ihn noch, den richtigen, einen anderen. Irgendwo, irgendwo. Also ging ich zu Hurt, glaubte, er würde es verstehen, so wahnsinnig, wie er sich in Deutschland mit dem Kind angestellt hatte, aber er hat mich nur angeschrien. Deshalb habe ich aufgehört, obwohl ich wusste, was los war. Dass Jonathan nicht tot war, sondern auf mich wartete. Weiter gedacht habe ich nicht.« Die Stimme klang nun regelrecht hysterisch.
»Fragen Sie mich nicht, woher ich es hatte. Intuition. Wunschdenken, sagte Hurt. Liebe, sage ich. Das soll's ja bei Müttern geben.« Etwas rauschte, etwas klirrte, auf dem Gehsteig lief ein Skater vorbei, dann ein Junge im Streifenshirt, der sich bemühte, nicht auf die Pflasterritzen zu treten. Diese Wetten kannte ich. Von Jesse.

Das Viertel schläft, selbst wenn man sich darin bewegt.
Als ich den Wagen abschließe und durch das äußerst tote Gemälde laufe, das meine Straße ist, regt sich kein Lüftchen. Nur der Himmel wirkt herrisch, und die Sonne ist eine reife Mandarine, die über den Dachfirsten baumelt. Abend in der Wüste, ein fast schon religiöser Effekt.
Sofort nach unserem Umzug entwickelten Jesse und ich staubtrockene Rituale, Verrichtungen, wie man sie am Telefon erwähnt, wenn einem sonst nichts einfällt. Aufstehen, zur Schule, dann zur Agentur fahren, Esther mit Botengängen beauftragen, Parks, Wiesen, Geschäfte. Alles, bloß nicht zu Hause sein. Zu einem Sarg sollte sich das schwungvolle Haus jedoch erst entwickeln, als Jesse es nicht mehr so nannte.
Alles hat sich verschlimmert, seit er nicht mehr bei mir ist.
Keine Nachricht auf dem Anrufbeantworter.
Mein Schlüssel knallt auf die Schreibtischplatte, ein Vorkommnis, hier, wo sich wenig ereignet, was sich als Fort-

schritt missdeuten ließe. Schon ein paar Tage nach dem Einzug ging mir die Idylle auf die Nerven, ein Leben wie aus Fernsehserien, vor allem die anderen Mietparteien, die tatsächlich samstags ihre paar Millimeter Bürgersteig schrubbten. Als wir einzogen, fand ich für sie nicht ein Wort, das sie auch nur ansatzweise beschrieben hätte, gesichtslose Gartenzwerge, auseinander zu halten lediglich durch die Höhenmeter, die uns trennten.

Über uns wohnte Esther mit einer unübersichtlichen Anzahl von Schwestern, über ihr wiederum die koreanischen Einwanderer, die Paul als *die Schweinchen* bezeichnete, und in der Einliegerwohnung hauste August Mack, der Eigentümer, mit einem Wesen, das Flurputzpläne organisierte. Im Halbdunkel brachte er Jesse bald die nützlichsten Dinge über das Fegen oder Fliesenlegen bei und hielt sich wegen seines Namens für einen begabten Maler. Seit er in Rente gegangen war, legte er mir ab und zu absurde Tierstudien in fettigen Ölfarben vor. Zwar war Mack als Genius gänzlich unbedeutend, aber eine nette Abwechslung, wenn er versuchte, mich über Paul Barth auszuhorchen, den er nur *den Künstler* nannte.

Nur Jesses Freund Nhom faszinierte mich, seine Augen, die mich verfolgten, wenn er mir auf der Treppe begegnete: lackschwarze Steine, hinter denen sich ein anderes, unsichtbares Augenpaar verbarg. Alle außer ihm hielten mich für gefährlich. Denn offensichtlich erfüllten wir keine der Voraussetzungen des Lebens, wir besaßen keinen Besen, und was wir waren, blieb ungeklärt. Jedenfalls keine richtige Familie.

»Wir haben eine Genanalyse gemacht.«
Am Ende verschwand Linda Carruthers fast in ihrem Wasserglas. Der Martini, den ich mir hatte kommen lassen,

schwappte über meine Hand und hinterließ klebrige rosafarbene Streifen.
In Amsterdam erprobten die ersten Wissenschaftler, ob genetisch veränderte Bakterien sich zu freilaufenden Menschen verhielten wie Hitze zu Milch. In Escondido, Kalifornien, war vor Jahrzehnten der Erfinder der ersten Samenbank für Nobelpreisträger geboren worden. In London erreichte Louise Brown, aus Liebe in einem Reagenzglas gezeugt, die Volljährigkeit. Überall flickten sie mit Schweinehaut komplikationslos Menschenkörper, und in einem Universitätslabor von Berkeley ließ Linda Carruthers schließlich von Kollegen ihres Vaters eine Genanalyse erstellen. So einfach lief das.
»Was jetzt kommt«, sagte sie leise, »ist der Teil, der mir am schwersten fällt. Hurts und meine Ehe ging darüber in die Brüche, und glauben Sie mir, Afra, er war der Einzige, den ich jemals geliebt habe. Aber es ging um etwas anderes, nämlich um mein Überleben. Sonst hätte ich es nicht getan.«
Beide Hände lagen über ihren Augen, bis sie die Handflächen gegen die Wangenknochen drückte und hinunter zur Kehle gleiten ließ. Ihr Gesicht, eine verzerrte Maske.
»Was haben Sie getan?«
Ihre Stimmlage wurde neutral und geschäftlich. »Ich habe...«, Minuten dehnten sich. Nichts änderte sich. Nur Jesse, der jeden Tag größer wurde, klüger und unabhängiger. Der Tag würde kommen, an dem ich ihn verlor, so oder so. *Loslassen*, sagte Esther, *das Dilemma ist das Loslassen.*
So ein Kitsch.
»Ich habe Nachforschungen angestellt.« Als Linda meine Miene sah, zuckte sie zurück. »Stellen Sie es sich bitte nicht vor wie in einem Kriminalroman, Afra! Es gibt andere Mittel und Wege. Keine Zigarren oder anrüchige Kellerbüros. Ich bin sogar selbst nach Berlin gefahren, in die Klinik.

Ich wollte es von ihnen hören. Eine Entschuldigung oder wenigstens Erklärungen. Hurt hat mir das nicht verziehen, er dachte immer noch, ich sei verrückt.«
Eine Frau wie eine Maschine. Aber ich war ungerecht, nur eine Frau, die wie eine Maschine redete. »Die wichtigen Unterlagen haben sie mich gar nicht einsehen lassen. Nur Jonathans Akte, eine sehr kleine Akte, selbstverständlich. Aus ihr ging wenig hervor, aber ich habe es geschafft«, das klang stolz, »ich habe Gertrudis aufgetrieben. Weil ich mich ja nicht richtig erinnerte und Hurt so verbissen schwieg. Mein Vater, Winston, hat sich immerhin zu entsinnen versucht, er wusste, dass es dieses andere Kind gab. Er glaubte sogar, dass es kurz vor Jonathan geboren war.«
»Jesse«, sagte ich tonlos. »Sie meinen Jesse.« Linda Carruthers nickte. »Glauben Sie nicht, Oberschwester Gertrudis wäre anders als alle! Menschen lassen sich von ihrem Stolz verführen. Sie hat wohl nicht viel Freude im Leben gehabt. Redete schließlich sogar wie ein Buch. Damit war es einfach. Ich hatte Ihren Namen, und alles ging plötzlich leicht. Man hat Sie aufgetrieben und Jesse fotografiert.«
Mit einer graziösen Geste griff sie sich an den Kopf.
»Sein Haar!«, sagte sie. Unvermittelt ging Licht von ihr aus. »Wissen Sie, Afra, es sind diese Geschichten aus Filmen, die einen für die Wahrheit verderben. Wenn man nur genug Tode sieht, ist man zu allem fähig. Man denkt darüber nicht mehr nach, das ist das Problem, es passiert einfach. Für mich war es wie irgendein Film, bis zu dem Moment, in dem ich sein Haar gesehen habe.« Sie griff nach meiner Hand, aber das war zu viel.
»Hören Sie auf damit!«, schrie ich.
Jesses Nasenschlauch, ein Flashback. Millimeter für Millimeter glitt er zwischen meinen Fingern aus seinem Körper. Das Fiepen aus dem anderen Brutkasten.

»Afra, bitte. Ich möchte nur mit ihm reden. Ihn einmal hören. Sonst nichts. Ich möchte wissen, ob er wie Hurt spricht oder wie mein Vater. Sehen Sie, jemand hat es vermasselt, über uns wurde entschieden.« Eine undeutliche Geste zur Decke. »Weder Sie noch ich haben damit etwas zu tun, das ist ja der Irrsinn. Jemand macht einen einzigen Fehler, der sich vervielfältigt, und wir – ich möchte doch nur, dass ...«
Aber ich ließ sie nicht ausreden.
»Wieso eine Genanalyse? Wie, um Himmels willen, sind Sie an eine Genanalyse gekommen?« Sie fuhr herum, als hinter ihr jemand hustete, dann lehnte sie sich wieder zurück, und plötzlich war ihr Gesicht voller Scham. »Verstehen Sie, ich war wie ferngesteuert. Ich brauchte doch Sicherheit. Mir wäre es fast lieber gewesen, ich hätte mich getäuscht, besser verrückt sein als das. Ich stand unter Druck, Afra. Ich hatte keine Kontrolle mehr. Weder über mich noch über die ganze Sache.«
»Wie?« Meine Frage bohrte sich in den Ausdruck von Angst, der flüchtig in Lindas Augen lag. Dann sagte sie es: »Wir haben uns ein Kaugummi besorgt.«
Ich hielt ihr zugute, dass sie *wir* gesagt hatte.
Wenigstens war Jesses Mutter nicht feige.

In der zweiten Nacht des Jahres hocke ich erbittert unter der Regenjacke im Garten, den ein Architekt mit dem Zirkel entworfen hat. In der Jackentasche spielt der Jogproof-CD-Player Chansons. *Yesterday the moon was blue ...*
Nach einer Weile zieht Kälte mir in die Knochen, eine sehr stille Kälte, die vor dem Lauf der Welt kapituliert. Selbst die Koreaner gehen oben schon auf Zehenspitzen, und August Mack hält mit seinen schweinefarbenen Dalmatinern hinterm Berg. Kann sein, dass er noch um den jungen Fliesenleger trauert, der endgültig fort ist. Eine ganz spezielle

Folter, da das schwungvolle Haus unbeteiligt wirkt, unverändert, von dem Beet aus, in dem ich sitze.
Allerdings hat das Ganze auch Vorteile.
Plötzlich lässt sich an ein Leben vor dem Tod glauben.
Eine einfache Rechnung, falls man jedes Gefühl davon abzieht. Man muss anders sein als ich. Man muss sich beeilen zu tun, was zu tun ist.
Bevor einen irgendwer daran hindert.

Jesses Schulhof war von allen Seiten zugänglich.
Also war es möglich, dass Linda sich nicht mal strafbar gemacht hatte.
Unter jeder Tischplatte klebten auch zu Hause Reste von Zitronenbonbons und graue Häufchen, die einmal Wrigley's waren. Durch Kauen lenkte sich Jesse von der Folter ab, zu der sein Alltag wurde. Das Foto vom ersten Schultag zeigt einen mageren Jungen mit brandroten Haaren – den Mund halb geöffnet, da er ununterbrochen mit sich selbst redete.
Ich fand, dass er weder mir noch Paul Barth ähnelte.
Schon wenig später behauptete seine Lehrerin, sie hätte ein Problem.
Im Unterricht war er abwesend, hielt aber manchmal einsame Vorträge über sein Steckenpferd, die Malakologie, ein Name, den sie nicht mal aussprechen konnte. Malakos, das heißt weich, und Jesses Hobby waren Weichtiere. Keiner hatte ihn darauf gebracht, selbst bei genauerem Nachdenken hatte ich mir also nichts vorzuwerfen. Ich machte genauso viele Erziehungsfehler wie jeder andere, und eine ominöse Neurose lag auch nicht vor.
Weder bei Jesse noch bei mir.
»Erklären Sie mir bitte«, sagte die Lehrerin, »warum es dreißig Kinder fertig bringen, sich zu mir hinzuwenden, und nur eins kehrt uns allen den Rücken zu. Sie sind sonst sehr

sozial. Ja, wirklich. Grundsätzlich interessiert. Bloß einer demonstriert, dass wir ihn nichts angehen.« Ich nickte.
»Wie Schwämme«, sagte sie, »durchweg. Nur einer nicht.«
Unmerklich hielt ich den Atem an.
»Nein«, sagte sie. »Wirklich. Nur Ihr kleiner Achmed nicht.«

Mein kleiner Achmed war ihr ein Dorn im Auge.
Ich erfuhr nie, warum sie ihn so nannte. Vielleicht konnte sie sich seinen Namen nicht merken, oder sie hatte etwas gegen die englische Sprache an sich. Vielleicht hatte er ihr berichtet, dass sein Großvater Perser war und seine deutsche Großmutter in die Krise getrieben hatte. Möglicherweise stand ihr seitdem ein brutaler Teppichhändler vor Augen. *Der kleine Achmed.* Jesse straffte sich, als ich ihn zur Rede stellte, aber dann fabulierte er einfach weiter, über Muscheln, Kahnfüßler, vor allem über Schnecken.
Zu spät bemerkte ich, dass es Selbstgespräche waren.
»Alle gehen sie nach rechts«, teilte mir die Lehrerin vorwurfsvoll mit. »Was glauben Sie? Muss ich mich umdrehen, um zu wissen, dass Ihr kleiner Achmed nach links ausgeschritten ist?«
»Er heißt gar nicht Achmed«, sagte ich behutsam, als ich das kalte Metall der Türklinke schon unter den Fingern spürte.
»Ich weiß«, antwortete sie und schob sich die Brille ins Haar.
Ein Signal, endlich den Mund zu halten, aber zu mehr hätte mein Mut ohnehin nicht gereicht. Zwischen ihr und mir breitete sich dasselbe verlogene Schweigen aus, mit dem ich viel später auch Linda Carruthers' Eröffnungen quittieren sollte.

Ein paar Blätter vom letzten Jahr kleben mir an den Sohlen, als ich über den Bruchsteinweg zum Haus zurückgehe, wo

wieder das Telefon schrillt. Aber ich werde nicht abheben, weil Telefone neuerdings ein Angriff auf die Selbstbestimmung sind. Nach ein paar Minuten ist Ruhe, aber dann geht es von vorn los. Wahrscheinlich Wendt Jussen, der mir erneut die Vorzüge des Arbeitsalltags preisen will. Natürlich soll ich nun heimkehren in die Agentur, um mich der halslosen Kunden anzunehmen, die er aus den Tiefen der Marktwirtschaft anschleppt.
Jesse zog den Kopf ein, wenn ich das Wort *Kunde* auch nur dachte. Beim Gedanken an seinen Gesichtsausdruck schüttelt es mich.
Mütter konnte ich nie ausstehen. Schon immer fand ich, dass sie Soldaten ähnelten, die in Sandkästen sitzend Schlachtprotokolle verbreiteten, in diesem größenwahnsinnigen Tonfall, der die Welt zur Gebärmutter degradiert. Vor dem Gurkensalat, den Esther mir schon nachmittags hingestellt hat, fällt mir aber ein, dass ich keine Mutter mehr bin. Mit der Gabel stoße ich winzige stumpfe Löcher in die Tischdecke.
Nie wieder Zeit totschlagen zwischen Hyänen, die Statistiken um sich schleudern, einmal vernünftige Frauen waren und mit einem Mal Zahlen anbeten, mit denen sich der Perfektionsgrad eines Neugeborenen hochrechnen lässt. Keine Ahnung, wie hoch Jesses *Agpar-Wert* war.
Ich wusste ja nicht mal, dass man damit den Sauerstoffgehalt der Nabelschnur misst. Dafür hätte mich Gertrudis, die Nonne, damals beinah gesteinigt.

Das Krankenhaus roch nach Geigenkästen.
Immer sind die Farben verschlissen und die Stimmen überlaut, wenn ich mich an Jesses Geburt erinnere. Unter dem Einfluss der Hormone war ich zum Alien mutiert, zur Karikatur, über die das wirkliche Dasein überraschend brutal

hereinbrach. Den Flur entlang wanderten Wöchnerinnen, Comicfiguren mit riesigen Augen und erschütternden Bäuchen, ein Bein noch im Nichts, das andere in der Zukunft. Sofort erlitt ich eine Angstattacke.
Auch mein Kind war anfangs kaum als Kind zu erkennen. Erschreckt starrte ich nach ein paar Stunden in der Hölle den roten Mond an, der über weißen Kissen aufging und in dessen viel zu großer Nase ein Schlauch steckte.
Dahinter arbeitete die künstliche Lunge, die sie ihm verpasst hatten. Noch ein Grund, so schnell wie möglich zu verschwinden.
»Na, wie heißt du denn?«, rief Mutter und klopfte gegen die Wände des Brutkastens. Dann drehte sie sich zu Paul um, der aus einer Ecke das Gewächshaus musterte, in dem das Kind offenbar nach Luft rang.
»Er kann dir nicht antworten«, klärte er sie auf. »Ihm stehen seine Sprachwerkzeuge noch nicht zur Verfügung.«
»Wie heißt er denn?«, fragte sie erneut, diesmal mich, ohne weiter auf Paul Barth zu achten. »Frag ihn doch!«, sagte ich.
Als sie eine Rassel aus der Armani-Tasche zog und sie über dem Gewächshaus schwenkte, zuckte Paul zusammen.
»Schaff sie bitte hier raus!«, sagte ich.
Aber er verschränkte nur die Arme.
»Afra«, sagte sie, »du *solltest* einen Namen für ihn haben!«
»Paul!«, sagte ich eilig, weil mir nichts Besseres einfiel.
»Paul?« Ihr Entsetzen war so greifbar, dass man es hätte schneiden können. »*Paul? Wie Paul?*! Das kannst du ihm nicht antun!«

Paul Barth rührte sich nicht einen Millimeter.
Diesen Sohn zu betrachten war Zeitverschwendung angesichts der interessanten Objekte, die sich überall anboten. Scheußliche Details, *Dinge*, die plötzlich aus Ecken hervor-

krochen, wo man keinen Anflug von Leben mehr vermutet hätte.

Unter zusammengezogenen Brauen fixierte er meinen Bauch, der von zahllosen Stichen verunstaltet war. Er lächelte, vielleicht erinnerte er sich plötzlich an etwas, an laute Atemstöße und jede Menge Vergnügen.

Als das Kind, das so entstanden war, den unvorstellbar dünnen Strich an der Unterkante seines Gesichts öffnete, wurde eine Höhle sichtbar, aus der es pfiff. Ein eher kleines Geräusch, gedämpft durch Kunststoffwände.

Aber etwas an dem Fiepen machte mich ganz krank.

»Nehmt ihm den Schlauch aus der Nase!«, sagte ich. »Paul – er erstickt.«

Verwirrt fuhr er sich durchs Haar, während er zusah, wie ich mich in die Senkrechte drückte, um mich dann selbst zentimeterweise auf das Gewächshaus zuzuschieben.

»Die Schwester«, zischte Mutter in seine Richtung, »besorg auf der Stelle die Schwester. Ruf Gertrudis! Das ist ihr Name. Wir sind Privatpatienten!«

Achselzuckend lauschte er den Geräuschen aus dem zweiten Gewächshaus, wo ein anderer Säugling nach Luft schnappte. In seinem Terrarium wirkte er bereits halb ohnmächtig, die Haut wächsern, ein ungesunder Grünton. Aber mir war klar, dass man sich entscheiden musste. Als ich nah genug an die Kommandozentrale herangerückt war, berührte ich mit der flachen Hand das kühle Plexiglas, hinter dem mein Sohn wimmerte. Wahrscheinlich die Stimme des Blutes, über die ich so viel gelesen hatte. Während meine Finger sich durch die Plastikmanschette des Bullauges arbeiteten und sich ihm näherten, verzog er die Stirn.

»Schwester!«, brüllte Mutter.

Irgendwo schlug eine Tür, und mein Blick traf Paul. Entschlossen zog ich an dem winzigen Schlauch, der unseren

Sohn mit Sauerstoff versorgte. Millimeter für Millimeter rutschte er heraus.
Ein trivialer kleiner Husten, der alles hätte bedeuten können.
Dann endlich Stille.
Sekundenlang war ich mir sicher, ihn umgebracht zu haben.
Bis er die Augen öffnete. Über den Pupillen lag eine Schicht wie Glas.

»Meine Güte!«, sagte Paul, als er den Schlauch in meiner Hand sah.
Ein Knopfdruck, dann ein Heulen im Flur, das entfernt an amerikanische Polizeiwagen erinnerte. Sofort brach Chaos aus. »Da haben wir die Bescherung!«
Nervös hantierte eine Schwester am Gewächshaus des zweiten Kindes, das, in seinen Atemschlauch verwickelt, zunehmend narkotisiert aussah.
»Raus! Alle raus jetzt!«
Schrittweise trat Paul den Rückzug an, wobei er flüsterte: »Oh nein! Eine Nonne?«
Mühsam stieg ich von dem Hügel herunter, der hier Krankenbett hieß.
»Sie nicht!«, befahl Gertrudis. Ein hölzerner Rosenkranz klapperte an ihrer Hüfte. »Sie bleiben hier!«

Sein Herz schlug so heftig, dass der Brustkorb sich unerträglich spannte.
Eine kleine Leiter aus Rippen.
Ich nickte, als das Kind aus eigener Kraft zu atmen begann. Hinter einem Trupp weißer Gestalten, die sich hektisch an den Konsolen zu schaffen machten und plötzlich den zweiten Brutkasten zur Tür hinausschoben, verschwand die Nonne, nicht ohne mir noch einen bösartigen Blick zuzuwerfen. Der Aufruhr aus dem Flur versickerte in der ge-

dehnten Stille, in der sie mich mit dem Baby allein ließ. Seine Pupillen bewegten sich unter papierdünnen Lidern. Als Mutter im Türrahmen auftauchte, streichelte ich gedankenverloren einen Finger, der sich wie Hartgummi anfühlte.
»Er heißt Jesse«, sagte ich träumerisch.
Ich dachte an seine Zukunft, nur keine Umlaute. Ungünstig. Zum Beispiel für eine Karriere, irgendwann vielleicht. In Amerika.
»Es gibt so viele *hervorragende* Namen!«, sagte Mutter.
»Er heißt Jesse!«, sagte ich.

Packpapier, Leinwand oder Schneiderseide.
Pauls Schrift bedeckt alles, was nur ausgefallen genug aussieht.
Ein paar Tage nach Silvester blättere ich alte Briefe durch. Wenigstens damit bin ich Esther gegenüber im Vorteil. Sie hat die Schwestern, ich die Erinnerungen. Jahrelang habe ich die Umschläge wie eine Rentnerin unter der Matratze verwahrt, all die Post, die mit einer umfangreichen Deutung von Pauls seelischen Zuständen begann. Sein Hobby, wenn er nicht gerade unter einer Vorliebe für die Deklination des Besitzes leidet.
Ich, meiner, mir, mich.
Später erst lagen den Briefen zu Kranichen gefaltete Zettel für Jesse bei, die ich ihm vorlesen musste.
Wenn du mit einem Lehrer sein sollst, wirst du mit einem Lehrer sein. (Robert Adams)
Wie passend.
Und wenn du allein sein sollst, wirst du allein sein.
Paul forderte sein Publikum wirklich heraus.
Wenn du keinen Vater haben sollst, wird dein Vater in Irland sein. (Jesse)

Auch er schrieb nämlich an Paul.
Im letzten Päckchen vor der *Stampede* steckte irgendein absolut verschrobener Esoterikzwerg: *Zeit und Leiden sind untrennbar.*
Aber klar.

Am Ende eskalierte mit jedem der Zettel die Lage.
»Wenn du willst«, sagte Esther, »dass Jesse irgendwann ein vernünftiger Mensch wird, statt sein Leben lang Gedichte über *la mer, le lac, the ocean* oder *the pond and the deep deep river* zu verfassen, solltest du deinem rätselhaften Kranichfalter langsam etwas entgegensetzen. Sonst bist du bald die Mutter des kleinen Ödipus. Nur umgekehrt. Kann es sein, dass du genau das vorhast, Afra?«
Mir zuliebe hatte sie eine Menge Zeug gelesen, das mich zutiefst beunruhigte. Zwar würde Jesse sicher nicht eines Tages mich erschlagen und Paul heiraten wollen, aber hinter sämtlichen flüssigen Bezeichnungen, die er losließ, steckte trotzdem ein Problem. Falls man nicht eingriff, würde er ewig nach dem leuchtenden Zitator aus Irland suchen.
Nach Paul, der leugnete, dass sein Sohn aus mehr als ein paar Gehirnzellen bestand.

»Pass auf, ich habe einen Anwalt!«
Am liebsten würde ich das Mobiltelefon durchs Café schleudern.
Mutters Stimme erinnert mich an ein Gefühl, das ich nicht erlebt haben möchte, an den Moment, als ich die Fotos ansah. Ich bin zum Baum geworden. Ich wachse immer da in den Himmel, wo mich die Angst erwischt.
»Ihr trefft euch morgen in der Kanzlei. Harrer sagt, dass es so nicht geht, dass sie dich nicht hätten überrumpeln dürfen. Dein Fehler war, dass du dich nicht gewehrt hast. Eine

Schande. Im Sommer hätte man noch so viel mehr tun können!«
Mit dem schwarzen Kaffee kommt die Hoffnung auf einen klaren Kopf, unter Rauchschwaden und dramatischen Seeschlachten an der Wand, sarkastischen amerikanischen Seestücken. All das macht mich müde: Bestecke, Caffè Latte und aufsässiges Germurmel, das kein Ende nimmt.
Im Stillen halte ich ihr eine Predigt.
Ich habe mich nicht gewehrt, weil ich mich nicht gewehrt habe. Gegenwehr ist nur Vergeudung. Jesse hat ein Recht auf seine Ruhe. Absolut klar, was passiert wäre, wenn ich mich gewehrt hätte. Ich habe es nicht getan, weil ich nicht weiß, wie man sich wehrt, ohne Dinge zu zerstören, die nicht zerstört werden sollen. Weil Esther Recht hat. Weil ich eine schlechte Mutter bin. »Aus Liebe«, sage ich laut.
Ein großer Mann hält in der Eingangstür inne und starrt mich an, wahrscheinlich kann er das Mobiltelefon nicht sehen, das meine Hand verdeckt. Er muss denken, ich halte Selbstgespräche. Aber etwas in seinem Blick kommt mir bekannt vor, und im selben Moment erkenne ich den Mann, der Neujahr beim Mittagessen am Nebentisch saß. Der mich an Jesse erinnerte, der jetzt denselben Mantel trägt wie neulich, einen Ölmantel, als würde er zur See fahren. Dessen Augen sich weiten und der mich auch zu erkennen scheint, selbst wenn er sich schnell und bewusst wegdreht.
»Was? Afra! Reiß dich zusammen! Aus Liebe! Was ist aus Liebe?«
»Nichts«, sage ich zu Mutter.
Der Mann im Ölmantel lässt sich vor einer Installation nieder, die von S. Bahn stammen könnte. »Ich gebe dir die Adresse, Afra, und ich gehe davon aus, dass du dich hinbewegst! Morgen 15 Uhr, notier das. Denk an Jesse, wenn du dich sonst schon nicht aufraffen kannst.«

Fragend schaut der Mann in meine Richtung, die Augen abwägend, an seinem kleinen Finger steckt ein flacher, goldener Ring. »Also, was ist nun, Afra? Wirst du hingehen? Ich möchte es aus deinem Mund hören.«
Kein Wort darüber, was ich aus ihrem Mund hören will.
Dass ich gut bin, dass ich genüge, dass alles wieder wird.

Manchmal sah Jesse einen an, als wäre man ein Waisenkind. Während Mutter weiter auf mich einredet, denke ich an meinen Sohn, den Außerirdischen. Meine Freunde lehnten sich bald misstrauisch zurück, wenn er kühl wie ein kleiner Eiswürfel zwischen uns saß und demonstrativ schwieg. Selbst mir wurde er immer unheimlicher.
Manchmal traf es mich wie ein Kinnhaken, nur eine Andeutung, ein flüchtiger Ausdruck auf seinem Gesicht, sobald er Musik hörte. *Andante Cantabile*, Haydn, Kaufhof, Porzellanabteilung. Noten wie kalte Perlen. Nie habe ich vergessen, wie seine Augen plötzlich aussahen. Angesichts der gigantischen Pupillen zwischen WMF-Bestecken hätte ich ihn am liebsten geohrfeigt.
Absolut klar, wohin das führte: Am Ende hockte man in Rinnsteinen herum und feierte die Tatsache, sich den Dreck zwischen den Zehen wenigstens einigermaßen entfernt zu haben. Jesse war anders als sein Vater, anders als jeder, den ich kannte. Ihm fehlte nicht nur jede Bodenhaftung, sondern er gehörte einer Spezies an, die sich freiwillig vom Leben auffressen ließ. Ich wusste, dass sein Dasein aus Verbotsschildern bestehen würde, aus Zäunen, die er um sich aufrichtete. Falls es wider Erwarten kein anderer für ihn tat.

Eine blasse Blondine mit einem Gesicht wie ein drohender Schlaganfall redet auf einen Jungen in Latexhose ein, in der sich das Licht des Kronleuchters spiegelt.

»Afra!«, schreit meine Mutter, als wäre ich immer noch das Mädchen, das sie herumkommandiert, sobald sie ihre Zustände bekommt. »Sag was! Wenn ich etwas für dich tun soll, musst du zu dem Anwalt gehen, du musst wenigstens unterschreiben.«
Ich öffne den Mund, um zu sprechen, aber es kommt nichts, stattdessen kippt Kaffee über das indische Tischtuch. Kunst. Man sollte Kunst machen, in Kunst leben. Eine hervorragende Versicherung. So gut wie alles wird einem verziehen, wenn man nur Handlanger von etwas Größerem ist.
»Afra, ich schwöre dir, ich werde verrückt, wenn du dich weiter so benimmst. Ich habe mit dem *Botschafter* geredet, gut, dass wir Papas Verbindungen haben.« Sie wartet darauf, dass ich zustimme. »Der *Botschafter* telefoniert morgen mit Washington.«
»Washington…«, sage ich. Erwartet sie, dass Condoleeza Rice persönlich mit einem Blumenstrauß anrückt, um die Sache zu bereinigen?
»Ja, Washington!« Nun fängt sie auch noch an zu weinen. Nicht, dass ich sie nicht geliebt hätte, aber sie ist mir überlegen, sprengt alles, was sich ihr in den Weg stellt, mit dieser gewaltigen Dynamik, die mich immer dazu bringt, ein Gaspedal durchdrücken und gegen Mauern fahren zu wollen. Der verschüttete Kaffee riecht bitter. Sie weint nun wütender, Schluchzer, durchsetzt von Unglauben, von der einschüchternden Gottlosigkeit, mit der sie Berge versetzt.
»Aber diesen Berg nicht«, sage ich halblaut.

Verwischte Szenen, als würde man Wasser über ein Bild gießen. Jesse vorm Schulkiosk, wo er einen anderen Jungen in den Schwitzkasten nahm, den sein koreanischer Freund Nhom ihm beigebracht hatte. Sonst war Jesse das pazifistischste Kind, das ich kannte.

Ich musste also etwas übersehen haben. Aus Luftnot lief der andere Junge puterrot an, und darüber leuchtete Jesses Blick, der musikalische, der brutale Blick. Natürlich, es hatte Anzeichen gegeben, aber es brauchte lange, bis der Groschen fiel.

»Arion lusitanicus«, keuchte Jesse, als ich sie voneinander trennte, und deutete fast weinend auf die Reste der Nacktschnecke, die unter Füßen zerquetscht worden war. Mich erinnerte sie an einen platten kleinen Finger.

»Gebänderte Wegschnecke«, sagte er. »Aus *Portugal* eingeschleppt. Macht viel Schleim, damit sie ihren Feinden im Hals stecken bleibt.«

Ihn entzückte so vieles. Wasser. In jeder Form.

Befremdliche Gegenstände, Worte, alles, außer Menschen.

»Liebe Güte«, sagte ich, »Jesse! Es war doch bloß eine *Schnecke*!«

Vor einer einzelnen gelben Freesie in einer Kristallflöte steht eine Flasche, die ich öffne, um gedankenverloren Wasser über die Tischplatte zu gießen und zu beobachten, wie es auf den Boden tropft. Das Mobiltelefon fällt in die Lache, und der gebräunte Junge lacht über mein Gesicht.

Mutter schluchzt im Telefon. Nun sehen alle mich an.

Ich spüre, dass sich die Bedienung nähert.

Gott sei Dank kenne ich viele Ausreden, darum war ich nie verlegen.

»Einen Wischlappen, bitte«, sage ich, »und noch einen Kaffee!«

Aber als ich aufschaue, steht der Mann aus dem Restaurant vor mir, der nun die Hände flach auf meinen Tisch stützt und mich anblickt, so nah, dass ich mich in seinem Ring spiegeln kann. Ein stark verkleinertes Gesicht statt des Symbols in der gravierten Goldplatte. Eine Weile sieht er

zu, wie ich entrückt in seinen Ring schaue und meine Fingerspitzen immer wieder in die Wasserpfütze tauche. Dann packt er plötzlich meinen Arm.
»Kommen Sie«, sagt er, »ich bringe Sie hier raus!«

Seit Paul Barth in anderen Leben herumpfuschte, hatte ich auf einen Schlag gehofft, auf die romanhafte Wendung, die sich alle Welt vom Dasein versprach. Natürlich wusste ich, dass Lindas Anruf diese Wendung war, und tat seitdem alles, um mir mein Leben vernünftig zu erklären.
Ich hatte zu sehr gehofft, das war die eine Variante.
Unbewusst musste ich dabei Kräfte entwickelt haben, die die Zeit veränderten, bis sie zu überwältigend für einen einzigen Menschen wurde. Oder Einstein: Sachen drücken Zeit und Raum zusammen, die Simpelversion der Relativitätstheorie. Eine einleuchtendere Erklärung stand mir seinerzeit noch nicht zur Verfügung, sooft ich mich auch bis zu Jesses Geburt vorkämpfte oder herumsaß und Knochen für Knochen die Vergangenheit zerlegte.
Die zweite Variante nannte ich Schicksal.
Laut Wendt Jussen war das aber nur Ausdruck meines tollen Humors. Um Leute wie ihn auszuknocken, gab es nur eine Lösung. Bereits Anfang Juni suchte ich eine Psychologin auf.

»Für meine Mutter war Jesse Gott, für seinen Vater nur ein Unfall!«
Mit diesem auswendig gelernten Satz begann in Anna Brakers kultiviertem Sitzungszimmer meine Therapie.
Ich hatte eben gedacht, man müsse sich auf seine Heilung vorbereiten.
Noch während der Mann mich im Polizeigriff nach draußen führt, erinnere ich mich an die paar Worte. Überhaupt erin-

nere ich mich an vieles, um zu vergessen, wie ich mich im Café aufgeführt habe, an Esther, die sich für mich schämen würde, an Paul Barth, der sich souverän wie der fremde Mann bewegt, wenn es um seine Ziele geht.
Seine Unfalltheorien brachte er vorwiegend in Gesellschaft an, mit dem besonderen Tremolo für außergewöhnliche Anlässe. Jesse war immerhin ein Anlass, während Paul besonders war. Die Verzweiflung des Unterschieds, aus der sich viele Bilder malen ließen. Teure Bilder. Je teurer sie wurden, umso häufiger bewog ihn bereits die Anwesenheit seines Sohnes im Nebenzimmer zu flüchten, am Ende dann endgültig, in ein Loft in Hafennähe.
Denn natürlich malt Paul Barth.
Aber nicht wie August Mack. Er malt Dinge, die nicht als Dinge zu erkennen sind, was uns zunächst noch einiges Geld kostete, später aber dafür sorgte, dass Leute ihn auf der Straße ansprachen. Sie begannen Überzeugungen zu entwickeln. Zum Beispiel diese: Ein echter Barth ist eine Kapitalanlage. Natürlich bleiben Komplimente nie ohne Folgen, aber selbst als Paul seine Utensilien in Seesäcken verstaute, fehlte mir dafür noch jegliche Einsicht. Schließlich malten wir alle und mussten trotzdem weiterleben.
Paul jedoch malt inzwischen woanders.
Eine solche Entwicklung hätte ich früher kaum für möglich gehalten.

In gewisser Weise passen sie nicht zusammen.
Aber sobald man den Mann und sein antiquiertes Tourenrad mit geschwungenem Lenker nebeneinander sieht, weiß man, was ein Anachronismus ist.
In der Luft hängt ein zarter Duft, nach Hagel und Bergwetter, über neogotischen Fassaden.
Er macht sich an der Satteltasche zu schaffen, während ich

den Kopf in den Nacken lege, um mich von Mülleimern und Schuttcontainern abzulenken. Da gehöre ich hin, immer an den Hinterausgang. Nachts hat es wieder zu frieren begonnen, und ich schaue meiner Atemluft hinterher, die in der Kälte aufsteigt wie Trockeneis in einer Diskothek. Es wird langsam dunkel.
Immer noch Januar. Die Tage wollen nicht länger werden.
»Tee!«, sagt er. »Achtung, sehr heiß!«
Kein Angebot, sondern eine Ansage, während er die altmodische Aluminiumflasche entkorkt, um deren Bauch sich chinesische Lilien winden. Dampf fließt in einer kräuseligen Linie in den Himmel, wo sich vor kurzem noch blendend weiße Schäfchenwolken versammelt hatten, ein Dunst, der sich mit gefrierendem Nebel aus meinem Mund vermischt.
»Und jetzt trinken!«
Zuckersüßer Tee, ein Nachgeschmack von Karamell und asiatischen Gewürzen. Schon nach ein paar Schlucken nehmen meine Finger wieder ihre normale Farbe an. Passanten drehen sich um, weil wir auf den Stufen vor einem Haufen Fahrrädern vermutlich deprimiert aussehen. Ein Mann im Anzug, der sich einen steifen Robbenfängermantel übergeworfen hat, und eine Frau in flatternder Abendjacke und rostrotem Schlauchkleid. Zweifellos sorgen auch die Riemchensandalen, unter deren Absätzen Matsch klebt, für Aufsehen. Was tue ich eigentlich hier?
In der Ferne schwingt sich die Rialtobrücke über den Fluss. Eine reizvolle, aber sehr endliche Idee, denn der Fluss ist ein Kanal, und die Brücke besteht in Wirklichkeit aus unromantisch blau gestrichenen Stahlträgern. Dafür dümpeln am Ufer die Sommerschiffe der Weißen Flotte, und dahinter, Richtung Süden, erheben sich Hochhäuser wie magere Zeigefinger.

»Nun kommen Sie«, sagt er, »trinken!«
Wenn man mir Befehle erteilt, bin ich machtlos.

»Ihr Problem scheint tiefer zu liegen«, sagte Anna Braker. Ihre Wimpern sahen wie Brokatvorhänge aus.
Ich hatte so viel über die Ohnmacht gelesen, die mit postnatalen Störungen einhergeht, aber die Therapeutin schnitt mir jedes Mal das Wort ab, sobald ich ihr mit Fachbegriffen kam. Was sie interessierte, waren Gefühle. Zum Beispiel, dass ich nach der Geburt noch gehofft hatte, Mutter würde Jesse zu sich nehmen, in ihr Reetdachhaus, wo man über nichts weiter nachdachte als über die Gestaltung des Mittagessens, die an die Dienstbotinnen durchzugeben war. Schon auf der Heimfahrt aus dem Krankenhaus vermisste ich Jesses Gewächshaus, als ich die geschickte Esther beobachtete, die ihn wie ein Postpaket schulterte. Falls sie Jesse fallen ließ, würde ich auf keinen Fall weiterleben können. Ich fühlte mich wirklich sonderbar.
»Ambivalenz!«, sagte Anna Braker. Ich nickte. Ja.
Mein Kind kam mir wie ein Tier vor, das fortan in meinem Bett schlafen musste, vermutlich nur, weil von mir erwartet wurde, es mitzunehmen. Es lag daran, dass Jesse eine Frühgeburt war, man sagte, dass die Bindung in solchen Fällen länger brauchte. Meine ständigen Schuldgefühle brachten mir den Tod jedenfalls sehr nah, nicht einen x-beliebigen Sensemann, sondern den Tod als Ahnung. Manchmal war es auch nur ein einzelner Herzschlag, der aussetzte, und in panischer Angst, meine Befürchtungen könnten dazu beitragen, dass Jesse etwas geschah, zuckte ich bei jedem seiner Seufzer zusammen.

Der Mann, der neben mir am Boden hockt, hat eine konservative Stimme.

Sie passt zu dem eleganten Schneideranzug, nicht aber zu seinem Mantel, der bei jeder Bewegung knarrt, Gummi mit einem schwachen Geruch nach Salzwasser. Aber vielleicht ist das nur wieder einer meiner verschrobenen Einfälle, für die ich von den Kunden zwar gut bezahlt werde, die sich aber im Alltag als eher belastend erweisen.

Als der Mann sich plötzlich aus dem Mantel schält und ihn über meinen Knien ausbreitet, rieche ich Rasierwasser, *Cool Water*, Davidoff. Unvermittelt taucht die blaue Flasche vor der Rialtobrücke auf, die keine ist, und wächst in den Himmel, um in der Mitte der Schäfchenwolken zu detonieren. Ganz sicher höre ich den Knall.

»Hören Sie das?«, frage ich, unglücklicher als angemessen.

»Was?«, sagt er ruhig und dreht sich nicht mal ganz um, aber an meiner Seite spüre ich immerhin seine Wärme. Sonst hasse ich Männer mit großen Körpern, sie bringen mich dazu, brüsk zu werden. Reiner Selbstschutz, eine Reaktion auf meinen Vater, der sich vor allem fürchtete, was kleiner war als er. »Was?«, wiederholt der Mann.

»Die Geräusche! Über der Rialtobrücke!«

»Natürlich«, sagt er. »Stimmen. Unheil. Für einen Moment sah es tatsächlich wie Venedig aus. Es ist das Licht. Waren Sie mal da?«

»Nie!« Das kommt heftiger als beabsichtigt.

»Die Dogenpaläste sind natürlich einschüchternd. Sie müssen frühmorgens einbrechen und sich in die Mitte eines Saals setzen. Allein. Zu zweit funktioniert es nicht. Warten Sie ab, bis die erste Sonne über die Fensterbänke kriecht. Carrara-Marmor. Er wird flüssig. Ich sage nur so viel: nie mehr Angst. Man weiß, wofür man sich den Rest antut.«

Hat er wirklich *einbrechen* gesagt?

Wieder lege ich den Kopf zurück und greife mir an die

Kehle. Unter meiner Hand springt der Puls wie ein kleines Tier. »Ich war in Afrika...« Meine Stimme ist leer. »Aber Afrika ist mir zu – sexuell.« Ich weiß selbst nicht, warum ich das sage, ein Versuch, eine Vorlage, keine Ahnung.
»Hören Sie auf!«, sagt er plötzlich scharf.

»Du bist ein Mann!«, seufzte Paul Barth einmal nachts. »Du verabscheust den ganzen Elsenkram!«
»Den was?«
»Elsenkram! Gespräche. Diskussionen. Das, was Elsen miteinander veranstalten. Das ganze Gerede. Immer im Kreis. Nur in unterschiedlicher Lautstärke vorgetragen.«
»Ich rede sehr gern«, sagte ich. »Nur eben über mich.«
»Sage ich doch, du bist ein Mann. Deshalb liebe ich dich auch.« Er dachte nach.
»Vielleicht bin ich einfach schwul?«

»Haben Sie Kinder?«, frage ich übergangslos.
Die Oberfläche seiner Augen wird hart wie Basalt.
»Meine Mutter«, sage ich entschuldigend. »Am Telefon, vorhin.«
»Ah«, sagt der Mann, bemüht, nicht zu lachen.
»Sonntags fuhren wir immer zu ihr«, erkläre ich, während er sich ungeduldig die Arme reibt, zu höflich, mir endlich den Mund zu stopfen. »Aber wenigstens das hab ich jetzt endgültig hinter mir!«
Danach höre ich mich jedoch die Wiese hinter ihrem Haus beschreiben, die so gnadenlos schillerte, dass man die Lider zusammenkneifen musste. Stets knatterte der indische Gärtner auf dem Rasenmäher mit den Booten um die Wette, während wir Maulwurfskuchen aßen, vor einem Horizont aus Segeln.
»Hatte sie etwa auch eine schottische Uhr?«, fragt der Mann

wie selbstverständlich, seine Hände jedoch sehen abweisend aus.

»Ja«, sage ich. »In der Diele. Ich höre heute noch das Ticken.«

Er nickt mir zu, und für einen Moment sieht es aus, als würde er tatsächlich verstehen, was ich meine. Als müsste es ihn interessieren, dass der Inder um Punkt halb fünf Schluss machte, nachdem er neun Stunden nichts mehr getrunken hatte. »Selbst wenn ihn einer hätte hereinrufen wollen, was Mutter aus Rücksicht auf die Dielen vermied, man hätte nicht gewusst, unter welchem Namen.«

»Vermutlich hatte er einen«, sagt der Mann und starrt gedankenverloren in die Luft, »aber vielleicht auch nicht.« Ich lache, schrecke aber auf, als ein Wagen vorüberfährt und eine Tüte über den Gehsteig weht.

»Sie macht jedenfalls immer ein entsetzliches Getue!«

Nur weil er wortlos Tee nachschenkt, beginne ich schließlich auch von Jesse zu erzählen, der sich an einem dieser Gartensonntage plötzlich zu äußern begann.

»Ola!«, sagte er.

»Er hat *o lala!* gesagt«, entschlüsselte Mutter.

»Habba!«

»Aber? Aber was denn, mein Schätzchen?«

»Hört sich an, als hätten Sie einen ziemlich netten kleinen Jungen«, wirft der Mann ein, und ich schaudere, als er lächelt.

Zum ersten Geburtstag schickte der Londoner Babyausstatter das Maserati-Bett, und endlich färbte sich der dünne Kranz aus Haar an Jesses Hinterkopf sonnenuntergangsrot. Eine Farbe, die selbst den indischen Gärtner entzückte.

»In Delhi wäre Ihr Junge wahrscheinlich im Tempel ausgestellt worden«, sagt der Mann lakonisch und zieht mir den Ölmantel über den Knien zurecht. Erst als er mich berührt, begreife ich, in welch makabre Situation ich uns bringe.

»Ein eher hitziges Rot«, sage ich verlegen. »Diese Haarfarbe, meine ich, etwas zwischen Feuerwehr und Geranien. Fast unzüchtig. Mir war es immer ein Rätsel. Bei unseren vernünftigen Genen!«

Als meine Zähne klappern, zerrt mich mein Begleiter hoch und zieht mir den Mantel ganz über. Ungeduldig. Seufzend. Während er die Knöpfe bis zum Kragen schließt, denke ich an nichts. Aber ich raffe mich auf, obwohl der Ölstoff mich fast erdrückt. Im Abendlicht hat die Haut des Mannes denselben Ton angenommen wie sein Haar, eine kräftige Kupferfarbe.

»So geht es«, sagt er und prüft sein Werk. »Wenigstens sehen Sie nicht mehr wie ein Ungeheuer aus. Nehmen Sie den letzten Schluck.«

Dann verstaut er die chinesische Thermosflasche in der Satteltasche. Als er aufsteigen will, stehe ich immer noch reglos da. Auf dem fernen Kanal bewegen sich zwei helle Punkte, Schwäne, und der Mann flucht, weil die Fahrradkette sich verhakt. Er steigt wieder ab, um sie zu lösen. Vermutlich hat er andere Probleme, als dabei zu mir herüberzusehen.

Es wäre wohl auch zu viel verlangt.

»He!«, rufe ich hinüber, als er sich schließlich in Bewegung setzt, aber der Blick, den er mir über die Schulter zuwirft, ist unkonzentriert und kühl. »Ihr Mantel!« Während ich an dem Ölstoff zerre, schüttelt er verständnislos den Kopf. »Wollen Sie mir denn nicht wenigstens Ihre Adresse ...?«

»Nein«, sagt er bestimmt und tritt in die Pedalen. Als das Fahrrad in den Strom der Mountainbikes eintaucht, die sich auf den dunklen Park zubewegen, habe ich begriffen. Mein Ärger erteilt mir eine wichtige Lektion über Leute, die sich für den Nabel der Welt halten. Fast hätte ich aufgeheult. Zwar kenne ich meinen Helfer nicht, aber Ordnung muss sein. Wenigstens die Genugtuung, sich zu bedanken, sollte man Menschen lassen.

Schon ein paar Straßenzüge hinter dem Café ist alles voller Schaufenster.
Zu Spiegeln habe ich von jeher ein angespanntes Verhältnis, weil das, was ich darin sehe, mir nicht gefällt. Ausgerechnet heute ähnele ich besonders den Frauen, die für Männer wie Paul Barth bestimmt sind, kunstbegeisterten höheren Töchtern, die in der Toskana bildhauern. Außer dass ich diesmal einen unpassenden Ölmantel trage statt der Businesskleider, die umso billiger wirken, je aufwendiger der Name des Schneiders klingt. Als Paul mir einmal von seiner neuen Flamme erzählte, die nach Dienstschluss, in der Osteria, ihre zweisprachige Mailboxansage auf peinliche Fehler überprüfte, fühlte ich mich sofort ertappt. Unsere Friseure besitzen die teuersten Kämme der Welt.
Wir sind eine Utopie. Weil wir die Macht haben.
Missmutig zurre ich den Gürtel fester. Dass ich dabei in einem Schwall *Cool Water* ertrinke, passt zu dem Theater, das sich letztlich immer kostspieliger gestaltet. Mit einigem Aufwand halte ich mich jung und scheinmager, aber während früher wenigstens ab und zu ein Kompliment dabei heraussprang, bin ich inzwischen nur noch eine Person, die man an Straßenecken stehen lässt. Mir kommt die Idee, in meiner Stammtrattoria einen Abenddrink zu nehmen, wegen des Gefühls von Grandiosität, das sich dabei stets einstellt. Sobald sich aber der Kellner entfernt, um umbrischen Prosecco aus dem Keller zu schleppen, fühle ich die unangenehme Anspannung.
Falls der Sekt nicht teuer genug ist, wird sie immer stärker.

Dagegen schläft man im Notfall mit dem Kellner, meist genügt es aber schon, ihn zur Begrüßung zu küssen und beim Vornamen nennen zu können. Ab und zu revanchiert er sich sogar mit der einen oder anderen ausgefallenen Sexualpraktik, was sich allerdings erledigt, sobald er beginnt, daraus Ansprüche abzuleiten.

Ein BMW hupt, als ich ihm fast vor die Stoßstange laufe. Dario hatte einen BMW, der Monika hieß, Monika wie seine Mutter. Nach dieser letzten, wenn man so will, ernsthaften Affäre mit einem Bildzeitungsschreiber sah ich mich gezwungen, sogar mehrmals auf den Kellner mit dem Opernnamen zurückzugreifen.

Einmal kam ich mit Wendt in die Trattoria, wo Enrico mir die Sardellen an Rucolajus mit einer solchen Verachtung auftischte, dass ich blass wurde. In seinen Augen stand ein *Gefühl*. Natürlich befürchtete ich, mich dadurch verdächtig zu machen, und verzichtete sofort darauf, ihn beim Namen zu rufen und zu küssen. Obwohl das sonst jeder, einschließlich der Männer, tat.

Es war ein letztes Alarmsignal.

Natürlich musste man vermeiden, dass Jesse irgendwann einen Kellner *mein Enrico* rief. Etliche Jahre, nachdem er seinen Erzeuger *mein Paul* zu nennen begann, was mir unendlich auf die Nerven fiel. Deshalb besaß ich auch keine Skrupel, aus unserer ehemaligen Familienwohnung ins schwungvolle Haus umzuziehen. Es sollte eine Amputation werden. Allzu schwer konnte es nicht sein, einen Vater aus einem Dreijährigen zu entfernen.

»Mein Paul kommt bald«, behauptete Jesse aber nur drei Tage später.

Nhom nickte, mit einem ängstlichen Seitenblick zu mir. In Korea, das war klar, grillte man vorlaute Kinder über offe-

nem Feuer, wie sein eigener Vater behauptete, der schließlich einige Kriege hinter sich gebracht hatte. Weil ich fand, dass seine Geschichten einen guten Einfluss auf Jesse hatten, durfte Nhom nun manchmal unter dem Sternenhimmel schlafen, den ich so lange mit fluoreszierender Farbe an die Kinderzimmerdecke gepinselt hatte, bis ich mich fast nützlich fühlte. Aber Esther trieb mir weitere Heimwerkereien schnell aus. Kinder brauchten Mangel, damit sie keine Luxusgeschöpfe mit Luxusproblemen wurden.
»Du provozierst das doch alles«, sagte sie eines Abends, als ich ihr wieder mein Leid klagte.
»Paul Barths Verlogenheit?«
»Deine Langeweile. Auf tausend Kilometer Entfernung witterst du den einen Hohlkopf. Wie wäre es zur Abwechslung mal mit einem, der dich lieb hat?«
Lieb hat?
»Und Paul ist Paul«, sagte sie. »Er hat es auch nicht leicht.«
»Natürlich«, sagte ich. »Ein netter Verbrecher. Mit so einem würde ich nicht mal ein Bier trinken gehen.«
»Afra! *So einen* hast du sogar geheiratet!«

Jedenfalls fehlte mir der Überblick über Pauls Leben. Meines Wissens reiste er eine Weile mit S. Bahn und *Hühnchen!* durch die Staaten, um später endgültig auf die Grüne Insel zu ziehen. Zwischendurch trudelten übertrieben farbige Ansichtskarten ein, von Guernsey, von Barbados. Für jeden kleinen Jungen, der darauf wartete, ein einziges Mal mit seinem Vater Federball zu spielen, wären sie ungerecht plastisch gewesen. Aber Jesse brachten sie fast um.
Federball, überhaupt eine passende Umschreibung für ihr Verhältnis.
Der Ball muss hochgehalten werden, nur meist trifft man ihn nicht.

Paul Barth umschrieb seine Existenz gern mit Bildern aus dem Wasserbereich – er war *in Fluss* oder *sein Dasein strömte*, das klang finster genug, um genial zu sein, und bedurfte keiner weiteren Kommentare. Kein Wunder, dass Jesse sich mit kaum fünf Jahren für Flüsse und Seen zu begeistern begann. *Rinnsal, Bach, Lauf, Fluss, Strom, Meer.* Allein das Wort Teich konnte er in mehrere Sprachen übersetzen.

Die pompöse Tudorfassade passt zum Ruf der Agentur. Hinter den letzten erleuchteten Fenstern tobt Wendt Jussen offenbar noch mit Jelly. Wie in seinem Lieblingswitz: In jeder Hinsicht ähneln sich Geschäfte und Geschlechtsverkehr. Beides nur eine Frage von Positionen.
Dümmliche Aphorismen erfindet er, wenn er angeheitert oder mit mir allein ist, so dass es einen doppelt ekelt, wenn er in Gesellschaft plötzlich Sozialjargon benutzt und Macht und Hierarchie als Riten gemeiner Kannibalenstämme darstellt. Abgesehen davon hat Wendt diesen unsicheren Zug um den Mund, der Männer seines Typs gefährlich macht.
Ich hingegen bin eine Art Sektglas.
Eine nicht mal geschiedene Frau mit zerbrechlichen Ansprüchen.
In Nächten wie dieser blättere ich oft die Alben durch, meine Männergalerie, Quer- und Längsformate, eine Portion erinnerter Schmerz. Das Glas Abschiedsrotwein, der schmeckt wie ein teurer Kuss. Tränen, zu denen ein gewisser Pegelstand verhilft. Letztlich finde ich es großartig, mich rühren zu lassen, denn es beweist, dass ich sensibel bin. Inzwischen halte ich mich sogar manchmal für ein Genie. In meinem Kosmos verwandeln sich alle Macken in Begabungen, und dass mir der Ölmantel über den Weg gelaufen ist, passt fabelhaft ins Muster. Esther hat Recht. In einer Armee

von Männern entdecke ich den einzig gefährlichen Irren.
Wie ein Jagdhund. Ich kann sie *riechen*.

Auf den letzten Metern denke ich an Enrico.
Ein Kellner, der Schopenhauer sogar begriffen hatte.
Er brachte mir auch bei, wie man Saxophone liebt, und spielte mir das *Parce mihi domine* von Jan Garbarek vor. Eine wirkliche Erleuchtung. Aber, wie um Himmels willen, liebt man jemanden, der Rucola im Zickzack zwischen Tischen herumträgt?
»Um Rucola geht es gar nicht«, behauptete Esther. »Das Leben ist nicht so.«
»Wie?«
»So dekadent«, sagte sie. »Du bist ein Snob. Nein, eine Verbrecherin. Mit deiner intimen kleinen Agentur.« Dass ich ihr ein Babysitter-Gehalt zahle, seit ich mich in die verbrecherische Agentur eingekauft habe, stört sie andererseits nicht im Geringsten.
Meine Esther, die wie ein Gespenst am Rand fremder Leben taumelt.
Seit sie mein Hilfsmann wurde, kam es zunehmend zu Szenen. Dabei hatte ich ihr sogar erlaubt, einen Zaun um den Garten zu setzen. Millionen von Latten, gerade wie kleine Macheten.

»Ach Gott«, sagte sie und wischte sich mit ihrem anmutigen Taschentuch die Stirn. Außer ihr kannte ich keine Frauen, die Stofftaschentücher besaßen und zum feierlichen Anlass der Hausarbeit die Schürze anlegten. Außer Esther kannte ich andererseits überhaupt niemanden, dem ich Jesse überlassen konnte. Ich kannte ja nicht mal Hausarbeit.
»Habe ich dir eigentlich erzählt, wie es bei der Wahrsagerin war? Nun sieh mich nicht so an, Afra! Glaubst du vielleicht,

mir reicht das zügellose Leben hier? Haushalt und Jesse? Und zwischendurch ein Kommilitone als Pausenfüller? Ich meine, würde dir das gefallen? Nicht, dass ich nicht gern so lebte...«, sagte sie nachdrücklich.
»Mamma!«
»Mein Gott!«, brüllte ich zum Fenster hinaus. »Jesse! Kann man sich vielleicht eine Minute wie ein vernünftiger Mensch unterhalten?«
Mit gesenktem Kopf betrachtete er auf der Schaukel seine Kniestrümpfe, ein altmodischer Junge, der Esthers Bekleidungsvorstellungen in jeder Hinsicht unterstützte.
»Komm, Jesse«, rief ich. »Gib mir fünf Minuten, dann bin ich unten!« Als ich mich umdrehte, spiegelte Esthers Gesicht plötzlich Erstaunen, Neid und Verachtung. Und zwar in genau dieser Reihenfolge.
So sah sie ganz und gar nicht mehr wie Esther aus.
»Schon gut«, sagte ich, »ja, ich bin ungerecht. Ich kümmere mich sowieso zu wenig um ihn.«

»Verarsch mich nicht!«
Eine Spur von Behagen durchdringt meine Müdigkeit, als Paul in seiner keltischen Hütte laut aufstöhnt. Seine Abreise nach Deutschland hat sich verzögert, weiß der Himmel, warum. Kurz vor Mitternacht, und ich werfe einen Blick auf den Ölmantel, der wie ein glänzendes Fell über dem Sessel liegt und mich dazu bewogen hat, endlich das Telefonat zu erledigen.
Aber diesmal bietet selbst Paul Barth keinen rechten Anlass, mich abzureagieren. In seinem Verschlag höre ich ihn hektisch auf und ab gehen. Immer noch bin ich wütend auf den Fahrradfahrer, dessen Mantel ich einen Tritt verpasse.
Glücklicherweise lässt sich Zorn recht unkompliziert weitergeben.

Die ersten Fotos mit den alten Bäumen, die Paul uns schickte, zeigten ein Postkartenidyll. Der Bach mit weißlichen Strömungssäumen, viele Blumen, davor das Motorrad, mit dem Jesses Vater über die Insel zigeunert und Altmetall für Installationen sammelt.
»Da möchte ich mal hin ...!«, sagte Jesse sehnsüchtig.
»Schrott gibt es hier aber auch genug«, sagte ich gemein.
Kainsbach, S. Bahn, *Hühnchen!* und sein Vater haben zusammen bei demselben uralten Professor studiert, der ihnen dieselben Flöhe ins Ohr gesetzt hat. Figuren und Farben. Aus Bronze oder Zinn fabriziert Paul Barth hinter seiner Hütte neben Bildern auch Bilderrahmen, die Sammler manchmal für die eigentliche Kunst halten.
»Das ist doch nicht möglich!«, ruft Paul gerade. »Bist du völlig plemplem? Wieso hast du ihn einfach mitgehen lassen?«
In der Leitung tuckert etwas, ein irischer Kahn unter Umständen, es ist ja nicht sicher, wie weit sie dort bereits in die technische Neuzeit vorgestoßen sind. »Was hat er denn gesagt? Hat er geweint? Man kann doch kein heulendes Kind mit wildfremden Leuten ...«
»Paul!«, sage ich beschwörend, »Paul, hör zu, sie sind im Recht. Ich hatte gar keine Handhabe.«
»Aber er ist *unser* Kind!«
»Seit wann denn?«, frage ich.

Natürlich wünschte sich Esther Kinder.
Leider fand sich jedoch keiner, der die Produktion übernahm.
Immer tat sie mir Leid, und immer stellte ich fest, dass ich eine durch und durch giftige Person war. Schon lange bevor mein Sohn von den Umständen gezwungen wurde, nach Amerika auszureisen, fanden daher Entschuldigungs-

spräche statt. »Esther, ich bin dir sehr dankbar. Habe ich das übrigens schon mal gesagt?« Eine dünne Spirale aus Haar schnürte ihren Zeigefinger ein, bis er weiß wurde. »Aber was soll ich machen? Wir müssen doch leben.«
Das hörte sich eine Spur zu bittend an.
»Paul steckt sein Geld in Farben. Meine Mutter würde ich nie um Hilfe bitten.« Immer noch starrte sie über meinen Kopf hinweg. »Außerdem«, sagte ich mit dieser falschen Stimme, »arbeite ich gern.«
Esthers Puppenaugen klappten auf und zu.
»Du lebst gern«, stellte sie unvermittelt fest. »Natürlich, so wie du lebst, mit deinen Meetings und Prosecco und allem. Salute!« Sie hob die Kaffeetasse. »Auf das Leben, das du führst!«
»Was ist los, Esther?«
»Nichts«, sagte sie, »vermutlich nur die Hormone.«

Seinerzeit hatte ich eine Kinderfrau für Jesse gebraucht, während Esther ein Kind wollte, ein Handel, bei dem für uns beide etwas wie Freundschaft abfiel. Oft sandte ich Stoßgebete zum Himmel: Gäbe Gott, dass sie vernünftig bliebe, gäbe Gott, dass mein Kind Esther noch eine Weile genügte. »Esther«, sagte ich scheinheilig, »Jesse liebt dich! Du kennst ihn, seit er laufen kann. Und ich finde dein Leben überhaupt nicht langweilig.«
»Warum lebst du es dann nicht einfach für mich?«
»Weil ich das Geld brauche!«, sagte ich flehentlich.
Aber mein Vater hatte mir genug hinterlassen, dass ich einige Jahre auf Arbeit hätte verzichten können. Vor Jahrzehnten hatte er einen Vergaser erfunden, ein Vergaser-Erfinder, der mit einer Freizeitbeschäftigungs-Erfinderin verheiratet war. Mit diesem Stammbaum war ich so privilegiert, dass es wehtat, vorwiegend allerdings anderen. Zum Beispiel Esther, die

gerade ein zweites Studium abschloss, neben Jesse, ihrem Haushalt und vier konfusen Schwestern. *Haschischfresserinnen*, wie Paul sagte.
Was ihr fehlte, war jedoch ein Mann, leider mangelte es ihr zudem an jeder Ausstrahlung. Stattdessen besaß sie einen unerfreulichen Hang zu Ehrlichkeit.
Bereits Kajalstifte waren für Esther Lügen.
»Mamma!« Sie beobachtete mich, aber was sie verlangte, war unerfüllbar: Ich sollte hinuntergehen, sollte bleiben, ihr eine gute Freundin sein, ich sollte Jesse erlösen, sie von Jesse erlösen, ihn ihr schenken. Diesen Jungen, der sich auf der Schaukel immer schneller bewegte und fern und verloren wirkte.
»Die Wahrsagerin...«, sagte sie freundlich, »davon wollte ich doch erzählen!«
»Klingt spannend«, sagte ich und unterdrückte ein Gähnen.

Paul Barths Schweigen sagt mir, dass ich getroffen habe.
Nur nicht tief genug.
»Ich liebe diesen kleinen Burschen!«
Als er endlich zu der erwarteten Rede anhebt, die von mir, meinen Banalitäten, der Untüchtigkeit und etwas später von ihm und seinen erstklassigen Erkenntnissen handeln wird, wühle ich nach einer weiteren Zigarette. Aus der leeren Schachtel fällt jedoch nur das Papierkügelchen, das ich tagelang mit mir herumgetragen habe.
Unter Pauls Monolog beginne ich, Jellys Zettel zu entfalten. Ihre antrainierte Kreativenschrift flimmert vor meinen Augen. Ohne nachzudenken, unterbreche ich das Gespräch und lasse Paul weiter in die tote Leitung reden. Mir vorzustellen, wie er salbadert, während der Kahn leise tuckernd ins Leere läuft, bereitet mir großes Vergnügen.
Ich habe aufgelegt. Ich bin eine heimliche Gewinnerin. Jelly

benutzt türkisfarbene Tinte, Kleinmädchentinte, und der Elan der Buchstaben scheint mir halsbrecherisch. Eine Telefonnummer. Schon beginne ich zu wählen. Statt ein teures Buch zu kaufen, hat Jelly ihren persönlichen Trauerrat sparsam dosiert. Ein Name. Zahlen. Rettung.
Marjam, in Klammern: *Gutes Medium!!!*

»Sie ist jung und sehr schick!«
»Wer?«, sagte ich verständnislos.
»Die Wahrsagerin! Zuerst hat sie unser Haus beschrieben, stell dir vor!«
»Das hättest du bei mir gratis haben können, Esther«, sagte ich achtlos, »vielleicht war sie ja mal da.« Unten hatte die Schaukel mit ihren bitteren Geräuschen aufgehört, die Stille wurde dicht und klagend.
»Sie kann aber Jesse nicht kennen!«
»Jesse ...?«, wiederholte ich dankbar.
»Du solltest«, sagte Esther, »unbedingt auch hingehen.«
Aber ich wusste, was ich sollte. »Natürlich«, sagte ich und griff erlöst ihr Stichwort auf. »Aber erst mal geh ich runter zu Jesse!«

Nur kurz erwäge ich, den hübschen neuen Ölmantel anzuziehen.
Drei Tage nach dem Absturz im Café kehre ich anständig gekleidet ins gesellschaftliche Leben zurück.
Wendt Jussens Geburtstagsfeiern sind legendär, neben den spindeldürren Cellistinnen, die er engagiert, bemüht er sich um eine aussterbende Form von Esskultur. Allerdings hat mich die Wahrsagerin vor jeder Übertreibung gewarnt, und beim Partygespräch sollte ich sie auch besser *Medium* nennen. Seit geraumer Zeit versuche ich nun schon, meine Geschichte loszuwerden.

»Am Schluss hat sie mir von der Tür aus gewinkt«, erzähle ich Wendt, der mein schwarzes Etuikleid begutachtet, unter S. Bahns skeptischen Blicken aus der Ecke. In der schweren Lederjacke benimmt er sich wie ein Miesmacher, für den Partys nur Ereignisse sind, wenn ihm Luftschlangen wie Gewehrkugeln um die Ohren pfeifen.
»Sie hielt das Geschoss am Halsband«, sage ich und mache es Wendt vor: »So . . .!« Meine Finger krampfen sich um Jellys Achselträger, bis alle lachen.
»Welches Geschoss denn?«, ruft S. Bahn, um sich ins Gespräch zu bringen.
»Den Schäferhund«, rufe ich zurück. Der Robbenfängermantel ist ganz überflüssig, selbst nackt würde ich noch eine gute Figur machen, so begeistert sind sie, dass ich die *Ereignisse* mit keinem Wort erwähne. Es erlaubt ihnen, anständig zu bleiben, ohne einen Hauch Anteilnahme an den Tag legen zu müssen.
Marjam, das Medium, hatte einen tastenden Blick, und Reden war ihr Hobby, neben der *geistigen Welt*. Als sich nach kürzester Zeit jedoch ihre Stimme zu überschlagen begann, ergriff ich die Flucht. Es reichte mir. Die pastellige Vorstadtwohnung, der Schäferhund, der sich ununterbrochen gegen die geschlossene Küchentür warf, Pokemonfiguren und Playmobilbagger in den Ecken. Esthers fabelhafte Menschenkenntnis. Von wegen schick.
Oder das Medium hatte einfach seinen schlechten Tag.
Obendrein handelte es sich bei Jellys und Esthers Wahrsagerin um ein und dieselbe Person, besser, ich hätte stattdessen Mutters Anwalt aufgesucht.
»Sozialer Betonbau«, sage ich, »und dann diese munteren Punkte überall, farbige Absetzungen für jeden Wohnblock.«
Fassungslos starrt Wendts Frau mich an, eine Anthropo-

sophin, die sich ihr Raspelhaar mit hochgiftigen Färbemitteln schneeweiß bleicht. Hinter der Bar steht Esther, die ich mitgenommen habe, weil sie sich von der Party sexuelle Aufregungen verspricht. »Ich meine, die geistige Welt ist die eine Sache, aber kann man das wollen? Es riecht, schon wegen der Schäferhunde. Ganze Herden.«
»Rudel!«, verbessert Jelly. Mit neuem Champagner rückt mir Wendt auf die Pelle, *Brut* irgendwas, der auf Manschetten spritzt und ein säuerliches Aroma verbreitet. Jussens haben eine Villa voller Anwandlungen, weitgehend anthroposophisch eingerichtet, also rund. Und wirkliche Kunst. Tatsächlich besitzt Wendt Sinne, die im Leben nicht gefragt sind. Hinter S. Bahn, der mit der spanischen Praktikantin plaudert, hängt einsam ein Braque, den ich noch nicht kenne. Lässig lehnt S. Bahn seinen Kopf dagegen, wenn er lacht. *Ich habe nicht den geringsten Respekt vor dieser bürgerlichen Scheiß-Kunst*, soll das heißen.
»Aber was hat sie *gesagt*? Über deinen ... über ...«
Plötzlich verstummen die Gespräche über Stilaussagen und die Wüstenrallye Paris–Dakar, es wird eng im Raum, Männer strecken sich verlegen in Dandy-Anzügen, und Frauen lächeln hinter eigentümlichen City Bags. Geschmack ist eine Sache von limitierten Auflagen. Wer war noch dieser Ansicht? Von hinten schiebt Esther sich an mich heran, und ich lehne mich in ihren sauberen Kondensmilchgeruch.
»Lasst sie doch in Ruhe damit«, faucht Wendt. *Wir müssen Begehren schaffen, nicht Neid*, hat Karl Lagerfeld gesagt. So hat er den Papst überholt mit seinem langweiligen Zeug über Strafe und Leiden.

»Afra, ich hatte übrigens vorhin das neue Label angesprochen.« Wendt gibt sich alle Mühe, mich abzulenken.
Aber es interessiert mich nicht die Spur.

»Wirklich«, werfe ich ein, »überhaupt kein Problem. Es geht Jesse gut, er ist doch nicht gestorben.«
In mein kleines Lachen hinein keucht die Anthroposophin, die Milka heißt, wie eine von Zelophads Töchtern aus der Bibel. Ich wende mich dem Pesto zu, aus dem man einen Feldzug machen könnte. *Der Pesto-Look* – dafür müssten sie mich auf den Schultern um die Agentur tragen. Zwar sind wir inzwischen groß, die Braques der Reklame, aber nicht zu groß, um vor den Kunden über den Boden zu kriechen. *Aus nichts lässt sich immer noch alles machen*, unser Slogan, der ihnen das Blaue vom Himmel verspricht. Langsam lichtet sich der Nebel in meinem Gehirn, das seit Monaten nicht mehr arbeitet. Tatsächlich, ich werde wach.
Geniale Idee, Tomaten im Haar, Pesto auf der Hose.
Nach Genueser Familienrezept mit dem Mörser eingerieben.

Müde habe ich zwar immer am besten geliebt, aber noch besser wäre es, ab und zu auszuschlafen.
»Erzähl doch endlich!«, sagt Jelly.
»Diese Frau verfrachtet mich also auf ihr Schwedensofa«, sage ich, »dazu gibt es Salbeitee und so weiter und so fort, dann starrt sie mich nur an. Die ganze Zeit wollte ich ihr erklären, dass Haarewaschen einmal pro Woche die geistige Welt garantiert nicht stört...« Jelly lacht, geleeartige Töne aus einem Mund, den *Mauve Eclair* von Dior zusammenhält, ein schamlos lackiertes Rosa. Beruhigend legt Wendt ihr die Hand auf die Schulter.
»Vermutlich hätte ich mich danach aber nur noch schlechter gefühlt«, sage ich und weiß plötzlich nicht mehr weiter. Wendt lächelt nun auch mir beschwichtigend zu, ich fröstele jedoch bei der Erinnerung, wie die Hellseherin plötzlich die Augen aufriss und über Jesse zu schwafeln begann.

Über Tote, die neben uns auf der Straße laufen, die Traurigen, Verlorenen, die Verschwundenen. Ein abseitiges Weltbild, so schaurig, dass man es nicht teilen sollte.
Nach Informationen aus der geistigen Welt, die sie aufgefangen hatte, war ich einst eine holländische Siedlerin und Jesse mein einziger Sohn. Minuten später bringe ich es fertig, diesen Zusammenhang einigermaßen verständlich zu schildern. Sogar Esther wagt es, schüchtern zu lachen.
»So ein *Zufall*«, ruft sie, »ihr müsst euch vorstellen, dass ich *zufällig* bei derselben Wahrsagerin war!«
»Demnach wäre ich eine Frau mit Vorleben!«, sage ich geistesabwesend.
Das Wort jedoch spucke ich aus.
Vorleben, und auch mein Kopfschütteln ist eine Spur zu heftig.

Plötzlich wird die Erinnerung an Marjam schwerelos, samtig entfaltet sie sich im Raum, fast kann ich ihren Duft nach Babycreme riechen, die Schlüsselblumen in der kleinen blauen Vase, und ich höre wieder ihre heisere Stimme.
Die postnatale Depression?
Nur eine Reaktion auf die Vergangenheit, auf einen jahrhundertealten Brunnen und ein fallendes Kind. Wenn ich richtig verstanden habe, sprach sie von dreihundert Jahre alten Schuldgefühlen.
»Wahnsinn!«, sagt Wendt und stößt seine Anthroposophin an.
»Man sollte sich nicht unbedingt darüber lustig machen«, bemerkt sie kühl. »Wie war das genau?«, setzt sie, an mich gerichtet, nach.
»Ich glaube«, sage ich lächelnd, »er soll damals ins Wasser gefallen sein, und dabei ...« Das Wort bringe ich nicht mehr heraus. Das Wort für sein Ende.

»Das Kind ist also in den Brunnen gefallen!«, springt Jelly mir bei.
Alle lachen, nur Wendt räuspert sich unbehaglich. Dabei habe ich verschwiegen, wie es wirklich war: meine Starre angesichts des Hundes, der gegen die Tür knallte, angesichts von Marjams Betonmiene in alldem anderen Beton. Ich unterschlage die Panik, in der ich aus dem Sozialbau flüchtete, Marjam, die in meinem Kopf weiterredete, die holländische Siedlerin, deren kleiner Junge über einen Brunnenrand kippte. Er hatte rote Haare.
Wie weit der lange Arm der Zeit doch manchmal reicht.
Mich wenigstens berührte er so, dass ich noch Stunden danach meine Migräne mit schwerem Geschütz behandeln musste. Denn Marjam hat nichts, aber auch gar nichts über mich gewusst. Mit keinem Satz habe ich die postnatale Depression erwähnt, Jesses Haarfarbe oder die Angst, er könne durch meine Schuld sterben. Wortlos hatte der Ölgötze ihr eine Falle gestellt und abgewartet.
Die Pesto-Party wiehert.
Gegen ihre Probleme ist meins eine eher mikroskopische Veranstaltung.

Sie haben einen Sohn? Ihr Sohn ist nicht bei Ihnen? Er ist fast acht Jahre alt? Er hat ... warten Sie ... rotes Haar?
Satz für Satz wiederholte Marjam, was schon Jesse mir erzählt hatte, seinen Traum, am Morgen nach Linda Carruthers' Anruf.
Ich hab auch mal im Wasser gesessen, Mamma!
In Wendts Badezimmer öffne ich den Hahn der Angeberarmatur und reibe mir den Nacken mit Papiertüchern, die ich achtlos ins Waschbecken fallen lasse. Als sie den Abfluss verstopfen und eine glitzernde Scheibe bis zum Beckenrand steigt, schüttelt es mich. Nicht Marjams intensive Blicke hat-

ten meinen Widerstand gebrochen, sondern eine übergroße Dosis Vergangenheit, die plötzlich in die Gegenwart einfloss.
Nasses rotes Haar. Ein ertrunkener Junge und ein lebendiger Junge, der von einem ertrunkenen Jungen erzählte. Meine Finger zerschneiden den silbrigen Wasserspiegel.
Nie war ich abergläubisch, nur hilflos und zu laut.
Es ist Wahnsinn. Es muss ein Trick gewesen sein.
Ich bin kein Ölgötze.
Ich bin eine kleine Frau mit kleinen Möglichkeiten.

»Jede Rinde hat eine besondere *Struktur*!«
Jussens Party kommt endlich in Bewegung.
Inzwischen ruht S. Bahns Kopf nämlich an meinen Brüsten. Dichte schwarze Locken treffen sich im Nacken mit drahtigem Haar, das den Kragen überwuchert. Das lässt Schlüsse darauf zu, wie es unter seinem Seidenhemd aussieht. Aber leider ist nichts so hartnäckig wie eine einmal gezündete Phantasie, also stehe ich nicht auf, auch wenn ich längst die Lust verloren habe.
»Ich würde dich gern mal besuchen!«, sagt er. »Auf *Damon II* ist diese Struktur besonders ausgeprägt. Zusammen mit dem Leichtmetallrahmen ...«
Er schüttelt den Kopf, bis es meine Brüste schüttelt.
»*Damon II*?«, sage ich unzugänglich.
»Das Bild, das ich dir geschenkt habe. Ich bemühe mich ja immer um ironische Titel.«
Wendt, der sein rotes Sofa ansteuert, hält inne, als er unsere Verstrickung erfasst. Keine Ahnung, wie S. Bahn in die Nähe meines Ausschnitts gerutscht ist. Leider hat mir Esther vorher noch den letzten Klatsch über ihn erzählt, er soll wegen seines Geschlechtsteils unter einer Profilneurose leiden. Das hat sie von Jelly, die sogar das Wort *Geschlechtspartikel* benutzte, wobei Milka Jussen das Gegenteil behauptet. Es sieht

so aus, als hätten sie alle mit S. Bahn geschlafen. Darüber wollte Esther mich aufklären, denn sie hat ein bisschen getrunken.

Mühsam halte ich mich gerade, während meine Interessen immer undurchsichtiger werden und Wendt sich wieder in Bewegung setzt, gefolgt von einem Mann im Gehrock und einer weißblonden Person mit bildschönen Füßen.

»Louis ...«, sagt Wendt, als er zum Stehen kommt.

Im Gegensatz zum Gehrock hält er sich nicht mehr ganz gerade.

Louis? Welchen Louis meint er? Ich drehe mich um, denn meines Wissens kenne ich keinen Louis hier. Mit einer hässlich flehenden Geste zupft Wendt seinen Begleiter am Ärmel.

»Louis, ich möchte Sie mit S. Bahn bekannt machen!«

Ach so. Die Luft ist dick wie ein Spültuch.

»Louis H. Bloemfeld!«, sagt Wendt.

»Wo?«, fragt S. Bahn verständnislos. Wendt schiebt den Gehrock vor das Sofa. »Wie du weißt, ist Louis Bloemfeld Kunsthändler, S. Bahn. Und ihr beiden habt mindestens eins gemeinsam.«

»Ich bin kein Kunsthändler!«, protestiert S. Bahn.

»Kleiner Scherz«, betont Wendt. »Ich meinte nur das *H* in euren Namen. Louis *H*. Bloemfeld und S. Ba-*h*-n«, buchstabiert er. »Bahn, mit *H*«, ein dienstliches Lachen, als der Witz entgleist, »in der Mitte. Ich hatte dir doch erzählt, dass Louis ...«

Bloemfelds Begleitung, die Fußfetischistin, lässt ihre Augen über das Sofa gleiten, wo wir sitzen wie die Laokoon-Gruppe und der Gefangenenchor. Sie scheint ein Auge dafür zu haben, dass dieser Künstler mich noch am selben Abend heimführen will.

»Wie geht's Venedig?«, fragt der Gehrock, als er sich plötzlich zu mir umdreht.

Betreten entfernt S. Bahn seine Hand von meinem Knie. Aber erst Bloemfelds Blick auf dieses leere Knie macht mir klar, wer er ist.

Venedig. Die Rialtobrücke. Der Ölmantel. Ich habe ihn schlicht nicht erkannt. Als mir die Thermoskanne einfällt, meldet sich die Panik.

Nervös taste ich nach dem Handy, das zwischen die Sofakissen gerutscht ist.

Wie spät es in Amerika sein mag?

Bloemfelds Augen ruhen auf meinen suchenden Händen.

»Ach du liebes Lottchen«, meint S. Bahn, »ich war auch nie in Venedig!«

»Kennt ihr beiden euch etwa?«, fragt Wendt mich.

»Leider noch nicht«, sagt S. Bahn. Diese Kette betrunkener Missverständnisse sorgt dafür, dass die Blondine in haltloses Gelächter ausbricht. Jemand hat Astrud Gilberto aufgelegt, und nun klagt es gediegen aus den Lautsprechern. »Indirekt«, sagt Bloemfeld.

Wendts Augen irren zwischen uns hin und her.

»Nun«, sagt er, »wer Afra Barth nicht kennt, kennt die Branche nicht. Oder: *Nur Langweiler leiden unter Langeweile.* Wer hatte das noch gesagt?«

»Will Smith«, sagt Bloemfeld zerstreut, denn die Fußfetischistin streicht ihm langsam über die Schulter. Statt einer Frisur trägt sie eine Fick-mich-Palme auf dem Kopf, wie Jelly das wirre Nest aus Haaren bezeichnet.

»Will Smith?«, sagt S. Bahn. Aber statt zu erklären, stellt Bloemfeld seine Begleitung vor. Eine Barbara. Ohne Nachnamen. Längst wird sie in den Genuss des Dogenpalastes gekommen sein, so wie er sie ansieht.

»Etwa *der* Louis Bloemfeld?«, sagt plötzlich Jelly, die hinter Wendt auftaucht. *Der* Bloemfeld lächelt nicht mal. Seine Attitüde ist durchschaubar, die Schwere des Geldes, eine Last

für reiche Leute. Zwar kenne ich nie die Namen, auf die es ankommt, aber von Louis H. Bloemfeld habe selbst ich gehört. Ein Mercedes, was Kunst angeht.
Allein seine Erwähnung verschafft Paul Weihnachtserlebnisse.
Offenbar ist Bloemfeld zurzeit jedoch an eher schlichteren Genüssen interessiert, eins der Werke, die S. Bahn sonst kostenlos an Zahnärzte oder Notare verleiht, scheint es ihm angetan zu haben. Halblaut kommentiert er etwas, was seine Freundin sagt, in dem Ton, den man benutzt, wenn man über andere spricht. Er hat zu helle Augen und eine Härte im Blick, für die jeder Röntgenologe sein Inventar verpfänden würde. Vor dem Café ist es mir nicht aufgefallen, und in der untadeligen Garderobe wirkt er überhaupt wie das perfekte Gegenteil des Radfahrers, der mir seinen Robbenfängermantel überlassen hat. Jedes schlechte Gewissen war also überflüssig.
Falls er *der* Louis Bloemfeld ist, kann er sich ganz andere Wohltaten leisten.

Am Ende stehe ich in der Diele und lasse mich von S. Bahn küssen.
Er hat eine türkische Art zu küssen, etwas zu wütend, aber aussagekräftig. Nun stellt sich auch heraus, warum mein Etuikleid so heißt.
Es lässt sich recht simpel aufklappen.
Falls es nicht ein altes Stück Buntmetall ist, was ich an meiner Hüfte spüre, hat Jelly mit ihren Befürchtungen hinsichtlich S. Bahns Körperbaus falsch gelegen. Wir küssen im Halbdunkel, unter einem frühen Monet und einer späten Dalí-Miniatur. Zwischen uns und der Party stehen Mauern aus Stimmen und Hitze. Sie haben die Türen zum See geöffnet. Die steinalten Bäume sind weitere Wände, und Müdig-

keit hat aus den anderen Gästen Skulpturen gemacht. Man könnte sich also durchaus sicher fühlen, zumal nichts Ernsthaftes passiert. Aber von einer Sekunde auf die andere wird mir übel. S. Bahns Finger sind wie Hartplastik und erinnern mich an Paul. Von seiner Leidenschaft mitgerissen, bemerkt er aber nicht, dass ich wie eine Gliederpuppe am Garderobenständer hänge.
Vor mir liegt die glatte, eisengraue Fläche des Sees.
Dann lässt er doch die Hände sinken. Wendt und Barbara stehen wie Schattenrisse vor den Panoramafenstern, ohne Pause redet er auf sie ein, während er auf die Garnitur blütenartiger Zehen herabsieht.
Aus dem Garten klingt Esthers Gelächter für Erwachsene.
»Willst du nicht?«, fragt S. Bahn. Als keine Antwort kommt, geht er in die Offensive. »Oder kannst du nicht?«
»Frauen können immer«, erkläre ich ihm sachlich. »Hör zu, Enrico ...«
Erst beim Anblick seines zusammenfallenden Gesichts geht mir auf, welchen Fehler ich begangen habe. Es ist mir peinlich, aber eine gute Strategie, deshalb umarme ich ihn, bis S. Bahn fast in mich hineinkriecht. In meine gestammelte Entschuldigung fällt Licht, und ich vernehme das Klappern von Stilettos auf Fliesen. Die Gesellschaft löst sich auf.
Über den alten Buchen wird der Himmel schon schmutzig grau.
»Es liegt am Tequila«, sage ich, während Bloemfelds Barbara um die Ecke biegt und erst bremst, als sie S. Bahn beinah auf den Füßen steht.
Bloemfelds Augenausdruck dahinter wirkt mehr als ernüchtert.
»Holla«, sagt S. Bahn.
»Sieh mal an«, sagt Barbara, »die einen feiern, die anderen vögeln!«

»Was bedeutet nun eigentlich Ihr *H*?«, fragt S. Bahn Bloemfeld. »Wo wir gerade über Buchstaben redeten?«
»Heide«, wirft Barbara ein, »Hoden. Vielleicht sogar Hurra? Es gibt so viele Möglichkeiten!« Leise beginnt Bloemfeld zu lachen. Noch nie habe ich mich so geschämt. Ich will etwas über seinen Robbenfängermantel sagen, aber er zieht die Augenbrauen hoch und öffnet ihr die Tür.
Ein Schwall kalter Morgenluft klatscht an mir herab.

Lebend gesammelte Schnecken tötet man in kochendem Wasser ab. Dann zieht man das Tier mit einer Nadel heraus.
Nisters hat seine ersten Schnecken als Junge in Jesolo gesammelt.
Wie kann ein Mensch, der in Jesolo war und Sandautos mit zarten, gewundenen Schneckenhäusern beladen hat, nur so etwas schreiben?
Draußen höre ich Bloemfelds Wagentür.
Ich möchte Jesse anrufen, aber es geht nicht. In seiner Lederjacke läuft S. Bahn vor mir her, während Wendt und die Anthroposophin uns winken.
Auf keinen Fall werde ich heute Nacht allein bleiben.
Wenn man nicht tun darf, was man will, kann man alles andere machen.
Gar nicht so unklug, wenn man bedenkt, dass Linda das einmal gesagt hat.

Nach der Party werde ich ernsthaft krank.
Der hilflose S. Bahn schleppt Tütensuppen an und konkurriert offen mit Esther. Aber ich benehme mich wie eine Schließmundschnecke. Jesse mit seinem Organ für unstrittige Bezeichnungen brachte mir bei, dass sie *Clausilien* heißen. Ihm zuliebe verstecke ich mich und warte, dass mich jemand in heißem Wasser abtötet, in Alkohol überführt,

trockenlegt, aus dem Haus zieht und es in einem Glaskasten ausstellt.
Dabei gibt es nichts zu bereuen an dem, was getan ist.
Außer vielleicht, dass man kein Theaterstück daraus gemacht hat. Es steht ja nicht unter Strafe, mit S. Bahn zu schlafen. Zwei Dinge tue ich aber, als Buße für den Auftritt in Jussens Haus. Erstens beschließe ich, endlich wieder zu arbeiten, und zweitens suche ich Mutters Anwalt auf.
Aber ich meine es nicht wirklich ernst.
Wie erwartet, kriecht endlich auch äußerlich die Rabenmutter aus mir ans Licht. Ich rede ununterbrochen. Ich trage zu viel Lippenstift. Würde ich weiter mein geheimes Leben der Fehlerhaftigkeit leben, müsste es keinen kümmern, so aber wirkt meine Umwelt mehr als beunruhigt.

Sekretärinnen, die meterweit nach *Obsession* duften.
Goldene Schilder, selbst an der Klotür, und auch sonst ist das Anwaltsbüro eine durchweg goldene Angelegenheit. Harrer, einer der Juniorpartner, hat seinem Zahnarzt zu mehreren Fincas im ibizenkischen Süden verholfen. Ein Lächeln, das so grell leuchtet, dass ich ununterbrochen zwischen meinen Zähnen nach Petersilienresten taste.
Unverrichteter Dinge ziehe ich jedoch nach seiner juristischen Vorlesung wieder ab, wenig Pro und viele Contras, allerdings hat sich der Juniorpartner als kompetent und zackig erwiesen. Harrer ist zwar eine Spur zu schön, bevorzugt aber Macht als Argument, die milde Macht der Entpersönlichung. Die Gegenseite wird sich ihm nicht entziehen können, wenn er sie mit seinen koketten *Mans* unter Beschuss nimmt.
Man hat bereits mit dem Botschafter geredet. Auf Wunsch meiner Mutter hat *man* drüben eine einstweilige Verfügung zu erwirken versucht. *Man* ist damit gescheitert, weil ein

anderes *Man* sich darauf berief, dass ich ihnen Jesse im Oktober nicht einfach hätte mitgeben dürfen. *Man* hat dort also den Eindruck gewonnen, dass ich nicht sonderlich viel Wert auf Jesses Anwesenheit lege. Unglücklicherweise glaubt *man* auch zu wissen, wie salopp Europa in diesen Dingen ist. Welche Mutter tut denn so etwas?, hat *man* gefragt. *Man* spielt auf Zeit. Aber Harrer grinst zuversichtlich.
Man wird natürlich am Ball bleiben und möglicherweise Klage einreichen. In zwei Wochen steht bereits eine Art Vorverhandlung an. Allerdings ist eine Gesetzgebung quasi nicht vorhanden. Solche Fälle gibt es gar nicht. Beim Gedanken, dass ich hinfliegen muss, werden mir die Knie schwach. Ich werde Jesse sehen müssen.
Vor der Tür endlich fällt der Zwang von mir ab, mich zusammenreißen zu müssen. Das Wetter wird besser, und in den Ostwind mischt sich ein Hauch von Zartheit.
An den Rändern ist der Himmel schon ganz blau.

»Bitte mal in mein Büro!«
Seit wann bin ich Wendt Jussens Sekretärin?
Hinter seinem Schreibtisch erwartet mich jedoch die eigentliche Überraschung. Auf dem Chefsessel hat es sich Louis Bloemfeld bequem gemacht, beide Füße auf die Marmorplatte gelegt, tadellos geputzte Schuhe. Wendt dagegen hockt wie ein Dienstbote im Dunstkreis von Einfluss und Prestige, auf den Knien ein Schreibbrett und die obligatorische Flasche *Johnny Walker*.
»Ah!«, sagt er, »Afra!«, als ich eintrete.
In jeder Hinsicht sind wir Werber Büttel, man muss sich ja nichts vormachen. Auch Bloemfeld macht mir nichts vor, längst hat er mich gesehen, obwohl er sich einen Gruß verbeißt. Offenbar habe ich mit der Entblößungsszene nach

der Party doch Eindruck geschunden. Afra Barth ist also die Schlampe, die einen Job hat. Sie tut ihn. Sie ist Wendts Partnerin.

So weit muss man sich arrangieren, mehr jedoch nicht.

Die englische Uhr auf dem Sims tickt die Sekunden ab, die ich benötige, um auf Hackenschuhen über den Catwalk zu laufen. Big Ben, eine Nachbildung, die Rod Stewart Wendt geschenkt hat und die er behandelt wie den Braque, wie *Johnny Walker* oder ein eigenes Kind. Er und Bloemfeld schweigen andächtig, daher wird der Weg zum Schreibtisch lang. Erst aus nächster Nähe ist Wendts Lächeln anzumerken, dass es in ihm brodelt.

»Machen wir es nun oder nicht?«, sagt er.

Das richtet sich nur an Bloemfeld, der die Schultern zuckt. Bevor ich mich auf dem zweiten Besucherstuhl niederlassen kann, öffnet sich die Tür, und Barbara kommt hereinspaziert. In ihrem Frühjahrsensemble steckt ein Schal aus amaryllisfarbenem Tüll. Sie ist die Erste, die mich wirklich registriert. Nun wäre das Exekutionskommando vollständig. Vermutlich will Wendt mich zwar nicht auszahlen und Bloemfeld einkaufen, aber sie wissen etwas, was ich nicht weiß. Barbara reicht mir eine glatte weiße Hand.

»Ich grüße Sie! Wir kennen uns, oder? Die Gespielin des Heiden, wenn ich mich nicht irre?« Bevor ich etwas entgegnen kann, schlägt Bloemfelds flache Hand auf Marmor, und Wendts goldene Drehstifte klirren.

Ich ducke mich – in letzter Zeit bin ich sehr schreckhaft.

»Gut«, sagt Bloemfeld. »Meinetwegen. Machen wir es eben!« Eigentlich wollte ich noch fragen, wo er sein altes Fahrrad gelassen hat, vor Zeugen, Wendt, der *Johnny Walker*-Flasche und der frisch geschrubbten Barbara. Aber ich bin zu feige. Wendt braucht Zeit, um Bloemfelds Satz zu begreifen, dann jedoch richtet er sich auf. »Großartig!«

Ein kollektiver Koller, denn unvermittelt applaudiert auch Barbara, keine Ahnung, was es hier zu feiern gibt. Schon teilt Wendt Gläser aus. Für ihn ist *Johnny Walker* eine Legende, die Sehnsucht nach Anfängen, nach der Zeit, als noch alles möglich war. Diese Werbung wird er nie vergessen, den einen, uneingelösten Traum, den jeder von uns hat. Der Tag geht. Rod Stewart kommt. Wendt Jussen kommt. Johnny Walker kommt.
Afra Barth kommt.
Immer zuletzt.
Vielleicht liegt es am sexuellen Beiklang.

Bestürzt widme ich mich den Eiswürfeln, die in meinem Glas klingeln, als Bloemfeld sagt: »*Z-Lay* vergibt die Lizenzen!«
Nur ein paar Worte, aber ich vermute, dass er damit nach mir zielt. *Z-Lay*, unser größter Kunde, die Cowboys aus Amerika, für die wir bislang nur Teilbereiche abdecken. Wendt behauptet, dass sie unsere Werbung *mögen*, ist jedoch seit Monaten hypernervös. Plötzlich bekommt der Krawall einen Hintergrund, denn *Z-Lay* vertreibt alles, was man trägt, einschließlich Piercing-Ringen mit lupenreinen, platinweißen Diamanten. Leider habe ich die Entwicklung nicht weiter verfolgt, weil mein eigenes Leben sie überholt hat. »Sie machen es endgültig – Europalizenzen.«
Trommelwirbel, während in Bloemfelds Stimme bis dahin Langeweile schwamm. Was hat er damit zu tun?
»Was haben Sie damit zu tun?« Ich klinge wie eine Maus.
»Ich kenne die Aufsichtsräte.«
»Herzlichen Glückwunsch!«, sage ich.
»Er schläft mit den Aufsichtsräten«, wirft Barbara spöttisch ein.
»Ich denke, er schläft mit *Ihnen*«, sage ich nach einer Se-

kunde freundschaftlich. Die sehr kleine Zeitspanne, die vergeht, ist übersättigt von Kälte.
»Tja«, sagt Barbara dann, ohne eine Spur von Spott.

»Ich hatte«, sagt Wendt eilig, »eine Idee: Wir übernehmen das Gesamtmarketing für Z-Lay. Barbara bringt das Geld, Louis die Künstler. Eine ganz neue Art von Kampagne: *Kunst als Kunstprodukt*. Mehrere große Events, die Künstler gestalten alles selbst, vom Nagellack bis zum Set. Vollkommen freie Hand.« Vor Aufregung keucht er fast. »Barbara würde zusagen, aber Louis hat noch ein Problem. Er will keine Prostituierte sein, nicht wahr, Louis?«
Wendt ist ein guter Mann, auch wenn er es sich oft nicht anmerken lässt, nun aber klingt seine Stimme zaghaft, fast untertänig. Mit beiden Händen umschließt Bloemfeld sein Glas und sieht an mir vorbei, bevor er mit der Zunge schnalzt. »Nur ist die ganze Welt eine Hure, was, Barbara?«
Sie lacht, und silbern lackierte Zehen bewegen sich in Slacks, die sie unmöglich auf der Straße tragen kann. Nicht bei diesem Wetter.
»Barbara?«, höre ich plötzlich meine aggressive Stimme. »Wer ist eigentlich Barbara? Was hat eine Barbara hier zu sagen?« Klirrend landet Wendts Glas auf dem Schreibtisch, und Louis Bloemfeld beugt sich zu mir, so nah, dass ich fast seine Haut riechen kann.
»Vielleicht sollten Sie Ihr geistiges Medium um Aufklärung bitten, Afra? Vielleicht benötigt Ihre Agentur ja diese Form der Kreativität?«
Die Anzüglichkeit ist nicht zu überhören, und ich schlage verlegen die Beine übereinander. Weiß Gott, wer ihm die Geschichte zugetragen hat.
»Barbara?«, sagt Wendt schnell. »Ja, sag bloß, Afra! Seid ihr euch denn nicht vorgestellt worden? Auf der Party?« Ich

schüttele den Kopf, und Barbara, die zum Sims gewandert ist, um Big Ben einer Prüfung zu unterziehen, lächelt unter schneefarbenen Haaren. Erwartungsvoll trommelt sie mit den Fingern gegen das Zifferblatt, denn was sie ist, ist so sicher wie die Uhrzeit.
»Ja«, sagt Bloemfeld amüsiert, »wer ist eigentlich Barbara?«
»Nun...«, sagt Wendt, während ihr Lächeln breiter wird. »Barbara ist *Z-Lay*!«

Im Mai hat Jesse Geburtstag.
Aber nicht am 6., wie ich immer geglaubt hatte, sondern erst einen Tag später. Mein Kind kam vier Minuten vor Mitternacht zur Welt, Lindas Baby ein paar Minuten danach. Jonathan und Jesse sind also an verschiedenen Tagen geboren, und Jesse ist eigentlich Jonathan.
Wen interessiert da schon *Z-Lay*?
Wieder sehe ich Esther vor mir, wie sie – kurz nach dem Treffen mit Linda – in der Küche den Mixer wie ein Schlaginstrument hebt.
»Geh arbeiten!«, sagte sie. »Dann ordnet sich alles. Du musst jetzt einen kühlen Kopf bewahren, Afra.« Ihr eigener Kopf war allerdings bleich, angefangen von den Haarspitzen. »Ich glaube es nicht«, murmelte sie irgendwann in den Kuchenteig. »Das glaube ich einfach nicht.«
»Sie hat die Papiere, Esther. Ich habe die Analyse gesehen. Es stimmt.«
Immer wieder die Zahlen.
Mit einer Wahrscheinlichkeit von 99,899999 Prozent...
»Es ist unrechtmäßig, Afra! Selbst wenn es stimmen sollte, das durften sie nicht tun. Du wirst sie verklagen.« Mein Gesicht, das sich in der Scheibe spiegelte, ähnelte mir nicht mehr. Die Augen kaum noch zu erkennen. »Und hör endlich auf zu weinen, du siehst schon aus wie ein Chinese! Ruf

bitte deine Mutter an. Sie kann das klären. Du bist im Moment nicht in der Lage dazu. Nein, warte, ich rufe Paul an. Er soll deine Mutter anrufen.«
Tränen liefen mir über das Kinn in den Kragen. »Nicht Paul«, sagte ich.
»Lass das!«, herrschte Esther mich an und packte mich am Arm, um mich zu schütteln, bis ich zu Verstand kam. Leider konnte ich ihr dahingehend wenig Hoffnungen machen. Am Ende flog der Teig für die Geburtstagstorte durch die Küche, und Jesse kam herein, Zahnpasta im Mundwinkel, und lachte auf die kollernde Art, die mich bis dahin an seinen Vater erinnert hatte. Er fand, dass ich aussah wie Nhom, bis auch ich lachte, aber mitten im Lachen wieder zu weinen begann, bis auch Jesse heulte.
Ohne zu wissen, warum.

Anfangs wartete Esther noch in Anna Brakers Vorzimmer in der Paradestraße, schaffte es aber kaum, sich eine Minute ruhig zu halten, während ich von der Therapeutin befragt wurde.
Wie Sumoringer saßen wir uns gegenüber. Wir hatten die gleichen Initialen. Eine magere Gemeinsamkeit.
Seit Lindas Auftauchen driftete ich ab, und zwischen Wirklichkeit und Abgrund stand inzwischen nur noch eine papierdünne Trennwand. Meine Existenz war geteilt, zwei Personen, die eine, die für Jesse funktionierte, und eine zweite, die nachts Bilder sah. Den anderen Säugling, der erstickt war, als Schwester Gertrudis' Ärztepolizei ihn in einem pulsierenden Kunststoffsarg durch die Flure schob. Plötzliche Pulmonalkrise.
Der *Respirationstrakt* hatte versagt.
In mir bewegten sich langsam Begriffe, die Linda Carruthers mir aus dem Arztbericht vorgelesen hatte. Zu kleine

Lungen, Schmetterlinge, die sich nicht richtig entfalteten. Mich sah ich, wie ich diesem Kind einen Blick zuwarf und es nicht erkannte, meinen leeren Bauch und immer wieder Jesse. Zwei Jungen, einer geboren, einer gewachsen.
Es gibt keine Steigerung des Superlativs. Einer war gestorben, der andere gehörte mir nicht. Eisern schweigend hörte ich Anna Braker reden, während ihr die üblichen Verdächtigen den Rücken stärkten. Freud, Jung, Winnicott, Pearls, Horney – Vorbilder, Leute, die an die Harmonie der Lösung glaubten. Die ganze Zeit über dachte ich an Linda Carruthers, die sich erneut gemeldet hatte. Nun wollte sie Jesse schon sehen. Keine paar Wochen, und sie begann Dinge zu verlangen. Zugeständnisse machten Menschen unduldsam.
»Ich verstehe Sie«, flüsterte jemand immer wieder.

»Wenn Sie nicht reden wollen...«, sagte die Psychologin. »Letztendlich ist es auch Sache der Gerichte. Und ich *kann* zusehen, wie Menschen in Scherben gehen. Man hat es mir antrainiert. *Sie* sind diejenige, die eine Entscheidung treffen muss, Afra. Natürlich, manchmal ist es sinnvoll, Scherben zu verursachen, um sie dann aufsammeln zu können. Aber ich denke, Sie haben sehr wenig Zeit.«
»Wer hat schon Zeit?«, sagte ich.
»Was bezwecken Sie eigentlich«, sagte sie, »mit diesem Sarkasmus? Sie sprechen in Slogans, Afra. Ist Ihnen das mal aufgefallen? Was passiert, wenn ich Ihnen die Wahrheit sage?«
»Versuchen Sie's!«
»Sie werden überholt. Vielleicht haben Sie das noch nicht verstanden, aber man wird Ihnen Ihr Kind wegnehmen.«
»Er ist nicht mein Kind. Das wurde mir bereits weggenommen.«
Als sie den Kopf schüttelte, ging ich an Esther vorbei zum

Treppenhaus. Jesse brauchte sein Mittagessen, tiefgekühltes Chop-suey, was sonst streng verboten war. Aber ich war dabei, eine Freudenspenderin zu werden. Die Psychologin hatte sich disqualifiziert, irgendeine Anna Braker, die an Drehbücher glaubte, nicht an Realitäten. Ich hatte sie nicht mal bezahlt. Selbst schuld.
Man wird Ihnen Ihr Kind wegnehmen.
Wie konnte man nur so lügen.

Manchmal weiß ich selbst nicht, wie es weitergegangen ist. Wie Linda schließlich zum Familienmitglied wurde, unerkannt vom Rest der Familie, die es anging. Von Jesse. Nach quälenden Minuten in der Dunkelheit sehe ich ihn jedes Mal, wie er in seiner kleinen gelben Jacke auf einem Flughafen steht, Linda, wie sie ihn anschaut und zögernd nach seiner Hand greift, wie er die Hand nimmt und ohne einen Blick durch die Sperre geht. Manchmal sehe ich auch mein Baby. Den anderen Jungen.
Nächtelang liege ich da und versuche daran zu denken, was ich den Tag über getan habe. Die Agentur floriert, und S. Bahn tut nach Feierabend alles, um mich aus meinen Gedanken zu reißen. Immerhin habe ich begonnen, wieder mit Männern zu schlafen, nachdem der Widerstand einmal überwunden war.
Ich schlief beinah mit allen Männern, die ich kannte. Wendt war verlässlich und brachte mich zum Lachen, es ging sehr leicht, fast schwerelos. Danach allerdings hatte ich schon Mühe, mich an sein Gesicht zu erinnern, an die Laute und Bewegungen, die er an meinem Körper gemacht hatte.
Wenn auch die Bilder, die mich überkommen, vielfältig sind, ist es stets dasselbe Gefühl. Mein Körper in Jesses Körper vergraben. Jesses Hände auf einer Bettdecke. Immer wieder der Moment.

Wie er sich umdreht. Wie er sie ansieht. Wie er spricht.
»Oh! Die Frau hat rote Haare!« Wie Linda vor ihm kniet.
Er lächelt, hebt die Hand. Berührt ihr Haar. Wie es dazu gekommen ist. Leere, ein Taumel, der in einen Hohlraum einbricht. So viele Szenen, die ganze lange Zeit. Jesse an einem Fenster am Tag vor dem Flug.
Es gibt dreißig Kinder. Alle sehen dich an. Nur eins dreht dir den Rücken zu.
»Da, Mamma, für dein Heiligtum!« Die paar Kastanien in seiner Hand. Abschied. Ich habe gar keine Heiligtümer. Jetzt nicht mehr. Wie Linda sich auf dem Flugsteig niederbeugt, Zeitlupe, bis das Begreifen das Kommando übernimmt. Linda, wie sie nicht weint, sondern lächelt und Jesses Haare berührt, wie er ihre berührt hat. Die Kastanien, die immer noch auf meinem Küchentisch liegen, während Jesse über einen Ozean fliegt.
Wenn ich mit Männern schlafe, verlassen mich die Bilder. Es gibt nicht viel, was ich sonst dagegen tun kann.

»Ich hatte einen furchtbaren Traum!«
Mit glänzenden Augen richtet sich Anna Braker auf, denn furchtbare Träume bedeuten den Durchbruch. »Nein«, sage ich wachsam, »bloß keine Hoffnung! Ich glaube, dass es nichts mit Jesse zu tun hat, eher mit der Agentur. In letzter Zeit fühle ich mich manchmal so – fehl am Platz?«
Das Fragezeichen ist Grund genug, ihr Waffenarsenal auszupacken.
»Wollen Sie etwas darüber erzählen, was *furchtbar* heißt, Afra?«
Schon lange habe ich mich mit ihr arrangiert, bereits nach Jesses Abreise. Arrangement bedeutet Waffenstillstand. Abkommen. Und Seiltanz.
Zuletzt auch kleinere Manipulationen der Wahrheit.

Ich hatte also einen Traum, natürlich, aber muss ich ihn vor ihr ausbreiten?

Für unsere Termine, mittwochs um halb vier, nehme ich mir sogar den Tag über frei, denn man kann Anna Brakers Fragen erst verkraften, nachdem man es geschafft hat, vor ihr zu fliehen. So sitze ich später in meinem Treppenhaus, warte auf irgendetwas, jemanden. Türen knallen über mir, Schritte entfernen sich, Absätze auf Stein, wie Silvesterböller. Ganze Nachmittage lang bin ich wehmütig, ein hoher Preis, den ich für ein Gefühl zahle, das andere kostenlos überkommt.

Ich grübele. Inzwischen kenne ich jede Teppichfranse im Sitzungszimmer, die zwei Korbstühle, die in gewisser Weise autonom aussehen. Ohne die Paradestraße und die Fragen, die mir gestellt werden, wäre ich allein. Das Konstrukt Esther funktioniert nur in Verbindung mit Jesse, und zwischen uns ist neuerdings ein scharfer Ton. Ich glaube, dass der Unterschied darin besteht, dass ich Anna Braker bezahle.

Es macht mich frei.

Ungerecht an unserem Geschäft bleibt jedoch die Tatsache, dass sie alles von meinem Leben weiß, ich aber nicht mehr als Bruchstücke ihres Alltags kenne. Aus der Farbe der Kaffeebecher setze ich mir manchmal eine Persönlichkeit zusammen und spinne chronologische Lebensläufe für sie aus. Nur damit ich mir weniger bedürftig vorkomme.

»Afra! Was ist los? Stichwort *Traum*?«

»Nein«, sage ich, »nein, nein. Ich wollte bloß irgendetwas sagen...«

Sie lächelt, verzieht ihr Filmstargesicht.

»Sie wissen ja«, sage ich stockend, »dass ich übernächste Woche nach Amerika fliegen soll?« Ihr Nicken gefriert, erneutes unterkühltes Lächeln.

»Ich meine, das Problem ist, dass ich Fliegen generell nicht mag.«

»Zimmern Sie sich nichts zurecht! Generell? Generell ist ein Totschläger.«
Anna Brakers Lächeln wird zum Tier. Es beißt.

Als ich Linda erreiche und sie bitte, Jesse vom Telefonieren abzuhalten, schnupft sie ins Telefon. Dass ihr unwohl ist, ist nicht zu überhören.
Danach tauschen wir nur noch Wettermeldungen aus.
Mein Herz pocht, aber ich setze auf Jesse. Er ist gut erzogen, er wird es überleben. Wenigstens finde ich heraus, wem die chinesische Stimme auf dem Anrufbeantworter gehört hat. Yu. Lindas altem Kindermädchen, das jetzt Jesses Kindermädchen ist, also entweder eine kantonesische Hexe oder ein typischer Fall von Vererbung. Linda lacht. Vielleicht erinnert Yu ihn ein bisschen an Nhom, wenn sie schon sonst nichts für Jesse tun kann.

In diese Woche hat Anna immerhin zwei Sitzungen gepresst.
Unaufgefordert reicht sie mir diesmal sofort die Box mit den Taschentüchern. »Mein Traum...«, fange ich an, um mich nicht ganz lächerlich zu machen. Irgendwie jedoch geht es nicht weiter, kann nicht weitergehen, weil es nicht mal richtig angefangen hat. Niemandem habe ich es bisher erzählt, nicht mal Paul Barth, in der ersten Zeit, als wir uns noch alles erzählten. »Sehen Sie, außerdem ist da der Stress mit den Lizenzen. Barbara – hatte ich Barbara erwähnt? Die Königin von Pisa? Bloemfeld notierte gestern im Tagesbericht...«
»Afra!«
»Der Traum«, sage ich, »natürlich, ach ja!«
Erwartungsvoll lehnt sie sich zurück, ein Mädchen, das aussieht wie Demi Moore, bevor sie Gott spielte und sich in Er-

satzteilkatalogen nach einem neuen Körper umsah. Warum wird Demi Moore Psychologin?
Warum ist ihr nicht klar, dass sie ein spätes Mädchen ist?
War sie nie bei einer Therapeutin, um sich reparieren zu lassen?
»Erzählen Sie mir von dem Traum, Afra!« Verbissen schüttele ich den Kopf, während Annas stoische Miene verrät, dass sie sich nicht von Barbara und Bloemfeld unterscheidet, geduldig, bis die Welt nach ihrer Pfeife tanzt.
»Es dreht sich um Gewehre«, stoße ich hervor, als mein Vorrat an Widerstand verbraucht ist, nur eine halbe Wahrheit, aber dies kleine Stück muss für einen Termin reichen. Dann aber beginnt mein Kopf zu schmerzen, kein Wunder, wenn einem der eigene Tod jede Nacht angekündigt wird.
Aber das muss man Anna Braker nicht auf die Nase binden. Den Traum hatte ich bereits vor Jahren, bis Paul Barth mich von ihm befreite. Wie leicht man doch vergisst, wenn Gott selbst die Bühne betritt. Aber es war keine langfristige Lösung. Seit meiner Kindheit habe ich gewusst, wann ich sterben werde, nur hat meine Ehe diesen Teil der Vergangenheit vernebelt. Es muss an der Therapie liegen, dass der Traum sich zurückgemeldet hat.
Aufrecht im Bett sitzend, habe ich nachgerechnet, als es zum ersten Mal wieder passierte, mein Alter einzeln an den Fingern abgezählt. Esther weiß immer, wie alt sie ist, weil es für sie nicht das Geringste bedeutet.
Sosehr ich auch zähle, es ändert sich nichts: Ende März werde ich 43.
Falls ich noch irgendetwas erleben will, wird es also allerhöchste Zeit.
»Ich bin nicht abergläubisch...«, sage ich leise. »Esther ist abergläubisch, Jelly auch, und sogar Bloemfeld meinte...«

»Afra«, sagt Anna Braker, ebenso leise wie ich, »sagen Sie, wer ist eigentlich dieser Louis Bloemfeld?«

Kein Wort fällt mehr über Italien.
Allerdings nimmt Bloemfelds Vorgehensweise venezianische Ausmaße an. Immer unter der Maske. Bald ist Februar, Jesse fast schon ein Leben lang fort, und die Haselsträucher blühen. Alles wäre gut, wenn nur Z-*Lay* sich nicht immer wieder quer legte, sobald ich einen der Künstler präsentiere, die meiner Ansicht nach an dem Projekt beteiligt sein sollten.
»Es ist *nicht* Ihre Aufgabe«, sagt Bloemfeld mit seiner sorgfältigen Betonung und imitiert mit dem Kugelschreiber einen Rap. Er selbst schlägt viele Kandidaten vor, die die Werbekampagne gestalten sollen, beispielsweise S. Bahn, in den er sich verliebt hat, und sogar *Hühnchen!*, den S. Bahn wiederum für einen ungemein intelligenten Zeitgenossen hält. Dabei ist *Hühnchen!* wie Werbung für Salat. Man muss ihn schon kursiv schreiben, um ihm auch nur ein Jota an Beachtung zu sichern.
Obwohl ich die Leitung des Projektes habe, boykottiert mich Z-*Lay*. Wo Barbara sich sonst noch quer legt, will ich gar nicht wissen. In ihrem Vorleben war sie immerhin Stanford-Studentin. 27 000 Dollar pro Studienjahr wurden dafür gezahlt, dass sie mich heute herumkommandieren darf. Daher besitzt sie das Siegesbewusstsein des einen, erfolgsgewohnten Spermafadens, der sein Ziel erreicht. Die wenigsten Kandidaten kommen in Stanford durch, die meisten dürfen ihre Unterlagen einpacken und Tellerwäscher werden.
»*Nicht* Ihre Aufgabe«, bescheidet Bloemfeld, sobald ich einen überarbeiteten Vorschlag auf Wendts Schreibtisch knalle. Keine Spur mehr vom Ölmantelgestus, der mich seinerzeit fast überzeugt hätte. Ich und meine Menschen-

kenntnis. Bloemfeld richtet seine Manschetten und küsst Barbara, Demokratie muss sein, und zwei sind mehr als eine. Was zunächst nur ein Zahlenverhältnis bedeutet, aber letztlich auch, dass sie mich überstimmen. Wendt neigt zur Hörigkeit, und ich bin als Person zu sehr ein *Don't*, als dass er bereit wäre, mich aus der Flaute zu holen.

Auch Tode nutzen sich ab. Wie Sehnsucht.
Seit meinem Anruf in Kalifornien hält Jesse still. Also gehe ich davon aus, dass Linda ihn zur Räson gebracht hat. Alles in allem habe ich auch genug geweint. Als mein Vater vor Jahren starb, flog ich aus dem Urlaub in Indochina an, während Mutter um Mitternacht noch Schnittchen schmierte. Im Schnittchen-Sinne gilt es nun durchzuhalten.
Auf gar keinen Fall gehe ich nach Los Angeles.
Linda und Anna Braker habe ich es schon mitgeteilt, Vorverhandlung hin oder her. Wenn ich Jesse sehe, wird Jesse durchdrehen. Wenn Jesse durchdreht, bin ich schuld. Wenn ich Schuld habe, wird *Z-Lay* durch geheime Mechanismen seine Aufträge sperren, und wenn *Z-Lay* sperrt, sind 40 Mitarbeiter meiner Agentur mit einem Schlag da, wo Barbara seinerzeit auf keinen Fall enden wollte. In der Spülküche einer Universität, die Hände voller Seifenlauge. Zwischen den drei Seen, dem Mausoleum und der Kraftwerksanlage von Stanford, wo jeden Tag mehrere Millionen Liter Wasser den Abfluss herunterfließen. Sie werden alle gekündigt und fortan unter Brücken schlafen, die Zeit wird zusammenbrechen, und ich werde verantwortlich sein.
Die Verantwortung ist zu groß. Ich bin ein Feigling.

Fast alle sind gegangen.
Auf dem leeren Flur hallen Schritte, und irgendwo schlägt eine Tür. Milka Jussen, die sich auf den Heimweg macht, um

ein letztes Mal zu versuchen, Wendt mit Anthroposophen-
poesie zu verführen.
Die Brutalität des Quadrats gegenüber Kreisen.
In Wendts Büro telefoniert Bloemfeld, in diesem seidigen
Tonfall, der schlagartig kippen kann. Meine Schritte werden
schneller, bevor er mich ruft. Unkonzentriert blicke ich
mich nach Barbara um, aber ausnahmsweise ist Bloemfeld
allein, eine selten günstige Gelegenheit.
»Hören Sie«, sage ich, »ich habe übrigens noch den Man-
tel.«
Kann nicht schaden, ihn daran zu erinnern. Man muss sie
darauf festnageln, dass sie fehlbar sind.
»Behalten Sie ihn einfach«, sagt er.
Dann fällt ein anderer Ausdruck über sein Gesicht.
»Ich möchte mit Ihnen über Barbara reden, Afra. Woher
kommt eigentlich dieser Hass?« Also hat auch Bloemfeld
Management-Seminare besucht. Gemeinsam machen sie
Augenbewegungen und erraten dann, woran sie gedacht ha-
ben. Therapien, Millionen Fachausdrücke, die auf *-ing* enden. »Also?«, insistiert er, als ich noch über eine Entgeg-
nung nachdenke. »Mögen Sie Barbara nicht?«
»Ich *mag* Parfum und das *Clarins' Institut*«, sage ich abwei-
send, »die Pflegebereitschaft nimmt zu, und Kosmetik wird
ernsthafter betrieben. Habe ich neulich erst gelesen, falls Sie
das meinten. Das war's von meiner Seite auch schon zum
Thema Barbara.«
»Sie sind ganz schön hart«, stellt er fest. Wieder klingt es wie
Seide. Diesmal hat sich Louis Bloemfeld wirklich in Schale
geworfen, eine der umtriebigen Lederjacken, mit denen
man gemeinhin auf Kamelen durch Wüsten hetzt.
Seinen Modefimmel bin ich herzlich leid.
»Warum residieren Sie eigentlich in diesem Büro, Bloemfeld?«

Eine Frage, die sich lohnt, so wie er mich mustert. Aus seiner Stimme verschwindet abrupt jeder weiche Klang.
»Wir haben hier den Überblick, und außerdem hat Wendt uns gebeten ...«
»Tun Sie alles, worum man Sie bittet? Bisher sah das für mich anders aus.«
»Ihnen bin ich keine Rechenschaft schuldig«, sagt er beißend, »so weit ist es durchaus noch nicht, und, was Barbara angeht, vergessen Sie nicht, Sie ist wichtig.«
»Ach du liebe Güte!«, sage ich. »Ist denn nicht jeder wichtig, Bloemfeld? Humanistisch und auch von der animalischen Seite her...« Es scheppert, als mein Klemmbrett mir unter dem Arm wegrutscht und zu Boden fällt.
»Billig!«, sagt er.
»So billig, wie man es darstellt. Zum Beispiel dieses schöne Klemmbrett hier.« Verständnislos betrachtet er das Gerät, in dem alles pappt, was ich für das Projekt benötige, Dokumente, Namen, Adressen. Wendt kann nicht begreifen, dass ich kein Notebook benutze. »Ihre nette *Z-Lay*-Klemmbrettbande ist genauso billig wie die Umstände, Bloemfeld, unter denen Sie beide hier eingerauscht sind. Aber in Wirklichkeit hängen Sie genauso fest wie Wendt und ich. Sie und Ihre Barbara sind auch nur eingeklemmte arme Würstchen.«
Mit neuem Interesse mustert er mich, langsam wandert sein Blick von meinen Augen zum Hals und von da aus tiefer, bis fast zum Boden.
Von den Fußspitzen ausgehend, wird mir kalt.
»Jüngstes Gericht?« Er lächelt. »Sind Sie derart moralisch? Dann merken Sie sich mal Folgendes, Afra: Moral ist etwas für Dummköpfe. So verbohrt kamen Sie mir seinerzeit gar nicht vor. Aber da selbst Afrika Ihnen zu sexuell ist...« Sieh an, er hat sich doch erinnert. »Wissen Sie eigentlich, was *kryptom* bedeutet, Afra?«

Ich zucke die Schultern. »Winzig«, sagt Louis Bloemfeld und schmeckt dem Wort nach, »winzig, fast unsichtbar, unbeträchtlich.« Kommentarlos schließe ich die Tür. Von außen. Soll er doch mit seinen Beleidigungen selbst fertig werden. Durch das schöne teure Holz ruft Bloemfeld mir noch etwas nach, was ein Schlusspunkt seiner knallenden, *kryptomen* Rache ist.
»Was war das denn nun für eine Geschichte mit Ihrem Jungen, Afra?«

»Und was ist mit *unserem* Kind?«
»Trinkst du, Paul?«
»Was soll das denn, Afra?« Paul Barths Augen sind rot unterlaufen, aber nicht vom Weinen, obwohl es unserer Wiederbegegnung angemessen wäre. Er hat wieder Shit geraucht, Shit oder *Shot*, wie er es nennt, ein Symbol für seine Jugend. Kainsbach, S. Bahn, *Hühnchen!* und er müssen in Ostende viel Spaß gehabt haben, viel, viel Spaß, der nach Fortsetzung schreit und von Schwarzem Afghan oder Blauem Belgier kommt. Was weiß ich, wie die Rauschgiftsorten heutzutage heißen.
Jedenfalls gehört er zum Geheimbund, zu der Gesellschaft derer, denen nicht schlecht davon wird. Mich mussten sie beim letzten Mal, vor zehn Jahren, auf einem Türblatt zu viert nach Hause transportieren. »Wahrscheinlich hast du dir den Kopf so zugezogen, Paul, damit du vergisst, wofür du mal angetreten bist. Dass du die Welt verändern wolltest, fand ich zwar seinerzeit schon äußerst seltsam, aber das hier…«
Kistenweise schleppt das Förderband MacNuggets an, ein ganzer Himmel voller gewürfelter Hühner, die er ohne Wimpernzucken isst, statt an seinen gleichnamigen Freund zu denken. Keiner will *Hühnchens!* Schrott, manchmal

wollen sie Kainsbachs Kirchen, aber am meisten wollen sie Paul. Vor allem, seit er aus Berechnung keine Interviews mehr gibt.
»Was ist mit unserem Kind? Das war meine einzige Frage, Afra, und du machst ein Drama daraus. Du musst nicht jedes Mal mein Leben von A bis Z analysieren.«
»*Unser* Kind«, sage ich betont, »ist tot. Es war übrigens das andere, aus dem anderen Brutkasten, falls du es noch nicht begriffen hast. Das bedeutet, ich habe dem Falschen den Schlauch aus der Nase gezogen.«
Jesse, denke ich, Jesse, Jesse, das musste sein, es tut mir Leid.
»Denkst du denn gar nicht an Jesse?« Aber ich will ihn bluten lassen. Für die vielen Jahre und für die Wut darunter, ich bin kein wütender Mensch, es ist nur das Reiz-Reaktions-Schema. Paul hat mich zu McDonald's eingeladen.
»Dieser wunderbare *Bursche*...! Die schlauen Zettel, die er mir immer schrieb! Afra, ich weiß nicht..., wie ich damit...«
Nun beginnt er auch noch zu weinen, alle Menschen tun das neuerdings in meiner Gegenwart, Mutter, Paul, Jesse. Es muss sich um einen grundsätzlichen Schaden handeln. Mit beiden Händen fährt er sich durchs Haar, seine Kleidung wie immer nachlässig, falsche gotische Ringe an drei Fingern. Der Kontostand unter dieser Armut muss seine Sache bleiben, seine wirkliche Nacktheit. Denn Kunst funktioniert nur mittellos, Voraussetzungen fürs Publikum. Selbst *Hühnchen!* liebt den Hunger, was ihn nicht abhält, den Hummer zu essen, den Paul ihm ab und zu spendiert.
Trotzdem sieht mein Mann mit jedem Jahr zerlumpter aus.
»Du musst mit nichts umgehen, Paul. Ich habe nicht darum gebeten. Was ich dir lediglich mitteilen wollte, ist, dass wir genau einen halben Tag lang ein Kind gehabt haben. Vielleicht freut es dich ja, dass du für dein Teil diesmal Recht behalten hast.«

»Jesse!«, sagt er und legt das Gesicht in die Hände und dann Gesicht und Hände auf die Tischplatte.
»Nimm dich doch zusammen!«
Die Belegschaft verharrt über den eiswürfelförmigen Hühnchen. Jesse durfte keine Hamburger essen, das Rindfleisch-Dogma, das jetzt nicht mehr zurückzunehmen ist. Weil er hört, dass ich meine Tirade beende, blickt Paul Barth hoch, löst die Hände und beginnt mit dem Einwickelpapier zu spielen, auf dem sich Knitter abzeichnen. Überlaute Geräusche entstehen, als er das Papier faltet. Einen Kranich. Für Jesse. Diese Geschmacklosigkeit schlägt mir die Sicherungen heraus. »Und wo warst du?«, schreie ich. »Wo warst du, Paul, die ganze Zeit, als Jesse noch bei mir war?«

Der Traum ist eine zerkratzte Schallplatte.
Immer beginnt er, wenn ich erwache, frühmorgens, mit Lichtern, die über die Schneise irren.
»Auf!«, brüllt der Soldat, der mir die Gewehrmündung ins Gesicht schiebt. In der Nähe schreien Frauen und Kinder, und eine grausame, silbrige Morgendämmerung zieht hinter den Bäumen auf. Mehrmals schrecke ich bereits an der Stelle hoch und knipse alle Lampen an, weil ich hoffe, dass es nicht weitergeht, wenn ich aufstehe. Es geht auch nicht sofort weiter.
Aber kaum eine Stunde später fängt es von vorne an.
Alles ist so ungeheuer plastisch. Dass ich einen anderen Namen habe, Erika, macht es bestürzend, dass ich diese Erika *bin*, schon beim ersten Mal. Dass ich das Jahr, in dem ich aufwache, kenne, ohne dass es je genannt wird. 1943. Ich bin einfach dort, wie hier, heute, nur genau sechs Jahrzehnte früher. Nicht nur utopisch, sondern absolut verstiegen, darum kann man es auch nicht ernst nehmen. Man träumt einfach keine Dinge, die Jahre beinhalten, fremde Namen für

einen selbst, außer vielleicht, man ist verwirrt und sieht auch tagsüber Gestalten durch die Luft wandern. Mit jeder Minute jedoch, die ich Jesse aus meinem Bewusstsein schiebe, wird der Traum wirklicher. Unter Stress kommt er besonders häufig.
Immer wieder schreien Frauen und Kinder, bevor sie umfallen. Immer wieder wache ich klatschnass auf.

Natürlich lässt es sich ganz einfach widerlegen.
Ich heiße nicht Erika und bin auch viel zu spät geboren. Dass ich wirklich nachrechne, zeugt jedoch von gefährlicher Verwirrung. Vielleicht wird man aber wunderlich, wenn Träume so hartnäckig sind, einen zu einer fremden eiskalten Person zu machen, mit Anwandlungen, die vor Einfall nur so strotzen, eine Orgie überreizter Synapsen.
Tatsächlich hat diese Erika geglaubt, dass sie als einzige von einundzwanzig Jüdinnen auf der Flucht mit dem Leben davonkäme, ein typischer Fall von Holzweg. Wie so oft eine Überschätzung der eigenen Möglichkeiten, die auch hier mit der Liebe Hand in Hand geht. Im Grunde wäre der Rest schnell erzählt, wenn er nicht so viel Entsetzen beinhaltete, das ich Anna Braker unbedingt ersparen will. Wer weiß, ob sie mich nicht doch unter Medikamente setzt. Ich wische mir den Schweiß von der Stirn.
Kalter Schweiß, jetzt weiß ich, was sie damit meinen.
Nachdem ich Lavazza-Kaffee gemahlen und Wasser aufgesetzt habe, schaue ich hinaus in die Dunkelheit. Mein Traum-Ich ist grundnaiv, das spüre ich jedes Mal, wenn ich als Erika erwache. Allen Ernstes glaubt sie an jenem Morgen, sie müsse dem Offizier nur erklären, wer sie ist. Erklärungen ändern ja bekanntlich die Geschichte. Deshalb muss sich die Geschichte auch vor ihnen hüten.
Ein richtig guter Witz.

Manchmal allerdings bin ich genauso gedankenlos wie sie, die Geliebte eines englischen Kollaborateurs. Bevor er die Flucht organisierte, hat er zwanzig andere Jüdinnen an die Deutschen verkauft. Zwanzig Frauen gegen eine einzige: Erika. Sein Sohn hat noch keinen Namen. Jenes Baby, sein Baby, ihr Baby, das mit aufgelösten Schlaftabletten ruhig gestellt werden wird, während seine Mutter in Panzerfurchen schläft und erst aufwacht, als der deutsche Offizier ihr ein Gewehr ins Gesicht drückt. An jenem eiskalten Februarmorgen. 1943.

Säuglinge, denke ich jedes Mal, sind doch zu jung für Schlaftabletten.
Aber in dem Jahr ist niemand zu jung für nichts.
Soweit ich mich erinnern kann, habe ich mich niemals für Geschichte interessiert. Bis auf das Grausen, das die eine oder andere Schulstunde zufällig in mir auslöste. Wie soll ich Anna Braker also erklären, was das Lachen des Soldaten in mir anrichtet, jedes Mal, wenn ich ihm meinen Namen nenne? Wenn Erikas Stimme aus meinem Mund sagt, dass der Engländer den Treck verkauft hat, nur damit sie Berlin verlassen kann?
Wie erklärt man seiner Therapeutin Entsetzen?
Etwas, was zwischen Kopflosigkeit und Klaustrophobie liegt?
Den Ton seiner Stimme, wenn er hundertmal dasselbe antwortet: *Das glaubst du doch wohl selbst nicht!*
Wie sagt man, dass etwas in einem auseinander bricht? Wie der Tod sich anfühlt? Wie erklärt man Begreifen? Einer Frau, die schon die Weigerung, sich die Waden zu epilieren, für zivilen Ungehorsam hält?
Ich schalte das Radio ein, um eine menschlichere Stimme zu hören als die in meinem Kopf. Frauen fallen um wie Bäume.

Alles, was passiert, passiert aus Liebe. Nur dass Liebe ab und zu Verrat heißt, Panik oder einfach nur *das Böse*. Es ist eine Entscheidung, kein Charakterzug, ein guter Mensch zu sein. So gesehen, hat Erika sich für Verrat entschieden, und manchmal rettet man auf die Weise seine eigene Haut. Sie hat das geglaubt.
Dass sie aus Deutschland herauskommt.
Während ich winzige heiße Schlucke vom Kaffee nehme, entferne ich mich von ihr. Eine eigenartige Frau, ein Geschenk für Spinner, Philosophen wie Foucault, die den freien Willen für blanke Theorie halten. Aber dahinter weiß ich, dass Erika ganz praktisch nicht anders kann – nicht, weil mein Traum sie macht, nicht, weil ich Gott bin, wenn ich sie träume. Sondern weil ich jede Nacht neu zu dem Menschen werde, der Erika ist.

Wenn der Soldat schließlich schießt, spüre ich nichts.
Keinen Schmerz in der Schulter, wo die erste Kugel mich trifft. Nur die grenzenlose Verwunderung darüber, erst im Moment des Todes zu begreifen. Ich spüre, wie Erika sich verändert, als sie sich aus dem grellen Orange des Mündungsfeuers dreht, als sie immer wieder über das Baby fällt, das einfach weiterschläft. Jedes Mal fühle ich ihre Hand um den runden Kopf unter der Decke. Etwas scannt dieses Gefühl, um es Nacht für Nacht deutlicher abzurufen. Die Liebe, die mich überraschend ausfüllt.
Der Schmerz, nicht draußen, wo er geschieht, sondern da, wo meine Finger auf der Fontanelle des Kindes liegen. Ein Baby, das sie nicht gewollt hat, das sie plötzlich liebt. Über der Schneise geht vorsichtig die Sonne auf.
Das ahne ich mehr, als dass ich es sehe, denn mit dieser Ahnung erwache ich immer wieder. Sterben ist unkompliziert gegen das Gefühl, das vom Sterben zurückbleibt. Seufzend

stehe ich auf, um mich hinzulegen, um als Erika aufzuwachen. Niemand träumt wie ich, außer, er ist in Zwangsjacken zu Hause. Niemand ist zweifach, solange es Gesetzmäßigkeiten gibt. Die einmalige Existenz der Seele, an die ich glaube, die in einem einzigen Körper steckt. Wo war der Mann? Wo war der Vater?
Selbst das habe ich mich ein paar Mal gefragt und sofort begriffen, dass ich begann, in meiner Phantasie zu leben. Mit 1943 kann nicht einfach ein Jahr gemeint sein. Von Anna Braker habe ich gelernt, dass Träume uns immer etwas sagen. Ich werde mit 43 Jahren sterben.
Kein Irrsinn, sondern eine ganz vernünftige Vorahnung.

Bereits kurz nach Jesses Geburtstag muss sich die Sache für Linda entschieden haben. Zunächst hielt sie noch still und besuchte täglich den Wellness-Bereich im *Adlon*, wo sie literweise *Fürst Bismarck Premium* in sich hineinkippte. Stundenlang hörte ich mir telefonisch Vorträge über Lichtschutzfaktoren und Fruchtsäuren an.
In der letzten Maiwoche aber stellte sie sich Jesses Lehrerin vor, die ich in einem Anfall von Klarsicht gewarnt hatte. Nur wurde er leider wieder *kleiner Achmed* genannt, und dieser Fauxpas muss ausschlaggebend gewesen sein. Was das anging, verstanden die Amerikaner keinen Spaß. Bildung war wie Coca-Cola, preiswert und lebensnotwendig. Der unterschwellige Rassismus der Lehrerin mochte ein Übriges getan haben, und als am Ende der Unterredung das Wort *Problemkind* fiel, gab es für Linda Carruthers kein Halten mehr.
So nicht. Nicht mit dem Enkel eines Berkeley-Professors. Ohnehin war ihre Familie ein Opfer der Fernsehberichte über Psychoseuchen, die in der alten Welt grassierten. Deshalb wollte sie auch genau wissen, was Jesse fehlte.

Ob er Kennedy kannte? Nicht persönlich.
Kolumbus? Wir besaßen ein Puzzle mit dem Schiffskonterfei.
Ob Jesse unter *Pavor nocturnus*, Aufschrecken in der Nacht, litt? Nein, im Gegensatz zu mir.
Amerika hatte Linda Carruthers verrückt gemacht. Soviel ich wusste, waren dort viele auf die eine oder andere Weise durchgedreht. Wie die *Z-Lay*-Cowboys, schmalhüftige, klunkerbehangene Jungs, die den Sommer mit anderen Söhnen in Key West herumbrachten. Sie waren durch und durch besser. Und wenn sie es nicht waren, konnten sie es werden. Das hatte man ihnen schließlich versprochen.

»Ich denke«, sagte ich zu Linda, »dass Jesse bloß anders ist. Er hat keine ernsthaften Probleme!« Wenn ich sie beruhigte, würde sie abziehen. Sie wollte ja nicht viel, nur endlich gut schlafen, ein Drang, der mir nicht fremd war. Die Telefongespräche wurden lang und länger, immer wählte sie mein Handy an, als müsse sie sich meiner ständigen Anwesenheit versichern. Wusste man denn, ob ich Jesse nicht entführte?
»Ich denke«, sagte ich, »dass seine Lehrerin ihn nur nicht einschätzen kann. Es gab ja nie Anzeichen für irgendwas, keine abgebissenen Fingernägel, keine ausgerissenen Haare, und Jesse hält sogar Judo für einen brutalen Sport.«
»Da hat er ja auch Recht«, sagte sie.
Genervt räusperte ich mich.
»Linda, es ist doch nur, weil er den Rahmen sprengt, einen ohnehin recht dürftigen Rahmen. Lehrerinnen kümmert es nicht, wenn ein Kind schon mit vier Jahren Macht als *die schlimmste Waffe* bezeichnet. Es kümmert sie höchstens, wenn einer das ›B‹ verkehrt herum schreibt.«
»Umso schlimmer«, gab sie dumpf zur Antwort.

In unserer Familie kommen Sonderbegabungen nicht vor.
Unser einziges Talent war, mit Geld umgehen zu können, das sah man an mir, die ich alles für normal hielt, was nicht mit Totschlag endete.
Endlos grübelte Linda, was ich mit ihm angestellt haben mochte.
Ob man starb, wenn man keinen Kaffee mit Haselnussaroma trank.
Falls sie sich nicht mit mir beriet, beratschlagte sie sich mit der Parkinson-Mutter, ihrem Winston-Vater oder einem fernen Hurt, der meiner Ansicht nach ein Sadist war. Mit ziemlicher Sicherheit stachelte dieser distanzierte, misstrauische Ehemann sie auch auf, Jesse gründlich durchleuchten zu lassen. Denn nicht viel später forderte sie plötzlich in ihrer leisen Art den Check-up, ein Angebot, das mich zum Ungeheuer machen würde, falls ich es ablehnte. Zunächst kamen Einladungen, dann Winke, danach Ansprüche.
Die ganze Hierarchie des Begehrens klapperte Linda ab, und im Juli endlich forderte sie aggressiv ein Treffen.

Esther riet mir, sie auf keinen Fall in die Wohnung zu lassen. »Sie ist ein Paparazzo«, sagte sie. »Stell dir vor, was passiert, wenn sie das erste Foto geschossen hat. Gib ihr keinen Meter. Die Augen werden nur größer, und dann lauert sie dir irgendwann an Ecken auf. Du kennst das doch, sie haben selbst Lady Di umgebracht. Weshalb sollte Linda ausgerechnet vor dir zurückschrecken?«
Lady Di. Allein deswegen hätte ich nicht auf Esther gehört. Nach außen lebten wir so normal weiter, wie die Schminke reichte, mit der sich meine geschwollenen Lider beschönigen ließen. Denn das zweite, wichtigere Leben, das im Dunkeln ablief, hatte nicht nur für Linda Carruthers Folgen.

Immer hektischer versuchte ich, Boden zu gewinnen. Aber ich machte alles falsch.

»Ich glaube an Gott, der die Arbeitslosen und die Chow-Chows erfunden hat!«, sagte Jesse, als ich ihn zudeckte. So beruhigte er sich, wenn ihm etwas Angst machte, die klebrige Stimmung, die herrschte, seit Linda um unser Haus herumschlich. »Amen!«, sagte er.
Irgendwann musste ich sie fragen, wer in ihrer Familie derart religiös war.
An diesem Abend wartete sie in der Nähe seiner Schlafzimmertür, aber gegen unsere Abmachung zu früh. Als es klingelte, erklärte ich Jesse, Wendt sei da, den er hasste, seit er einmal im Schach gegen ihn verloren hatte. Er verschwand sofort im Bett. Weder Paul noch ich waren nachtragend. Der Plan war, Linda einen Blick durch den Türspalt zu erlauben, wenn Jesse schlief. Aber er wollte einfach nicht. Wieder faltete er die Hände und fing von vorne an: »Bitte behüte auch meinen Paul. Und Mamma. Und den Gelbklingen-Nasendoktor, bevor er ausgerottet wird.«
»Wen?«, fragte ich misstrauisch.
Wenn sie das aufschnappte, waren wir beide fällig.
»Den Gelbklingen-Nasendoktor«, wiederholte er. »Hab ich dir gestern erst erklärt.« Ich hatte nicht zugehört, aber auch das sollte ich vor einer Zeugin besser nicht zugeben. »Ein leuchtender Fisch aus Papua-Neuguinea. Tiefseefische. Die sind wie Ampeln, wechseln die Farben, wegen der Pigmentzellen in der Haut.«
»Ja«, sagte ich, »und jetzt schlaf.«
Diesmal küsste ich ihn nicht, weil es Linda nicht zuzumuten war, dabei durchs Schlüsselloch zuzuschauen. Es hätte sie provoziert. Wahrscheinlich hatte sie schon lange bluttriefende Zähne. *Ich will ihn nur einmal sehen. Ehrenwort,*

Afra! Vor der Tür, wo sie lehnte, drückte ich ihr ein Kleenex in die Hand, wie ich es von Anna Braker gelernt hatte.
»Genau wie mein Vater«, sagte sie schluchzend auf der Terrasse.
Die letzten Vögel zwitscherten in der Dämmerung, aber ich fand nicht, dass es Zeit war, sich gehen zu lassen. Als Linda nach dem zweiten Glas Wein nicht aufbrechen wollte, sondern immer wieder kurze Blicke zum Haus warf, hustete ich, wie mit Esther verabredet. Eine Minute später stand sie in der Tür, die Haare auf dem Kopf zurechtgebunden, was ausnehmend originell aussah.
»Mann«, sagte sie, als Linda gegangen war, Jesses Geschenk unterm Arm, eine Kristallzüchtungsfarm en miniature, Erfindung vom chemischen Winston. »Sie ist unglaublich schön! Warum hast du das nie erwähnt?«
Noch hing Lindas Duft in der ganzen Wohnung. Hyazinthen. Erst nur schwarze Erde, aber wenn man erwachte, waren sie plötzlich da. Mich erinnerte ihr Parfum jedoch an Asbest, eine einzige Faser, die in meiner Lunge hängen blieb, und ich würde umfallen.
»Sie ist nicht schön. Sie ist...« Mir fehlten allerdings die Worte für das Unheimliche hinter Lindas Fassade, aber Esther hatte Recht: Linda war schön, weil sie einen Willen hatte, Jesses Willen, der zerquetschten Bänderschnecken zuliebe mordete. Als Esther lamentierte, machte ich uns Toast und Tee. In Anwesenheit Fremder blieben meine Augen immer trocken. Dann war es auch schon August, und die Zeit überschlug sich, zu hart, zu schnell, selbst für meine Verhältnisse.

Der 20. Februar entscheidet, ob *Z-Lay* uns den Zuschlag gibt.
Nur zwei Tage zuvor findet die zweite Vorverhandlung in

Kalifornien statt. Harrer, der Junioranwalt, trägt noch die Digitalkamera am Hosenbund, als er hereinstürmt. Dieser Mann kann sich nicht normal bewegen. 3,1 Millionen Pixel, wie er mir erklärt, bevor er mit der Sprache herausrückt.
Er hat einen unglaublich blauen Ozeantag an den Gerichtstermin gehängt.
Bei dem Termin ist gegen uns entschieden worden.
»Gegen *wen*, bitte?«, frage ich ihn.
»Gegen uns! Sie und die Kanzlei. Ich fürchte, jetzt wird es richtig teuer.«
Fast stolz sieht er aus, als er berichtet, dass Linda im Chanel-Kostüm einen großen Auftritt hatte, während die andere Mutter ein abwesender Schatten war, da, wo man den Ursprung von Grausamkeit und Vitaminmangel vermutete, in Deutschland. Es gibt keine einstweilige Verfügung, kein Flugticket nach Hause für Jesse, zunächst nicht zumutbar, ohne Schäden. Vermutlich ist es auch besser so. Harrer vereibt seine Nizzabräune, die drei Tage Kalifornien nur noch vertieft haben. »Der falsche Richter«, sagt er.
»Das falsche Kleid«, sage ich. Natürlich gehen sie nach Äußerlichkeiten, und Linda hat Stil, auf Chanel kann man sich überall verlassen.
»Haben Sie sich mal um professionelle Hilfe bemüht?«, fragt Harrer gedehnt.
»*Sie* sind meine professionelle Hilfe!«, sage ich. Verlegen reibt er sich die Handgelenke, Jungenknochen, denn mit der Bemerkung weiß er nichts anzufangen. Er denkt, ich hätte ihn nicht verstanden. Vielleicht, wenn er selbst ein Kind hätte – an diesem Gedanken halte ich mich fest. Falls Harrer selbst Vater wäre, hätte auch ein falscher Richter nicht sonderlich viel Schaden anrichten können.
»Wie geht es denn jetzt weiter?«, frage ich.
»Weiß nicht«, sagt Harrer. »Erst mal bleibt der Junge da, au-

ßer, wir schieben hier etwas an. Ich werde mir Gedanken machen, aber ich rate Ihnen, sich vorerst mit den Leuten zu arrangieren. Das sind ja keine Unmenschen.«
Man muss zubeißen und wissen, wofür man es tut. Harrer allerdings weiß das nicht, Harrer, der eine Kamera, kein Kind hat, Harrer, der Buhmann, der Hausmeister, der Spinner. In gewisser Weise befriedigt es mich, dass ich anfange, in Schimpfworten zu denken. *Der kleine Achmed.*
Keinen Deut besser als Jesses Lehrerin.

Die Präsentation verläuft reibungslos.
Vier Aufsichtsräte und Barbara, deren Tochterstatus nicht mehr zu übersehen ist. Sie feiern sie als Ausnahmefall, jedermanns Einzelkind, oder das eine Mädchen unter lauter Söhnen. Dazu ein Schwarm unserer Leute, die mit mühsam unterdrückter Nervosität Kaffeetassen durch die Gegend schleppen.
Am Schluss halte ich eine Rede, weil Wendt sich dazu nicht mehr in der Lage fühlt. Das Projekt ist so gut wie abgeschlossen, soweit es die Planung angeht, wohlwollend zwinkert mir der rosige, finnische Aufsichtsrat aus der ersten Reihe zu, vor der ich schwafelnd auf und ab laufe, auf neuen Mules von Bally, die Jahre halten sollen. Auch wenn ein Absatz schon wackelt, ich ziehe es durch, nehme Aufputschmittel und gehe weiter, gerade wie ein Bleistift.
Während ich Barbara anlächele, weiß ich es schon.
In wenigen Minuten gibt *Z-Lay* uns den Zuschlag.

»Was ist das für eine Geschichte mit Ihrem kleinen Jungen, Afra?«
Mit dieser Tangostimme will Bloemfeld mich fertig machen. Aus seinem Gespür für Verletzlichkeiten, das ich hinlänglich kennen gelernt habe, schlägt er immer genau so viel Ka-

pital, wie er kann, vermutlich hält er mich für ein Sicherheitsrisiko, seit ich den Macchiato auf den Boden gekippt habe. Man darf es ihm nicht mal verdenken.
Die Party ist in vollem Gange, eine von hundert Partys, für die Z-*Lay* bezahlt, die ich bezahle, unterschiedliche Dinge, aber dasselbe Prinzip. Sie ähneln sich, wie sich die Tage ähneln. In diesem Frühjahr geht man in Lack, was sich selbst *Hühnchen!* leisten kann, der vor Plakatentwürfen herumturnt. »He!«, krakeelt er. »He!«
Er ist schon wieder betrunken.
Auch Paul Barth ist da, samt seinen Bodyguards, S. Bahn und Kainsbach mit der halben Schrottkirche. Wenigstens können sie *Hühnchen!* entfernen, falls die Visionen mit ihm durchgehen, falls er aus Leben Kunst macht und sich ins Piano übergibt. »Afra«, mahnt Bloemfeld, »was ist los mit dem Jungen?«
Er ist teuer, man muss ihn kaufen, und den Preis bestimmt er. Mindestens ein halbes Jahr lang werden wir miteinander zu tun haben. Also erwartet er eine Antwort.
»Was soll ich sagen? Die Wahrheit wollen Sie garantiert nicht hören, Bloemfeld, und Romane erfinde ich Ihnen zuliebe nicht.«
»Haben Sie Kontakt zu ihm?« In seinem Rücken bemüht sich Jelly, ein Cocktailglas in der Hand, unauffällig um Berührung, aber Bloemfeld rückt keinen Millimeter ab, sondern tut, als bemerke er sie nicht.
»Nein, ich habe keinen Kontakt. Und damit ist der Fall, bitte, auch erledigt.«
Wenigstens könnte ihm auffallen, dass ich sonst nie bitte sage. Als ich mich zu dem Klavierspieler umdrehe, der die Mondscheinsonate vorwärts und rückwärts spielen kann, packt Bloemfeld mich am Arm. Aber ich mache mich los. Esther steht leider nicht zur Verfügung, um mich zu retten,

da sie neuerdings unter denselben depressiven Zuständen leidet wie die Weltwirtschaft. Beinah benimmt sie sich, als wäre Jesse ihr Sohn.
»Passen Sie auf«, höre ich Bloemfeld sagen, »ich zaubere jetzt für Sie!«
»Auch das noch«, sage ich. Von Ferne wirft Barbara uns einen ihrer Stanford-Blicke zu, aber schon sehe ich gar nichts mehr. Bloemfeld hat mir etwas über die Augen gelegt, irgendein Tuch.
Denkt er eigentlich, dass das ganze Leben seine Erfindung ist?
»Na, sehen Sie«, höre ich ihn murmeln. Unvermittelt grinst er wie der Robbenfängermann. Das Tuch fühlte sich flaumig an, garantiert kein Taschentuch, warum sollte Bloemfeld auch eins bei sich tragen? Leute wie er und Barbara lassen schneuzen.
Schon verschwindet es wieder in seinen Händen.
»Rechts oder links?«, fragt er, als ich seine geschlossenen Fäuste betrachte.
Unwirsch lasse ich die Schultern sinken, dann tippe ich gegen die Hand mit dem Ring. Da steht auch schon Barbara im transparenten Kleid, diesmal mit Zopf, einem Gerstenzopf, dick wie mein Unterarm. In ihrer Brillantkette fängt sich ein einzelner Lichtstrahl, wie ein kostbares, metallisches Haar, das sich gelöst hat. Ihr angespannter Blick aber spricht Bände.
Als Louis Bloemfeld die Finger öffnet, weiß auch ich Bescheid. Denn plötzlich sehe ich die Narben.

Eine leere Hand, bis auf eine erschreckende Figur aus Schnitten.
Mit Sicherheit weiß Barbara, was mit seinen Händen los ist, kaum anzunehmen, dass sie im Dunkeln miteinander schla-

fen. Bloemfeld lächelt, als er mein Gesicht sieht, und das Grübchen in seinem Kinn wird zum Graben. Dann öffnet er auch die andere Hand, in der sich das Tuch befinden muss.
»So«, sagt er, als alle klatschen.
Auf der Handfläche liegt nämlich nur ein dünner Anhänger.
»Ein Stern für den Star«, sagt Bloemfeld, während ich mich voller Scham rückwärts bewege, da seine körperliche Nähe mir unerträglich ist. Was soll das? Sie haben mich nichts für das Projekt tun lassen, was für eine Farce wird hier aufgeführt? Ein Stern für den Star? Für den Starrsinn?
»Ich habe ganz und gar nichts gegen Zinnsoldaten«, sagt er grinsend.
Soll er mir doch vom Hals bleiben mit seiner Mülleimerpoesie.
Zweifellos stammt der Anhänger auf seinem Handteller aus dem Kaugummiautomaten, aus einem der Kunststoffeier, derentwegen Jesse vor jedem Kiosk kleben blieb.
»Nehmen Sie's!« fordert Bloemfeld mich auf.
Aber Barbara ist unvermittelt auf mich zugespurtet und küsst mich, betrunken von sich selbst und ihrem Vorzeigeprojekt, auf beide Wangen.
Leider komme ich nun ganz und gar nicht mehr mit.
»Danke«, ruft sie, »vielen, vielen Dank, Afra! Sie waren so geduldig mit uns!« Was sie damit meint, ist aber vermutlich nur, dass ich nicht wirklich gestört habe.
»Nichts für ungut«, sage ich. Bevor Wendt mich erreicht, um ebenfalls seiner Pflicht Genüge zu tun und sich bei mir für was auch immer zu bedanken, streift mich Bloemfelds Wange. Von ihm ist wenigstens kein Kompliment mehr zu erwarten.
»So fühlt sich das an«, murmelt er viel zu nah.
»Bitte?«, sage ich aufsässig.

»Dinge verschwinden. Glauben Sie nicht, keiner wüsste, wie weh das tut.«

Hühnchen! sitzt auf dem Klavier.
Wahllos, wie ich bin, verfalle ich auf den einzig schlüssigen Gedanken: entweder er oder der zaubernde Kunsthändler. Nur scheint mir Bloemfeld leider zu unmoralisch, um guten Sex zu garantieren. Paul Barth hielt nur Katholikinnen wegen der von klein auf verhinderten Explosionen für gute Liebhaberinnen. Mir kamen seine Ideen jedoch immer einfallslos vor, aber sie scheinen sich in mir festgesetzt zu haben. Also hoffe ich, dass *Hühnchen!* Katholik ist.
Dagegen wirkt Bloemfeld wie ein konkurrenzlos korruptes Imperium. Auch wenn es Jelly war, die behauptete, dass er die fünfzig weit überschritten hat, bin ich geneigt, ihr zu glauben. Er sieht aber zehn Jahre jünger aus. Seine Hände habe ich mir wegen der Narben genauer angesehen, kräftige Hände, viereckige Finger, als beschäftige er sich viel an der Luft.
Ein Galerist, der Holz hackt?
Sex mit ihm wäre zwar ein Sportereignis, aber er ist zu groß, zu arrogant, man hätte vorher mit ihm *reden* müssen, eine Vorstellung, die mir missbehagt. Essengehen und endlose Tischgespräche, nur damit er später nicht als gierig dasteht, als sexbesessenes Monster. Ich hasse solche Schleimereien. Ich hasse auch Antworten. Vor allem solche, die ich geben muss: *Nein, ich habe keinen Kontakt zu meinem Sohn.* Bloemfeld ist kein Mann, dem man die Genugtuung verschaffen möchte, einen ins Schleudern gebracht zu haben.

Während ich vor der Halle eine Zigarette rauche, überlege ich, wie ich mich *Hühnchen!* widme, ohne dass jeder mich für einen Sex-Maniac hält. Auf der niedrigen Sandstein-

mauer inhaliere ich tief und sehe zu, wie der weiße Nebel über parkenden Wagen verweht. Eine Tür klappt, ich höre ein Feuerzeug, Schritte, und sehe Bloemfeld plötzlich etwas weiter links stehen. Der Rauch seiner Zigarette verbindet sich mit meinem zu einer Wand.
»Haben Sie Ihr Kind eigentlich freiwillig gehen lassen?«, fragt er.
»Ja«, sage ich entnervt. Mit ein paar Schritten ist er neben mir und setzt sich so, dass er mich nicht berührt.
»Schlimm«, sagt er, »aber ich verstehe Sie.« Das glaube ich zwar nicht, lasse es aber dabei bewenden. Bloemfeld kann es nicht begreifen, weil er keine Kinder hat und nicht weiß, wie es ist, mürbe zu werden. Wie ich, als Linda endlich angriff. Inzwischen kannte ich sämtliche Parkbänke dieser Stadt.
»Eine Scheiß-Stadt«, sagte ich damals zu Esther. »Mit Scheiß-Schwänen!«
»Dann pack ihn dir doch«, sagte sie, »und haut endlich ab.« Aber das konnte ich nicht. Wenn Jesse keine Lust mehr hatte, sich mit mir in der Natur herumzutreiben, erledigte ich meine Streifzüge allein, schließlich war er kaum sieben Jahre alt und erwartete vom Leben mehr als Seen, in denen Bötchen kollidierten. Auch die beißenden Schwäne waren keine Attraktion mehr, genauso wenig wie die Eisbuden, wo Stangen aus gefrorenem Wasser mit Waldmeisteraroma gegen den Löwenanteil seines Taschengeldes eingetauscht wurden. Jesse war sparsam, seine Großmutter mütterlicherseits hatte ihm das vererbt, Frau Parkinson, die magere Spinne im Rollstuhl.
Leider stieß ich bei meinen Ausflügen auch immer öfter auf Linda, die meine Geheimplätze aufspürte, genauso ruhelos wie ich. Was sie für ihren Aufenthalt im *Adlon* bezahlte, mochte ich mir nicht ausrechnen, aber vermutlich verpulverte sie ihr gesamtes Erbe für einen Traum, dessen Einlö-

sung sie sich zu erreden gedachte. Nur halb hörte ich hin, wenn sie mich über ihre Familienverhältnisse aufklärte. Nach ihrer Abreise würde ich alles, was damit zusammenhing, schnellstens vergessen, die Stammbäume, die bis ins 15. Jahrhundert zurückreichten. Irische Marketender, Kaufleute aus Hamburg, Heckenschützen vom Kurischen Haff, Genoveser Juden.
Lindas Vergangenheit deckte mich zu, bis ich fast keine Luft mehr bekam.

An einem übermäßig heißen Nachmittag passierte es plötzlich. Nur eine Kleinigkeit im Wust anderer Belanglosigkeiten, die man leicht hätte überhören können.
»Zu Hause besorge ich ihm ein Batman-Kostüm.«
Gerade hatte ich darüber nachgedacht, dass mein toter Vater an diesem Tag Geburtstag hatte und dass ich Linda genauso mit Daten hätte voll stopfen können, denn auch ich hatte Stammbäume zu bieten.
Zu Hause kaufe ich ihm ein Batman-Kostüm. »Was?«
»Zu Hause...«, sie stutzte, überfordert von den Details, die sie gedankenlos über mir ausgekippt hatte. Wahrscheinlich war es ihr auch nur deshalb unterlaufen.
»Linda, was *ist* mit zu Hause? Amerika? Verstehe ich das recht?«
»Nein, nein...«, sagte sie zaghaft.
Dann jedoch brach sie zusammen. Sogar ihren Vater führte sie ins Feld, der immer einen Sohn gewollt hatte, die Intelligenztests, aus denen hervorging, dass sie selbst etwas wie ein Hochleistungscomputer war. Wobei niemand merkte, dass sie während des Hochfahrens still und leise kaputtging. Sie offerierte mir ihr ganzes mieses Leben. Aber ich wollte das nicht hören, sondern nur wissen, was mit dem Batman-Kostüm war.

Was es für Jesse und mich bedeutete.

»Afra, ich muss ihn mitnehmen! Bitte, verstehen Sie das doch. Ich liebe ihn.«

Der See, die Schwäne, die Boote waren nur noch ein Bild, das jemand übermalte. Linda war also genauso taktisch gewesen wie ich – dass ich es nicht erkannt hatte, ärgerte mich am meisten.

»Sie kennen ihn doch gar nicht!«, brüllte ich sie an.

Ein Rentnerpaar, das mich an August Mack und seine *bessere Hälfte* erinnerte, starrte demonstrativ zu Boden. »Sie haben noch kein Wort mit ihm geredet, Linda! Wenn das Ihr Ernst ist, warum sind Sie nicht früher damit herausgerückt? Nach ein paar Wochen? Monaten?« Als Jesse noch das Angst einflößende Ding in einem rosafarbenen Flechtkorb gewesen war, wollte ich eigentlich sagen, konnte es aber nicht aussprechen.

»Hurt hat...«

»Wer ist Hurt?«, fuhr ich sie an. »Sind Sie eine Marionette, Linda? Was kann ein Hurt unternehmen, wenn Sie *fühlen*, dass etwas nicht stimmt? Ich dachte, Sie sind so intelligent? Wo haben Sie dann damals Ihre Intelligenz liegen lassen? Im Supermarkt?«

Angestrengt überblickte sie den See, diese Stadt, so voller Seen, dass es ein Zufall war, wenn man nicht irgendwann ertrank. An den Ufern standen Rohrkolben, aufgereiht wie Raketen.

»Und Sie?«, sagte Linda Carruthers. Dann stellte sie mir die Frage, die ich Monate später an Paul Barth weitergeben würde: »Was genau haben *Sie* damals getan, Afra, als ich gemerkt habe, dass etwas nicht stimmte?«

Ein einziger Moment von Nähe, und die Sache war vorbei. Nie hätte ich ihr widersprechen dürfen.

Statt Linda unbeherrscht meine Mängel ausbaden zu lassen, hätte ich Enten füttern müssen und nicht vergessen sollen, dass sie keineswegs wie Esther war.
»Dann werden wir es eben gerichtlich entscheiden!« Landkarten aus zerfetzten Brotkrumen bedeckten den Boden. Ich schaute auf, alle Muskeln in meinem Nacken zusammengezogen. »Sie wissen ja, Afra, dass ich Ihnen das nicht antun wollte, aber nun kann ich nicht zurück.« Wenn ich nachdachte, fielen mir die Titel der Filme ein, in denen dieser Satz gefallen war. Schund. Effektiver Schund. Er verursachte aber Bilder. »Linda!«, sagte ich.
»Ich kann nicht mehr, Afra. Es wird ein Urteil geben. Es gibt höhere Instanzen als uns. Es gibt Gerechtigkeit.« Auch dazu fielen mir reichlich Filme ein. »Natürlich werde ich mich nicht quer stellen, falls man mir sagt, dass er bleiben soll.« Ein paar Sekunden vergingen schweigend. »Aber wenn der Beschluss da ist, nehme ich Jesse mit.«
Wenn einer von uns stirbt, ziehe ich an die Küste. Das hatte meine Mutter gesagt, als Vater noch lebte.
»Glauben Sie nicht«, sagte Linda, »dass ich Ihnen Steine in den Weg lege. Sie können jederzeit nach Amerika kommen, Sie können ihn immer sehen. In Ihrer Branche ist das doch kein Problem. Wir werden den Übergang ganz behutsam gestalten.«
Meine Augen brannten. »Nein«, sagte sie. »Wahrscheinlich ist es besser, Sie ziehen gleich mit ihm um. Dann wird er sich schneller an mich gewöhnen.«
In meiner Vorstellung tätschelte sie Jesse den Kopf. Wenn sie von ihm sprach wie von einem Hund, was war ich dann gewesen? Der Hundetrainer? Warum änderte sie nicht gleich seinen Namen? In Jonathan? Oder in *kleiner Achmed*?
»Linda«, sagte ich, »Linda, ich tue wirklich alles, aber nehmen Sie ihn mir nicht weg!«

»Ich denke nicht dran! Aber Jesse ist trotzdem mein Kind.«
»Nein!«, sagte ich. Aus schräg stehenden Augen sah sie mich an, eine Farbe wie Bruchstein.
»Nein!«, wiederholte ich und: »Nein!« Dieses dritte, drohende *Nein* schließlich entschied alles. Plötzlich wusste ich, wie wir Jesse zerreißen würden, Kannibalinnen, die ihn aufaßen, samt unserer eigenen kleingeistigen Vorstellungen von der Vergangenheit. Jegliches Maß würde uns verloren gehen. Wir würden ihn zerstören. Unsere Geschichten würden miteinander kämpfen, weil wir in ihnen feststeckten. Ich habe keinem davon erzählt. Aber das war es, weshalb ich ihr ihn mitgab.

Linda Carruthers und Jesse Barth lernten sich spät kennen. Am 9. September, erst, als alles zwischen ihr und mir geregelt war.
Sie traf uns im Café am Neuen See, wo Kinder zwischen Kellnerinnen umhersurrten, die Bierkrüge und Pizzateller trugen. Der Himmel brannte fast, so blau war er. Nach einer Stunde, die Jesse mit einem Stöckchen im Ufersand verbrachte, als ich schon glaubte, Linda hätte der Mut verlassen, stand sie plötzlich da.
»Mamma!« In zitronengelben Shorts kam er angelaufen.
»Siehst du *die* Frau da?« Ich nickte. »Ihre Haare?«
Das Glänzen auf seinem Gesicht sagte alles über den kleinen Achmed, in nicht mehr als zwei Worten. Trotzdem wusste ich, dass Linda keine Chance hatte, während sie gemessen auf uns zuschritt. Man mochte Kinder, oder man mochte sie nicht, der Sinn dafür war nicht trainierbar. Dazu musste man selbst ein Kind gewesen sein, eine Erfahrung, die Linda, Professor Carruthers' Tochter, dem lebenden Computer, fehlte.
Jesse würde sie nicht mögen. Haar hin oder her.

Zurückhaltend reichte ich ihr die Hand, und Jesse ließ sein albernes Stöckchen über die Papiertischdecke peitschen, während er beobachtete, was wir taten. Lindas weiße, ovale Hand zitterte in meiner, weil ich fester drückte, vielleicht brachte sie das dazu, ein wenig zu schreien. Als sie jedoch etwas zu Jesse sagte, und er, wie ein viel kleineres Kind, die Hand hob, um ihr Haar zu berühren, wusste ich, dass ich mich getäuscht hatte.
Ein simpler Kurzschluss, und dieser kaputte Computer hatte sich selbst vernetzt. Sein Schöpfer in den Vereinigten Staaten würde sich wundern.
Beide tranken Cola mit viel Eis, während ich die anderen Kinder anstarrte, die sich nicht mit Stöckchen beschäftigten. Erstaunlich, was eine Gemeinsamkeit wie die Haarfarbe für Folgen haben konnte. Nie hätte ich gedacht, dass Jesse sich mit seinen schönen Haaren unwohl fühlte.
War er so allein gewesen? Und wie lange?
Für Jesse gab es nur zwei Kategorien von Erwachsenen: Man kannte sie, oder man kannte sie nicht, und diese Frau sollte ihm so fremd sein wie eine binomische Formel. Aber was seine mathematischen Kenntnisse anging, mochte ich mich getäuscht haben. Lindas Haar fiel über seins, als sie mit dem Stöckchen einen verschwommenen Umriss in den Sand zeichnete. Wie geschmacklos die Leute sein konnten. Ihre Zeichnung stand auf dem Kopf, ließ sich aber trotzdem entschlüsseln. Ein Kontinent. Amerika.
Alaska eingeschlossen.

»Jeden«, hatte Esther beschwörend gesagt, als wir vor der Party in der Küche saßen, »nimm jeden, nur nicht diesen haushälterischen Schnapsmaler *Hühnchen!*«
Dabei ist es nicht seine Schuld, dass niemand sich für die hasserfüllten Studien unrasierter Tannenbäume interessiert.

Zwar hat er diese Grün-Macke, ist aber als Mensch erträglich, da er einem nie öffentlich widerspricht. Keine Spur von S. Bahns Querulantengenen, denn *Hühnchen!* hat gesellschaftlich zu viel nachzuholen, als dass er es sich leisten könnte, ein Schwein zu sein. Unsere Annäherung war eine mühselige Angelegenheit.
Es einen Flirt zu nennen wäre schon Angabe.

Auf den Vordersitzen meines Wagens, wo wir uns zum ersten Mal küssen, entdecke ich, dass ich wütend bin, über Zaubertricks, Narben und die Lässigkeit, mit der Barbara meine Aufgaben in der Agentur übernimmt, obwohl keine Menschenseele sie dazu auffordert.
Hühnchens! Gesicht kann man beim besten Willen nicht als brutal bezeichnen, aber seine Küsse sind dennoch so gewalttätig, dass ich mich im Badezimmer nach Bissen absuche, bevor ich wieder zu ihm gehe.
Er hat ausgeprägte Magenfalten und eine Nase wie eine Rasierklinge.
»S. Bahns *Sachen* werden immer ornamentaler«, sagt er später, in meinem Bett. »Wenn er nicht aufpasst, gräbt er sich damit selbst das Wasser ab.« Danach ist Kainsbach an der Reihe, einen nach dem anderen erhängt er, vierteilt und köpft munter drauflos. Nur Paul, der die Nacht offenbar mit der spanischen Praktikantin verbringt, lässt er aus, denn dessen Erfolg könnte abfärben, ein Mythos wie Drachenblut, in dem *Hühnchen!* noch ein Bad nehmen will.
Während ich mich unter ihm bewege, redet er zwanglos weiter.
Ich empfinde nicht mal Ekel, obwohl alles an ihm lang und mager ist, sogar die Füße, die im grauen Morgenlicht wie blank gebleichte Knochen in die Luft stehen. Stattdessen denke ich an Paul und die Praktikantin, die Fado singen

kann und statt Brüsten eine vorlaute, straffe Unterhemdattitüde aufzuweisen hat. Als *Hühnchen!* fertig ist und im Laken nach Muscheln zu suchen beginnt, erinnere ich mich schließlich auch an Bloemfeld. An das Lächeln im Wagenfenster, das ein Stück aus seinem Gesicht schnitt.
Barbara und er verließen die Party mit uns.
Wahrscheinlich wollten sie auch küssen.
Bloemfeld kommt nicht in Frage.
Ich komme nicht in Frage für Männer, die kämpfen können.

Inzwischen träume ich bereits von der fremden toten Erika, wenn ich an nichts denke. Ich weiß, dass sie im Dezember Geburtstag hatte, kenne sogar ihren vollen Namen, Levy. So heißen Juden nun mal, würde Anna Braker spötteln und nicht begreifen, was sie damit sagt, sondern es als Beweis für die Phantasielosigkeit meines Unbewussten werten. Selbst den Namen des englischen Kollaborateurs, der im Traum nur als Gedanke vorkommt und Erikas Mann ist, kenne ich: Art, von Arthur, obwohl es nie ausgesprochen wird. Ich habe keinen blassen Schimmer, woher das kommt, es ist einfach in mir, wie mein eigenes Leben.
Art – vermutlich ein biblischer Name, der bedeutet: *der, der versagt hat.*
Unwahrscheinlich, denke ich. Alles höchst unwahrscheinlich.
Nur zur Sicherheit könnte ich jedoch in die Archive gehen, denn in meinem Kopf sind Daten gespeichert, die sich verifizieren lassen. Ich könnte recherchieren, ob es eine Erika Levy gegeben hat, die 1943 ein Baby bekam und auf der Flucht erschossen wurde. Aber was würde es ändern?
Am meisten beunruhigt mich, wie wütend ich werde, sobald der abwesende Art mir vor Augen steht, Erikas gesichtsloser Mann, mein Mann.

Warum hat er sie nicht gerettet? Weil es kein amerikanischer Spielfilm war.
Auf keinen Fall werde ich ein einziges Archiv betreten.

Ein kalifornisches Panorama mit einer Sonne wie ein gelber Fußball.
Unter dem Briefschlitz liegt die Postkarte, auf der man Jesses neues Leben eingefroren hat, eine der geklonten Städte, wo Gott so viel Licht ausgießt, dass man sich für Europa schämen möchte. LA, Frisco oder sonst etwas Abkürzenswertes.
Auf die Rückseite des Panoramas hat Jesse zwei Personen gemalt, obwohl er nie malen konnte. Aber die beiden erkenne ich sofort. Die kleinere hat rote Haare. Um die Figuren hat er eine geschlossene, schwarze Umrandung gezeichnet, etwas wie eine Todesanzeige, ein perfekter Kreis, der alles andere ausschließt. Immer wieder fahre ich ihn mit den Fingern nach.
Jesse hat sich unglaubliche Mühe mit meinem Gesicht gegeben und selbst beim Schottenmuster des Rocks nicht gekritzelt. Zwar trage ich keine Schottenröcke, aber vielleicht sehe ich für ihn kariert aus.
Wenigstens hat ihm Linda für die Umrandung keinen Zirkel angedreht.
Beim Staubsaugen entdeckt Esther die Karte, und als ich den Schlüssel herumdrehe und sie ins Badezimmer lasse, versucht sie, mich in den Arm zu nehmen. Aber ich stoße sie so heftig von mir, dass sie gegen die Vitrine fällt und Bleikristall zu Bruch geht. Langsam wird auch das zur schönen Gewohnheit. *Hühnchens! m*atter Geruch nach ungenutzten Bibliotheken hängt noch in den Schlafzimmergardinen. Lange müssen wir die Fensterflügel hin- und herbewegen, bis die Luft wieder rein ist.

London wirkt beruhigend auf Maniker.
Deshalb ist die Führungsspitze für ein Wochenende an die Themse abgereist. Niemand ist in der Agentur, ein Niemand namens Wendt Jussen, dem die schleichende Entmachtung offensichtlich zu schaffen macht. So hat er sich die Kooperation mit *Z-Lay* nicht vorgestellt. Ein Mann braucht wenigstens einen eigenen Scheibtisch im Büro, wenn schon die Anthroposophin Milka Jussen den privaten besetzt hält.
Nun behandelt ihn auch noch Barbara wie den Butler.
Mir fehlt jede Lust, mich den Kanonaden auszusetzen, in die Wendt zweifellos ausbrechen wird, sobald er mich sieht, denn ich erinnere ihn an diese Demütigungen. Lieber mache ich einen Ausflug in den Buchladen. Weil es draußen gießt, habe ich Bloemfelds Robbenfängermantel übergeworfen, um unbeschadet durch den Regen zu laufen. Unter aggressiven Tropfen senken sich Märzenbecher in den Matsch, zarte Inseln von Grün, die mit jedem Guss mehr dem Schlamm ähneln, dem sie gerade entkommen sind.

Vor dem Schaufenster biegen sich Kastanien und schießen Vorjahresfrüchte auf die Straße.
Immer noch gießt es wie aus Kübeln.
In Buchhandlungen halte ich es nie lange aus, weil Buchhändlerinnen lange Zähne haben und einen vorwurfsvoll anstarren, wenn die Auswahl ihren Geschmack nicht trifft. Aber *Hühnchen!* hat mir einen Sammelband empfohlen, den ich für die *Z-Lay*-Kampagne brauchen kann.
Er will sich einen Vorteil verschaffen. Vielleicht kann er mir sogar helfen, Louis Bloemfeld endlich auszuhebeln.
Auf ihren Reiherbeinen verfolgt mich die Buchhändlerin. In der Scheibe spiegelt sich ein Viereck aus Gummistoff, der Ölmantel, der verschwinden muss, bevor ich ihn gewohn-

heitsmäßig anziehe. Ein Buch nach dem anderen zerre ich aus dem Regal, im Akkord, bis ich begreife, dass Kunst hier als Aussatz gilt und das Sortiment vor sozialkritischem Zeug nur so strotzt.

Kubas Tabakrollerkrise, Marx, in Briefen von Geliebten wiederentdeckt, Habermas' Staatsfeindreden, chinesische Mordfälle unter Mao und die deprimierende Kraft des Ecstasy. Wieder fliegt ein Exemplar auf den Stapel zurück, ich veranstalte einen Höllenlärm und fahre herum, als mir die Händlerin unvermittelt auf die Schulter tippt. Mit fiebriger Miene greift sie nach dem Taschenbuch, das ich eben aus der Hand gelegt habe, und ehe ich mich's versehe, hält sie es hoch, wie einen Pokal.

»Ich beobachte Sie«, sagt sie fast unhörbar. Mir stellen sich die Nackenhaare auf. »Ich weiß, dass Sie lesen! Bitte!« Bevor ich mich aus dem Staub machen kann, legt sie mir die Hand auf den Unterarm. »Es wird Ihnen gefallen. Die Geschichte einer Nazi-Kollaborateurin.«

Verstehe ich das richtig, und eine fremde Frau drängt mir gerade ihr Lieblingsbuch auf? Wie muss ich aussehen, dass man so mit mir umspringt? Als sie meine Miene sieht, macht sie eine ernüchterte Handbewegung.

»Entschuldigung! Vergessen Sie es. So was tue ich sonst wirklich nie!«

Was sie sonst tut, ist mir herzlich egal, meinetwegen kann sie ihre Freizeit auch mit NLP-Kursen verbringen. Seit Jahren kenne ich die Frau vom Sehen, nie ist sie mir unangenehm aufgefallen, ein Typ wie Esther, still, hübsch und hilfsbereit. Um sie nicht weiter zu erregen, lächele ich jedoch und greife nach dem Buch. Beim Anblick des Umschlags atme ich plötzlich scharf aus.

Er zeigt nämlich ein Gesicht, das ich kenne.

Nicht nur der Titel ist ein Tiefschlag.
Nach ein paar Seiten starrt mir das schwungvolle Haus entgegen. Ein unscharfes Bild, Sepia, aber es besteht kein Zweifel. Darunter wieder das Gesicht der jungen Frau vom Umschlag, überaus blond wie die Buchhändlerin. Jemand, den sich Linda für Jesse erträumt, eine anständige Person, Wellenfrisur und sorgfältig aufgereihte Klemmen.
Etwas in mir erkennt sie sofort wieder.
Ich habe genug böse Träume. Es ist frühmorgens, ich schrecke auf, weil Lichter über die Schneise irren. Ich gehe mit dem Kind, während sie in der Stadt bleibt. Plötzlich weiß ich, dass diese Frau im schwungvollen Haus gewohnt hat, und als ich ihren Namen lese, höre ich auch die Stimme, in mir, wie ein Gongschlag.
Er wird für lange Zeit der größte Schock bleiben.
Stella Goldschlag.

»Jesse?«
»Mamma!« Keinem ist damit gedient, dass ich endgültig durchdrehe.
Wenn ich nur einmal mit ihm rede, hört es vielleicht auf.
»Linda didn't expect your call!«
Yus Sopran zerschneidet die Leitung, bevor sie das Gespräch beendet, es muss Yu sein, herrisch wie eine quietschende Schraube.
»Wa-haaa!«, ruft sie, während Jesse an der Schnur zerrt.
Selbst eine Altfrauenstimme kann bedrohlich klingen, vermutlich hat man ihr gesagt, dass ich ein chinesenfressendes Ungetüm bin. Auf keinen Fall darf ich mir vorstellen, was sie mit Jesse anstellt. Auch ich bin nämlich auf Fremdartigkeit trainiert. Den indischen Gärtner nannte Vater bei guter Stimmung immer *den Gaga-Mann*, Gaga von Ganges, bei schlechter nur: »He!«

Ob Yu weiß, wie man Jesses Füße auftaut, wenn er Schlittschuh gelaufen ist? Hat er ihr von dem Geistgefühl erzählt, von eingebildeten Eiswürfeln, die ihm nachts durch ein Loch in der Fußsohle fallen? Weiß sie, dass man gefrorene Zehen in einen Eimer mit *kaltem* Wasser taucht? Was ahnt eine Exilchinesin überhaupt über das Verhältnis von Badewannen zu Frostbeulen? Ach Gott, denke ich, es ist ja warm in Kalifornien. Man braucht ein halbes Leben, um es zu lernen, und fürs Vergessen doppelt lang. Es geht mich nichts an. Ich bin nicht seine Mutter.

Später in der Nacht tutet irgendwo ein Schiff.
Ein langes Geräusch, als würde jemand auf jemanden warten. Auf dem Schreibtisch, zwischen Buchstützen in Form geschnitzter Eulen, steht meine Neuerwerbung. Wie etwas, was jemand hier vergessen hat. Immer noch kann ich den Umschlag mit ihrem Namen nicht ansehen. *Stella*.
Wie das Schiff, als würde jemand eine Glocke bedienen.
Denk endlich konsequent nach!
Heute nähere ich mich der Grenze.
Mit dem Traum hat es angefangen, als ich acht Jahre alt war, hier endet es, mit einem Taschenbuch. Dazwischen liegt wachsende Gewissheit. Man wächst hinein wie in Kniestrümpfe, aber 35 Jahre sind eine verdammt lange Zeit für eine Angst. Vielleicht die Provision, die ich anstelle meines Vaters dafür zahle, dass er die halbe Welt finanziell zur Ader gelassen hat. Jetzt muss ich das ausbaden, was Marjam *Karma* nennt, aber im Grunde nur ein moderner Begriff ist für gute alte ausgleichende Gerechtigkeit.
Die Götter haben sich für ihre Wiedergutmachung allerdings die Falsche ausgesucht. Eine, die den Olymp bisher für ein Sportstadion hielt. Natürlich war mein Vater kein schlechter Mensch. Ohnehin haben sie im Zeitalter der Ent-

schuldigungen schlechte Menschen gegen Neurotiker ausgetauscht. Und welche Wahl hat ein Autohändler schon, als zum Verräter zu werden? Jemand, der einen Motor als Herz bezeichnet, wird nichts begreifen, was sich nicht reparieren lässt. Weder Tiere noch Kinder. Man darf ihn nicht verurteilen. Während meine Mutter folgerichtig ist, weil sie quasselt, war mein Vater einfach, weil er war.

Gesichter tauchen auf und wieder unter.
Draußen kriechen Jesses Schnecken durch den Mulch, Märzenschnecke und Großer Vielfraß, die er letztes Jahr ausgesetzt hat. Wenn ich aufpasse, kann ich ihre Stimmen hören, das leise Schaben, sobald sie sich die Blattunterseiten entlang bewegen. Sind sie fast am Rand angekommen, klappt das Blatt plötzlich um.
So muss es sein. Wenn man irrsinnig wird.
Falls es stimmt, dass sich Gleiches mit Gleichem heilen lässt, wäre es die beste Lösung, sich hineinfallen zu lassen. Ich sollte das Buch endlich lesen, aber ich befürchte, einen Gedanken darin zu entdecken, den ich selbst irgendwann gedacht habe. Den Moment fürchte ich, in dem ich zur Frau mit der Wellenfrisur werde, Stella, und beginne zu glauben, dass die Geschichte von mir handelt. Meine Hände brennen.
Wenn ich die Augen öffnete, könnte ich sehen, dass sie bereits in Flammen stehen. Ich bin nicht wild auf Halluzinationen. Mit ziemlicher Sicherheit ist heute Nacht die Treppe in den Irrsinn erreicht. Ich muss nur voransteigen, bis ich oben stehe und sie alle sehe, meinen Sohn und meinen Vater, Paul Barth, der aus einem Vakuum winkt, in dem nichts gilt, was Würde ist oder Anstand, und selbst Bloemfeld, der mich die letzte Kraft kostet. Ich bin im Begriff zu fallen, das weiß ich plötzlich. Ich muss zu Anna Braker, denn sosehr

ich mich auch zu erinnern versuche, in diesem Leben kenne ich keine Frau namens Stella Goldschlag.

Der März zieht mit einem Grollen herauf.
Eins dieser seltenen, schockartigen Wintergewitter. Wenn die Eskimos hundert Worte für Schnee haben, warum haben wir nicht hundert mehr für Regen? Als ich vor die Tür trete, beginnt es wieder zu schütten, Kies knirscht auf dem Weg, den Esther selbst dann noch harkt, wenn längst Kinder in Gummistiefeln durch Bordsteine pflügen, ein Anzeichen dafür, dass bald die Welt untergeht.
Meine Füße sind nass, als ich die nächste Ecke erreiche und hinter mir plötzlich eine Fontäne aufspritzt. Alles trieft vor Schmutzwasser, einschließlich meiner schönen Salamander-Pumps, Museumsstücke, die ich auf einer Retromesse erstanden habe. Schwarz, mit schmalen weißen Riemchen über dem Widerrist. Ein silberner Wagen mit übertriebener Front fährt im Schritttempo hinter mir, und ich beschleunige, obwohl dies keine gefährliche Gegend ist. Ohne hinzusehen, erkenne ich den Typ, denn Autos haben Stimmen, und dies ist das Timbre des *M Coupé*. Ein bayrischer Akzent, 3,2 Liter, sechs Zylinder, 321 PS.
Das »M« steht übrigens für Monster.
Als Tochter eines solchen habe ich einen einzigen wertvollen Sinn entwickelt und weiß, dass zwischen Menschen und Motoren ein radikal kleiner Unterschied besteht. Die einen sind etwas lauter. Beide jedoch darf man nicht in zu hohen Gängen fahren, sonst hat man nicht viel davon.
Je langsamer das Coupé wird, desto schneller werde ich, nur mit Mühe halten die Salamander-Schuhe im Schlamm. Wären sie schlau wie ihre Namensvettern, würden sie den Schwanz abwerfen, um ihre Verfolger auszutricksen, aber leider können Schuhe nicht denken. Und es wäre auch nichts, was

Louis H. Bloemfeld vom allergeringsten seiner Vorhaben abhalten würde.

Als ich meinen Käfer aufschließe, hält Bloemfelds Spaßauto neben mir. Durchs Fenster schiebt sich eine Geisterhand, seine Bauern-und-Dichter-Hand, aber immerhin achtet er auf seine Kleidung. Gestern war wohl Wäschestärketag, und jemand hat sich mit den Manschetten besondere Mühe gegeben. In meiner Kehle brennt Hass. Auch überall sonst eigentlich, und als er winkt, lege ich einen verächtlichen Ausdruck auf.
Nun steigt Bloemfeld aus, schert sich aber wenigstens nicht um seine Hosenbeine. Den Handschlag spüre ich noch, als ich meine Hand bereits wieder zurückgezogen habe, nur keine überflüssige Zuwendung. Beide sind wir in dieser Sekunde schon nass wie Katzen oder Hunde, und genauso sehe ich ihn an, denn er beginnt zu lachen. Im selben Moment begreife ich, dass es keine tieferen Gründe gibt, er will nichts weiter.
Nur seinen Robbenfängermantel.
Auf dem Absatz meiner lädierten Salamander mache ich kehrt.
»Augenblick!«, rufe ich, fliege unter Esthers erwartungsvollen Blicken ins Haus und reiße die Garderobe halb aus der Wand. Wortlos packe ich den Mantel und schlage die Tür hinter mir zu. Auf der einen Stufe strauchele ich und sehe ihn, an seinen silbrigen Wagen gelehnt, von Mack hinter der Gardine beobachtet.
Seit Jesse fort ist, hat der dumme August gar nichts mehr zu tun.
Interessiert starrt Bloemfeld in den viel zu niedrigen Himmel, aus dem es regnet, keine Rede mehr von Manschetten, sein Gesicht wasserüberströmt. Den Ölstoff halte ich wie

ein Zelt über dem Kopf, im Grunde passt es mir nicht, ihn abgeben zu müssen, denn ein bisschen war es wie Voodoo, als würde ich Louis Bloemfelds geheimen Namen kennen.
»Danke«, sagt er, als ich ihm den Mantel reiche, und wischt sich mit dem Handrücken Regen von der Stirn. Er öffnet wortlos die Autotür, steigt ein, lässt den Motor schnurren und kurbelt das Fenster halb herunter. Für einen, der Frauen ohne Nachnamen attraktiv findet, bin ich wohl nur eine bessere Stubenfliege. Das wollen wir mal sehen.
»Woher haben Sie eigentlich die Narben?«, sage ich also, als er den Gang einlegt, und er stutzt genauso lange, wie ich brauche, um es zu bemerken.
»Die?«, sagt er und legt seine Handfläche gegen die halb geschlossene Scheibe. Ich nicke. »Als Kind wollte ich wissen, ob ich eine Maschine bin oder ein Mensch«, sagt er lächelnd, während ich zurückzucke, als hätte er mich gestochen. Immer noch blickt er durch den Fensterspalt, weil er wissen will, wie lange ich benötige, um zu begreifen. Nicht lang.

Absolut ruhig beobachtet Bloemfeld mein angespanntes Gesicht. Mit seinem will ich mich gar nicht erst belasten, denn auf einmal geht es um mehr als nur um vernarbte Handflächen. Um die unerwartete Erkenntnis nämlich, dass ich die Versäumnisse meiner Eltern an Jesse, einem fremden Kind, gutgemacht habe.
Vielleicht zählt das sogar doppelt.
Es war irgendetwas in Bloemfelds Ausdruck, das mich darauf gebracht hat, in der Provokation der Geste, mit der er mir die zerschnittenen Hände entgegenhielt. Was muss passieren, damit ein Kind sich selbst so etwas antut?
Immerhin habe ich Jesses Schnecken gelobt, selbst wenn sie mir nicht sonderlich gefielen. Plötzlich bin ich sehr stolz, und Louis H. Bloemfeld ist kein Faktor mehr, sondern nur

noch ein durchgeknallter Mann. Verrückter als das Medium und ich zusammen. Zur Tagesordnung hätte ich daher auch nur noch Folgendes anzumerken: In manchen deutschen Gegenden prahlen die Leute mit ihren Wunden. Zum Teufel mit ihm und seinen selbstverliebten Narben. Unvermittelt fährt er an und hinterlässt einen äußerst flachen, geradlinigen Eindruck. Vier Auspuff-Endrohre, polierter Edelstahl.

Ich weiß jetzt, dass Barbara Kontaktlinsen trägt.
Gerade ist sie mit ihren wirklichen Augen aufgetaucht, gefärbt wie die Brust eines Rotkehlchens. Wahrscheinlich ist sie ein Albino, oder sie hat zu viel getrunken, letzte Nacht mit Bloemfeld.
Zwischen ihnen ist jedenfalls purer Sex.
Manchmal behandelt er sie wie eine Schlampe, die man aus einer Schuluniform schälen muss, ein Knopf-für-Knopf-Geheimnis. Kann sein, dass sie Macht wirklich erotisch findet, oder eventuell sind auch beide Opfer zu vieler schlechter Filme. Der Mann, die Frau, die Angst.
Nicht mehr als eine müde Bettgeschichte.
In der Konferenz sitzt er zwei Stühle von Barbara entfernt, und ich überlege, ob es sein oder ihr Wunsch war, wahrscheinlich haben sie es einmal zu oft getan und benötigen jetzt Distanz. Trotz der Tische in Hufeisenform kann von Chancengleichheit keine Rede sein. Kommt immer drauf an, wer den Stuhl in der Mitte hat.
Diesmal nicht Barbara, so viel darf man verraten.
Sie schiebt nervös das Wasserglas um die Papiere, die mit einer hochgestochenen Kalligraphinnenschrift bedeckt sind. Noch redet Wendt, der dieselben Anzeichen von Unruhe zeigt wie alle anderen. In Kürze präsentieren wir die erste *Z-Lay*-Veranstaltung, für die ich freiwillig das Beiprogramm übernehme. Meine musikalische Ignoranz ist ge-

nauso bekannt wie mein Gespür für gutes Catering, und mir wird der Europa-Markt zu unübersichtlich.
Besser, man hält sich heraus.
Ich werde *Sushi Surprise* reichen, womit wir uns auf der sicheren Seite befinden, wenn auch alle anderen sich vor Angst in die Hose machen und inzwischen sogar das Wetter diskutieren. Man erwartet verfrüht die Eisheiligen und außerdem mehr als dreitausend Gäste in der Kongresshalle. Paul trägt *Staffage I* bis *XVI* bei, Elektrodraht und Punkte, die Nutten darstellen. Passend, soweit es Barbara angeht, aber auch ich fühle mich inzwischen angesprochen. Für Mitternacht habe ich eine Kulteinlage besorgt, das Louis-Armstrong-Video, von S. Bahn in meinem Keller handgeschnitten. Er konstatiert, dass sie *darauf abrasten* werden. Retro hat Zukunft.
Das dachte ich auch einmal.

Gelangweilt baue ich ein Dach aus meinen Fingern, als mich Bloemfelds Blick trifft. Der tödliche Ernst darin lässt mich zurückzucken. Beinah falle ich vom Stuhl, nur um mich eilig zurechtzusetzen und Konzentration vorzuspielen. Wendts Ausführungen aber sind so aufregend, dass ich schon nach Sekunden wieder bei Jesse bin.
Schon eine Woche nach seiner Begegnung mit Linda war er so verliebt, wie es ein siebenjähriger Junge nur sein konnte. Offensichtlich besaß er das Gespür, das mir fehlte, als ich dem falschen Kind den Beatmungsschlauch aus der Nase zog, für Verwandtschaftsatome, die einander auf Kilometer wittern. Ohne Widerrede ging er mit Linda spazieren, während ich mir wie August Mack hinter der Gardine Mühe gab, nicht durch einen zu heftigen Atemzug auf mich aufmerksam zu machen. Ich beobachtete, wie Linda kurz vor der Straßenecke nach seiner Hand griff. Wenn Jesse später die ge-

meinsamen Abenteuer referierte, als müsse er mich für meine Einsamkeit entschädigen, hörte ich zähneknirschend zu.
»Sagen Sie es ihm endlich!«, befahl Anna Braker in meiner Höhle, dem Sitzungsraum, dem einzigen Ort, wo ich noch atmen konnte.
Aber zum Gespräch mit meinem Sohn war ich nicht in der Lage.
»Bravo!«, rief Anna. »Endlich erkennen Sie es!«
Während Linda und Jesse am Neuen See nach Zilpzalps oder Türkentauben Ausschau hielten, wartete ich, bis sich die Dinge von allein erledigten. Kurz darauf verlangte Anna aber ein kleines Theaterstück: Ich sollte mich spielen, während sie in Jesses Rolle schlüpfte.
»Sagen Sie es mir. In Ihren eigenen Worten. Jetzt.«
»Jesse…«, begann ich und verstummte, als ich die Krümmung ihrer Lippen sah. »Ich habe…« Es ging nicht, auch nicht mit viel gutem Willen.
»Ach was«, sagte ich, »Jesse, ich habe gar nichts!«
Gegen Ende der Stunde beugte sie sich plötzlich ruckartig vor, als müsse sie sich übergeben, ihre gefalteten Hände schnellten hoch und hingen kurz vor meinem Kinn, um auf ihre Oberschenkel zurückzusausen.
Offenbar hatte sie die Nase gestrichen voll von Ausflüchten.
»Verdammt«, rief sie, »Afra! Das Kind hat ein Recht, es zu wissen. Was soll eigentlich dieser unerträgliche Masochismus? Sagen Sie einfach: Jesse, ich bin furchtbar traurig, und…«

Wie sagt man einem Kind etwas, was es umbringt?
Redet man in Schnecken-Nisters Sprache, über Romantik, wie man sie in Jesolo lernt? Oder ist es besser, die Null und die Eins zu bemühen, zack-zack, Eingabe, Enter, Ausdruck?

Jesse, schrieb ich probehalber in mein Notizbuch, *unglücklicherweise ist ein Irrtum vorge…* Fabelhaft. So weit konnten einen Autohändler bringen.
Jesse, als du noch ein kleiner Frosch in meinem Bauch warst…
Sehr schön, allerdings problematisch, da es nicht stimmte.
Jesse. Mein allerallerliebster Jesse.
Am Ende saß ich abends an seinem Bett und wartete den Reigen von Fürbitten an den Arbeitslosen- und Chow-Chow-Gott ab.
Seine Lider waren bereits halb geschlossen. »Jesse?«
Sofort klappte er die Augen auf. Wie bei einer Puppe stand kein Ausdruck in den Pupillen, nicht Furcht oder Verzweiflung. Unnötig, auch nur einen Satz mehr zu sagen, denn natürlich hatte ich mich getäuscht: Weder war er verliebt noch entzückt von Linda gewesen. Die Entenuhr auf dem Nachtschrank tickte die Sekunden ab, ein enttäuschtes Ticken. Mit der unerträglichen Sensibilität, wie sie Kinder entwickelten, die zusammenhalten müssen, was nicht zusammenzuhalten ist, hatte er es längst gewusst. Seine Verbeugungen vor Linda waren nur Demut, denn er glaubte, dass alles sich änderte, wenn man nur anständig genug war.
Auf dem Maserati-Kissen drehte er langsam den Kopf hin und her. Vielleicht konnte sein richtiger Großvater in Berkeley ein Mittel dagegen erfinden, die endgültige chemische Heilung des Autismus. Aus den Augenwinkeln quollen unvermittelt erste Tränen. Weil ich so eiskalt zusah, fragte ich mich, ob ich nie mehr etwas empfinden würde und wo wohl Trostschwester Esther mit ihren Möglichkeiten blieb. Ich habe keine Erinnerung daran, wie ich es ihm dann gesagt habe. Nur dass ich es getan habe, in allen Einzelheiten, weiß ich genau. Schon bevor ich zu reden be-

gann, waren seine Augen zersplittert. Jesse war immer zu schlau. Ein Erbe von Linda Carruthers, die meinen Sohn auf dem Gewissen hatte.

Im Konferenzraum klacken zwischen japanischen Tatamimatten und Papierschiebewänden Kugelschreiber. Während Wendt kein Ende findet, hebt Bloemfeld ungehalten den Kopf. Vielleicht hört er etwas, was uns entgeht, oder Lärm an sich ist zu viel für kunsterfahrene Ohren. Barbara entfernt einzelne Haare von ihrer Versace-Jacke, bis strafend gehüstelt wird. Plötzlich sieht sie aus, als zerschmelze ihr ein Stück Butter auf der Zunge.
Bevor ich mich bremsen kann, bin ich aufgestanden.
»Scheiße!«, sage ich laut. Barbaras Versace-Jacke scheint wie ein weißgoldener Blitz durch den Raum zu rasen, dabei hat sie sich nur unmerklich bewegt. *Scheiße.* Die Krönung der Aussagekraft. In mir wird ihr Lächeln größer, bis es mich schluckt, sie triumphiert, weil ich endlich aus der Rolle falle. Seit Wochen gehe ich ihr auf die Nerven. Auch das Kompliment könnte ich zurückgeben. Trotz all des Make-ups, das ihr nun plötzlich vor Befriedigung beinah vom Gesicht springt, ähnelt sie jemandem, den ich kenne. Nachts habe ich das Taschenbuch zu Ende gelesen. Ich habe jedes Foto noch einmal genau betrachtet. Der Schnitt der Wangenknochen, der Mund mit der gierigen Unterlippe.
Barbara ist ein Satz aus einem Buch.
Stella Goldschlag war blond, schön und verführerisch.

Stella Goldschlag war eine Nazi-Hure.
Während Barbara zu meinem ganz persönlichen Waterloo wird, staune ich über ihre Ähnlichkeit. Vielleicht sind jedoch beide nur Erfindungen meines Gehirns, das Anknüp-

fungspunkte zu einem Albtraum sucht. Wer ist schon Erika, denke ich und sehe aus dem Augenwinkel Bloemfeld, wie er sich im Freischwinger aus Schweinsleder zurücklehnt und beide Hände auf den Tisch legt.
»Bitte?«, ruft Barbara süffisant in den Raum.
Die versammelte Mannschaft schweigt. Natürlich müsste ich mir etwas einfallen lassen, aber nichts fällt mir ein, nur immer wieder der absurde Zufall: Ich in einer Buchhandlung, das Taschenbuch, dessen Hauptperson Barbara ähnelt, und jene Erika Levy, die mich nicht mehr ruhig schlafen lässt. Louis Bloemfeld betrachtet mich nicht ohne Interesse, meine Schultern, das schlecht geschnittene Haar. Jeder hier sieht mich so an, während ich zu Erika werde, die von einem Nazi umgebracht wird. Das alles bezieht sich irgendwie auf Barbara. Das Einzige, was mir einleuchtend vorkommt.
Ansonsten verdrehen sich Innen und Außen.
»Ich habe ...«, sage ich leise.
Nein, ich werde keine Parolen mehr in den Raum rufen, sondern mit äußerster Korrektheit normale Dinge sagen.
»Ich habe mir Gedanken darüber gemacht, ob wir uns mit diesem Theater nicht zu populär machen. *Kunst als Kunstprodukt* entspricht doch *Z-Lays* Selbstbeschreibung gar nicht. Das Publikum sieht sich als elitär, und ...«
Unvermittelt zischt Barbaras Hand durch die Luft, als würde meine Stimme genügen, um ihre Nerven zerreißen zu lassen. Meine Hand zuckt zur rechten Schulter, dahin, wo mich im Traum der Schuss erwischt. Noch habe ich die Wahl: Ich kann Anna Braker anrufen, den vernünftigen Weg wählen, den Vater-Weg, und mich reparieren lassen, oder Marjam aufsuchen, ihren Schäferhund streicheln und Tote auf der Straße gehen sehen.
Eine verzwickte Angelegenheit.

»Mein Gott!«, brüllt Barbara. »Das ist beileibe nicht der richtige Zeitpunkt!«
Wendts Finger zittern, mit einem Mal wird sein Gesicht grau, über dem Tatami, das uns nicht mehr gehört, wenn das Geschäft, das ihn zum Mogul machen soll, schief geht.
»Ich habe *absolut*«, ruft Barbara, »keine Lust auf ideologische Fragen. Nicht zu diesem Zeitpunkt, Afra, nicht, wenn die Lunte schon brennt.«
Das satte Schweigen danach macht mich schwindelig. Aber dann kommt Rettung von unerwarteter Seite. Bloemfelds Stimme.
»Wir werden«, sagt er sanft, während sein Zeigefinger auf der Tischplatte kreist, »genau zuhören, Barbara!« Ein apathischer Ausdruck legt sich über ihr Gesicht. »Wir werden«, sagt er und lächelt, »*nie* gegen einen der beiden Partner entscheiden. Nichts. Zu keinem Zeitpunkt, übrigens.«
Als sie zusammensackt, hallt seine Stimme im Konferenzraum nach. *Einer der beiden Partner.* Wenn ich es richtig interpretiere, habe ich ein Problem mehr, mit dem ich nicht gerechnet hatte. Ich habe Louis Bloemfeld auf dem Hals. Falls ich mich sperre, wird er allen Ernstes die Kampagne platzen lassen. Unverhohlen starre ich ihn an. Er wird die Maschine stoppen. Wegen der Partnerin, die Stella Goldschlag für das Alter Ego seiner Geliebten hält. Bloemfeld stellt sich gegen *Z-Lay*. Wegen einer Irren mit Halluzinationen.

Jesse leistete bis zum Schluss keinen Widerstand.
Das überzeugte Linda, dass bald ein Haufen der besten Kinderpsychologen Kaliforniens einen randvollen Terminkalender haben würden. Sein Verhalten sprach dafür, dass er defekt war, Apathie, der Beweis dafür, dass es sich nicht um den ersten Schaden dieser Art handelte. Plötzlich weigerte

er sich auch noch, mit mir zu beten. Irgendwo existierte plötzlich ein Chow-Chow-Gott, der nicht mehr teilbar war. Bereits Anfang Oktober schien sich sein Bewusstsein in zwei unabhängig voneinander funktionierende Hälften aufzuspalten. »Mamma«, sagte er einmal, als wir auf Linda warteten, »weißt du, wann Mamma endlich kommt?«

»Er geht zur Schule«, sagt Linda heiser ins Telefon.
Es klingt, als hätte sie zu viel geschrien. »Er liebt diese Schule!«
Im Hintergrund schreit jemand, vermutlich Yu.
Ich will wissen, wie es Jesse geht.
»Kommt er zurecht? Ich meine, findet er sich in die Sprache? Er hat doch nie richtig Englisch gesprochen.«
»Mein Vater hält ihn für den sprachbegabtesten kleinen Jungen, der ihm je vor die Augen gekommen ist.«
»Einstein«, sage ich dumpf.
»Mein Vater ist natürlich recht intelligent. Aber so weit würde ich nicht gehen, Afra.«
»Ich meinte nicht deinen Vater.«
»Ach so«, sagt sie. Ach so.
»Isst er?« Ich lausche in den Raum zwischen Linda und mir.
»Er isst. Jeden Mittag mit seinen Großeltern. Manchmal packen sie auch den Rollstuhl ein und fahren mit dem Retriever zur German Bakery. Dann an den Strand. Er heißt Bobby.«
»Komischer Name für einen Strand. Oder meinst du den Professor?«
»Weder noch«, sagt sie. »Den Hund!«
»Ach so«, sage ich. »Hat Hurt ihn nun endlich gesehen?«
Der Name kommt mir kaum über die Lippen, denn ich will keinen Hurt in meinem Leben.
»Jes-siiiiieeee ...«, schreit Yu in der Ferne.

Atemlos höre ich, ob jemand antwortet. Linda und ich haben uns entschieden, es bei einem Gespräch im Monat bewenden zu lassen, bei einem therapeutischen Zwei-Mütter-Gespräch, das den Beteiligten Disziplin abverlangt. Die vielen arbeitswütigen Kinderpsychologen geben uns übrigens Recht.
»Hurt ...«, sagt Linda, und ihre Stimme verwandelt sich in eine Bach-Fuge. »Er will ihn noch nicht treffen. Aber Hurt ist eben Hurt, er hatte es ja abgeschlossen. Jonathan hat für ihn genau einen Tag lang existiert, danach nur noch als Thema meiner schizophrenen Episode. So war er immer, ein Despot. Was bleibt ihm schon, wenn er mir jetzt Recht gibt?« Sie seufzt. »Vermutlich habe ich ihn mit der Sache damals regelrecht umgebracht, und wenn ich es nicht geschafft habe, erledigt den Rest sein Job für mich.«
»Was arbeitet er denn?«
Ich kann mich nicht erinnern, dass es irgendwann erwähnt wurde.
»Ach Gott ...«, sagt sie und überlegt, »Geldsachen. Investment, Börse, Kulturmanagement. Und so.« Offenbar hat Linda keine Ahnung. Amerikanische Verhältnisse, in denen mein Sohn erwachsen werden wird, mein amerikanischer Sohn mit seinem unangreifbaren, amerikanischen Namen. Endlich hat er eine berechtigte Zukunft.
Der geschwätzigen Schwester Gertrudis sei Dank.

Ich habe große Angst um Jesse. Solche Sätze muss ich sagen lernen. Sagt Anna Braker. Am Schreibtisch streiche ich nach dem Amerikagespräch den Zettel mit der Mobilfunknummer glatt, die Bloemfeld mir diktiert hat, für den Notfall, falls es Probleme mit Barbara gibt. Er will sich in Los Angeles von Lance, dem *Z-Lay*-Senior, segnen lassen, nicht weit von da, wo Jesse lebt. Aber ich wähle nicht seine, sondern eine andere Nummer, und als Marjam abhebt, sage ich so gut wie nichts. Falls sie mir helfen kann, wird ein Satz reichen. »Ich träume schlecht«, sage ich.

Marjams Augen werden fast weiß, wenn sie in der geistigen Welt unterwegs ist. Trotzdem höre ich seelenruhig zu, wie sie meinen Vater beschreibt und dann im Schnelldurchlauf jede Station meines Lebens, bis sie bei Erika ankommt. Aber plötzlich glaube ich die verquaste Geschichte einer jüdischen Vergangenheit selbst nicht mehr. Sowohl das Baby scheint mir obskur, das seine Mutter im späten Februar 1943 überlebt haben soll, als auch das zweite Kind, aus dem zweiten Gewächshaus.
Mein richtiger Sohn, der mir wie eine weitere Lüge vorkommt.
Leider bleibt die große Frage der Wirklichkeit immer, wo sie anfängt und wann sie aufhört. Plötzlich aber fliegt ein Satz durch die Luft:
Das glaubst du doch wohl selbst nicht! Marjam hat das soeben gesagt, diesen Satz, der eigentlich aus dem Mund eines Traumsoldaten stammt. Mit verkrampften Fingern höre ich sie den Traum herunterleiern, alle notwendigen Stichworte, junge Jüdin, Verrat, Morde.
Vielleicht liest sie einfach Gedanken? Ihre Stimme ist tiefer, wenn sie solche Dinge sagt, und obwohl ich buchstäblich zurückweiche und flach wie eine Trockenblume in ihrem Sofa klebe, findet sie kein Ende. Vielleicht säuft sie auch heimlich schon ab Vormittag, wenn der Hund den Sozialrasen bepinkelt. Es wäre eine Erklärung.
»Stella!«, sagt sie auf einmal. »Das bedeutet Stern. Wusstest du, was es bedeutet?« Während ich den Atem anhalte, kriecht aus der Dunkelheit meines Gedächtnisses eine schwache Erinnerung.

Der Tag ist voller billiger Farben.
Wie Acryl, das wegen seiner Leuchtkraft von denen geschätzt wird, die sich an Öl nicht heranwagen. Vor Marjams Tür schlägt dieser acrylfarbene Tag über mir zusammen. Nun ist endlich Frühling, und selbst mit viel Phantasie wäre der Robbenfängermantel nicht mehr zu gebrauchen. Es gibt nur noch eine Kälte, die allerdings sitzt tief, in den Knochen.
Fast wäre es ein angenehmer Spaziergang durch das Viertel, das aus Vertikalen besteht, zwischen denen der milder gewordene Wind weht. Die Fenster sind weit geöffnet und sehen aus wie römische Zahlen. Eine aufregende Klarheit liegt in der Luft. Aber irgendwo heult ein Schäferhund, der nicht Bobby heißt, um eine Tote, vielleicht um Erika oder um Stella, die Marjam zuletzt erwähnte, obwohl sie nichts mit ihr anfangen konnte.
»Nicht Stella«, hat sie gesagt. »Du bist nicht Stella, sondern Erika gewesen.«

Dann fällt es mir wieder ein.
Mitten in der Vorstadt bleibe ich stocksteif stehen. Meine Finger sind die der Achtjährigen mit Warzen auf den Handrücken, ein Kind, das keine Afra sein wollte, unter lauter Bärbels und Sylvias. Nächtelang suchte ich damals nach einem neuen Namen, der gefällig, aber nicht gefallsüchtig klingen sollte. Auf der Straße, an deren Rand Krokusse blühen, wird mir siedend heiß.
Warum erinnere ich mich erst jetzt daran?
Mit neun Jahren hatte ich den neuen Namen endlich gefunden. *Stella.*
Wie kann es sein, dass ich es vergessen hatte?
Ein Bus schwenkt aus, der Luftzug schneidet wie ein Schmiss in meine Wange, und aus dem Fenster gestikuliert

der Fahrer, obwohl ich beiseite springe und wohlbehalten auf der anderen Straßenseite stehe. Aber in mir herrscht furchtbares Chaos. Dass Marjam Erikas Geschichte in meinem Kopf lesen konnte, ist nicht sehr wahrscheinlich. Sie ist sich so sicher, dass es dieses Vorleben gab, nein, dass es Reinkarnation gibt, jene Seelenwanderung, die selbst die wundergläubigen Katholiken vor Jahrhunderten schon aus der Bibel gestrichen haben.
Eine von uns muss verrückt sein.
»Du hast deine zweite Chance«, hat die Verrücktere gesagt.
»Ich hatte nicht mal eine erste«, antwortete ihr Erika mit meiner Stimme.
Ich hasse Verrat, Leute, die wie sie sind oder Stella Goldschlag. Abgesehen davon, gibt es keine Verbindung zwischen den beiden, ich kenne nicht mal einen einzigen Juden in dieser beschissenen Stadt. Dann wollte Afra eben als Kind Stella heißen. Blanker Zufall, dass es mir erst jetzt einfällt. Ungeduldig nestele ich nach dem Handy, denn am Ende gewinnt die bessere Variante. Versuch Nummer zwei. Anna Braker.

»Eine Hellseherin? Sind Sie wahnsinnig geworden?«
Ihr unvernünftiger Plisseerock bauscht sich um Ballerinawaden.
»Entschuldigung, Afra, aber Sie sollten endlich anfangen, Ihren Traum als Symbol zu sehen. Es liegt doch auf der Hand: ein Baby, Sie als Jüdin, Erschießung, Nazis. Daran haben sich schon ganz andere Kaliber versucht, ein beliebtes Bild bei Psychotikern. Nur ein paar gängige Archetypen.«
Psychotiker, aha! Zum ersten Mal fällt mir auf, wie zersessen Annas Stühle sind, und nicht nur das, mir fällt auch auf, wie platt die Dinge sind, die ich träume.

»Ich habe aber immer gewusst...«, sage ich trotzig.
»Dass Sie sterben werden? Gut, wir alle sterben. Sie sind ja tatsächlich gestorben. Als Jesses Mutter.«
»Nein, nein«, sage ich. Als hätte ich nicht geahnt, dass sie es nicht begreift.
»Doch, doch«, sagt sie. »Dann Ihr richtiges Baby, Lindas Jonathan. Auch er ist tot. In Ihrem Leben wimmelt es inzwischen von toten Kindern. Was soll Ihr 43. Lebensjahr denn mit 1943 zu tun haben? Ihr Gehirn erlaubt sich einen Scherz, oder wollen Sie mir allen Ernstes erklären, dass Sie neuerdings an Wiedergeburt glauben?«
Ihr Lachen klingt nicht böse, sondern zynisch, darunter aber liegt etwas, was ich erkenne: Hilflosigkeit. Anna Braker befürchtet, dass sie einen Fehler gemacht hat, irgendwo eine Frage zu viel, eine deplatzierte Betonung, die Weichenstellung für meinen Wahnsinn. »Und das nur, weil Ihnen ein Buch in die Hände gefallen ist? *Stella*? Nein, drehen Sie es um. Sie stoßen auf das Buch, *weil* es so heißt. Weil dieser Name für eine lieblose Kindheit steht. Man nennt das Koinzidenz. Synchronizität. Vorgänge, die sich spiegeln, ohne miteinander zu tun zu haben.«
Genauso gut könnte ich mit mir selbst reden, was übrigens auch bedeutend billiger wäre. »Marjam hat aber meinen Traum *gekannt*!«
»Und ich kenne diese Marjams«, sagt sie spöttisch. »Die Marjams dieser Welt ernähren sich recht ordentlich von den psychologischen Untiefen Ihres Formats. Gleich werden Sie mir auch noch sagen, dass Sie wirklich Erika gewesen sind. Oder Stella, ganz wie's beliebt. Afra! Der Traum ist nur ein Bild für das, was passiert ist.« Ich lausche.
»Das jüdische Baby«, hat Marjam gesagt, »ich kann es *sehen*.«
Und wenn schon. Falls ich bald sterben muss, wird mir ver-

mutlich auch der große verträumte jüdische Gott nicht helfen, der sich damals selbst Erika entzogen hat.
Liebe Mutter, schreibe ich später. *Ich drehe durch.*
Pass bitte auf. Auf Jesse.

»Probleme?«, fragt Louis Bloemfeld.
Kainsbach und S. Bahn enthüllen auf der Bühne eine Skulptur, die *Europa* heißt, während *Hühnchen!* in der Kulisse den Kopf schüttelt.
Sein Hass ist so gewaltig, dass er mich beinah von den Füßen reißt.
Als ich mich abwende, trifft mich einer von Bloemfelds schockgefrorenen Blicken. Offenbar haben sie ihn nach nur zwei Tagen in Los Angeles zum Kaiser ernannt, was Barbara zu beunruhigen scheint. Sie steht neben Paul Barth auf der Bühne und beklatscht die Laudatio von Wendt, der vor Autorität fast platzt.
»Schön die drei!«, ruft Bloemfeld mir zu. »Wie Polarsterne.«
Womit sie ihn auch drüben gedopt haben, es hat ihn nur noch unangreifbarer gemacht. Applaus brandet auf, als nun Barbara am Mikrophon dreitausend Gästen ihre Lichtgestalt präsentiert. *Kunst als Kunstprodukt* befindet sich auf dem Höhepunkt. »Polarsterne!«, wiederholt Bloemfeld wie zu sich selbst, bevor er sich zu mir hinbeugt und fragt: »Sind Sie etwas überreizt, Afra?«
Der Ring an seiner Hand glitzert im Spot, als auf der Bühne sein Name fällt. Im Applaus höre ich auch meinen Namen, und beide winken wir hinauf. »Gervasius von Canterbury!«, schreit Bloemfeld gegen den Lärm an, den Barbaras gellende Stimme verursacht. »1148 war er Zeuge eines Wunders, das sogar beeidet wurde.«
»Ja und?«, sage ich.

»Es schien ein heller Neumond, dessen Hörner wie üblich gen Osten zeigten, und plötzlich spaltete sich das obere, eine Flammenfackel schoss empor, die Feuer, heiße Kohlen und Funken spie. Ende des Zitats.«
»Verschonen Sie mich«, sage ich, während ich die Augen unverwandt auf Paul gerichtet halte, dem Barbara einen Kuss auf die Wange drückt.
»Wollen wir wetten?«, sagt Bloemfeld plötzlich ganz nah. Die Frage dringt ohne Widerstand in mich ein. »Sie wird natürlich mit Ihrem Mann schlafen. Barbara schläft mit allem, was einen Namen hat, es ist ihre Natur, verschlucken. Leider ist Ihr Paul ein guter Mensch ...«
»Ein guter Mensch?«, murmele ich. Als er mir in die Augen starrt, sage ich lauter: »Das, Bloemfeld, ist wenigstens Ihr Problem nie gewesen!«

Hinter uns schieben sich Massen ans Buffet.
»Sehen Sie nur«, sagt er, »jetzt attackiert sie ihn mit Gambas! Aber der Mond wird höchstens eine Weile pendeln und schwanken, und dann wird Ihr Paul zurück in seine Umlaufbahn gehen.«
»Lassen Sie endlich den Quatsch!«, sage ich scharf.
»Ich glaube an solche Zeichen«, sagt Bloemfeld. »Sie etwa nicht? Nichts geht einfach so aus der Welt. Alles macht Spuren. Es müssen ja nicht gleich Krater sein.« Als der Spot über uns kreist, blitzt sein Ring erneut auf, und nur darum greife ich nach seiner Hand, während der Scheinwerfer bereits im Takt des Orchesters in den Bühnengraben abtaucht.
»Was soll das eigentlich?«, rufe ich Bloemfeld zu und tippe auf die Gravur.
»Ein Talisman«, sagt er leichthin. »*Gott ist im Menschen. Das Sonnensigill.* Es funktioniert über Analogien.«
Als das Licht zurückkehrt und einen künstlichen Horizont

in die Schatten der Gäste malt, hebt er sein Glas. Nur eine Sekunde, aber ich erkenne durchaus, was ich nicht erkennen wollte. Die Gravur des Rings nämlich zeigt das Symbol, das ich morgens auf einem Stück Papier gesehen habe. Marjam hat es aufgemalt und mir geraten, den Zettel immer bei mir zu tragen. Nach der Therapiesitzung habe ich ihn in den nächsten Abfalleimer geworfen.
Der sechseckige Stern. Ein Schutzsymbol, das keinen geschützt hat. *Stella.*
Salomos Siegel an Bloemfelds kleinem Finger.

Jelly ist sehr betrunken.
»Was ist mit Bloemfeld?«, sage ich, als sie ihren unscharfen Blick auf mich eingestellt hat. »Was soll sein?« Offenbar hat sie den Champagner nicht nur getrunken, sondern sich bis zum Kragen damit abgefüllt.
Über der Bar hängt *Hühnchen!*. »Weißt du, ob er Jude ist?«, frage ich.
»Hu!«, sagt Jelly und mustert mich. »Na und? Hast du was gegen Juden?«
Dann lacht sie, und *Hühnchens!* Augen verdrehen sich. »Ist er Jude!«, grölt er. »Na toll! Afra, seit wann bist du eigentlich derart naiv?«
Sein Mund nähert sich Jellys Ohr. Als ich ihn am Jackenaufschlag packe und sein Gesicht ganz nah an meines heranziehe, nimmt nicht ein Einziger der Umstehenden davon Notiz. »Bist du durchgedreht?«, schreit Jelly.
Aber ich kann diese Selbstgerechtigkeit nicht mehr ertragen.
»Du kotzt mich an!«, sage ich sehr leise zu *Hühnchen!*. Er ist so betrunken, dass er erst nicht versteht. Dann weiten sich seine Augen.
»Dein Bloemfeld kotzt mich an!«, sagt er, sehr nüchtern.
»Glaub bloß nicht, Afra, hier wäre irgendwem entgangen,

dass er jetzt auch noch dich rumgekriegt hat.« Das Grinsen spüre ich fast körperlich. »Von dir«, sagt *Hühnchen!*, »hätte ich das am wenigsten gedacht!«
Am Buffet schlagen sie sich um die Sushis.
»Jeder außer dir weiß doch, was Bloemfeld ist«, sagt Jelly.
»Ein Arschloch!«, schreit *Hühnchen!* plötzlich. Und dann schreit er noch andere Sachen. Um uns herum wird es still.
»Jude...«, sagt Jelly, als er aufhört, »wen interessiert *das* denn schon?«

Es ist eine der Nächte, die im Gedächtnis festfrieren.
Sie bilden erst Eiskristalle, dann eine harte Substanz in der Seele, wie ein Splitter, der von Narbengewebe isoliert wird.
Unglückliche Menschen sind immer stillos, deshalb starre ich auch aus dem Fenster und warte auf einen weiteren Anruf aus Amerika. Über meinem Kopf läuft Esther hin und her. An der Linie des Mundes war die Enttäuschung ihr deutlich abzulesen, als wir uns ein Taxi teilten.
Aber ich benötige nun mal keine Freundin mehr.
Im Papierkorb liegt das Taschenbuch mit Stella Goldschlags gerastertem Foto. Dem Autor zufolge wurde sie nur wenige Monate vor der Zeit, als meine Traum-Erika starb, von der Gestapo verhaftet. Danach begann sie, versteckte Juden aufzuspüren, ein letzter Versuch, ihre Eltern zu retten. Ein erfolgloser Versuch. Stella Goldschlag hatte aber selbst dann noch weitergemacht, als beide längst in Lagern verschwunden waren.
Die Ursache jedoch, warum ich kein Verständnis für sie aufbringe, ist nicht das, sondern ihre Ähnlichkeit mit jemandem, den ich hasse. Auch Erika Levy war schön, wie Stella und ihr Double, Barbara. Erst auf den letzten Seiten des Buches wurde mir klar, warum Stella Goldschlag bis zu ihrer Verhaftung in Berlin überlebt hatte. Wie die meisten Leute,

die ich kannte, dachte ich nicht weiter über Juden nach.
Trotz des Traums interessierte es mich nicht im Geringsten, wer wann, wo oder als was geboren war.
Aber die Gestapo hatte damals auf Knopfdruck funktioniert. Ihre Haarfarbe hatte sie gerettet.
Keiner war auf die Idee gekommen, dass eine Jüdin auch blond sein könnte.
Aber wenigstens ich wusste sofort, was *Hühnchen!* vorhin mit seinem Geschwafel über Bloemfeld und mich meinte.
Eine Affäre. Solche Gerüchte habe ich sogar erwartet. Die Scherbenkönigin und der Mann, von dem sie nicht das Geringste weiß. Vermutlich, denke ich, haben sich die Zeiten wirklich nicht sonderlich geändert.

Eine flüssige Schicht aus Bernstein.
Eiswürfel knacken leise, als ich sie in den Whisky werfe, und mein Fuß stößt gegen den Tisch, während die Alessi-Schale schlingert. Über viele Dinge habe ich mir nie Gedanken gemacht, am wenigsten über die Banalität des Bösen, das so überholt schien wie Bildröhren oder Wählscheibentelefone. Seit Stella, seit Erika und seit die Nazis vorgeblich ausgestorben sind.
»Du warst so blöd!«, sage ich laut.
Wieder trete ich gegen den Tisch, als sich plötzlich ein Ton irgendwo vorn im Flur durch meine betrunkenen Gedanken arbeitet. Endlich fällt das Glas, und Whisky ergießt sich auf den weißen Langflorteppich.
Absolut ungünstig für Kinder, wie gut, dass ich keine Kinder habe. Im Nachhinein rechtfertigt sich selbst die Wahl der Auslegeware. Es dauert, bis ich begreife, dass jemand geklingelt hat.
Auf bloßen Füßen wandere ich zur Gegensprechanlage.
Fernes Rauschen, die Spiralschnur vor der weißen Wand,

wo ich den Hörer fallen lasse. Die Wohnung hat sich inzwischen mit einer Schneedecke überzogen, und die Schritte im Flur werden durch den Flokati gedämpft. Entschlossen, keine Gegenwehr zu leisten, falls sich jemand anschicken sollte, meine CD-Sammlung zu stehlen, gehe ich zum Fenster.
Der Mond leuchtet so hell, dass jeder Baum Schatten wirft. Das habe ich noch nie gesehen.
Vielleicht ist es *Hühnchen!*, der sich für sein Geschrei entschuldigen will. Vielleicht will er aber auch, dass ich mich entschuldige. Als ich von der Tür her ein Räuspern höre, erstarre ich, denn das ist niemand, den ich erwartet habe. Angst sitzt mir in der Kehle.
Ich hätte nicht öffnen dürfen, nicht, ohne zu fragen, wer draußen steht.
Wie ein Film laufen die kommenden Minuten vor meinem inneren Auge ab.
All die Vorahnungen, Warnungen aus zu vielen schlechten Kriminalromanen.
Jemand greift nach meinem Arm.

»Ich wünsche«, sagt Bloemfeld, »dass Sie ins Bad gehen und sich das Gesicht waschen!«
»Wollen Sie es oder wünschen Sie es?«, frage ich, Jesses Scherz aus seinem Lieblingskinderbuch.
»Ich wünsche es!«, sagt er, bevor er beginnt zu lachen.
Vor ein paar Tagen habe ich gehört, wie Barbara ihn *Al-Khafiz* nannte, es bedeutet *der Erniedrigende.* So weit geht ihre Leidenschaft, dass sie Gottesnamen benutzt, und meine Rachsucht, dass ich sie nachschlage.
»Ich fühle mich keineswegs so betrunken, dass sich Wasserverschwendung lohnen würde, Bloemfeld.«
»Sie sehen aber zurzeit etwas verweint aus.«

Locker schlägt er die Beine übereinander, und aus einer fremden Perspektive könnte man meinen, dass wir warten. Nur dass ich hier den Platzvorteil habe.
»Und?«, sage ich, bevor ich mit meinem Latein am Ende bin. Er sagt nichts. Dann stelle ich aus Verlegenheit fest: »Sie sind Jude!«
Jeder andere hätte sofort die Botanisiertrommel ausgepackt, aber Bloemfeld schenkt mir nur einen absichtslosen Blick. Zwischen Nieseln und Regen, die in diesem Landstrich üblich sind, liegen solche Blicke nicht lange. Das Wasser steigt so schnell, dass man sie gerade wahrnehmen kann, bevor sie in den Untergrund geschwemmt werden.
Nach einigen Sekunden jedoch trifft mich die Ungehörigkeit meiner Bemerkung wie der Rückstoß nach einem unbedacht abgefeuerten Schuss, während Bloemfeld nicht mal mit der Wimper zuckt.
»Was sollte denn vorhin dieser *Aufstand*?«, sagt er. »Barbara hat mich beauftragt, Sie danach zu fragen. Ich selbst habe zwar keinerlei Interesse daran – bloß ist sie der Ansicht, wir beiden hätten einen guten Draht ...«
»Irrtum«, sage ich und lasse die Hand, die nach dem Whisky greift, sinken.
»Ich bin übrigens auch der Ansicht«, sagt er und wischt mit einer schnellen Bewegung die Flasche vom Tisch. Verdutzt starre ich auf den Boden, dann auf Bloemfelds Gesicht, dem anzusehen ist, dass er meine jüdische Bemerkung keineswegs überhört hat.
Beide betrachten wir die Pfütze.
»Welcher Ansicht?«, frage ich. »Barbaras Ansicht? Oder meiner?«
»Barbaras«, sagt er, »Stichwort guter Draht.«
Dann steht er auf und öffnet jede einzelne der drei Türen, die aus dem Wohnzimmer in die Freiheit führen. Im Bade-

zimmer höre ich ihn rumoren, bevor er mit einem von Jesses Waschlappen zurückkehrt.
»Da!«, sagt er, und der nasse Stoffklumpen landet mir im Schoß. Auf dem weißen Frottee hinterläßt die Wimperntusche schwarze Spuren.

»Worum ging es eigentlich? Was hat er gesagt? *Hühnchen!*?«
»Nichts!«
Auf gar keinen Fall werde ich das auch noch wiederholen.
»Kommen Sie!«
»Es gab ein ... persönliches Problem. Zwischen uns.«
»Zwischen *uns*?«
Ich zucke zusammen, schüttele heftig den Kopf.
»Zwischen *Hühnchen!* und mir natürlich!« Lange sieht Louis Bloemfeld mich an, die Entscheidung zwischen Gold und Silber, aber ich bin sicher, dass er Silber wählen wird, und siehe da: Meine Intuition hat unter den Ereignissen nicht gelitten. Schweigen wäre für einen wie ihn eine Niederlage. »Abgesehen nun von diesem persönlichen Problem zwischen Ihnen ...«, sagt er gedehnt, »ich weiß, dass Sie Jelly gefragt haben, ob ich Jude bin. Sie hat sich händeringend selbst bezichtigt, das Theater losgetreten zu haben. Eben. Bei Barbara. Aber was hat Ihr Freund *Hühnchen!* gesagt?«
»Sie werden mich nicht zwingen«, sage ich. »Fragen Sie doch Jelly!«
»Würden Sie es wiederholen, Afra? Für mich?«
Widerstrebend sage ich: »Arschloch!«
»Ich weiß«, sagt Al-Khafiz, »ja. Das hat er auch gesagt. Über mich. Und weiter?«
Weil auch ich etwas weiß, nämlich, dass ich nur eine Rolle in seinem Stück spiele, tue ich schließlich, was Erika mir beigebracht hat. Jene Erika, die so oder so Teil meiner Familie ist,

Verräter-Erika, egal, ob es sie nun gab oder nicht. Na gut, wenn Bloemfeld unbedingt will.
Soll er *Hühnchens!* Gerüchte bekommen.
»Er meinte«, sage ich kalt, »niemandem wäre entgangen, dass wir beiden eine Affäre haben.«
Ich höre, wie der Whisky in die Lache tropft. Wie das Schweigen weich und weit wird. Als Bloemfeld beginnt zu lächeln, ahne ich, dass er ganz andere Verletzungen kennt, jenseits von Phantasie, jenseits von *Z-Lay*.
Nicht, dass es neu wäre, bloß überraschend.
»Na also«, sagt er, an niemanden speziell gerichtet, insbesondere nicht an mich. »Ja«, setzt er hinzu, und wartet. Zeit vergeht. Irgendwann atmet er laut aus. »Und natürlich bin ich Jude. Wussten Sie das nicht?«
Keine Ahnung, ob er tatsächlich so abgebrüht ist, keine Ahnung, wie sein Spiel heißt und warum er hier ist. Vielleicht nichts weiter als ein müdes Geschenk. Er kann es sich leisten, auch wenn er den Anlass nicht kennt. Selbst ich hatte es vergessen, bis ich aus Verlegenheit auf die Uhr sehe.
Es ist kurz nach Mitternacht.
An meinem 43. Geburtstag.

Ich habe nie tanzen gelernt.
In seinen Händen spüre ich die alten Narben. Einen Moment lang liege ich wieder unter erstickenden Federbetten, und es ist noch einmal Neujahr, der Augenblick, bevor ich erwache. Etwas Flüssiges schwebt in der Luft. Als er sich neben mir träge bewegt, denke ich an Bücher.
In Hillmans *Soul's Code* gab es einen Satz: *Bitte erklären Sie meinen Traum, verändern Sie meinen Zustand, wir wollen ein Zeichen sehen.*
Das hat mich an die Physik erinnert. Dann aber weist mich Bloemfeld unvermittelt an, mich nicht mehr zu bewegen,

und ich bewege mich nicht mehr. Es ist von jetzt an seine
Aufgabe. Meine Berührungen später sind keine Entschuldigung, sondern geschehen, weil ich in meinem Mund seinen
Atem spüren kann. Der Regen, der daraufhin im Zimmer
fällt, unterscheidet sich nicht von anderem Regen. Ein fast
erbarmungsloser Moment.
Vermutlich hat Hillman Recht, wenn er sagt, dass die Welt
transparent ist, durchlässig für sichtbare und unsichtbare
Geister. In meiner Bewegung haben sich mehrere Personen
bewegt, und daran war zu erkennen, dass wir auf dem Bett
die Zeit gegen die Zeit getauscht hatten.
Louis Bloemfeld und ich. Immer noch kann ich seinen Namen nicht sagen. Ich schäme mich für das, was jetzt passiert,
und auch für vieles andere. In jeder seiner Gesten hingegen
ist eine fast schmerzhafte Genauigkeit. Er spricht nicht viel,
während wir nebeneinander liegen, anders, als ich es mir
vorgestellt hatte. »Niemand wird sich erinnern.«
Nur dieser eine Satz. Was will Bloemfeld sagen?
Er regt sich nicht. Sein Lachen dringt in mich ein wie ein
Kuss.
Am Schluss habe ich ihn angebettelt.
Wir tanzen. Das ist die ganze Wahrheit.

Der Zettel liegt halb entfaltet auf dem Küchentisch.
Kryptisches Zeug. Daraus schließe ich, dass Bloemfeld ein
Mann vom Meer ist, den Schwankungen nicht abgeneigt.
Sorgfältig falte und entfalte ich das Papier, unter der Sonne,
die ein Kreuz auf dem Boden malt. Bevor ich mich aber entscheide zu warten und den Vormittag im Badezimmer zu
verbringen, stelle ich fest, dass Weihnachten ist, eine ganz
andere Art von Weihnachten. Ich kann mir die Bescherung
schon ausmalen.
Den Mantel in der Hand, lese ich es eine Stunde später,

frisch geschminkt, nochmal. Bloemfelds Handschrift erinnert an Gebärdensprache, ein Stummer, der mit einer Tauben redet, nur was er schreibt, war nicht zu erwarten.
»Wisst ihr was?«, sprach der zweite, »wir wollen Wagen und Pferde holen und den Mond wegführen. Sie können sich hier einen anderen kaufen.«
Sonst nichts. Keine Unterschrift. Er kann ja auch schlecht mit *Al-Khafiz* unterzeichnen. Dabei hätte ich Bloemfeld die Gebrüder Grimm nun ausgerechnet nicht zugetraut. Schließlich ist er Engländer. Den Zettel in der Hand, überlege ich genau, was letzte Nacht zwischen uns war, kann mich sogar halbwegs erinnern, wie wir uns geküsst haben, dann an ein paar Worte.
Alles schmeckt jedoch nach Trübsinn und Alkohol. Das Aspirin wirft hübsche Bläschen, und als mir einfällt, wie das Märchen aufhört, weiß ich, dass Bloemfeld den Zettel sehr persönlich gemeint hat. Soweit ich mich entsinne, haben die Diebe den Mond erst gestohlen und dann mit ins Grab genommen. Wenn Bloemfeld überhaupt etwas besitzt, dann einen Sinn für Effekte. Gedankenverloren umfasse ich meine Arme, bis sich die Gänsehaut verflüchtigt, ich vermute, der nächtliche Vorfall tut ihm inzwischen Leid, das soll das Zitat bedeuten. Am liebsten würde ich heulen, aber nichts ist hier lebensgefährlich. Im Grunde tut nichts jemals weh, was gedichtet ist.

Ich stehe im Garten.
Wie eine aufgeschnittene blaue Perle spannt sich der Himmel, so weit ich schauen kann. Alles ist sehr still. Das Jahr wartet noch, und die Beete stehen voller Eimer, ein Eimermeer über Pflanzen. Der beste Schutz vor den gefürchteten Spätfrösten.
Kann man sein Kind aus seinem Leben streichen?

Vermutlich nicht, aber sooft ich auch darüber nachdenke, fällt mir nur ein, dass ich auf späten Schnee hoffe. Kistenweise werde ich ihn auf die Baumscheiben packen, das verzögert den Austrieb, denn ich will, dass alles in der Schwebe bleibt. Eimer. Das sicherste Mittel, sagten die alten Gärtner, gegen eine zu frühe Blüte.

Es ist anzunehmen, dass er mit mir geschlafen hat.
Bevor mich die Scham wieder packt, mache ich in der schwachen Mittagssonne eine Entdeckung. Meine Hoffnung auf Schnee kommt zu spät, denn Jesses Bäumchen treibt schon Blüten. An den Spitzen der Zweige sehe ich plötzlich winzige, explodierende Knospen, wie Regentropfen.
Aus dem geöffneten Küchenfenster klingt das Schrillen des Telefons.
Wie ein frisch geschrubbter Zeigefinger steht das prunkvolle Haus vor dem glasig blauen Himmel. Es klingelt und klingelt. Atemlos erreiche ich den Apparat, beim letzten Ton, bevor sich der Anrufbeantworter einschaltet.
Eine Million Berechnungen, ausgeführt in Sekundenbruchteilen. Eine komplizierte Entscheidung. Wenn ich jetzt abhebe, sage ich Ja.
Ich habe aber alles andere vor, als *Ja* zu Louis H. Bloemfeld zu sagen.

»Pfeifen Sie dieses Schwein zurück!«
Vor Enttäuschung sacke ich fast in die Knie.
»Wie reden Sie eigentlich mit mir?«, herrsche ich Barbara an.
»Wie redet Ihr Freund *Hühnchen!* über Bloemfeld?«
»Er hat nichts Unwahres über Bloemfeld gesagt!«
Sofort wird mir klar, dass ich mich zu seiner Komplizin mache.

»Es ist mir gleich«, schreit sie, »über wen er was gesagt hat! Leute wie er gehören einfach nicht in meinen Dunstkreis.«
»Das Leben besteht nicht aus Ihrem Dunstkreis, Barbara. Führen Sie sich doch nicht auf wie Spartakus, abgesehen davon, dass die Menschheit schlecht ist, hat Ihre Aufregung auch nicht sonderlich viel Neuigkeitswert. Wollen Sie mir weismachen, dass ausgerechnet Sie sich berufen fühlen, die westliche Welt von der Doppelmoral zu befreien?«
Auf meinen Wangen brennen zwei dunkelrote Kreise, das spüre ich, ohne in den Spiegel sehen zu müssen. Die Gesprächspause dehnt sich wie die Sklaverei im Mittelmeerraum, Küsten werden überspült, Inseln tauchen aus den Fluten auf. Ich sehe Barbara, die Seejungfrau mit der gespaltenen Zunge. Ihr Haar weht in der Strömung.
»Ich werfe Sie raus!«, sagt sie kalt.
»Kommt auf einen Versuch an«, antworte ich und spüre Zucker auf meinen Lippen. »Falls Sie es vergessen haben, es handelt sich um meine Agentur.«
»Ich rede mit Wendt!«, kündigt sie an.
»Reden Sie, mit wem Sie wollen. Beißen Sie sich ruhig Ihre schönen Veneers aus.«
»Dann schaffen Sie mir das Schwein aus den Augen!«
»Schaffen *Sie* mir das Schwein aus den Augen!«, sage ich.
Es nachdrücklich zu nennen wäre untertrieben. Aber Barbara kann nicht wissen, was *das Schwein* mir getan hat, dass alles, was ich Bloemfeld vorwerfe, ist, nicht der Anrufer gewesen zu sein, den ich erwartet habe.
Wie oft kann jemand jemanden verraten?
Am anderen Ende schnalzt sie mit der Zunge, das Kolonialherrenschnalzen, aber kein Wort kommt über meine Lippen. Unschwer zu merken, dass auch Barbara noch etwas auf dem Herzen hat.

»Apropos«, sagt sie schließlich. »Wo ich Sie gerade an der Strippe habe ...«
»Ja?«, sage ich, genauso gedehnt. Ich weiß längst, was jetzt kommt. Sie braucht ihren Al-Khafiz und seine Erniedrigungen.
»Lassen Sie endlich die Finger von Bloemfeld.«
Ein Klicken in der Leitung. Wahrscheinlich kann sie selbst kaum glauben, was sie da gerade geäußert hat. Zum allerersten Mal tut mir Barbara, die Imperialistin, Leid, zu weit gegangen, zu hoch gegriffen. Solche Dinge haben schon ganz andere Kaliber um den Verstand gebracht. Das Gefühl der Demütigung, das sie jetzt, allein in ihrem Büro, empfindet, strömt in mich ein wie eine Infusion.

»Willst du ihn nicht doch sprechen? Wenigstens ganz kurz?«
»Nein«, sage ich, »nein.«
Ich benötige keine Satzzeichen, um meine Absicht zu bekräftigen.
Über Satzzeichen bin ich hinaus.
»Aha«, macht Linda, ein spröder Laut.
Auch über Erklärungen bin ich hinaus. Warum soll ich ihr berichten, dass ich müde bin? Die Müdigkeit ist meiner Stimme doch anzuhören.
Es würde ihm nicht gut tun. Er würde sich doch nur erinnern.
»Es geht ihm gut ...«, sagt sie wieder, zögernd. Mein Alltag besteht aus dieser Tatsache, dass es Jesse gut geht, seit Monaten rankt er sich um diesen einen Satz. Keine Veranlassung für weitere Beschönigungen, denn nie sagt Linda irgendetwas, was darüber hinausgeht, wir beide verzichten auf Einzelheiten, weil jede Einzelheit das Gleichgewicht bersten lassen könnte. Nur Risiken, keine Chancen.

»Und?«, sagt sie, weil ihr sonst nichts mehr einfällt. »Wie geht's dir?«
Ich bin versucht, mit der Stimme meiner Mutter zu antworten. *Hervorragend!* zu sagen und die Satzzeichen doch wieder einzuführen, die ich für alle Zeiten verworfen habe. Man muss in die Breite leben, nicht in die Höhe. Manchmal telefonieren wir nun jeden Tag.
»Viel Arbeit«, antworte ich, genauso spröde wie Linda, eine Aussage, die sie in ihrer sternenbannergesättigten Vorstellungswelt verstehen wird.
»Sein Vater...«, sagt sie.
»Ja?« Sie hat Hurt nie seinen Vater genannt, was soll also plötzlich dieses gesamtamerikanische Stillleben? Sein richtiger Vater heißt Paul, Paul Barth. Bald wird Jesse jedoch nicht mehr Barth heißen, sondern Carruthers. Sie werden seinen Namen ändern, und er wird ein gesamtamerikanischer Baseballjunge sein, weil ich mich nicht gewehrt habe.
»Hurt war endlich da!« Ach so – deshalb das angestrengte Getue. Seit Minuten führt Linda sich auf wie jemand, der unter einem Herzfehler leidet und die Treppe zum Dachgeschoss hochsteigt. »Falls es dich interessiert...?«
»Ja?«
»Sie sind sich doch sehr ähnlich.« Als ob sie es erst jetzt festgestellt hätte. Ich hatte einen Mann. Ich habe ein Kind. Sie sind sich doch sehr ähnlich. Eine Offenbarung, die Linda selbst weit mehr zu schockieren scheint als mich. Doch ich verbeiße mir jede weitere Frage, denn Fragen sind Abgründe, in deren Nähe ich mich zurzeit nicht mal ansatzweise zu wagen gedenke. »Wir waren gestern sogar zusammen in einer Ausstellung. Hurt hat Jesse ein paar... Sachen gezeigt, die er vor Jahren gestiftet hat.« *Sachen.* Sie redet beinah wie *Hühnchen!*. »Wusstest du, dass Jesse fabelhaft zeichnet? Ich hatte ja keine Ahnung. Schlachten. Waterloo,

zum Beispiel. Ganz abstrakt, aber unglaublich detailversessen.«
Wussten Sie, dass Ihr Kind ein Kind ist? Dass es einen Mund und zwei Augen hat? Dass es damit sogar sehen kann?
»Ach was«, sage ich, »das ist ja mal ganz was Neues.«
»Ja«, sagt sie aufgeregt, »Hurt und ich haben sogar überlegt, ob man ihm nicht Privatunterricht geben sollte. Soweit ich weiß, habt ihr ihn ja nicht gefördert.« Bumm. Ich sitze an meinem Schreibtisch und starre auf den japanischen Raumteiler.
»Jesse will nicht malen«, sage ich, »er hat immer nur lesen wollen.«
»Afra...«, sagt Linda.
»Du kannst das Kind zu nichts zwingen«, sage ich.
»Ich wollte dich auch nur wissen lassen, dass ich glaube, mit ihm und Hurt geht alles gut.« Was immer *alles* heißt, es interessiert mich nicht, denn ich habe mit seinem anderen Vater genug zu tun, mit dem *alles* nicht gut gegangen ist.
»Afra...« Vielleicht ist Linda ja eine Betschwester.
»In Gottes Namen«, sage ich, »was ist eigentlich los, Linda?«
In ihrem gediegenen pazifischen Wohnzimmer schweigt sie. Vielleicht sitzt sie auch in einem blauen Salon, der zum blauen Meer passt, das durch die Glasfront zu sehen ist. Am unangenehmsten ist die Vorstellung, sich nichts wirklich vorstellen zu können.
»Ich mache mir«, sagt sie, »ein wenig Gedanken.« Damit ist Linda Carruthers nicht allein. »Es ist nur, dass er...«
»Was?«, sage ich. Meine Stimme wird hoch und schrill, bevor ich sie daran hindern kann.
»Es war... alles gut, bis Jesse gestern die Bilder gesehen hat. Ein wirklich tolles Museum, nur Farbe und Form. Expressionisten. Gar keine bedrohlichen Motive, alles nur... *Kunst*.«

»Was ist mit ihm?«
Ich werde es nie lernen, ich habe keinen Hang zu Sachlichkeit.
»Er... Schwierig zu erklären, ohne dass es verrückt klingt.«
»Linda!«, schreie ich. Kein Mucks am anderen Ende.
»Linda«, versuche ich es erneut, diesmal in ruhigem Ton, »du kannst wirklich ganz offen mit mir sein!« Das zieht.
»Gut, Jesse – bitte erschrick aber jetzt nicht, Afra, nur... Er reagiert plötzlich nicht mehr auf seinen Namen.« Sie schluckt. »Auf einmal behauptet er, er würde gar nicht Jesse heißen.«
»Nicht Jesse?«, sage ich verständnislos, und in mir, sehr tief, rührt sich etwas.
»Ja«, sagt sie erleichtert, weil nun der schwierigste Teil vollbracht ist. »Er verlangt auf einmal von Yu und mir, dass wir ihn anders nennen.« Meine Schultern sacken zusammen, in meinem Drehstuhl, der sich immer schneller dreht.
»Wie will er genannt werden?«, sage ich kalt. Bevor ich höre, was sie antwortet, weiß ich Bescheid. Es war zu viel für alle, es ist einfach zu viel für Jesse gewesen. Nur ein kleiner Junge. Lindas Stimme ist tonlos, wie damals, im Café.
»Achmed!«, sagt sie leise.

Bloemfeld erwischt S. Bahn und mich auf dem Herrenklo.
Plötzlich taucht er hinter dem Rücken auf, in den ich verkrallt bin. S. Bahns Rücken, ausgerechnet.
Durch das einzige Fenster fällt übertrieben dramatisches Licht. Leider lieben wir nur die Überraschungen, auf die wir gefasst sind.
Seit der Waschlappennacht habe ich ihn nicht mehr gesehen, dass ich Barbara mehrfach begegnet bin, reicht mir schon. Jedes Mal wirkt ihre Miene gefroren, wenn wir gemeinsame Meetings hinter uns bringen müssen, beide bewegen wir uns

plötzlich schneller und reden mit höheren Stimmen, vielleicht wähnt sie wirklich, ich hätte ein Verhältnis mit Al-Khafiz, das über die übliche Verhältnismäßigkeit hinausgeht. Ich denke nicht daran, sie in dieser Hinsicht zu berichten.
La Strega nennt mich Esther neuerdings.
Bevor Bloemfeld den Raum betritt, hat sich S. Bahn in Windeseile in meinen Körper vertieft, den er nicht ohne Geschick bearbeitet. Offenbar gedenkt er, ihn zu seinem Meisterwerk zu machen. Dass ich ihn gewähren lasse, ist weder Barbara noch Jesse zu verdanken, sondern anderen Schocks.
Ich weiß nicht, wohin mit mir. Seit ich begriffen habe, dass Jesse tatsächlich *Achmed* genannt werden will, hilft nur noch Bewegung gegen das Adrenalin. Mein Problem, dass ich mich nie mit herkömmlichen Sportarten anfreunden konnte, und so gesehen hat es etwas für sich, in einer Toilette Sex zu haben. Die kühlen italienischen Fliesen fühlen sich unter meinem hochgeschobenen Rock wie Gletscherplatten an. Ich trage ihn gewickelt, das heißt, nun trage ich ihn genau genommen gar nicht mehr, und auch das bewirkt ein gemäßigt forsches Gefühl von Widerstand.
Protest, von dem niemand, den es betrifft, je Notiz nehmen wird. Dennoch festigt er La Stregas heruntergekommenes Selbstbewusstsein.
Während S. Bahn mit Händen und Zunge auf mich einwirkt, kommt mir der Gedanke, dass man sich an seine harten Finger gewöhnen könnte. Mit geweiteten Augen mustere ich die Pissoirs, die wie Armesünder an der Wand kleben. Mir schmerzen bereits die Halswirbel, und mein Fuß, der in einem unnatürlichen Winkel am Handwaschbecken abgespreizt ist, schläft ein. Auch ich bin halb eingeschlafen. Nicht unangenehm zu fließen.
In seinem Eifer ist S. Bahn taub und blind. Obwohl die Tür

quietscht, bemerkt er nicht, dass jemand die Toilette betritt. Bloemfeld, der die Situation mit einem Blick erfasst.

Keine Sekunde hält er inne, sondern schließt einfach die Tür.
Dann lehnt er sich lautlos gegen die Wand, kreuzt die Arme, schlägt sogar die Beine übereinander. Die Z-*Lay*-Cowboys müssen abgefärbt haben. Meine Augen verfolgen ihn so hartnäckig, dass sie brennen, und obwohl mein Gesicht sich rötet, wende ich den Blick nicht ab. Auch Bloemfeld schaut mich an, über S. Bahns Schultern hinweg.
Was sieht er?
Eine halb nackte, nicht mehr junge Frau, die an einer Toilettenwand klebt wie ein Insekt, aber er rührt sich nicht, mustert mich nur, nicht ohne echtes Interesse. Wann hat man auch sonst Gelegenheit, einer Kreuzigung beizuwohnen? Zwischen uns ist nicht viel, nur ein winziger Rest meines Wickelrocks, und S. Bahn natürlich, in seiner ganzen Länge. Etwas unter Bloemfelds Augen fesselt meine Aufmerksamkeit, selbst auf die Entfernung sehe ich, dass seine Pupillen nadelspitzenklein geworden sind. Darum nichts als Leere. Den Raum zwischen Nase und Wimpernreihe färben violette Schatten.
S. Bahn keucht. Dann knallt wieder Stille in den Raum.
So stehen Bloemfeld und ich und blicken uns an.
S. Bahn arbeitet. Eine sehr deutliche Angelegenheit. Allenfalls manchmal heftigeres Atmen und eine Erschütterung des Bodens, wenn eine U-Bahn unter uns vorüberfährt. Bloemfeld hält meinen Blick, so fest, dass ich weiß, er denkt nicht an Venedig, wie er es mir vor dem Café beschrieben hat. Als die Pissoirs verschwimmen, zwinkere ich, und unvermittelt beginnt er zu lächeln, inmitten dieses leeren Blicks.

Obwohl ich wegschauen könnte, tue ich es nicht. Irgendwann sackt S. Bahns Kinn an meine Schulter, und etwas bewegt sich am Boden von Bloemfelds Augen, so dass sich unerwartet alles in mir zusammenkrampft und mit der Hitze Bilder in mir aufschießen. Anders ist es nicht zu beschreiben. Bloemfeld lächelt plötzlich, schweigend und sehr entspannt.
Mit geballten Fäusten stützt S. Bahn sich an der Wand ab, bevor er den Kopf in den Nacken legt, das Kinn voller Schweißperlen. Bartstoppeln zeichnen sich wie Dornen auf der Haut ab. Der Klaps, den er meiner Wange verpasst, erregt Bloemfelds Vergnügen, ein spöttischer Laut, der ein Lachen sein muss. Mit beiden Händen, die gerade noch in mir waren, reibt S. Bahn sich über den Hals, bevor er sich umdreht, um nach dem Ursprung des Geräuschs zu suchen. Erst, als Bloemfeld sicher ist, dass wir beide ihn wieder klar sehen, nickt er S. Bahn zu. Dann löst er sich von der Wand und nähert sich einem der Becken. Ungerührt öffnet er seine Hose, blickt einen Moment auf.
Unsere Blicke kreuzen sich.
Aber bevor ich ihm beim Pinkeln zusehen muss, zerre ich den Wickelrock über die Knie, drehe mich um und gehe wortlos hinaus. Draußen schüttelt es mich, als ich S. Bahn lachen höre. Was Bloemfeld antwortet, kann ich nicht verstehen. Ich halte nichts von entblößenden Gesten, welcher Art auch immer. Wir haben die Toiletten nach dem Vorbild klassischer römischer Bürgerhäuser eingerichtet.
Ein teures Vergnügen.
Aber der beste Platz für dieses kalte, schöne Wiedersehen.

Jesses bevorstehender Geburtstag wird zum Problem.
Was Anna Braker wohl von einem Ausflug nach Amerika halten würde?

Inzwischen ist mein Leben ihr Projekt. Während ich mich weiter in Arbeit vergrabe, wächst um Jesse eine Rosenhecke. Immer noch hoffe ich jedoch auf einen Ausweg, meinetwegen sogar auf Erikas wuchtigen Gott, auf Jesus oder wenigstens S. Bahn, der seit dem Vorfall in der Toilette Bloemfeld gegenüber einen fast freundschaftlichen Ton an den Tag legt. Überraschend hat der ihn im Gegenzug für eine der nächsten *Z-Lay*-Veranstaltungen vorgeschlagen. Weiß der Himmel, ob er es darauf anlegt, dass ich explodiere.

Draußen geht Regen nieder wie die Sintflut.
Wortkarg sitze ich in Barbaras MG, der aufdringlich nach Leder und Parfum riecht. Über ihren, wenn man so will, Stil muss man nicht streiten – das Odeur schwerreicher kalifornischer Friseure, *Giorgio*, schwül wie die Nächte auf dem Walk of Fame. Bloemfeld widmet sich am Steuer der Aussicht. Sein eigenes Angeberauto hat Husten.
Wir haben den Auftrag, einen italienischen Maler zur Agentur zu transportieren, der sich in sehr jungen Jahren mit Mussolini-Portraits einen Namen gemacht hat. Die Toskana- oder Toscanini-Version von Warhol. Offenbar erregt er aber Bloemfelds bürgerliche Verachtung, falls seine schlechte Laune nicht doch mir oder meinen Eskapaden gilt. Sein Schweigen hat beinah einen Beigeschmack von Bitternis.
Als er mir das Gesicht zuwendet, muss ich unpassenderweise an die erste Fernsehwerbung denken, die ich für einen elitären Unterhosenhersteller gemacht habe. *Passecht an Bund, Eingriff und Boden.* Wie eine Bombe schlug der Spot damals ein, dabei war es eine durchsichtige Szene mit berechenbarem Erfolg, in der eine Sekretärin das Geheimnis der Boxershorts ihres Chefs lüftet. Seufzend dreht sie sich in die

Kamera und sagt: »Ich liebe sein Objekt beim Sex!« Weil ich keine Phantasie, aber ein feines Gespür für Trends habe, kenne ich im Job weder Geschmack, Pietät noch Verwandte.

In der Nähe der Hotels wird die Luft plötzlich klar, und durch die Wand von Bloemfelds Schweigen sehe ich eine einzige sonnengelbe Narzisse in einem aufgeweichten Blumenbeet stehen. Das Gefühl, das mir die Kehle zudrückt, ist mehr als Respekt einflößend. *Es ist so schwer.* Das ist alles, was ich denken kann. Im selben Augenblick drosselt Bloemfeld den Motor und dreht sich einige Zentimeter zu mir hin. Unwillkürlich zucke ich zurück.

»Hören Sie, Afra ...«, sagt er.

»Ja, bitte!«, sage ich wie eine Klosterschülerin.

»Ich möchte, dass Sie ein einziges Mal vergessen, was Ihnen passiert ist.«

»Ich ...«

»Nein, lassen Sie mich. Bitte. Ich möchte, dass Sie gleich eine halbe Stunde repräsentieren, was Ihnen bislang wichtig war, damit wir diesen Mann wohlbehalten bei Barbara und Wendt abliefern. Spielen sie einfach die süße Trixi. Ich möchte, dass Sie kompetent und gleichzeitig naiv sind, und vielleicht möchte ich auch, dass Sie sehen, wie wichtig das für uns ist. Nicht nur für Sie oder mich.« Eine Sekunde vergeht, ohne dass er mich aus den Augen lässt. Wir sitzen nebeneinander wie Schachfiguren. Dann sage ich:

»Erlauben Sie mal!« Meine Empörung ist echt. Während er den Gurt löst und den Schlüssel abzieht, nimmt sein Gesicht einen äußerst kalten Ausdruck an, da die Klosterschülerin die falsche Antwort gegeben hat. Regen tropft von weißgrünen Markisen, und Fontänen aus Pfützen sprenkeln die Scheiben. Als er die Fahrertür öffnet, trifft mich kühle Luft, in der immer noch der Duft des Winters hängt. Schon

glaube ich, dass die Standpauke beendet ist, aber dann beugt er sich noch einmal zu mir herüber, so nah, dass ich die Sprenkel in seinen Augen sehen kann.
»Sie wissen nicht, warum ich das sage, nicht wahr?« Ich werde mich hüten, auch nur mit einem Wimpernzucken zu antworten. »Sie erinnern sich aber schon noch an das, was vor einer Woche passiert ist?«
In diesem Moment fällt alles von mir ab. Ich sehe Jesse, der mir zum Abschied nicht winkt, und mich, wie ich nackt auf einem Bett liege. In einer unerfreulichen Weise gehören beide Bilder zusammen.
»Sicher wissen Sie…«, sagt Bloemfeld und macht eine Kunstpause, bevor er weiterredet. Aber ganz sicher weiß ich nur, dass ich für alle Zeiten zu den Frauen gehöre, die Gott für ihr Elend auch noch mit der Guillotine straft.
»Dass Sie mich neulich nachts«, beendet Louis Bloemfeld seinen Satz, »an Ihrem Geburtstag, geradezu angebettelt haben, mit Ihnen zu schlafen?«

Die Erdkrümmung ist tatsächlich zu erkennen.
Ein paar Tage später, als ich in der Concorde sitze und weit mehr als mein Zuhause und London hinter mir gelassen habe, geht mir zum ersten Mal das Wunder der Schöpfung auf.
Bisher hatte ich es eher für eine Idee von Steven Spielberg gehalten.
Dabei ist es dieses mickrige Panorama, das vom einen Ende des Fensters bis zum anderen reicht. Darüber das All, das zweifellos existiert, dunkel, weitaus dunkler als in meinen feinen Vorstellungen, ohne deren Zauber ich einfach in ein armseliges Bullauge starren würde.
Angesichts eines schwitzenden Sitznachbarn, der Probleme mit seinen Füßen hat, bereue ich jeden Atemzug, den ich

ohne Jesse getan habe. Plötzlich habe ich Angst davor, ihn wiederzusehen. Erst als der Champagner kommt, fällt mir das Chaos ein, das ich in der Agentur hinterlassen habe. Wendt begreift langsam, dass er sich mit Barbara und Bloemfeld übernommen hat, der weiter vorn sitzt, er hat die Reihe fast für sich allein.
Drei Plätze hat er reservieren lassen, zum dreifachen Preis, aber auf seine Nachbarschaft kann ich verzichten. Immer noch habe ich nicht davor kapituliert, dass er meinen persönlichen Ausflug zu seinem Werkzeug degradiert. In Los Angeles soll ich ihn zu Lance, dem Guru, Barbaras Vater, begleiten, danach wird sich dann endgültig zeigen, ob sie und Bloemfeld uns in den nächsten Monaten noch auf der Pelle sitzen.
An einem Hauch seines Rasierwassers spüre ich, dass Bloemfeld aufsteht. Was für ein Unglück, ihn selbst auf dieser jämmerlichen Reise noch ertragen zu müssen. *Sie haben darum gebettelt*, stellt er immer wieder in meinem Kopf fest, und immer wieder haben seine Augen dabei denselben arroganten Ausdruck.
»Wollen Sie lieber nach vorn wechseln?«, höre ich ihn zu meinem Nachbarn sagen, als ich die Lider fest zusammenpresse. Demütig zu sein hat mir auch keiner beigebracht, Katastrophen ertragen zu lernen. Stöhnend schlängelt sich der Dicke aus dem Gurt und stößt dabei mehrfach gegen meine Schulter. Dass er Phobiker ist, steht ihm ins Gesicht geschrieben, seit uns der gewaltige Startschub in die Lehnen drückte. Für mich firmiert die Möglichkeit zu sterben jedoch inzwischen unter Hingabe. Bloemfelds Eau de Cologne umfängt mich, während er sich an meiner Seite niederlässt.
Ich blicke starr ins Dunkel.

»Wie ist er denn so?«
»Wie ist wer?«
»Ihr Sohn!«
»Er hat rote Haare«, sage ich nur.
»Ich weiß«, sagt er freundschaftlich. »Ich hab die Fotos in der Zeitung gesehen, letztes Jahr. Als man ihn nach Amerika geholt hat.«
»Meine Mutter!«, erkläre ich, bevor ich mich stoppen kann. »Sie hatte ihre Gewährsmänner aufgehetzt. Wir waren dann die Attraktion sämtlicher bunter Blätter, sie versprach sich so viel Aufsehen davon, dass ganz Amerika sich schämt, den Namen Jesse Barth auch nur einmal in den Mund genommen zu haben. Wahrscheinlich hat sie geglaubt, erst entschuldigt sich Bush bei ihr, dann bei den Indianern. Am Schluss standen wir beide als komplette Idiotinnen da.«
Weil ich mich räuspere und mein Taschentuch zu zerfetzen beginne, nimmt Bloemfeld meine Hand. Seine ist immerhin warm, und diese Wärme bleibt die letzte Empfindung, die ich vor der Landung habe.

Nuestra Señora nenne ich die riesige Palme vor meinem Fenster.
Sie streckt ihre zerrissenen Arme in den Himmel, der so rot schimmert, als würde die Madonna bluten. Ein unübertrefflich kitschiges Bild für meine Verfassung.
Ich wohne in der Swan Lake Suite im Hotel *Bel Air*, Los Angeles.
Die Scampispieße, die der Boy aufs Zimmer serviert hat, liegen noch unberührt auf dem Teller. Schalentiere, die einmal im Sand versteckt lebten, an der Scheidelinie zwischen Land und tiefer See. Obwohl er die Tür hinter sich zugezogen hat, spüre ich die Gegenwart des Kellners noch zwischen den

Barockmöbeln, die mich an Linda erinnern. Mahagoni, Kristall, bronzene Armaturen. Im Einschubfach des CD-Players blitzt in regelmäßigen Abständen laserblaues Licht. Reverend Run, *Dalilah*, eine Basstrommel im leeren Raum, bis erleichternd hell Geigen einsetzen.
Got a story to tell/about my man/Big Sam. Saint-Saëns, vermischt mit Rap. Nach der Männerstimme setzen die Frauen ein.
Réponds à ma tendresse/verse-moi, verse-moi l'ivresse.
Durchs Fenster beobachte ich, ob die Palmenmadonna ihre Arme bewegt oder nicht. Der Himmel wirkt blanker als tagsüber, wo Schnee auf den Hügeln zu liegen schien, dabei war es nur Smog. Irgendwo, unter meinen Füßen, befindet sich die Wüste. Meine Disziplin reicht genau für ein halbes Lied, und als die Basstrommeln wieder wie Kämpfer auf den Raum einschlagen, lege ich mich doch aufs Bett und presse meinen Kopf ins Kissen.
Réponds à ma tendresse, singen die Frauen ungerührt.

Bloemfeld und ich sind nicht wirklich Feinde.
Es gibt Gemeinsamkeiten, winzige, unpoetische Überschneidungen, nicht große Katastrophen im Sinne eines Hieronymus Bosch.
Es ist nur, dass wir uns in gewisser Weise ähneln. Beide haben wir Zustände und das stille Abkommen, sie nicht zu erwähnen. Deshalb wundert es mich auch nicht, als er die Tür öffnet, ohne Rücksicht darauf, dass ich sein Klopfen nicht beantwortet habe.
»Ah, gut«, sagt er, als er mein Gesicht sieht. »Depressionen. Im tiefsten Amerika. Das erleichtert die Sache natürlich ungemein.«
Ich bereue, dass ich nicht abgeschlossen habe. Morgen fährt er nach Boston zu einer Möbelauktion. Langsam durch-

schaue ich sein Programm: kaufen und verkaufen, zerstören und einsammeln. Wie in der Bibel. Noch sieht er aber um die Augen herum recht aufgekratzt aus.
»Ich hatte vor...«, setzt er an, bevor ich ihm ins Wort falle.
»Lassen Sie mich bloß in Ruhe mit Ihren Möbeln, Bloemfeld!«
Er runzelt die Stirn, bevor er sich in einen Sessel fallen lässt. Vor dem Treffen mit Jesse bin ich eindeutig in schlechter Verfassung.

»Möbel?«, sagt er und und betrachtet die Vase mit Begräbnislilien, bevor er plötzlich »*Rapsody!*« sagt und in die Luft lauscht. »Eine der besten CDs der letzten Jahre. Ich dachte, Ihnen gefällt die Musik.«
»Besten Dank!«, sage ich höflich, als ich begreife, dass er mir die CD hingelegt hat, und zupfe meinen Rock über den Knien zurecht, ein Chiffonding, an dem eine Nepalesin ihre ganze Phantasie ausgelassen hat. Armut deprimiert, das ist so wahr wie Bloemfeld sich eine Cola aus der Minibar fischt, einer geräumigen Teakkiste, in der zwei bis drei Südstaatensoldaten Platz fänden. »Armut deprimiert, oder?«, sagt er.
Unter meinem gespannten Zwerchfell regt sich etwas.
»Ach was!«, antworte ich. Aber es sind anbiedernde Triller in meiner Stimme, die nicht mehr Afra Barth gehört. Ich habe es geahnt. Ich falle auf ihn herein.
Zum wievielten Mal will Erika mich noch verraten?

Auf dem schönen Kirschbaumholz wirkt das Essen wie ein Gemälde.
Bloemfeld hat nicht nur die Scampis angerichtet, deren Enden scharf in die Luft ragen, sondern auch Tomaten, baskischen Käse und Perlhuhnbrust in Madeira.
Hasardeursessen. Narzisstenessen.

Wie er die Hände beim Aufschneiden der Papaya bewegt, schmerzt mich.
Papierdünne Scheibchen segeln vom Messer.
It's deep/sure yo like/to sleep, singt jemand. Dem Text, in dem es von B-Girlies und Oooh-Hooohs nur so wimmelt, folgt eine Zeile aus *Tosca*. Irgendetwas über eine blonde Frau. *Nikki D.*, erklärt Bloemfeld, als ich nach dem Sänger frage. Aufgenommen in den Chung King Studios, New York.
In einem Ton, als ob er sich entschuldigen wolle.
»Ah!«, mache ich opportunistisch, während er das Besteck ordnet.
»Ich wollte mich eigentlich entschuldigen, Afra!«
»Bitte?«
Nur eine Sekunde hält er inne, um dann mit filmreifer Gelassenheit an den Tomaten herumzusäbeln. Nicht nur in der Agentur geht Louis Bloemfeld mir unsagbar auf die Nerven, sondern mich stört allein die Art, mit der er sich dem Salat widmet. Wie einem wichtigen Gedicht, das er zu schreiben hat. Aber es wirkt plötzlich, als meide er meinen Blick, und das stimmt mich froh, zum ersten Mal, seit der Concorde. Zwei relativ entspannte Abende haben wir verbracht. Angenehm wie Polarexpeditionen. Man bricht auf und hat keine Ahnung, ob man nicht als Ornament im ewigen Eis endet.

Er erzählt mir über ein paar Buntstifte, die er als Kind verloren hat, ich berichte von meinem Vergaservater. Mit den beiden Geschichten und uns wird der Raum eng, die Schwanensee-Suite zieht sich zusammen, denn Bloemfeld und ich bewegen uns kaum, und dann reden wir plötzlich auch nicht mehr. Ein bisschen Huhn liegt noch auf dem Teller.
»Wegen der Sache mit dem Betteln...«, sagt Bloemfeld

und sieht das Huhn an. »Es tut mir wirklich Leid.« Ich lächele.
»Mir erst mal …«, sage ich munter.
Wie Kondensstreifen schweben die Worte unter der Decke, aber immer noch grinse ich, ein Schaf, das vertrauensvoll dem Schlachter entgegengeht. Ich bin nicht mehr ganz bei Trost. Mein Problem mit dem Instinkt vernunftbegabter Individuen war schon immer, dass ich ihn nicht hatte.

»Wir könnten es wiederholen«, sagt er.
Ich glaube nicht, dass ich richtig gehört habe.
»Bitten Sie mich noch einmal darum. Es hat mir gefallen.«
Inzwischen weiß ich genau, dass hier etwas nicht stimmt, obwohl Bloemfeld mich gleichmütig mustert.
Vielleicht soll das auch ein Kampf sein.
»Ja, gut«, antworte ich also. Mit mir nicht. So bestimmt nicht.
»Was – ja gut?« Zum ersten Mal sehe ich eine Spur von Überraschung auf Louis Bloemfelds Gesicht.
»Ich sollte es doch nochmal sagen?«, sage ich. »Oder nicht?«
Seine Pupillen verengen sich. Diesen Effekt kenne ich schon.
»In Ordnung«, sagt er nach einer Weile. »Sagen Sie es«, und dann, als er meinen Blick sieht: »Bitte!«
Mein Verrat gegen seine Kaufkraft. Es ist kein Kampf. Nur ein schlichter Tauschhandel.

Ich habe sehr früh gespürt, dass ich verführbar bin.
Pauls Unzulänglichkeit in dieser Hinsicht hat mich fast um den Verstand gebracht, und später, in den Businesskostümen, war kein Platz für Spiele.
Im Untergrund mögen sie aber weiter gewachsen sein.

Bis zu diesem Moment, als Bloemfeld mir etwas vorführt.
Seine Machtstrategien sind ausgefeilter als die anderer Männer. Da er ahnt, dass ich weniger masochistisch als romantisch bin, hat er sich auf mich eingestellt. Auf einmal fällt alles an seinen Platz. Dass ich mitspiele, hat nur einen Grund: Lange habe ich erfolglos auf Neuigkeiten über mich gewartet. Ich wollte den Mann aussuchen, der sie mir lieferte.
»Am Anfang war ja nicht das Wort«, sagt Bloemfeld leise, »das sollte man schon wissen. Es war flüssiger. Wie Sehnsucht. Aber das trifft es eigentlich auch nicht.« Der kühle Ton seines Atems. Mit großem Ernst beobachtet er, wie ich aufstehe. Wie ich näher komme, stehen bleibe.
Er legt mir eine Hand in den Nacken.
Es ist genauso gemeint, wie es gemeint ist.

Diesmal schenkt er mir nichts, nicht mal die Freiheit, Spaß daran zu haben.
Sein Atem an meinem Gesicht. Das viel zu weiche Bett passt zu diesem Gefühl. Während er von hinten mein Haar nimmt und es um seine Hand dreht, drückt er die andere in die Kurve meiner Hüfte, bis ich jeden seiner Finger spüre. Die Hände haben eine angenehme Temperatur, gegen die der Schmerz in meinem Rücken scharf und klar ist.
Selten bin ich analytischer gewesen als jetzt.
Der Witz an der nordeuropäischen Emanzipation ist ja ihre Verschrobenheit. Mir ging immer der Hut hoch angesichts von Strumpfhosenträgerinnen, ihren Versammlungen, des Kampfs gegen den Schwachsinn in den eigenen Köpfen. Ich hielt mich zuallererst für mich, dann erst für eine Frau. Ich glaube nämlich an die Autonomie der Gehirne. Man kann sich für oder gegen all das entscheiden. Natürlich bin ich in gewisser Weise weiblich, habe mir aber nie eingebildet,

unterprivilegiert zu sein. In diesem Moment jedoch weiß ich, was sie gemeint haben. Vielleicht hatte ich die Sache mit der Unterdrückung bisher nur nicht richtig begriffen.

Er braucht eine Weile, um mich so zu arrangieren, dass es seinem Geschmack entspricht. Als er mich umdreht, werden die Konturen der Möbel schärfer, milchig fließt die Dämmerung durchs Fenster. In meiner Kehle steckt das Gefühl fest, das man hat, wenn man weinen will, aber kein Argument dafür findet. Etwas dringt weiß in meinen Kopf ein, Licht, das entsteht, als er abrupt zur Seite rückt. Der plötzliche Schimmer erzeugt ein würfelförmiges, gestreiftes Nachbild der Jalousie auf meiner Netzhaut.
Im Zwielicht setzt er sich auf und hört zu, wie ich atme.
Als es mir zu bunt wird, befreie ich meine Hände und greife nach seinem Hals, ein bisschen Initiative kann keinem von uns schaden. Aber ich erreiche ihn nicht. Langsam dämmert der Morgen, das Licht färbt sich erst gelblich, dann golden und liegt wie Wasser auf meinen nackten Beinen, die mit einem Mal rührend dünn aussehen. Wenn ich ihn umarmen wollte, müsste ich halb aufstehen. Es ist mir peinlich. Der Gedanke trifft mich wie ein Schlag.

108-mal sagen die Buddhisten dasselbe Mantra auf.
Analyse, denke ich, A-na-ly-se. Analyse.
Dann begegne ich Bloemfelds Blick.
»Gut«, sagt er, »so ist es besser.« Etwas in seiner Stimme beginnt mich zu beunruhigen. Er spreizt die Finger, um sie wieder zu lockeren Fäusten zu schließen, und sitzt dann weiter einfach da, die Schultern gerader, als ich gedacht habe. Kaum wage ich hinzusehen, nicht nur meine Nacktheit ist mir peinlich, so weit sind wir miteinander nicht. Als Bloemfeld schließlich einen Zeigefinger auf meinen Mund

legt, will er mir nicht bedeuten, leise zu sein. Es ist einfach ein Zeigefinger auf einem Mund.
Leicht ruht er auf meiner Oberlippe, weil Bloemfeld es so will.
Vor Barbara hatte er eine Menge Frauen, das ist dieser Geste anzusehen. Er atmet genauso wie ich. Vor Bloemfeld hatte ich eine Menge Männer, ich kann all die Gesten deuten. Minutenlang spüre ich nur den leisen Druck des Fingers und die Kälte, die so plötzlich in meine Haut eindringt, als hätte er mich in eine Schicht aus reinem, glänzenden Eis gepackt.
»Bitte...«, sage ich.
Aber er seufzt nur und bewegt sich wieder.
Alles an ihm ist plötzlich leise. Dann tut nicht mehr nur mein Körper weh.
Zärtlichkeit überfällt mich wie der Schock nach einem Autounfall.

Eigentlich ähneln die Brüche eines Lebens geologischen Vorgängen.
Immer kommen die Verwerfungen unverhofft.
Ich dusche lauwarm, mit Wasser, das lange Wege hinter sich hat, in Canyons und Spalten roter Felsen versickert ist und nun wie Lack auf meinem Körper glänzt, bevor ich mich mit dem Hotelhandtuch abreibe.
Ich bin äußerst verwirrt. Lange beschäftigt mich die Frage, wie um Himmels willen ich ihn jetzt anreden soll, denn ich kann doch nicht mehr Bloemfeld sagen. Der bei weitem triftigste Grund für meine Kopflosigkeit aber ist die Empfindung des Zerbrechens, die mich überkommt, wenn mir sein Zeigefinger auf meiner Oberlippe einfällt.
Ein abstruses Gefühl, darum kann ich es auch nicht benennen.
Aus vielen Einzelheiten, die sich um eine Situation kons-

tellieren, ergibt sich ein überraschend neues Bild: dass Barbara ihn Al-Khafiz nennt. Was es bedeutet. Dass ich am meisten den Schmerz genossen habe, den festen Zug an meiner Kopfhaut, als er mir den Kopf an den Haaren in den Nacken bog. Wie er dabei aussah. Dass ich seinen Ausdruck spüren konnte, ohne ihn zu sehen. Die Narben in seiner Handfläche. Die anderen Sachen, später. Bisse, eine fast bösartige Umklammerung, die groteske Müdigkeit um seinen Mund. Dass ich bisher die Könige entthront habe, nicht, weil sie Könige waren, sondern weniger clever als ich.
Während ich das billige ärmellose Betty-Barclay-Kleid überstreife, das nur wegen kirschroter Volants meine Jugend überlebt hat, verzerrt sich mein Gesicht. Ich muss wieder anfangen zu denken, sonst gerate ich in Panik, und Panik hat Auswirkungen, die ich an diesem Morgen am wenigsten gebrauchen kann. In ein paar Stunden sehe ich Jesse.

Mit nachdenklichem Gesicht liegt er auf dem weißen Bettlaken. Leinenbetten, von Webern aus Belgien oder Holland gemacht. Jede Art von Handwerk verursacht bei mir Faszination. Kann sein, dass es mit Würde zu tun hat.
Es ist so hell hier drinnen, dass Bloemfeld leuchtet, als wäre das Zimmer der Horizont, über dem eben die Sonne aufgeht.
Die perfekte Scheidelinie zwischen Schwarz und Weiß.
Für immer wird das die Los-Angeles-Sonne, die *Bel-Air*-Sonne bleiben.
Wenigstens etwas, was ich mit nach Hause nehmen kann.
Eine leichte Bewegung, das Laken verrutscht, und in meinem Magen meldet sich das Gefühl aus der einen Nacht, in der ich mit Wendt Ecstasy genommen habe, eine Leere, die

sich nicht mehr füllen ließ, obwohl auf den Pillen kleine lustige Gesichter eingeprägt waren. Das hatte mich beruhigt, zu Unrecht, wie sich herausstellte. Nichts reichte mehr aus als Antwort auf den unglaublichen Verbrennungsprozess, der in meinem Körper eingesetzt hatte. So ähnlich empfinde ich die eine, starre Minute, in der ich Bloemfeld von der Badezimmertür aus beobachte.
Noch hat er mich nicht gesehen, nur gespürt, dass ich da bin. So wird es von jetzt an immer sein. Das weiß ich, denn mir geht es genauso.
Ich habe ihn geschluckt. Menschen lassen sich also essen. *Kein Scheiß*, wie Jesse sagen würde.
»Es gibt Leute«, hat Anna Braker erklärt, »die auf komplizierte Art trauern. Das ist ungesund. Lassen Sie sich davon bitte nicht anstecken.«
Vielleicht ist es nicht nur mit Trauer so, könnte sein, dass es noch mehr komplizierte Arten zu lieben gibt. Bloemfeld hat einen Blick wie ein Gefrierschrank, als er aufschaut und entdeckt, was er gesucht hat. Etwas in diesem Blick sagt mir, dass auch er eine Neuigkeit über sich erfahren haben muss. Manchmal, wenn Gefühle auf ihr Gegenstück treffen, potenziert sich sogar Verzweiflung. Bloemfelds Blick sagt, dass wir *zusammen* gegessen haben. Dass ich für den Augenblick sehr groß in ihm bin.

Mit ziemlicher Sicherheit misst sich jede Relation am Moment der inneren Berührung. Vielleicht etwas kompliziert ausgedrückt, aber ich meine damit nur, ein ungefühlter Moment existiert einfach nicht.
Jesse kannte bereits früh die Formel der Relativitätstheorie, $E = mc^2$.
Der Haken war nur, er konnte sie nicht mit Inhalt füllen.
So geht es mir an diesem Morgen, als die Landschaft sich be-

wegt, während ich still in einem Wagen sitze. Kurz vor Lindas Haus in Santa Monica ahne ich, dass hinter dem eisernen Vorhang, wo wir uns siebenfach ausweisen müssen, der Himmel liegt, so wie ich ihn mir als Teenager vorgestellt habe. Im Schritttempo durchqueren wir eine Gegend, deren Besitzverhältnisse durch verschiedene Schattierungen von Grün geklärt sind.
Bei den wirklich Reichen ist der Rasen fast blau.
Ich habe Kopfschmerzen, als der Fahrer, ein ältlicher Peruaner, vor einem meterhohen Staketenzaun hält. Kolonialistenphantasien. Widerwillig dreht er sich zu mir um. Schon als er die Adresse hörte, hat er gewusst, was los war. Ich wusste im Gegenzug, bei wem gerade Hass ausbrach und warum.

Solche Zäune errichten nur Menschen, die Angst haben.
Lindas Angst ist mir aber fremd, eine Emotion, die ich lang nicht mehr empfunden habe. Kälte, ja, Erstarrung, aber nicht die Panik, zu der sich nun ihre und meine Gefühle verdichten, bevor sie sich mit einem Ruck aufklappen, wie spanische Fächer.
Der Peruaner wartet auf Anweisungen. Ungeduldig trommelt er auf das heiße Blech des Wagendachs, bis ich bezahle und die Beine aus der Tür schwinge. Es sieht so unelegant aus, dass er abfällig lacht. Ich schiebe die Ray-Ban-Sonnenbrille ins Haar, während Bloemfeld eng bei mir steht, obwohl er nach Boston geflogen ist. Sein flüchtiges *Bye, bye!* hat er morgens gemurmelt, übermüdet und erschöpft. Fast schien mir, als wolle er unbedingt noch etwas sagen. Aber dann schloss er nur schweigend die Tür hinter mir.

»Wer?«, ruft sie mit dieser singenden Stimme. »Wohin?«
Yu ist der kleinste Mensch, den ich je gesehen habe, ich

schätze sie auf höchstens 1,40. Im Mundwinkel klebt ihr ein schwarzer Zigarillo, der bebt, wenn sie spricht, doppelt so lang wie ihr Gesicht, das sich vor Misstrauen zu einer walnussgroßen Pflaume verknotet. Ihr Kleid schillert in allen Grundfarben.
Schimpfend geleitet sie mich einen dämmrigen Gang entlang ins Innere der Burg. Winston, der Chemieprofessor, hat eine Menge Chemie produziert, für eine Menge Geld, falls nicht Lindas sadistischer Hurt dieses Schloss gebaut hat. Allein der Flur ist so breit wie die Toreinfahrt, die ich auf schmalen LaCroix-Schuhen hinter mich gebracht habe. Und unendlich lang, ein Ende jedenfalls ist nicht absehbar.
»Kommen!«, schreit Yu, als ich auf dem glatten Marmor strauchele.
Gehorsam entledige ich mich meiner Slippers, um ihr barfuß zu folgen. Links und rechts opfern schneeweiße Statuetten ihren Göttern, und nachdem wir einige Kilometer gelaufen sind, gibt ein kunstvoller Riss in der Wand den Blick auf das blaue Glitzern des Pools frei. Kurz danach öffnet sich das Fußballfeld, das Empfangshalle heißt, einem Fernblick auf halb Los Angeles. Die Bucht, deren Türkis von Miniaturen winziger Boote gesprenkelt ist, ein Wald von Palmen, dazwischen Rasensprenger, die in geruhsamem Takt silbernen Dunst zwischen mich und die Aussicht werfen.
Dann sehe ich die Papageien.
In den Bäumen bewegen sie sich wie lebendige Edelsteine, Topase, Granate, Smaragde und Lapislazuli. Die Luft ist schwer von ihren Schreien. Auf Höhe meiner Hüften palavert Yu, weit unter mir ihr Haremskleid, aber ich kann sie nicht verstehen. Denn es gibt plötzlich nur noch einen Brennpunkt. Eine Einzelheit am Rand meines Bewusstseins, der Anflug einer gewohnten Bewegung. Darin steckt

alles, wovor ich mich die vergangenen Monate gefürchtet habe, ohne von der Existenz dieser Furcht zu wissen. Ich sehe nämlich, was ich nie sehen wollte, das kleine Bild, das im großen Bild steckt. Es stört nicht etwa das Gleichmaß, sondern macht es nur vollkommener. Wenige Meter hinter dem schockierenden Blau des Pools steht Jesse.

Sein Rücken in einem Streifenshirt, über einen lang gestreckten blonden Hund gebeugt, wirkt wie ein Eispickel. Es tut weh. Erst als der Junge, der einmal mir gehörte, und der Hund sich synchron zu bewegen beginnen, sehe ich Linda, halb aufgerichtet, in gepunkteten Bermudas. Die Hände auf die Lehne eines Gartenstuhls gestützt, ruft sie Jesse oder dem Retriever etwas zu. Alles spielt sich absolut lautlos ab. Lindas Mund öffnet und schließt sich. Wahrheit wiegt zu schwer, als dass sie Geräusche oder Gerüche zulassen würde.
Denn endlich begreife ich: Hierher gehört Jesse. Er ist nicht mehr mein Junge. Nichts ist falsch daran. In mir wandern plötzlich viele Geister, nicht nur Stella Goldschlag, nicht Erika oder Bloemfeld, der eine Lücke in der Kartographie meiner Welt genutzt hat, um zu mir durchzudringen. Alle waren sie nur Teil der Strecke bis zu diesem Moment, der Kraft genug hätte, mich von den Füßen zu reißen.
Die Wahrheit ist, dass ich keinen Sohn habe.
Dann hebt Jesse den Kopf, auch er öffnet den Mund, während Linda sich ganz aufrichtet und langsam das Gesicht der Sonne zuwendet. Nein, nicht der Sonne, denn die Sonne ist hier oben, wo ich stehe. Nur ein Schritt aus dem Dämmer, in einer eigenartigen Geste bewegt Jesse die Arme, während der Hund Bobby die Ohren aufstellt, als höre er einen Pfiff. Jesses Gang wirkt beinah betrunken, als er sich in Bewegung setzt. Diesen Weg sollte er auf keinen Fall allein ma-

chen. Ich warte jedoch hölzern, bis er vor mir stehen bleibt. Er sagt nichts. Nichts. Aber ich sehe seine Augen.
»Ach Jesse«, sage ich, »Achmed...«

Erneut stellt Linda ihre Eignung als Lexikon unter Beweis. Beim Abendessen auf gelblichem Marmor, durch Oxydierung entstanden, zeigt sie sich als famose Hausfrau. Wer weiß schon, wer oder was sie derart verändert hat, vielleicht ist ihr abwesender Hurt für den Wechsel der Aggregatzustände verantwortlich. Plötzlich scheint Linda nicht nur marmorsüchtig, sondern auch besessen davon, mir ihre Verwendbarkeit als Mutter zu verdeutlichen.
Während Jesse auf Tiroler Filzschuhen die Böden schont, hält sie mir einen Vortrag über Marmor, der sich besonders für Fliesen eignet. Soweit ich verstehe, bekommt man ihn mit polierter, geschliffener, scharrierter, geriffelter, gestockt-grob und gestockt-feiner Oberfläche. Allem Anschein nach ist ihr Lieblingsmaterial ein zutiefst flexibler Stoff.
»Er kann rufen, er kann flüstern«, sagt Jesse, als Linda eine Pause macht.
»Stimmt«, fügt sie hinzu, »das sagt unser Steinmetz immer. Und es steht im Katalog.« Beide scheinen den sprechenden Marmor todernst zu nehmen, vielleicht erhebt er sich ja demnächst aus der Wand und räumt anstelle von Yu den Tisch ab. »Diese Sorte besitzt eine Bankmächtigkeit, die von einem sehr ruhigen Flachmeer zeugt!«
Die ohnehin große Linda wird plötzlich noch größer, angesichts des *Ausdrucks* ihrer Marmorburg liegt die Bankmächtigkeit der Männer in ihrem Leben offen auf dem Tisch. Die weitere Mahlzeit verläuft ereignislos, bis auf die verbitterte Yu, die beim Servieren starken Luftzug produziert. Hektisch beginnen die Fackeln, die statt Lampen im Esszimmer hängen, zu flackern.

Während Teller knallen, spüre ich immer wieder einen von Jesses Körperteilen irgendwo an mir. Mit den plötzlich sehr lang und dünn gewordenen Beinen wirkt er orientierungslos. Sein Aussehen erschreckt mich, so fremd. Den ganzen Abend über versuche ich aber, es Linda nicht schwerer zu machen, als es ist, und berühre ihn kaum.
Ich versuche auch, Jesse nicht allzu sehr mit mir zu versöhnen. Als Yu ihn ins Bett verfrachtet, wo er inmitten von Disney-World-Figuren einschläft, fühle ich mich wie eine Bestie, während Linda und ich ein Glas Champagner trinken. Befriedigt sinkt sie auf der gepolsterten Marmorbank vorm Kamin zusammen, die Beine in der Leinenhose unter den Po gezogen, das geranienfarbene Haar gelöst wie ihre Stimmung. Das Bild, das wir abgeben, ist zivilisiert.

In dieser Nacht warte ich auf Stella Goldschlag.
Aber nicht einmal Erikas Tod unterläuft mir nochmal im Traum. Yu, die noch aufsässiger ist, als ich dachte, hat eine Wärmflasche unter das Daunenplumeau gelegt, da sie annimmt, dass ich aus Usbekistan komme oder Samarkand, wo unter der Erde ein lebender König haust, wie sie Jesse vorm Schlafengehen erzählte.
Seitdem er nachmittags, leicht wie ein Stück Papier, an meinem Bauch lehnte und kein Wort sprach, kämpfe ich schon mit den Tränen. Nichts wird je wieder gut, unterirdischer König hin oder her. Völlig sinnlos, Jesse etwas glauben zu machen, was so fiktiv ist wie der neue Philip Roth, den Linda mir *zur Entspannung* auf den Nachttisch gelegt hat. Warum sie mir nicht gleich den echten Roth mit einem Apfel im Maul auf dem Beistelltisch serviert, bleibt unerfindlich. Statt aber zu lesen, liege ich wach und warte, ob die Dunkelheit redet. Manchmal ja, stelle ich fest, und manchmal nein. Nur Lindas festungsartiges Haus flüstert. All das

Glas, die edlen afrikanischen Hölzer, eingelegt in Gebirge von knirschendem Jura-Marmor.
Mehr als 140 Millionen Jahre alt.

Meins ist eins von vier Gästezimmern, die Yu und zwei Malayinnen verwalten, sechseckig, eine Metapher für mich. Alles steht für alles. Das wusste Jesse schon als Vierjähriger, während seine ehemalige Lehrerin bis heute keine Ahnung davon hat. Draußen kein Laut, als plötzlich ein sehr dünner Lichtschein durch die Tür auf den Boden fällt. Hinter Jesse trottet der Hund Bobby auf mich zu, ein Hund, der nach einem Kennedy benannt ist. Beide klettern auf das Bett, legen sich hin, rollen sich zusammen, wobei Bobby Kennedy hündisch seufzt. Jesse dagegen liegt starr wie ein Nagel.
Irgendwann seufzt aber auch er, bevor er »Mamma!« flüstert.
Bisher hat er mich unpersönlich angesprochen, wie mein Vater damals den indischen Gaga-Mann. Bei ihm lag es allerdings an den elitären Forderungen des erfundenen Vergasers, bei Jesse liegt es an mir.
»Ich liebe dich«, sage ich.
Weil ich es so oft gesagt habe, zu anderen, schäme ich mich.

Der Weiße Jura hat nichts mit Juristen zu tun.
Ich hatte ja bisher keine Ahnung. Jura nannten die Kelten ihre Waldgebirge, in einer salzigen Zeit, als die Meere an- und wieder abstiegen. Ausgerechnet in Lindas Jura begann der große Superkontinent Pangäa auseinander zu brechen. Das berichtet Jesse, dessen neuer Großvater Winston ein famoser Coach zu sein scheint.
Er wird aus dem Jungen ein Genie fabrizieren.
Seine Nobelpreisträger-Gene haben zwar eine Generation

übersprungen, Linda jedoch hat ihm den adäquaten Kandidaten geliefert.
Wir leben nah an den Naturgesellschaften. Aha.
Dämonen sind nicht aus der Welt. Stimmt nun auch wieder.
»Morgen kommt mein Hurt!«, sagt Jesse schließlich, als er sein Pulver verschossen hat. Dem unmerklichen Zittern meiner Hände merke ich an, was mich warum erschreckt. Ich beiße die Zähne zusammen, nur um nicht jammernd »Jesse, du Verräter!« zu schreien. Der Junge ist völlig durcheinander. Aber wenn er auch nicht an *seinem Paul* festhält, die Malakologie und die Wunder des Wassers hat er nicht vergessen.
»Ist es nicht urkomisch«, sagt Jesse, »dass aus meinen Schnecken Steine werden können? Und dass die Schneckensteine jetzt mitten in meinem Marmor sitzen?« Über Besitzverhältnisse wurde ihm also auch allerlei beigebracht. Meine Schnecken. Mein Marmor. Meine Steine. Ist es nicht urkomisch? Klar. Allerdings hat Jesse nicht komisch, sondern *curious* gesagt. Er beginnt, seine Muttersprache zu vergessen. Auch Erika, die Verräterin, hat eine Generation übersprungen.

Nicht sehr weit liegt die Straße der Ölsardinen.
Mich überkommt ein jugendliches, literarisches Gefühl, als ich morgens auf die Terrasse trete. Auf eine von drei Terrassen.
Sofort pfeift mir ein feiner, warmer Wind um die Ohren.
Unter der Dusche habe ich einen Ausflug geplant, drei Tage Monterey, ein Ort, den Linda liebt, da er für sie das bedeutet, was der Feigenbaum für Buddha war. Das besoffene Gefühl der Erleuchtung in ihren Augen ist nachvollziehbar, für eine geschändete Intellektuelle muss es faszinierend sein, sich unter wirklichen Intellektuellen zu bewegen.

In Monterey werden wir mittags irgendein *Jack-in-the-box* mit vorgeblich mexikanischer Küche besuchen, Pappfiguren, von Steinbeck, den ich sehr verehre, erfunden. *Von Mäusen und Menschen.* So komme ich mir vor.
Immer noch wirft die Sonne ihr rasend weißes Lasso über die Aussicht. Über Nacht ist die unglaubliche Bucht nicht versunken, und so stehe ich eine Weile nur herum und genieße den Ausblick. Entfernt von mir, im Smog, liegt der Moloch mit dem Engelsnamen, Los Angeles. Ich brauche neue Schuhe. Was ich trage, wird durch die herkömmliche Bezeichnung nur unzureichend beschrieben, Kalbslederbänder, ein dünnes, rotes Trittbrett und dazwischen Zehen. Linda wird beeindruckt genug sein, dass sie uns vor Monterey noch zum Rodeo Drive fährt. Wir werden *shoppen* bis zum Umfallen. Über Nacht scheint sich ein Teil von mir gefangen zu haben.

Mein Sohn lebt nah der rauchigen Bucht.
Ein Seemann namens Juan Rodriguez Cabrillo hat weit nach dem Weißen Jura diese Gegend *Bahia de los Fumos* getauft. Mit der Papageien fütternden Yu qualmt auch Linda um die Wette und wirft undamenhaft sündhaft teure Macadamias unters Vogelvolk. Obwohl Yu sich auf die Zehenspitzen stellt, wirkt ihr Tagespyjama zu groß.
Von Jesse keine Spur.
Die Morgenluft quietscht fast vor Sauberkeit.
Sobald mich die Hitze umfängt, bildet sich auf meiner Haut ein kaum spürbarer, feuchter Film. Obwohl mich das gleißende Sonnenlicht fast blind macht, trete ich den Weg dahin an, wo ich die Sitzgruppe vermute. Die Sandalen versinken im smaragdfarbenen Rasen.
In seiner Dramatik liegt dieser Ort wie unter Glas. Fern schneidet ein Flugzeug fast den Horizont. Wollüstig be-

wegen die Papageien ihre Schnäbel, während ihnen Leckerbissen zugesteckt werden. Dann verbleichen unvermittelt die Farben, denn im selben Augenblick, als Linda die Hand hebt, um mir zu winken, sehe ich einen Mann an ihrem marrokanischen Mosaiktisch sitzen.
Erst denke ich, ich habe eine Vision.
Aber das würde Louis Bloemfeld schlicht überbewerten.
Sein weißes Hemd flimmert sehr wirklich vor dem Hintergrund des Rasens, dessen Ausläufer sich irgendwo in den Pazifik stürzen. Tatsächlich, er ist es. Der Seemann Cabrillo hat seine Bucht rauchig genannt, weil am Strand beim Vorübersegeln unzählige Lagerfeuer auszumachen waren.
Auch Bloemfelds Anwesenheit ist so ein Signal.
Sofort schaltet etwas in mir um. Das letzte Stück von mir, das er in der einen Nacht unberührt gelassen hat, stürzt ins Bodenlose. Jesses Chow-Chow-Gott scheint ein verhinderter Regisseur zu sein, der zurückgewiesene Gott, der bedrohlich wird. Zahllose Dramatiker haben das seit der Antike behauptet.
Bloemfeld legt die Hände an die Schläfen, als würde sein Kopf schmerzen.
»Hi!«, sage ich dümmlich, als ich ihn erreiche.
Er schaut zu mir hoch. Seine schönen Hände sinken herunter.

»Hurt!«, ruft Linda.
»Mistah Hurt!«, ruft Yu. Beide sehen plötzlich aus, als wollten sie Bloemfeld schützen. Alarmiert drehe ich mich zur Halle, wo ich erwarte, Jesses Vater zu sehen, der möglicherweise keine fremden Männer in seinem Garten mag. Kann sein, dass er hinter mir, auf der Terrasse, nur darauf wartet, Bloemfelds leuchtend weißes Hemd mit einer Magnum zu zerfetzen, sobald ich aus der Schusslinie trete. Über Amok

habe ich viel gelesen, eine thailändische Spezialität. Welch erstaunliche Situation, diese erste Begegnung, die dem unbekannten Hurt und mir bevorsteht.
»Hurt?«, ruft Linda wieder, diesmal angespannter.
Einmal sah ich, wie Nhom und Jesse ein Gummi dehnten und den Moment hinauszögerten, in dem es riss. Kurz davor wurde es dünn und weiß, verschwamm vor den Häuserwänden zu etwas Neuem, das die Situation änderte. Es hatte mit Schmerz zu tun. So ähnlich klingt Lindas Stimme.
Immer wieder drehe ich mich so um, während Bloemfelds Stirn von unsichtbaren Gummibändern bis in den Nacken hochgezurrt wird. Mein Haar in seiner Hand, in der Nacht, in der ich ihn an sich selbst erinnert habe, das weiß ich genau. Auch damit hat seine Anwesenheit zu tun. Alles bewegt sich um uns, die Sonne, Linda, die näher kommt, Yu, obwohl sie reglos bleibt, den Blick gesenkt. Ein neuer Zigarillo steckt ihr im Mund, und der rabenschwarze Haarknoten verschwindet im Qualm.
Der angespannte, hochkonzentrierte Louis Bloemfeld. Kein Hurt. Kein Hurt. Mein Lachen schießt in die Erstarrung dieser Szene. Er jedoch blickt mich nur mit anonymem Gesichtsausdruck an. Der Fuß in der albernen Riemensandale knickt unter mir weg. Wieder drehe ich mich um.
Aber hinter mir kein Mensch.
»Was bedeutet eigentlich Ihr *H*?«, höre ich S. Bahn nochmal Louis H. Bloemfeld fragen. Auf einer Party, im kühlen, dunklen, erleichternden Raum, der meine Erinnerung ist. Er zuckte damals nur die Achseln.
Ab jetzt kenne ich vermutlich die Antwort.

Ich könnte schwören, dass seine Hände zittern.
Aber im Lauf seines Lebens schwört man eine Menge, was man besser hätte wissen sollen. Schwüre sind genauso über-

bewertet wie die restliche klerikale Überheblichkeit, Krümelkuchen auf Kirchenbasaren, zum Beispiel, handgewebte Teppiche, deren Scheußlichkeit einem die Schuhe auszieht, die Kreuzigung oder der Zölibat. Magere Belege einer Weltsicht, die den Geist anbetet, aber auf Materie baut. Man könnte auch sagen, auf Marmor.

Lindas Arm liegt um meine Schulter, ein Waran, der sich tastend durch die Landschaft meiner dünnen Knochen bewegt. Dabei will sie nur nett sein. Allerdings kommt es mir nicht sehr nett vor, mich zu einem *kryptomen* Wichtel zu degradieren, fast zwanzig Zentimeter Größenunterschied, beeindruckend, wenn man den direkten Vergleich sucht.

Inmitten kalifornischer Gelassenheit stehe ich da wie eine Tulpe.

»Hurt«, sagt Linda, während Bloemfeld mit fahrigen Bewegungen seine Zeitung ordnet, »ich bin so froh, dass ich dir endlich Afra vorstellen kann!«

Das große Glänzen in ihrer Stimme gilt bestimmt nicht mir.

»*Nice to meet you!*«, sagt Bloemfeld ausdruckslos, erhebt sich und ragt vor mir auf. *Nice to meet you*, falls darin kein geheimer Hintersinn steckt, ist es eine Verhöhnung. Trotzdem benötige ich einige Sekunden, bis mir die Tragweite dieses Meetings aufgeht.

»Keine Ursache«, sage ich danach, genauso ausdruckslos wie er. In der einen Sandalette mache ich eine gute Figur, die andere hängt halb im Rasen. Steif stehen wir um den Gartentisch.

Der Pool blendet, ein Würfel aus flüssigem Licht.

»Oh!«, sage ich, als Lindas Hand meine Schulter drückt. Zähne spiegeln Zähne, nur Bloemfeld lächelt nicht. »Linda, wir kennen uns! So eine unglaubliche Überraschung!«

Da sich in seinem Gesicht nichts rührt, bis auf eine unmerkliche Bewegung des Unterkiefers, weiß ich Bescheid. Als

Meister doppelter Rückversicherung würde er nie ein Seil betreten, ohne vorher Knoten für Knoten das Netz zu überprüfen. Oder, um es im Finanzjargon zu sagen: Er ist ein Hedge-Fonds. Äußerst breites Anlageuniversum, Absicherung nach allen Seiten bei Ausnutzung sämtlicher Möglichkeiten. Bloemfeld hat gewusst, was heute passieren würde. Das, und auch, wer ich war, schon damals, im Café. Es ist die demütigendste Situation, in der ich mich je befunden habe.

Ein so genanntes Worst-Case-Szenario, das Wendt WCS abkürzen würde.
Z-Lay als Kunden zu verlieren wäre ein WCS gewesen. Was bedeutet dagegen schon die kleine persönliche Zwangslage, in der ich stecke? Sollte Bloemfeld jetzt behaupten, dass alles ganz anders ist, als ich denke, ist *Z-Lay* für mich ohnehin gestorben.
Aber nichts dergleichen kommt über seine Lippen.
Sie sind inzwischen so blass wie die Marmoreinfassung des Pools, in ihm arbeitet es, und seine Augen wandern die unsichtbaren Serpentinen seines Hirns entlang. Die NLPler sagen, dass links oben die wirklichen Bilder sitzen, rechts oben die konstruierten. Beobachtet man die Blickrichtung genau, kann man also Gedanken lesen oder wenigstens halbwegs begreifen, wo sie sich bewegen.
Die legale Form des Röntgenblicks.
Als Bloemfelds Augen nach links schnellen, ist es eine so schwache Zuckung, dass keiner außer mir sie bemerken würde: Er erinnert sich. Dann wandert sein Blick nach unten, sieh da, ein Gefühl. Es könnte Beschämung sein, wenn ich das auch nicht erwarte. Seit ich auf Wendts Anregung hin einmal einen Kurs in neurolinguistischer Programmierung besuchen musste, ist ohnehin jeder weltliche Zauber für mich enttarnt.

Der Redeschwall, der aus Linda dringt, klingt wie das B-Girlie-Stück aus *Rapsody*. Uuuhu. Aaaah. Lalalala. Weil schon beide sitzen, habe ich mich auch hingesetzt, die ewige Mitläuferin, aber selten hat es mich derart angeödet. Vor Eifer wird Lindas Schwanenhals brennend rot, Flammen fressen sich vor bis zu ihrem zarten Unterkiefer, kontrastreich wie der rote Fleck, den ich mir auf Bloemfelds weißem Hemd vorgestellt hatte, als ich ihn vor ein paar Minuten noch für Bloemfeld hielt.
Jetzt ist er nur noch ein Symbol für alles Unglück.
Der geschiedene Herr Carruthers, der überraschende Vater des kleinen Eiswürfels, dem Menschen genauso fremd sind wie diesem Eisblock von Kunstunterhändler. Manchmal kann ich verstehen, wozu es Gashähne gibt. Suizid. Wie widersinnig: Als Einzige im Tierreich besitzen wir das Instrumentarium, ihn zu planen und zu genießen.

In der Bibel fällt 515-mal das Wort *Wasser*.
Weitaus häufiger allerdings im Alten Testament. Daraus zu schließen, dass der Begriff *Wasser* ausgestorben ist, wäre Blödsinn, richtig ist nur, dass es Leute gibt, die Worte zählen, statt Bücher zu lesen, und dass Geschmack sich ändert. Eine sehr schlüssige Art zu leben.
Statistik, ein Allheilmittel gegen Kontrollverlust für Buchhalter wie mich, die man am speziellen Ausdruck von Verbitterung erkennt, der ihnen aus jedem Knopfloch platzt. Ärger, die natürliche Folge der Kollision von Wirklichkeit und Plan. So tief wie in Santa Monica wollte ich nie sinken. Aber nun bin ich da, eine Frau, die von einem Piano gezogen auf den Meeresgrund trudelt. Den Jane-Campion-Film habe ich dreimal gesehen, obwohl ich mich damit vor der ganzen Agentur lächerlich gemacht habe. Weder war er experimentell noch existenziell genug, denn sie liebten Taran-

tino, alles, was puffte und knallte und *Szenigkeit* vermittelte. Mir lagen Trauer, Tod und Drama mehr. Aber nur heimlich. Man kann sie auch leben, statt nur darüber zu lesen. Es muss ja beileibe nicht immer die Bibel sein.

Mit frischem Mangosaft hastet Yu auf die Terrasse.
Um Mistah Hurts lange Beine macht sie einen Bogen, da Bloemfeld Breeches trägt, Leder im Reithosen-Stil, was im deutschen Afrika-Corps modern war. Die überlauten Geräusche, als Saft in unsere Gläser fließt. »Trinken!«
Yus Universum ist der reinste Imperativ, keine Ahnung, über was wir anderen seit einer Viertelstunde plaudern. Vermutlich über Jesse. Jedenfalls spricht Linda über ihn, während Bloemfeld minimale Kommentare abgibt. Er hat eine gewalttätige Art, einen nicht anzuschauen, aber zwischen uns bewegen sich dennoch lautlos Ohrfeigen. Wenn man erst einmal mit ihm geschlafen hat, muss man ihn nicht mehr berühren, um seine Gedanken körperlich spüren zu können.
So viel muss der Neid ihm lassen: Wie König Midas hat er eine Wirkung auf alles, was er anfasst, nur dass kein Gold herauskommt. Linda erzählt gerade von Jesses neuestem Gemälde, das er *Bobby* genannt hat. Bobby. Hund. Der endgültige Beleg für Genialität. Sie berichtet, dass sein Zeichenlehrer – sein Zeichenlehrer? – vorschlägt, ihn zusätzlich für Nachmittagskurse an der Kunstakademie anzumelden.
»Quatsch!«, sagt Bloemfeld einfach.
Lindas Hals färbt sich wieder, dann Schweigen, Zeit vergeht.
Moment an Moment.
Unwürdige Augenblicke, die in die Leere zwischen drei Menschen tropfen.

»Un-glücklich!«, sagt Yu. Saa-aad.
Zunächst verstehe ich nicht, aber als sie eine Grimasse zieht, begreife ich. *Sad*. Unglücklich. Trauer. *Sadness*. Das klingt oberflächlicher als die tiefen summenden Vokale im Deutschen, ist oberflächlicher, aber chinesisch hätte ich sie überhaupt nicht verstanden. Hinter der Toilettentür, auf dem goldenen Regal, liegen Handtücher, die nach provencalischem Lavendel duften. Yu greift nach einem, entfaltet es und wedelt die Luft vor meinem Kopf auf.
Eine Erfrischungsmaßnahme.
»Jes-sieee unglücklich!«, höre ich sie sagen. »Misses Linda unglücklich. Mistah Hurt unglücklich. Alle unglücklich. Zu viel Unglück. Unglück Schildkröte, die Herzfeuer zerstört. Viel zu viel Wasser!«
Widerwillig muss ich lachen, ein besserer Spot als meiner mit den Unterhosen: Unglück Schildkröte, die Herzfeuer zerstört. Die Hand, die plötzlich meine Wange streift, riecht nach dem müden schwarzen Aroma von Zigarillos und ist hart wie eine Wurzel.
»I-Ging sagt, wer Position unterhalb von Wert einnimmt, hat kein Recht, Veränderung zu suchen!« An einem Punkt über meiner Schulter bleiben Yus schellackfarbene Augen hängen, weiß Gott, was sie sieht.
»Trinken Ginseng!«, sagt sie unvermittelt. »Stärkt Herzfeuer!«
Oha, über den Ratschlag werden viele Leute zu Hause staunen.
Sadness ist ja eine hochansteckende Seuche.
»Nicht unglücklich sein!«, murmelt Yu und legt dann einen Zeigefinger sacht auf meine Oberlippe.

Die antiken Chinesen trugen Schuhe in der Form von Booten.

Touristen tragen bloße Füße, unterwegs in gemieteten Nissans. Die Landschaft erinnert mich an die *Craters of the Moon* in Neuseeland, Nebelschwaden und Fetzen verirrter Wolken, die gegen Mittag über den Santa-Monica-Bergen aufziehen.
Ein höchst abwegiges Wetter für Kalifornien.
Um zu vermeiden, dass ich auseinander falle, fahre ich ins Orange County, nach Anaheim, wo 1955 die Freizeit erfunden wurde. Vielleicht brauche ich Donald Duck und Konsorten, um mich an Wendt und die Agentur zu erinnern, um zu spüren, wie es wäre, wieder ich zu sein. Nach einer Weile beschließe ich jedoch, das Muckenthaler Cultural Center zu besuchen, wo ich mir zwischen italienischer Renaissance und deutscher Résistance Gedanken über das weitere Vorgehen machen kann. Raffael hat auf mich stets dieselbe Wirkung, einen Effekt, den Migränepatienten beim Einsatz von Buscopan erfahren. Frieden.
Nachdem ich die *Kreuztragung Christi* im Prado gesehen hatte, überfiel mich auch nicht Demut, sondern nur ein merkwürdiges Erleuchtungsgefühl. Plötzlich war klar, dass es vor mir schon andere arme Schweine gab, und dass bestimmte arrogante Ziele in aller Ewigkeit nicht zu erreichen sind. Genie, zum Beispiel.
Nach solchen Erkenntnissen hat man den Rücken frei für Machbares.
Aus dem bedeckten Himmel beginnt es zu tröpfeln, aber trotz der Klimaanlage staut sich Hitze im Wagen. Immer noch grübele ich, was Linda dazu gebracht hat, Jesse in einer katholischen Privatschule anzumelden. Nicht zu fassen. Die *Schwestern der Heiligen Namen Maria und Jesus* haben sie in den Dreißigern gegründet, noch unkorrumpiert von Burger und Chicken Wings. Lindas Stolz über ihre Schulauswahl verursachte mir Brechreiz, vor allem, als sie in un-

persönlichem Ton mitteilte, dass Nonnen heute schon Mobiltelefone benutzen und auch sonst nichts mehr mit Teresa von Avila gemein haben. Abgesehen davon, wie schwer es gewesen sei, Jesse überhaupt dort unterzubringen.
»Warum«, antwortete ich bitter, »soll es auch nicht mit einer Nonne aufhören, wo es mit einer angefangen hat?«

Die Wälder von Zitronenbäumen kurz vor Disneyland wurden von deutschen Aussiedlern gepflanzt. Sofort fühle ich mich heimisch. Aus dem Autoradio dudelt Robbie Williams, ein unscheinbares Männchen, das man im letzten Jahrhundert nur zur Förderung von Kohle benutzt hätte. Aber Jesse *steht auf ihn*, wie er sich ausdrückte, als ich mir Stunden zuvor auf dem Pausenhof ein Bild von den heiligen Schwestern machen wollte. In seiner Schuluniform sah er hinter dem Zaun, wo er Starschnitte tauschte, wie ein magerer kleiner Scientologe aus.
Als ein Plakat der *Mighty Ducks of Anaheim* vorüberzieht, denke ich an Bloemfelds Gesicht, während Linda über die Privatschule schwafelte. Es wirkte, als hätten Eishockeyspieler es mit Pucks beschossen, und sein hochmütiger Mund erinnerte mich an *die gekrönte Sau von England*, wie Heinrich VIII. von Luther genannt wurde. Nicht eine wahre Silbe wurde zwischen uns gewechselt, seit er auf der Terrasse aufgekreuzt ist.
Zwar wusste ich schon, dass man Bloemfeld Bescheidenheit nicht vorwerfen kann, aber zwischen einem Mangel an Zurückhaltung und dem Absturz in billige Impertinenz liegen normalerweise Konventionen. Unter Menschen gibt es schließlich so etwas wie Verträge. Unter Menschen vielleicht. Aber ein Mensch ist Bloemfeld nicht. Bloß ein Gott aus der Maschine.

Gut möglich, dass ich unter Schock stehe.
Im Hotelzimmer nehme ich die dritte Dusche des Tages, obwohl mich mein Sauberkeitsfimmel selbst langweilt. Man kann es nicht abwaschen. Es ist passiert. Beim Anblick des Giottos im Museum fiel mir dafür plötzlich alles ein, was ich über Pigmente weiß. Er verwendete für sein Rot Drachenblut, eine von Paul Barths Geschichten, derentwegen ich mich in ihn verliebte. Nachher erklärte er mir, dass er mit Drachenblut nur das Harz des Drachenbaums meinte. Da war es aber zu spät, meine Liebe zurückzunehmen.
Den Fön in der Hand, belausche ich ein paar Mädchen mit gepiercten Babybäuchen vor dem Fenster. Die Wolken reißen auf, darunter der Himmel, ultramarin, ein sonderbares Hochblau, entstanden aus Lasurstein, Wachs, Pech und Öl. Angeblich wurde das Geheimnis dieser Farbe erst spät durch die Ostindische Kompanie gelüftet, aber seither findet man sie inflationär in betuchten Malerkreisen. Paul Barth bestand darauf, man müsse Ultramarin kauen, um festzustellen, ob es richtig gerieben ist. Insofern verhält es sich damit wie mit Bloemfelds Schweigen.
Keine Erklärung, warum er es mir nicht vorher gesagt hat. Was das Ganze soll. Im Leben ist Hass weiß, während er in der Kunst eher rötlich daherkommt. Draußen färbt sich der Horizont, ein wütendes Kobaltviolett, würde ich sagen. Für dieses Pigment ist die Aufbewahrung im Giftschrank vorgeschrieben, wo auch ich festhänge, seit ich Jesse in einem Anfall von Selbstüberschätzung eine Woche mehr mit mir versprochen habe. Als Entschuldigung habe ich nichts vorzuweisen, also bleibt mir nur zu grübeln, bis Bloemfeld mich abholt, um zu Lance, Barbaras Vater, zu fahren. Über Verrat, Irrtümer und ganz zuletzt auch über die Hand voll Maler, die anders waren als Paul Barth. Cho-

dowiecki, zum Beispiel, von dem ich leider nur ein Werk kenne: *Selbstbildnis beim Zeichnen – ihm gegenüber seine Frau.*

Zur Not könnte ich Bloemfeld mit Schweinfurter Grün vergiften.
Dieses besondere Grün, auch Baseler, Brixener, Eislebener, Patent- oder Papageiengrün genannt, enthält jedenfalls genug Arsen. Einer der Dienstboten in ferkelfarbener Uniform bringt eine Kanne Zitronenwasser nach draußen, während der Kaiser von Santa Monica Bloemfeld das Zimmer für die Zigarren zeigt. Die Sklavenvilla ist größer als der Staat Oklahoma.
Ich nenne ihn bereits Lance und er mich Africa, weil er meinen Namen nicht verstanden hat und auch nicht recht zu wissen scheint, wer oder was ich bin. Sonst mochte er mich auf Anhieb, was ich nicht erwidere. Still wie eine Metallplatte liegt der Ozean vor mir, bis er durch irgendeine Osmose in mich eindringt und ich ohne Gefühle Lance und Bloemfeld entgegensehe. Selbstbewusst wie Plantagenbesitzer steigen sie die Holztreppe herunter.
»Afra!«, sagt Bloemfeld leer, als hätte er vergessen, dass ich hier warte, und Lance drückt meinen Arm, in seinem grau melierten Haar Schuppen, wie Asche. Es wird ein unfruchtbares Gespräch, das wir später mir zahllosen Hemingway-Cocktails am Privatstrand begießen. Wir wollen die Lizenz für mindestens ein Jahr sichern, aber Lance hält sich bedeckt und kneift immer wieder Barbaras wasserblaue Augen zu.
Über vierstöckige Autobahnkreuzungen fährt Bloemfeld zum Hotel zurück. Vielleicht übt er ja für seinen Selbstmord. Unterwegs erwähnt er, dass Los Angeles einmal *Pueblo de Nuestra Señora de la Reina* hieß. Mein schlechter

Witz über das *Pueblo der Nüsse von Señor Rainer* lässt ihn völlig kalt. Mir gefallen jedoch die Schwulen, die dieses Legoland auf Amerikanisch bevölkern.
»Alles sehr authentisch, nur viel größer und schwuler als anderswo«, sage ich, aber er missachtet den Versuch, wenigstens den Anschein einer Harmonie entstehen zu lassen. An einer Ampel sehe ich Breschnew, der in kurzem Rock aus Organza, mit Eiswaffel, lustigem Sombrero und Rollschuhen, über die Fahrbahn läuft.
Wir wechseln nicht einen Satz, in dem Jesse vorkommt. Bloemfeld denkt gar nicht daran, sich zu rechtfertigen.
Er blickt nur in den gelblichen Himmel.
Die Vorstellung, dass Farben aus Erde entstehen können, gefällt mir, irgendwie erscheint einem danach alles möglich. S. Bahn behauptet, dass richtige Maler ihr Ocker selbst sammeln, an den Ufern campagnischer Flüsse. In ein paar Minuten werde ich ihn telefonisch wecken und ihm die miese kleine Geschichte erzählen. Ich hoffe, Takt ist nicht seine Sache und Barbara erfährt bald, dass Bloemfeld einen Sohn hat. Meinen Sohn.
Vielleicht ist Amok ja auch für Europäer eine Möglichkeit.

In letzter Zeit reagiere ich wie ein Hund.
So vieles spüre ich vorher. Eine aufregende Entwicklung – für eine Kopftochter. Vater: Zeus, Mutter: Metis, Name: Pallas Athene, beziehungsweise Linda, Esther oder Barbara. Alles Denkmaschinen, in voller Montur väterlichen Schädeln entsprungen.
Man sollte einen Film über Frauen drehen, die mit der Hirnrinde lieben.
Als es morgens klopft, weiß ich, es ist Kamikaze, die Tür zu öffnen, aber er wird sich davon nicht abhalten lassen. Bevor ich mich beruhigen kann, sitzt Bloemfeld auch schon auf

dem Tudorsofa, Talmi, wie der Rest der Einrichtung. »Ich muss mich entschuldigen«, sagt er knapp.
Wenigstens kann man nicht behaupten, dass er nicht zur Sache kommt, wenn er sich erst überlegt hat, welche Haltung ihm nützt.
»Mir tut so einiges Leid«, sagt er. »Angefangen von neulich Morgen.«
Kein Kommentar. Sein heller Anzug, Seidenfasern, gegen die seine Stirn besonders dunkel aussieht. Hoffentlich ein Sonnenstich. In meinem Magen sitzt der bekannte Knoten, und ich starre in die Farbe des Sofas. Die Nacht ist wieder da. Das, was ich bei Lance vergessen hatte. Beschämend. Wäre Bloemfeld nicht Jesses Vater, hätte es eine interessante Geschichte zwischen uns werden können. Fast wäre ich sogar weich geworden, das ist der Knackpunkt, der nun selbst ein harmloses Gespräch verhindert. Das, was er zu erzählen beginnt, bebildert auch nur den haarscharfen Unterschied zwischen Rechtfertigung und Entschuldigung.
Rechtfertigungen dienen der Schuldlosigkeit.
Entschuldigungen wenigstens auch den anderen.

Kunst als Kunstprodukt war also meine Veranstaltung.
Der ganze Aufstand wegen einer einzelnen Frau, die seinen Sohn aufgezogen hat. Nein, ein bisschen auch wegen Linda. Bloemfeld hatte ihr damals nicht geglaubt, soweit nicht geglaubt, dass er sich schließlich sogar scheiden ließ. Später, als sie ihm mit ihren Erkenntnissen kam, hatte er sich selbst überzeugen wollen, von Jesse, ohne Aufstand oder Diskussionen. *Kunst als Kunstprodukt*, ein Szenenbild für ein Kind, ein lähmender Gedanke.
Trotz der Erschütterung setzt sich aber mein Naturell durch.
Wendts große Klappe. Den taktischen Bloemfeld gönne ich

ihm, so viel nur zu den ehrlichen Ambitionen des Kulturbetriebs. Anfangs war er zwar neugierig auf mich, aber die Idee, Jesse hierher zu bringen, nennt Bloemfeld selbst groben Unfug. Unerfindlicherweise bin ich fast auf Lindas Seite, während er über den Reiz redet, den Passivität auf Menschen ausübt. Auf ihn, genau genommen. Mich nennt er Olympionikin der Untätigkeit. Sein Erstaunen darüber, wie das tote Dornröschen aus dem Café zur Jeanne d'Arc der Agentur wurde, ist unübersehbar. Fast scheint es, als wolle er mich gegen mich selbst aufhetzen.

Ohne Bewegung höre ich ihm zu. Mir ist, als säße ich in einem kühlen Innenraum und beobachtete, wie sich die Schatten verändern, wenn die Sonne draußen höher steigt. Plötzliche Helligkeit stößt in die neblige Aura von etwas, was nur mit einem selbst zu tun hat.

Mit der Dämmerung, dem Anzeichen allgemeiner Lethargie. Er hatte mich kennen lernen wollen. Er wollte keinen Druck ausüben. Das, was er das *gesamtkalifornische Carrutherspaket* nennt, die monströse Unnachgiebigkeit von Privilegien, widert ihn an. Na schön, er ist also anders. Fast hätte ich laut aufgelacht. Eine äußerst forsche Behauptung.

Die ganze Zeit über sitzt Bloemfeld viel zu entspannt da. Draußen, am Strand, schreien Kinder, das Licht ist schmerzhaft hell.

Dann folgt der Donner, den ich seit einer Viertelstunde schon spüre.

»Am meisten tut mir die Nacht Leid. So was passiert«, sagt er. »Wie auch immer. *Das* tut mir Leid.« Eine drittklassige Formulierung, selbst für jemanden wie mich, der mit allen Klischees auf Du und Du ist. »Hörst du mir zu?«, fragt er. Warum duzt er mich? Ich lege keinen Wert mehr darauf, ihn zu kennen.

»Ich weiß«, sagt er und steht auf, »dass es dir um die Nacht neulich geht. Ich nehme kaum an, dass du dich an die erste noch erinnerst.«

»Ich erinnere mich sehr wohl«, sage ich langsam, und etwas fällt in meinem Körper, sein Gewicht, das an meinem Geburtstag auf mich herabgestürzt ist. Sein Atem in meinem Mund. Ich war ja durchaus nicht zu betrunken.

»Ich habe nicht gewusst...«, sagt er, seine Hände zucken, bevor er den Kopf schüttelt. »Kein Kalkül, nicht das geringste. Was hätte ich auch davon gehabt?« Ich umschließe meinen Hals und drücke zu, so fest es geht, nur reicht es nicht. »Dinge entwickeln sich«, sagt er.

»Nein«, sage ich. Aber ich meine Ja.

Warum hätte er auch nicht mit mir schlafen sollen?

Ich habe ihn schließlich genau darum gebeten.

»Mein Gott«, sage ich. Als er sich wegdreht, sind meine Knie schwach.

»Du hörst mir immer noch nicht zu«, sagt er am geöffneten Fenster. »Ich erkläre dir gerade, dass es absolut ungeplant war. Trotzdem hätte ich es natürlich nicht tun müssen.« Ich kann ihn nicht mal mehr ansehen. »Wir können es leider auch nicht zurückdrehen. Aber es wird nicht wieder passieren. Versprochen. Ich kann nur versichern, dass es mir sehr Leid tut.«

»Es ist nicht wichtig«, sage ich, bevor er seine Jacke nimmt, im Vorübergehen meine Schulter berührt und geht.

»Louis kennt alle Schnecken!«

»Aha!«, sage ich. Jesse und ich sitzen auf dem leuchtend grünen Teppich, der ein Rasen sein soll, von Bloemfelds Geld und Lindas väterlichem Gärtner sorgfältig gezüchtet.

»Und überhaupt kennt er alle wirbellosen Tiere!«

»Das glaub ich gern.«

In den menschenhohen Papyruswäldern, am Rande des Grundstücks, bewegt sich ein Scherenschnitt, der Wasser für die Papageien anschleppt. Mit ihrer bellenden Stimme singt Yu ein sehr asiatisches Lied. Wie eine dickliche Koralle auf Beinen stolziert ein Ara über den Grasteppich auf uns zu, und Bobby, der Papageien hasst wie ich, drückt angespannt die Nase in den Rasen.
»Eisenhower!«, ruft Jesse.
Eisenhower? Mit dem Grad des allgemeinen Stumpfsinns wächst die Vorliebe für exzentrische Namen, und wenn Kinder oder Schnabeltiere wie die Präsidenten heißen, ist die Apokalypse nah. Das stand so ähnlich bereits in der Bibel. »Na komm, Eisenhower«, rufe ich dem watschelnden Papageien zu, »Afra hängt dich kopfüber an der Heizung auf!«
Jesse lacht, bis es in ihm gurgelt.
»Hör mal«, sage ich und streichele seine raue Hand. »Willst du eigentlich noch lange hier bleiben?« Eine Sekunde, dann schüttelt er den Kopf, ein zwanghaftes Schütteln. »Wirklich nicht? Auch nicht, wenn du Bobby dalassen musst?« Das Schütteln wird so stark, dass sich die Härchen auf meinen Armen aufstellen. Ich sollte das nicht tun.
»Hör zu, Jesse«, sage ich. »Es ist unser Geheimnis. Warte noch ein winziges bisschen. Mamma regelt ein paar Dinge. Und danach hole ich dich nach Hause.«

Auf der Rückfahrt nach Bel Air denke ich über Stella Goldschlag nach.
Was mag sie dazu gebracht haben, den Verrat an den eigenen Leuten zu einem Pokal zu machen? Zu etwas, was sie brauchte wie Sauerstoff? Sie musste es immer wieder haben, selbst als keine Notwendigkeit mehr bestand.
Unten in der Bucht segeln die schönen, schlanken Schiffe,

Bugwellen wie zartblaue Schlangen, die sich auf dem Wasserspiegel winden.
In diesem Licht ist das Meer ein schillernder Tupfenstoff.
Langsam leuchtet mir Anna Brakers Erklärung ein: Nur weil ich in Stella einem Symbol begegnet bin, das mich beschreibt, hat mich das Buch so bedrückt. Aber Einsicht findet eben nicht in der Mitte des Denkens statt, Einsicht muss erst rutschen.
Die nächste Kurve nehme ich so knapp, dass ich beinah mit einem Van kollidiere, aus dessen Heckklappe angesäuselte Jugendliche mir hinterherschreien. In hohem Bogen fliegt eine Coladose auf die Fahrbahn und trudelt wie ausrangiertes Blechspielzeug in den Sand. Im Rückspiegel zeige ich den Jungs einen Vogel, ohne zu wissen, ob sie die Geste verstehen.
Die faule Versprechung, die ich soeben Jesse gegeben habe, ist nur ein Schatten meines sauberen Selbstbildes. Wie die einsame Figur der Erika, die sich eine Weile in meinem Schlaf getummelt hat, sein Widerpart, seine Heilung war. Weil ich mich jahrzehntelang für eine moralische, feine Person gehalten habe, bin ich zum Opfer geworden. Schuld waren die anderen.
Um mich herum habe ich eine Menge Bösewichter entdeckt. Selbstbetrug, das phänomenale Talent der Autisten, wackeln vor der Wand.
Ich werde mein Versprechen, Jesse nach Deutschland zu holen, nicht einlösen können. Das mache ich mir klar, mitten auf der Autobahn, zwischen Felsen und Meer. Meine Bekenntnisse ändern sich, seit Anna Braker mich mit ihrer entlarvenden, beschissenen Psychologie traktiert. Ab jetzt glaube ich an die Betrügerin in mir. An die erbärmliche Neurotikerin. An den schlechten Menschen. An Erikas Gott, der einfach tötet, was ihn nicht liebt.

Kalifornien ist eine Bratpfanne.
So ein Frühlingswetter, sagt die Frau an der Rezeption, seit der Rezession hat sie so etwas nicht mehr erlebt, und das Bäffchen, das sie statt eines Kragens trägt, vibriert. Unter ihrem Kostüm ist sie so schwarz, dass die beiden weißen Witwen aus der Nachbarsuite tot und gewöhnlich aussehen. Vor einer halben Stunde hat sie den Routenvorschlag ausgedruckt, und nun schleudere ich die Serpentinen längs, in der Frontscheibe das Spiegelbild der Straßenkarte, während auf dem Beifahrersitz das Mobiltelefon hin und her rutscht. Ich bin auf dem Weg nach San Luis Obispo.
Hoffentlich habe ich die Verbindung nach Deutschland wirklich unterbrochen, wenn ich hochrechne, was mich meine Gutmenschen-Attitüde kosten kann, darf ich mir keine Mehrausgaben leisten. Prozesse sind teuer. Deshalb finde ich Gerechtigkeit auch so primitiv.
Es war kein Vergnügen, mutterseelenallein an einer Abfahrt des Pacific Coast Highway zu stehen und Marjams Schäferhund zuzuhören, der sich in dem Berliner Sozialbau die Seele aus dem Hals kläffte. Die Adresse, die mir Marjam diktiert hat, beruhigte mich nur vorübergehend.
An einem der vielen Aussichtspunkte zähle ich Touristen, die sich wie Fliegen auf der Klippe niedergelassen haben. Zwar ist es eine verrückte Manie, überall nach Omen zu suchen, aber selbst ein Physiker namens Fechner hat einmal behauptet, der Kosmos wäre gar kein Kosmos, sondern ein Schwarzschild-Kerr-Objekt. Alles was wir erlebt haben, ist noch da. Alles, was wir erleben werden, schon da. Zeit verläuft wie ein Marathonlauf, auf parallelen Bahnen, die sich nur ausnahmsweise schneiden. Dann, wenn einer der Läufer aus den Schuhen kippt.
Das übrigens nennt man Erleuchtung.

Ich esse *Pink Shrimp Dolce Vita* im Madonna Inn. Die Soße schmeckt nach Fortschritt und Tube, und die Einrichtung halte ich für eine Zumutung. Das knallende Rot des Restaurants erklärt, warum man unbedingt aus der Gebärmutter fliehen muss. Mit schmierigem Blick legt der mexikanische Boy einen Fächer aus Postkarten auf meinen Teller. Falls es im Kloster spät wird, soll ich in einem der Zimmer übernachten. Die Auswahl zwischen *Sugar&Spice* (in kreischendem Pink) und *Country Gentleman* fällt schwer. Wegen des King-Size-Betts reserviere ich doch *What's left?*, das zur Situation passt und nur 145 Dollar kostet.
Leider versteht der Boy meinen Ausflug zum Herrenklo falsch, wo ich den Wasserfall bewundern wollte, den sie laut Reiseführer statt einer Spülung angebracht haben. Beim Bezahlen fallen dem Jungen die mandelförmigen Augen aus dem Kopf, so ausdauernd starrt er mir zwischen die Beine. Immerhin bringt er es fertig, mir den Weg zur *Mission San Luis Obispo de Tolosa* hinreichend zu erklären, wo Marjams Kollegin arbeitet.
Pfeifend steige ich in den Nissan und erreiche bald den Kern des Städtchens, bestehend aus künstlich gealterten, romantischen Dorfstraßen. Den Wagen parke ich an einem Einkaufscenter, weil ich in der Hitze zu Fuß zur Mission pilgern will, wegen des Büßergefühls, das ich benötige. Entlang spanischer Architektur plätschert ein Flüsschen, wo sich gesittete, hosenlose Demokratenkinder tummeln. Als ich den Innenhof der Mission betrete, ist es fast sechs, und es riecht nach Rauch, Fett und Spareribs. Hinter den geweißelten Mauern geht gerade die Sonne unter.
Keine Menschenseele ist zu sehen.
Das Zwielicht verlängert sich bis in die Kühle der Kapelle.
Feierlichkeit drückt auf meine Brust wie ein Eistuch.
Früher war diese Mission ein Gefängnis.

Man kann sich in Menschen täuschen, natürlich.
Aber ausgerechnet eine Putzfrau?
Ihr Gesicht ist hinter mürrischer Abwehr kaum auszumachen.
Ein bloßfüßiger Museumswärter, der mir hinter Säulen auflauert, deutet mit dem Daumen ins Dunkel, als ich nach Aleena frage. Zunächst sehe ich nur ihren Hintern, der sich in einer der Mönchszellen rhythmisch bewegt, dann einen Berg von Lappen und Eimern.
Dünkel war immer schon eine meiner herausragenden Eigenschaften.
Die Putzfrau schaut kaum auf, als ich sie anspreche, aber als sie ihr Säuberungsinstrumentarium auf die Altarstufen gehievt hat, trifft mich ein schwermütiger Blick. Auch das noch, sie hat beinah gelbe Augen, eindeutig eine der Chumash-Indianerinnen, die der spanisch Missionsvater Junipero Serra mit dem christlichen Glauben beglückt hat. Meines Wissens waren seine Werkzeuge Fußketten, Wasserentzug und dunkle Kellerlöcher. Bleibt zu hoffen, dass Aleena, das Medium, davon nie gehört hat. Es würde mir nicht gefallen, wenn sie vorhätte, sich an den überlebenden Bewohnern der alten Welt zu rächen.

Vor dem Spiegel, der den Tisch zu einem ovalen See macht, zündet sich Aleena eine Zigarette an. Unter ihren Augen zeichnen sich tiefbraune Schatten ab, die von Unzufriedenheit und zu wenig Sauerstoff kommen. Zweifellos ist die weiße Spur, die sie mit einem Plastikkärtchen in der glitzernden Leere zieht, Kokain.
Offensichtlich benutzt sie es als Mittel gegen Armut.
Wenngleich die Wohnung hinter der Mission unmöbliert ist, platzt sie aus allen Nähten, die besondere Dichte von Verdrossenheit liegt in der Luft. Aus der Luke hinter Alee-

nas Rücken fällt letztes Tageslicht. Obwohl sie sich beharrlich am Bein kratzt, wirkt die Putzfrau hochkonzentriert, während sie der weißen Straße eine zweite hinzugesellt, bis ein Kreuz entsteht.
Soweit ich weiß, hilft Koka tatsächlich gegen Hunger und Durst, aber nur, wenn man zufällig in einem Kupferbergwerk in den Anden schuftet. Aleena ist jedoch eher wohlgenährt, Fett quillt ihr aus der bestickten Hose, nur ihre Hände haben überraschend schlanke Finger, die wie Staubwedel über den Spiegel streichen. Misstrauisch beobachte ich ihre Bewegungen.
»Take it!«, sagt sie und hält mir einen Strohhalm hin, dessen Spitze direkt auf die Vertikale des Kreuzes zielt. Eine Hand legt sich heiß auf meinem Unterarm. »Where do you want to go?«
Die Kälte in meinem Kopf ist die logische Antwort auf ihre glühende Haut. Auf einmal ist es kein Wagnis mehr, ihre Anweisungen genauestens zu befolgen.

Aus meiner Nase tropft Blut.
Es perlt an der Oberfläche des Spiegels ab, und hinter mir höre ich Aleena singen. Der Absteigengeruch ihrer Zigarette tut ein Übriges.
In null Komma nichts bin ich todkrank.
Als ich mich erinnere, irgendwo gelesen zu haben, dass man Koks nie aus scharfkantigen Röhrchen schnupfen soll, betrachte ich den Strohhalm, der durchaus ein scharfkantiges Röhrchen zu sein scheint. Wahrscheinlich ist Aleena alles andere als eine Expertin. Während mir mein Spiegelbild auf dem Tisch entgegenwächst, die Augen riesig wie Gullys, entsinne ich mich, dass Marjam am Telefon behauptete, sie würde *anders* channeln. Das kann man wohl sagen.

Dass ich mich selbst beim Denken beobachten kann, amüsiert mich erst, bis sich schräg vor mir die Koksexpertin ihrer Patchworkhose entledigt und ihre Silhouette sich erschreckend verzerrt. Während sie sich in einen Wickelrock wirft, kann ich die Wucht der Bewegungen bis in die Magengrube spüren. Dann entzündet sie einen der siebenarmigen Leuchter, die neuerdings in Schöner-Wohnen-Läden verramscht werden, und Angst schießt mir vom Steißbein zum Kopf. Das Blut, das immer noch aus meiner Nase rinnt, ist dunkler geworden.
Mit dem Leuchter nähert sich Aleena, vielleicht will sie das Haus anstecken.
Nein, sie will nur etwas fragen.
»Tell me the name!«, befiehlt sie und zeigt auf den Leuchter.
»Menorah!«, sage ich brav und zucke zurück.
Keine Ahnung, woher das Wort kommt.
»Read it!«, fordert Aleena und zeigt auf die Schrift am Fuß des Leuchters. *Nicht durch Macht*, steht da, *nicht durch Kraft, allein durch meinen Geist.* Deutsch. »And now«, sagt sie, »tell me the name of the sun!«
»Schemesh.«
»And the name of the light …?«
»Ohr.«
»And at last: What do you have to do if you pass through a door with a Mezuzah?«
»You touch the Mezuzah and kiss the fingers that touched it.«
»And what does it mean?«
»Expressing respect for God and his Mitzvot.«
Nicht zu fassen. Ich rede in Zungen.

Während das Zimmer immer farbiger wird, höre ich Erika, wie sie aus mir spricht, kanonische Sätze. Es scheint mir nicht mehr befremdlich, dass sie mit meiner Stimme vorgetragen werden. Offenbar rede ich sehr laut, wenn ich den Geräuschpegel richtig interpretiere.

Auf der schmutzigen kleinen Kochplatte erhitzt Aleena Wasser, nickt immer wieder, als sei sie sehr zufrieden. Da sie Kette raucht, wirkt es von hinten, als würde sie verdampfen. Ich bin mir selbst überlassen und sehe der Frau an Aleenas Küchentisch beim Denken zu, wie sie Jesse visualisiert, den Kopf weit zurückgelegt. Helles, zu feines Haar im Licht der Menora, verstörte Blicke, die Haltung niederschmetternd beunruhigt.

Durch ihre Augen kann ich Bloemfeld erkennen, der nah bei ihr steht, aber dann blendet jemand das Licht auf, und er verschwindet. Plötzlich habe ich furchtbaren Durst. Aleena stellt ein Gefäß auf den Spiegel, der zu brodeln beginnt, kann es sein, dass Qualm Augen hat? Direkt unter meiner Angst sitzt Panik, dann aber wechseln sie die Position, und in meinem Magen birst ein altes Gefühl.

»Take it!«, sagt Aleena wieder.

Eine dritte, eine vierte Straße tauchen auf dem Spiegel auf, wieder blutet meine Nase. Eine fast religiöse Helligkeit schießt in den Raum.

Unglaublich, denke ich, als ich schnupfe. Das ist kein Kokain.

Der ganze Strand bewegt sich.

Selbst nachdem ich mich zum zweiten Mal übergeben habe, ist mir noch übel. Weit hinter dem Meer glänzt ein dünner Saum aus Licht, nicht viel, aber es genügt, um zu erkennen, dass der Sand wellenartig auf und ab schwingt. Deshalb nehme ich sonst keine Drogen.

Damit genau das nicht passiert. Eine weitere Welle von Übelkeit überrollt mich, und nachdem ich fertig bin, wird der bittere Geschmack im Rachen unerträglich. Ich liege ganz flach und bemühe mich, nicht mehr als nötig zu atmen. Nach einer Weile lege ich die Füße auf einen erhöhten Felsblock, damit sich mein Kopf wieder mit Blut füllt. Bei nächster Gelegenheit muss ich einen neuen Klingelton auf meinem Handy programmieren, die Anfangsmelodie von *Bezaubernde Jeannie* klingt wirklich lächerlich. Zugleich mit Scham habe ich eine Aufwallung von Hitze, die mir Schweiß auf die Stirn treibt.

Es dauert Stunden, bis ich das Telefon in der Seitentasche gefunden habe. Längst hat der Anrufer aufgegeben. Schade, gegen eine kleine Abwechslung wäre nichts einzuwenden gewesen. Ärgerlich stelle ich fest, dass ich zu frieren beginne und dann auch noch zu weinen. Fräulein Aleenas Koks übt eine ausführliche Wirkung auf meine Nerven aus, bei jedem neuen Windstoß spüre ich nun das leuchtende Knotengeflecht, das in meinem Körper pulsiert. Als ich den Strand halb aufgerichtet nach einer lebenden Seele absuche, wird der Schwindel heftig. Erneut meldet sich Jeannie. Zarte Töne wehen über den Sand. Warum kann ich nicht Barbara Eden sein und in einer gemütlichen Flasche wohnen? Ich greife nach dem Telefon.

Es ist Major Nelson. Natürlich.

»Was war es?«, fragt Bloemfeld.
»Koks!«, sage ich trotzig wie eine, die ihr Leben lang mit Lines und Rocks und Speedballs befasst gewesen ist.
»Das erklärt einiges«, sagt er trocken.
»Quatsch! Natürlich klingt es unglaubhaft, Bloemfeld, aber ich habe zum ersten Mal ...«
»Na dann ...«, fällt er mir ins Wort.
»Außerdem war es sozusagen – ritueller Koks.«
Wie es sich gehört, hat er mir seine Lederjacke über die

Schultern gelegt, und ausnahmsweise bin ich ihm beinah dankbar. Stunden hat er gebraucht, und diesen langen Weg muss ich ausbaden.
»Spar dir deine Show«, sagt er entnervt. »Ich kann es wirklich nicht mehr hören, Afra.«
»Es ist aber wahr«, verteidige ich mich. »Sehen Sie …«
»Und hör endlich auf, Sie zu sagen!«
»Dann vermeiden wir eben fortan die Ansprache!«
Er atmet tief aus, tief genug jedenfalls, um mich merken zu lassen, dass er sauer ist. Der Horizont hat das allerletzte Licht geschluckt, und wenn ich mich nicht täusche, wird Bloemfeld gleich schweres Gerät aus der Tasche ziehen. Ein Taschenlampen- und Schneidbrenner-Typ, sobald er beschlossen hat, dass nun Freizeit anbricht. Aber er ist müde, das merke ich den langsamen Bewegungen seiner Hände an, als er einen großen Seesack aus Leinen aufschnürt.
»Wie geht's Jesse?«, frage ich, nur um etwas zu sagen, was ihn besänftigt.
»Ach du lieber Gott«, sagt er, packt ein paar Einzelteile aus, die sich zusammengebaut als Petroleumlampe entpuppen, und füllt dann geschickt eine scharf riechende Flüssigkeit ein.
Das bläuliche Flackern der Flamme erinnert mich an etwas.
»Wie heißen eigentlich diese jüdischen Leuchter?«, frage ich.
Bloemfelds Blick knallt mir mitten ins Gesicht, Brandeisen, fehlt nur noch, dass es zischt. Während er ein Stück Käse, eine Anderthalb-Liter-Flasche Evian, Schlafsäcke und die chinesische Thermoskanne vor mir aufreiht, seufzt er.
»Menora!«
»Und was ist eine Mezuzah?«
»Eine Rolle, die an jüdischen Türpfosten angebracht wird. Immer schräg, weil die Rabbis sich nie auf die Richtung ei-

nigen konnten. Wenn man vorbeigeht, berührt man sie und küsst dann die Finger.«
»Aha«, sage ich lahm, denn mir wird schon wieder übel.
»Was soll das, Afra?«
»Ist Koks eine jüdische Erfindung?«, frage ich.
Vom Strand höre ich heulende Schreie. Hoffentlich keine Pumas, die soll es nämlich hierzulande geben, allerdings kaum anzunehmen, dass sie gern baden. Auch Bloemfeld hebt den Kopf und lauscht in die Dunkelheit, bevor er den Verschluss der Thermoskanne zudreht. Kein Déjà-vu, nur eine Erinnerung. Ich frage mich, wie es so weit mit uns kommen konnte.
»Freud hat mit Koks experimentiert«, sagt er, »weil er wissen wollte, ob es lokal betäubend wirkt. Also hat er erst ein Froschauge genommen, dann ein Menschenauge und daran ausprobiert...« Als ich mich umdrehe und würge, hält er meinen Kopf.
»Dieser Koks«, sage ich stöhnend, »war jedenfalls jüdischer Koks, anders ist es nicht zu erklären. Plötzlich kannte ich jede Menge... Was ist mit diesen ganzen jüdischen Begriffen? Ich meine, ich habe doch nie...«
Wieder schüttelt es mich, darum halte ich den Atem an.
»Nicht sterben«, sagt er, »atmen! Dann hört es auf.«
»Ich meine«, murmele ich, »woher kommt so was? Sie stellt mir diese Fragen, ich beantworte sie, offenbar hebräisch. Was war das? Das kollektive jüdische Unbewusste? Man spricht doch nicht plötzlich eine andere Sprache, oder? Haben Sie davon mal gehört?« Als ich erneut würge, fühlt Bloemfeld mir den Puls und lässt die Hand dann an meinem Handgelenk liegen.
»Herzlichen Dank«, sage ich höflich, »übrigens. Fürs Kommen!«
Wenn ich nicht bald den Mund halte, rede ich mich um Kopf

und Kragen, aber Bloemfeld hört gar nicht mehr zu, sondern beginnt mich in einem der Schlafsäcke zu verstauen. Polarschlafsäcke, vermutlich noch aus seiner Zeit als Asmussen. Ich bin müde und überdreht, aber gegen ein kleines Gespräch hätte ich durchaus nichts einzuwenden. Er jedoch ist weit weg.
Darum werde ich mich hüten, ihn anzusprechen.

Genauso unruhig wie ich einschlafe, träume ich.
Als ich erwache, geht gerade die Sonne auf, und Bloemfeld liegt eingerollt im zweiten Mumienschlafsack, drei Meter entfernt.
Im Violett des Himmels spiegelt sich das Kobalt des Wassers.
Die Petroleumlampe neben meinem Kopf flackert noch schwach. Probehalber stelle ich den Blick scharf und mustere den Strand, bevor ich entsetzt feststelle, dass er sich immer noch bewegt. Also kann es nicht an dem Kokain gelegen haben. Die Wellen bestehen nämlich überhaupt nicht aus dunklem Sand.
Dort unten liegen Heere von Seehunden.
Für sie und mich bricht soeben ein neuer Tag an.

Auf der Rückfahrt teile ich ihm mit, dass ich prozessieren werde.
Nicht Harrer, sondern ich. Wir haben den Nissan stehen lassen.
»Na dann, viel Vergnügen«, sagt er. »Linda ist eine Hyäne!«
»Es gibt ja auch noch einen Vater«, sage ich versuchsweise.
»Bitte?«
»Reden *Sie* mit ihr!«
Der Laut, den er macht, ähnelt nur ganz entfernt einem Lachen. Bloemfeld mustert mich lange, bis ich befürchte, dass

wir schnurstracks über die Begrenzungsmauer in den Tod sausen. Jemand muss ihm erzählt haben, dass man Hypnose auch im Privatleben praktizieren kann, aber als ich nicht reagiere, wendet er sich doch der Fahrbahn zu.
»Ich würde dir raten, einen guten Anwalt zu besorgen, Afra. Dein hanseatischer Sonnyboy, dieser Harrer, mag ja als Interimsgespiele funktionieren, aber für unsere Gerichte ist er absolut untauglich. Jesse ist ein amerikanischer Junge, vergiss das nicht. Sie werden es zu ihrer Lebensaufgabe machen, ihm eine anständige, amerikanische Erziehung zu gewährleisten. Das Problem dieses Landes ist nämlich, dass es Privatsachen gern zur nationalen Frage stilisiert.«
Weil ich nicht antworte, zieht er die Brauen hoch. »Manchmal glaube ich, du bist wirklich so naiv. Du weißt gar nicht, mit wem du dich anlegst. Sie werden dich über die Wäscheleine hängen, bis du darum bettelst, Jesse in Santa Monica lassen zu dürfen.«
»Auf der Ebene«, sage ich, »unterhalte ich mich schon mal gar nicht!«
»Hoffentlich«, sagt er freundlich, »hast du dann wenigstens deine ehemaligen Liebhaber ausreichend abgefunden. Nehmen wir mal an, dass dein Enrico seine Klappe nicht hält. Was glaubst du, was ein Gericht in Los Angeles dazu sagt, dass dieses saubere amerikanische, irischstämmige Kind dazu gezwungen wurde, nachts die Anwesenheit eines Pizzakellners zu ertragen?«
Mir wird heiß bis in die Haarwurzeln. »Moment...«
»Nichts Moment. Was ist mit Paul Barths iranischen Marodeursverwandten? Eurer Trennung? Mit deinem Verschleiß an zahllosen Malern und PR-Hilfssheriffs? Was mit dem Bildzeitungsschreiber? Du magst ihn hübsch gefunden haben, aber ich nehme nicht an, dass der Richter dir darin beipflichtet, dass er ein guter Ersatzvater war.«

»Iranische Marodeursverwandten?«, wiederhole ich, immer noch fassungslos.
Natürlich, Pauls Vater hat Khomeini gekannt, aber alle Perser kannten Khomeini. Deshalb hat er noch lange nicht den Tschador erfunden. Beim Schalten schüttelt Bloemfeld heftiger den Kopf. »Man kann jede Geschichte auf die eine oder andere Art lesen, aber hierzulande neigt man der anderen Art zu.«
»Augenblick«, sage ich, als ich begreife, was er redet. »Lass mich kurz nachdenken. Was weißt du über Enrico? Oder über Dario?«
»So viel wie Lindas Anwalt«, sagt Bloemfeld ohne eine Spur von Ironie. »So viel wie du. Linda hält mich auf dem Laufenden, ihre Schergen haben fabelhaft gearbeitet. Und sie hat nicht nur ein fotografisches Gedächtnis, sie versucht auch mit Gewalt, ein besseres Leben aus der Realität zu meißeln. Fast rührend«, am Lenkrad werden seine Knöchel weiß, »Linda träumt noch immer von ihrem Triptychon. Vater, Sohn und Heiliger Geist. Je abweisender ich bin, umso fanatischer wird sie. Ihr Sohn und ich sind für sie keine Menschen mehr, sondern eine Opfergabe an den Professor. Und nun, Afra, rechne dir aus, was sie mit dir anstellen wird.«

In der Bucht von Malibu hängt Morgennebel über Surfbrettern, die wie bunte, gestrandete Wale im Sand liegen.
»Was hat Sex damit zu tun?«, sage ich.
»Sex ist nicht das Problem«, sagt Bloemfeld, »nur die Rolle, die Sex hier spielt. Und damit wirst du zum Problem.« Dann faucht er mich an: »Nimm gefälligst die Finger von der Handbremse! Ob es dir passt oder nicht, Afra, das hier *ist* kein Film. Selbst ihr Regisseur wusste, dass Sharon Stone nur eine Idee war. Absolut unrealistisch. Was glaubst du,

passiert, wenn sie merken, dass du keine Unterwäsche trägst?«
Nur ein paar Kilometer entfernt von Hollywood ziehe ich die Handbremse, eine Folge der allgemein cineastischen Atmosphäre. Als er unbeeindruckt Gas gibt, kann ich die Tränen kaum zurückhalten.
»Ich habe kein Taschentuch«, sagt er eisig, »und selbst, wenn ich eins hätte, Taschentücher ändern nichts.«
»Idiot!«, sage ich. Nicht sehr originell, aber es trifft die Sache.

Kein Problem, ich werde einfach die Tür öffnen und springen.
Als ich Jesse erwartete, kündigte ich nach sieben Stunden im Kreißsaal an, ich würde gehen. »Wohin?«, sagte die Nonne verständnislos. »Ihr Kind muss überall raus!« Ausweglosigkeit erwischt einen so überraschend, weil man sie bis zu einem gewissen Alter nicht für möglich hält.
»Auch nur eine Geschichte«, kommentiert Bloemfeld. »Afra, du lebst weder in Deutschland noch hier, du bist vermutlich längst tot. Du *hast* Jesse nicht erwartet! Linda hat ihn erwartet! Du hast ihn auch nicht *geboren*. Du hast ein anderes Kind geboren! Und wenn du so weitermachst, ist Jesse für dich bald genauso tot.« Es liegt nicht am Nebel, dass sein Gesicht kreidebleich ist wie meins.

Redford durfte in Hollywood nie Freud spielen.
Er hätte die Psychologie nur zum Synonym für Sex gemacht, und außerdem gab es Freud-Redford schon. In einem Zimmer mit Balkendecke sitzt er sehr lebendig vor Linda und mir, der berüchtigte Denne, der mich gerade bittet, ihn auch so zu nennen. Redford ist gegen ihn ein ungewaschener Penner.

Draußen schnitzt sein Sohn mit Jesse einen Holzstorch, der auf das Fachwerkdach gehievt werden soll. Im Ynes-Valley sind künstliche Störche auf Dächern offenbar ein Muss, besonders hier, in Solvang, der dänischen Hauptstadt Kaliforniens. Schon Wendt hat Preisreden auf das Dorf gehalten, außer Afrika der einzige Ort, der jemals sein Herz erreicht hat, und auch Linda sparte nicht mit dramatischen Gesten, während wir zwischen mikroskopisch kleinen Häuschen umherfuhren.

Die übersensiblen Hände von Jesses Psychologen durchschneiden die Luft, aber ich wage kaum hinzusehen, weil Denne jeden meiner Blicke auswerten wird. Wer weiß, was ein guter Anwalt dann aus seiner Aussage vor Gericht macht. Bloemfelds Stachel sitzt tiefer als vielleicht beabsichtigt.

Über meiner Stirn summt eine der Fliegen, die hier von Innenarchitekten ausgesetzt werden, um das Idyll zu komplettieren.

»Er nennt sich jetzt Achmed«, sagt Linda und streicht fast zärtlich über ihre nackten Arme. Sie sollte sich endlich einen Liebhaber zulegen, wenn sie Denne nicht unangenehm auffallen will.

»Ich weiß«, sagt er ausdruckslos. Auf seiner Wikingernase verrutschen Sommersprossen und verraten eine unerwünschte Emotion. Dennes hellgraue Pupillen werden von einem fast schwarzen Ring begrenzt, ohne den sie vermutlich in einen eindringen würden.

»Ich denke da beispielsweise – an eine Familienaufstellung«, sagt er zu leise, damit ihm auch jeder zuhört. Auch das noch, er kennt Hellinger, den Neuzeitgott, bei dem Wildfremde stellvertretend für die Delinquenten und ihre Sippe Gefühle fühlen müssen.

»Was soll das denn bringen?«, frage ich angriffslustig.

Mit dem Bleistift beklopft Denne das Mahagoni eines Sied-

lerschreibtischs. »Was befürchten Sie?« Die ungerührte Gegenfrage verunsichert mich. Natürlich, meine Kampfposition schadet eher, als dass sie nützt.
Was ich ab jetzt auch sage, ich stehe mit dem Rücken zur Wand. Denne wird mich auf keinen Fall einfach so entlassen.
»Jesse ist nur durcheinander, nicht geschädigt«, sage ich. »Ich halte das für eine recht normale Reaktion.«
Als er die Arme hinterm Kopf verschränkt, überkreuze ich die Hände im Schoß. Um die Schultern trägt Denne etwas wie eine Toga. Obwohl Linda unser Schweigen unangenehm wird und ihre Fingernägel bereits Spuren auf der Sessellehne hinterlassen, gebe ich nicht nach. Die Fliege ploppt gegen geweißelte Wände, und in Lindas Augen leuchtet Faszination. Wieder sendet Dennes handgeschnitzter Bleistift Morsezeichen.
»Gut«, sagt er, »ich werde Ihnen erklären, was ich sehe, Mrs Barth. Ich sehe drei Menschen, die absolut«, das betont er, »verbissen sind in ihre kaum lösbare Geschichte. Zwei davon verhältnismäßig Erwachsene, die ihre Vergangenheit in die Gegenwart hineintragen. Darüber hinaus sehe ich, dass Sie«, der Bleistift zielt auf meine Brust, »zurzeit unter agitierten Stimmungsschwankungen leiden. Und zuletzt sehe ich natürlich meinen Klienten, Jesse, der mittragen muss, was Sie und Linda ihm da zumuten. Unter anderem Depressionen und Aggression. Ich sehe, dass es für ihn Zeit wäre, Ihnen diesen Stein zurückzugeben. Eins unserer wirksamsten Instrumente ist da die Familienaufstellung.«
Draußen höre ich plötzlich die Stimme seines jungen Klienten, die mir beinah das Herz bricht. Auf keinen Fall stimme ich einer Familienaufstellung zu, auch wenn ich in dieser Arena kein Mitspracherecht habe.
»Nein!«, sage ich also. Angesichts dieser verzwickten Situa-

tion wirkt Jesses Mutter in ihrem munteren Oilily-Kleid noch durchsichtiger als sonst, ihr Griff an mein Handgelenk besagt, dass ich mich mäßigen muss. Nachdem Denne aufmerksam ihren Hals gemustert hat, fällt er wieder in eine therapeutische Position zurück.
Plötzlich ist um ihn eine Aura wie Knetgummi.
»Dann einigen wir uns also auf eine Aufstellung?« Linda kneift zu, bis ich nicke. »Im Übrigen würde ich Sie gern nächste Woche in meinem Büro in Santa Monica sehen, Afra.« Afra – so weit sind wir schon. Eilig überfliege ich den Terminkalender, den ich offiziell auf meinen Knien ausgebreitet habe.
»Wir werden uns etwa zwei Stunden Zeit füreinander nehmen, denn ich möchte Ihnen einige Fragen stellen.«
»Dito!«, sage ich kühl, den Blick unverwandt auf den Kalender gerichtet. Linda kneift mich ein zweites Mal.
Aber so leicht bin ich nun auch nicht zu haben.

Wo immer ich bin, tickt eine übergroße Uhr.
Etwas drängt mich, so schnell wie möglich nach Hause zu fahren, aber es ist unmöglich. Nicht nach meinen Versprechen, von dem Termin mit Denne ganz zu schweigen. Obwohl Jesse sich an meinen Besucherstatus gewöhnt, wird er in den letzten Tagen schweigsam. Manchmal sehe ich sein rotes Haar wie einen fremdartigen Farbpunkt zwischen Bambussträuchern, manchmal weint er auch, wenn ich ihn abends zu Bett bringen darf. Lindas Miene erstarrt dann jedes Mal in diesem Ausdruck von Sorglosigkeit, den Menschen auflegen, die sich am Rande der Panik befinden.
Auch ich erstarre, indem ich lauthals Schlager singe. Unter Yus *Waaa-haaa*-Schreien, die wie Blitze durch die Marmorflure zucken, nenne ich ihn Achmed, bis er einschläft. Er wollte seinen Geburtstag nicht feiern. Wir haben es trotz-

dem getan. Während die anderen Jungen im Pool saßen, hockte Jesse in seinem Zimmer. Abends hörte ich mir Lindas Hurt-Geschichten an, die immer von einem Eisheiligen handeln, einem männlichen Pin-up.
Kein Fehler, den sie nicht entschuldigt, nur leider kann ich diesen Mann nicht mit Louis Bloemfeld zusammenbringen, der zwischen Lunch und Tea aufkreuzt, um mit Jesse auf der meterdicken Tischplatte Literatur über *Alayeska* zu wälzen. Der ursprüngliche Name Alaskas, für das der kleine Achmed sich neuerdings interessiert. Es bedeutet: *Land, an dem die Wellen sich brechen.* Nur Deutschland bedeutet nichts, kein Wunder, dass Jesses Faszination sich auf andere Welten richtet.

Als wir übermüdet aus Solvang zurückkommen, steht Bloemfeld mit *Mukluks* auf der Matte, Eskimoschuhen aus Karibuhaar, sowie einem Ulumesser für Jesse. Den hässlichen Dolch mit Jadegriff entferne ich sofort, ich weiß nicht, was man im knochentrockenen Santa Monica damit anfangen sollte. Alaska ist auch kein Ersatz für fehlende eigene Kultur.
Überhaupt geht mir der Mangel an Vergangenheit hier langsam auf die Nerven. Entweder erschleichen sich die Kalifornier eine Geschichte, indem sie über den Umweg übertriebenen Umweltschutzes die Natur hochleben lassen, oder sie setzen sich, mit indianischen Türkisen behängt, in Selbsterfahrungsgruppen fest. Das ist das eine Problem. Das andere ist spezifischer. Als Jesse zum Strand läuft, stehen Bloemfeld und ich uns gegenüber wie Säulenheilige. Sein Gesicht wird transparent, als ich die Stille mit Gerede fülle und mich über Denne auslasse. Vielleicht löst er sich demnächst ganz auf. Meine Bemerkungen gehen ihm offensichtlich über die Hutschnur.

Am Dienstag nach Pfingsten liege ich Stunden im Sand und lasse mir von der Sonne kalifornische Brandzeichen aufstempeln. Wie wäre es mit einem malignen Melanom? Masochismus könnte eine Lösung sein.
Als vom Meer her irritierende Nebelwände aufsteigen und die Luft sich abkühlt, pilgern die ersten Surfer mit Beerdigungsgesichtern zum Strandcafé. Auch ich rolle mein Hotelhandtuch zusammen und wandere zurück zum Wagen. Nachdem ich die Tür gegen die ersten Böen aufgestemmt habe, muss ich das Unwetter abwarten und beobachte Schleier von Sand, die über der Stoßstange aufpeitschen. Innerhalb von Minuten wird der Strand zur Marsoberfläche.
Die Scheiben beschlagen, und ich zähle an den Fingern Möglichkeiten ab, mit denen sich der angefangene Tag beenden lässt. Es ist mir nicht neu, dass ich lieber in die Breite als in die Tiefe lebe, aber die Vehemenz, mit der sich etwas in mir weigert, an Jesses Alltag teilzunehmen, erschreckt mich. Diesen Alltag will ich gar nicht erst ausführlicher kennen lernen. Ich glaube nicht, dass ich herzlos bin, nur eine Scheinkämpferin. Widerstand nicht gewohnt. Aber man könnte auch sagen schwach.

»Bitte!«, sagt er formell wie ein Bestattungsunternehmer.
In meinen Augen brennt noch Sonnencreme, und aus den Haaren rieselt Sand auf Bloemfelds Schwelle. Der Marathonlauf vier Treppen hoch hat mich geschafft. Unten im Flur steht eine geschnitzte Statue der Jungfrau von Guadeloupe. Jemand hat ihr Gesicht pink besprüht und eins der gläsernen Augen herausgebrochen. Natürlich bete ich kurz, dass Bloemfeld mir ein Handtuch anbietet, dass sich der Waschlappenzauber wiederholt, dass er Voodoo praktiziert, dass er großzügig ist.

Aber er steht nur wie der Mount Everest in der Tür, verdeckt jeden Blick auf die Düsternis dahinter und wirkt nicht entzückt. Seine Wohnung, von der ich erst vor anderthalb Stunden erfahren habe, liegt in der Avenida Cesar Chavez, mitten in East Los Angeles, einem Viertel, das mich an Kambodscha oder Neu-Delhi erinnert. Um durch knöchelhohen Abfall im Vorgarten zu waten, brauchte es mehr Energie, als ich nach dem Spurt aus dem Wagen erübrigen konnte. Weil ich mich aber einem Graffiti-Entfernungskommando angeschlossen habe, riefen mir die herumlungernden Gestalten nur ein paar Obszönitäten nach. Statt Frisuren bevorzugen sie Glatzen für die dicken Basketbälle, die Köpfe sind.
»Schöne Gegend«, sage ich anstelle einer Begrüßung, und warte, bis Bloemfeld einen Schritt zur Seite macht, um mich einzulassen.
»Vermutlich ist dir das entgangen«, sagt er, als er mich durch den sauberen, gelb gestrichenen Flur lotst, »aber Los Angeles ist voll von Leuten, die nicht wissen, wo man am Wochenende noch schnell günstig ein paar Zentner Jura-Marmor einkauft. In der Skid Row leben 15 000 Obdachlose.«
»Skid Row?« Schon mit dem Schreibtisch, einer Kommandozentrale, ist der winzige Raum, den wir betreten, überfüllt. Computer, Faxgerät, zwei Telefone. Allerdings stapeln sich an den Wänden auch noch deckenhoch Bücher. »Die alte Wanderarbeitergegend. Rund um die Hafenanlagen und Eisenbahnschienen.«
Über seinem Schreibtisch hängt ein schwarz-weißes Bild, auf eine dünne Sperrholzplatte gezogen. Ein stilisierter Dirigent, darunter eine handschriftliche Zeile. Deutsch. *Kommt ein Vogel geflogen.* Vor dem Schiebefenster leuchtet eine orangefarbene Ranunkel wie eine verkleinerte Sonne. Bevor er den zweiten Stuhl frei räumt, lasse ich mich auf die

Schreibtischkante sinken. Louis Bloemfeld, im grauen Sportshirt, das über den Schultern Falten wirft, reibt sich die Arme, ein Küchenradio spielt Preisners *Requiem For My Friend*.

Keinen Gedanken habe ich daran verschwendet, wie und wo er lebt, wenn er in Los Angeles ist. Mit kalten Fingern knete ich meine Knie. Bloemfeld scheint sich hier zu Hause zu fühlen, in der Heimat der paar Millionen Chicanos, die den Bürgersteig vor seinem Haus bevölkern, der fettigen Aura von frittierten Tortillas, wo man Kaugummi kaut, Gummitwist spielt, onaniert und Autos knackt, bis einem ein Missionspriester mit Bußgeldforderungen auf die Pelle rückt.

»Was soll das nun wieder?«, sage ich scharf.

Während ich Kartoffeln in die Soße tunke, schält er Mangos.

Er beherrscht die Spiraltaktik. Den Küchentisch bedeckt ein gewürfeltes Wachstuch, das ich nervös betaste.

»Wo parkt man denn hier sein Auto?«, sage ich, falls er doch noch auf die Idee kommt, mich rauszuwerfen.

»In Santa Monica«, sagt er unkonzentriert, während das Eskimomesser sich sanft um das Fruchtfleisch herumbewegt.

»Also gut«, sage ich, »was ist das? Die Wohnung hier, diese«, ich stocke, weil mir das richtige Wort nicht einfällt, »*Einrichtung?*« Seelenruhig bearbeitet er die Mango. »Wie in den Siebzigern«, sage ich verunsichert. »Vielleicht etwas wie geistige Gymnastik? Gegen schlechtes Gewissen?«

»Du liebe Güte«, sagt er und lässt das Ulu sinken, »ich habe diese Wohnung seit vier Jahren, Afra, und zwar, weil ich gern hier unten lebe. Als ich studierte, habe ich an der Second Street Bridge viel fotografiert. Zehn Monate im Jahr

führt der Kanal kein Wasser, eine großartige Gegend, falls man vom Meer genug hat.«
Vielleicht habe ich Louis Bloemfeld unterschätzt. Könnte sein, dass er unten am Hafen einen Kurierdienst für ehemalige Drogenabhängige besitzt oder sich mit Gemüsehandel über Wasser hält. Vielleicht redet er in Zungen. Vielleicht lügt er. Vielleicht ist alles ganz anders, als ich gedacht habe.

Es wirkt fast wie ein normales Tischgespräch.
Bis wir uns plötzlich in die Augen starren. Beinah eine ganze Minute lang, weiß der Teufel, was dabei passiert. Aber plötzlich zieht Bloemfeld mit einem Ruck das Wachstuch vom Tisch, so dass beide Teller und eine halb volle Flasche Château Lafitte auf dem Boden landen. Ungläubig betrachte ich erst das Chaos zu meinen Füßen, dann sein Gesicht. Aber ich finde darin nur freundliche Anteilnahme.
»So«, sagt er, »und nun zu uns, Afra! Ich nehme an, es fällt dir schwer, sexuelle Attraktion von Sympathie zu unterscheiden. Allerdings habe ich schon sehr früh ein Instrumentarium entwickelt, um genau das zu tun. Selbst wenn ich wollte, könnte ich keinen Schritt mehr zurück. Deshalb sollst du wissen, dass ich das hier nicht will. Es ist natürlich angenehm, es unterfüttert unser beider Selbstbewusstsein. Aber es ist nichts, was weiterführen würde.« Seine Finger liegen flach auf dem nackten Tisch.
»Weder mich«, sagt er, »noch dich. Und am allerwenigsten Jesse.«

»Ich kann wirklich nicht mehr«, sage ich.
Auch dahinter lässt sich nicht zurücktreten.
»Was kannst du nicht mehr?« Das Bambusrollo saust herunter, und er hakt es fest, bis es glatt und leicht vor dem Fens-

ter liegt. Bevor er sich hinsetzt, sollte ich etwas sagen, aber er bleibt stehen, mit dem Rücken zur Nacht. »Ich meine, *dass* du nicht mehr kannst, ist klar. Aber *was* genau kannst du nicht mehr?« Seufzend studiert er meine Haltung, das frisch gewaschene Jungengesicht hart.
»Ich kann nicht mehr schlafen«, sage ich langsam, »ich kann nicht mehr richtig essen, ich kann nicht mehr denken.«
»Falsche Antwort«, sagt Bloemfeld. »Es ist ein Zitat aus einem Film. Was war es? *Das Piano*?« Als ich nicke, schüttelt er den Kopf. »Offenbar möchtest du mich kleinkriegen, Afra. Wie deine anderen Hüpfer, nur damit du später darüber jammern kannst. Strategisch nicht schlecht, aber praktisch kaum machbar.«
»Ich will dich nicht kleinkriegen, ich will...«
»Was?«, sagt er kühl. »Was genau?«
Als ich nicht antworte, starrt er erst mich an, dann die Schweinerei am Boden. »Erklär es mir, Afra. In einfachen Sätzen. Subjekt, Prädikat, Objekt. Ich will diesmal keine Bildergeschichte.« Diese Direktheit verschlägt mir die Sprache, mein Zeigefinger rührt in der rosafarbenen Weinlache herum. »Du willst nochmal mit mir schlafen, Afra? Ist es das? Nur damit du deine Geschichte durch eine andere ersetzen kannst, die weniger misslich klingt?«
»Nein«, sage ich. »Natürlich nicht.«
»Was dann? Brauchst du jemanden, der dich so lang vor den Kopf stößt, bis du dich endlich in Bewegung setzt?«
»Ich möchte vielleicht, dass wir uns nicht ständig missverstehen, dass du siehst, wir haben ein gemeinsames Problem...«
Er steht auf und füllt zwei frische Gläser mit Wasser.
»Wenn das so ist, haben wir tatsächlich ein gemeinsames Problem. Vielleicht weißt du auch gar nicht, was du vielleicht möchtest. Vielleicht ist ja *vielleicht* ein Unwort, weil

es dir alle Möglichkeiten offen hält.« Die Stuhllehne drückt sich in meinen Rücken, dann höre ich ein Feuerzeug klicken, und Bloemfeld kommt mit einer angezündeten Zigarette zurück.
»Hör zu«, sage ich, »ich habe Jesse versprochen, ihn mitzunehmen. Das werde ich nicht einhalten können, und es wird das zigste Versprechen sein, das ich breche. Vielleicht ist das für dich nicht Grund genug, erschöpft zu sein. Aber...«
»Na und?«, sagt er und zieht an der Zigarette, bevor er sie mir reicht. »Soll ich das Problem für dich lösen?«
»Bestimmt nicht!«, sage ich ärgerlich.
»Sieh her«, sagt er und streckt mir seine Handflächen entgegen. »Das habe ich dir schon einmal gezeigt, aber du hast nicht hingeschaut, obwohl du gekonnt hättest.« Glatt, weiß und dünn überziehen die Narben beide Hände. »Unter anderem war das der Grund, warum ich am liebsten mit Frauen wie Barbara geschlafen habe. Damals habe ich schon festgestellt, dass ich eine gute Maschine bin. Ich kann alles. Ich bin Gott. Das bedeutet, dass ich mir entweder Göttinnen suche oder eine demütigere Art zu leben. Göttinnen halten allerdings eine Weile vor, wenn man nur außer Acht lässt, was die Barbaras in der Hinterhand haben. Den Teil von ihnen nämlich, der so bestechlich ist wie man selbst. Man muss fähig sein, den Bildern zu glauben, solange man sie braucht, Afra!«
Im Aschenbecher verglüht die Zigarette, die er nachdenklich betrachtet.
»Wenn ich Sex will, will ich Sex, wenn ich Liebe will, will ich Liebe. Du willst Liebe, wenn du Sex willst, aber du verlangst, dass man deine Ansprüche ausspricht, damit du unschuldig bleibst.«
Jahrelang habe ich solche Aussprachen nicht mehr stattfinden lassen.

»Ein einziges, wahres Wort«, sagt Bloemfeld. »Mehr will ich gar nicht.«
Ich schweige. Er wartet, bis er plötzlich nach meiner Hand greift und mich hochzieht. »In Ordnung«, sagt er. »Wenn du unbedingt den Landlord spielen willst – dann probieren wir es eben mit deiner Lösung.«
Er deutet auf die zweite Tür in seinem Rücken.
»Das da drüben ist übrigens mein Schlafzimmer.«

Ein einfaches Bett, dessen dunkel gemasertes Holz sich von den Laken abhebt, zu klein. Der altmodische Nachttisch auf gedrechselten Beinen. Ein Stapel Bücher auf dem Boden und, ganz oben, auf Höhe des mechanischen Weckers, Schopenhauer als Paperback: *Studies in Pessimism.* Eine CD-Hülle. *Soul Cages.* Sting. Dies wäre für mich ein Verführungsszenario, aber nicht jede Frau ist versessen auf den Reiz des Mönchischen.
»Und?«, sagt er. »Was siehst du? Beschreib es mir.«
Ich bin eine Lupe. Nichts bleibt mir verborgen, am wenigsten der Dreck in den Ecken, weil er einem ängstlichen Menschen wie mir gefährlich werden kann. Wobei hier alles, aber kein Schmutz zu finden ist, nur die zwanghafte Sauberkeit, die Massenmörder zur Beruhigung ihrer aufgepeitschten Triebe brauchen. Bevor Bloemfeld die Bettdecke aufschlägt, liegt seine Hand einen Augenblick auf dem Laken, als würde er die Temperatur prüfen. Dunkle Haut vor dem Weiß, das beinah physische Härte ausstrahlt.
»Wer fängt an? Du oder ich?«, fragt er nüchtern.
Ein Taktiker, noch im Moment, als ich die Bluse aufknöpfe, die *Sleeveless* heißt, was ich mit *sleepless* verwechselt hatte. In ihr sehe ich aus wie eine indianische Taucherin. Zwischen Bloemfeld und mir liegt ein Schatten, den der Pfeil des uralten Bürogebäudes vor dem Fenster wirft.

»Gut, dann bringe ich dir jetzt bei«, sagt er, »wie man das macht. Wie man sie kleinkriegt.« Eine Pause. »Denn das ist ja wohl das Problem!« Ich habe keine Ahnung, wovon er redet. »Du musst«, sagt er, »entscheiden, wer die Kontrolle hat. Außerdem darfst du weder aktiv noch passiv sein. Eine Art Äquatoreffekt.« Wovon spricht er? Bereits knapp unter dem Kragen bleiben meine Hände in der Luft hängen.
»Wovon sprichst du?«
»Von deinen Hüpfern«, sagt er, kommt auf mich zu und nimmt meine Hände. »Davon, wie du dir mehr Vergnügen verschaffst. Du willst guten Sex? Dann behalt im Blick, wie gut er sein soll. Danach musst du jedes Bedürfnis, das du spürst, vergrößern, solange es nur nicht dein eigenes ist.« Seine Hände liegen warm auf meinen Schultern. »Du merkst sehr schnell, woher ihre Wünsche kommen, und auch, wenn sie umschlagen in Wut. Eine Minute davor musst du es bereits begriffen haben und damit arbeiten. Dann sieht es am Schluss«, er wartet, bis er fühlt, dass meine Schultern sich lockern, »wie dein Bedürfnis aus. Obwohl du nur nimmst«, während seine Daumen über meine Schlüsselbeine streichen, mustert er mein Haar, »was sie dir angeboten hatten.« Als er loslässt und mich mit neutralem Ausdruck ansieht, trete ich einen Schritt zurück.
»Und nun?«, sagt er sachlich.

»Ich kannte mal eine Frau«, sage ich, »die darauf bestand, Scheherazade *Scherzerade* zu nennen.«
»Ich kannte mal eine Frau«, sagt er, »die *Scherzerade* war.«
»Ich erwähne es auch nur, weil ich eigentlich nichts über orientalische Liebespraktiken lernen will. Es kommt mir genauso anstrengend vor, wie dauernd *Scherzerade* zu sagen. Für die Zuhörer«, betone ich.
Schallend beginnt Bloemfeld zu lachen. Die Bettdecke knis-

tert, als er sich zurückfallen lässt. »Du verstehst kein Wort, oder? Afra! Die Frage war doch: Soll ich Prinz Eisenherz spielen oder nicht? Ich dachte, das wäre dein Auftrag?« Immer noch grinsend, klopft er neben sich auf das Laken.
»Komm schon«, sagt er. Als ich stehen bleibe, breitet er die Arme aus. »Weißt du, was mich als Kind einmal sehr beeindruckt hat? In irgendeinem Buch warf sich ein Junge in den Schnee und machte dann diese Bewegungen«, seine Arme rudern über das Laken. »Das wurde Schneeadler genannt. Ein anderer Junge sah zu. Das, was mich so faszinierte, war nun nicht etwa die Figur im Schnee, sondern wie beeindruckt der Junge war. Ich kannte das nicht. Natürlich hat mich auch das Wort interessiert. Schneeadler. Gleißendes Licht und Macht. Und alles in diesen gewaltigen deutschen Bergen.« Mit einem Ruck setzt er sich auf. »Nun setz dich auf den Schemel, Afra, sonst ist es ungemütlich.«
»Bitte...«, sage ich.
»Was, *bitte*?«
»Ich weiß, was du willst. Aber ich kann es nicht sagen.«
Sofort ist er wieder konzentriert.
»Kleine Mädchen interessieren mich nicht. Sprich es aus, oder es passiert nichts.« Wie sehr ich ihn will, überrascht mich. Vielleicht steht es auch auf meinem Gesicht, denn unvermittelt kommt er auf mich zu.
»Na endlich«, sagt Bloemfeld.

»Worum geht es?«, frage ich. »Um Sex?«
»Natürlich«, sagt er, »klar. Aber ich fürchte, es geht auch um... alles? Mach dir keine Sorgen! Es ist eigentlich nur das, was wir über Romantik gelernt haben!«
»Ich glaube«, sage ich, »ich würde gern etwas trinken. Damit – ich will einfach eine Entschuldigung haben. Ich bin auch nur ein Mensch.«

»*Ich* glaube«, sagt er, »dass wir uns noch nie geküsst haben? Wie die Existenzialisten, physisches Siezen.«
»Doch«, sage ich, »wir haben uns geküsst. Einmal, nachts. Nur nicht sehr bewusst.« Gleich wird seine Stimmung plötzlich umschlagen und aus Erleichterung etwas werden, was er ist. Das, was ich in ihm spüre.
Das, wovor ich mich die ganze Zeit fürchte.
»Man kann nicht unbewusst küssen, Afra. Das heißt, du schon. Du kannst so vieles unbewusst. Und jetzt sag endlich meinen Namen. Es ist auch nicht schlimmer, als mir in die Augen zu sehen.«
»Nein«, sage ich panisch.
»Was befürchtest du denn? Dass ich dich fresse?«
»Nichts«, sage ich. »Ich bin nur so müde.«
»Pass auf«, sagt er, »dass du mich nicht zum Götzen machst. Mit Götzen geht man nämlich nicht ins Bett.«
Die gasblaue Flamme des Feuerzeugs liebt meine Augen, und umgekehrt wird diese Liebe erwidert. Nur eine kleine Erscheinung im Halbdunkel, in das ein Lämpchen das Zimmer taucht.
»Ich glaube, ich habe ein Problem«, sage ich. »Ich kann nur Vorstellungen lieben.«
»Du *sollst* niemanden lieben«, sagt er. Die Pause danach ist so hohl, dass etwas Beträchtliches folgen muss, um ihr Gewicht auszugleichen.
Er tut mir den Gefallen. »Nur mich«, sagt er.

Diese Attacke ist der beste Trumpf, den Louis Bloemfeld im Ärmel hat.
»Hör auf«, sage ich. Die Behutsamkeit, mit der er sich umwendet, die Zartheit des Porzellan-Aschenbechers, an dessen Grund ein kaum sichtbarer Engel schwebt, ersteigertes Art déco, die Langsamkeit des Blicks.

»Warum musst du eigentlich alle Leute quälen?«
»*Du* quälst dich«, sagt Bloemfeld, als hätte er nicht die Absicht, es weiterzutreiben. »Sieh dich an, Afra. Deine Starre, wie du dich bewegst, deine Angst, wie soll ich denn …« Ein Kopfschütteln beendet den Satz, in dem alles steckt, was an Beleidigungen zu haben ist. Ich sollte endlich meine Sachen packen und gehen.
»Ist es möglich«, sage ich frostig, »dass *deine* erstklassige Bilderwelt viel beschränkter ist, als meine je werden kann? Dass du immer gewinnen musst?«
»Afra«, sagt er, »Borniertheit macht einfach hässlich. Weißt du eigentlich, wie hässlich ich dich fand, als ich dich kennen lernte? Ich habe Barbara gefragt, wie das wohl sein mag – was tut ein so großes Hirn in einem derart kleinen Frauenkörper?«
Ähnlich wie mir muss es den Physikern mit Einstein gegangen sein. Bloemfelds Satz trifft, weil ich ihn erwartet habe, jahrelang, von vielen verschiedenen Männern. Deshalb kommt er auch nicht überraschend. Wortlos sitze ich auf seinem Bett. Ich habe nichts mehr zu sagen. Warum bin ich nicht Barbara, Erika oder Stella Goldschlag?
Warum kann ich nicht einfach tun, statt immer nur zu sein?

Am Ende schlage ich Louis Bloemfeld mitten ins Gesicht. Nicht einmal, sondern sooft ich kann, auf der reinweißen Bühne seiner Wohnung. Meine rechte Hand brennt, und ich nehme die linke dazu, während ich ihm in die Augen sehe. Natürlich bewegt sich das ganze Leben nur auf den entscheidenden Punkt zu, an dem ohne Ausnahme der Abstieg beginnt. Es geht dabei um nichts Bedeutsames, nur um die mangelnde Wiederholbarkeit von Erfahrung.
Hat man die letzte gemacht, ist es einfach aus.
Er taumelt nicht mal, als meine Fäuste ihn treffen, und je

härter ich zuschlage, umso härter wird sein Lächeln. Sein Blick hält meinen fest. Dass ich einmal in meinem Leben die Wichtigkeit eines Moments erkenne, liegt an den ersten vernünftigen Sätzen, die gesprochen werden.
»Damit das passiert, Afra«, sagt Bloemfeld, als ich die Hände sinken lasse, »habe ich dich übrigens nicht rausgeworfen. Danke, dass du mir diesen Gefallen auch noch getan hast!«

»Ich liebe dich«, sage ich.
»Nein«, sagt er. »Du provozierst mich.«
Stundenlang sitzen wir auf seinem schmalen weißen Bett nebeneinander.

Es wird Morgen, der 3. Juni, draußen kreischen Kräne.
»Esther hält mich für eine Katastrophistin.«
»Was bedeutet das?«
»Gott erschafft, und es bleibt wie es ist. Nichts ändert sich. Nie.«
»Ich lese keine Philosophen mehr, Afra. Wusstest du, dass Deutsch die erste Philosophensprache war? Die Schachsprache, die Physiksprache? Es gab Zeiten, in denen man nicht Philosophie studieren konnte, ohne Deutsch zu sprechen.« Angespannt liegen wir da, todmüde, ohne eine Berührung, aber wir reden ziellos, als wären wir betrunken. Die Laken sind sehr kalt.
»Yu«, sagt er, »mit ihrem gebrochenen Überlebensenglisch, sie philosophiert, ohne auch nur einen blassen Schimmer zu haben. Was sagt das über die Welt?«
»Dass die Welt ein Mülleimer ist.«
»Übrigens finde ich«, sagt er, »alles sollte einmal ausgesprochen werden. Wenn Befürchtungen eintreffen, entmachten sie die Angst.«
Also doch eine Entschuldigung. Innerlich muss ich beinah

über sein Pathos lachen. »Man spricht aus, was einen lange stört, und schon stimmt es nicht mehr. Es verliert an Größe. Ich nehme an, dass ich befürchtet hatte, es könnte bei uns beiden anders sein.«
»Frag deine deutschen Pessimisten, wie es funktioniert, Schopenhauer zum Beispiel, Louis.«
»Was?«
»Lou-is!«, sage ich gedehnt.

Ich falle in ihn hinein, im Augenblick, als er mich berührt. Es ist das dritte Mal. Jemand fasst mich ununterbrochen an, nicht er, sondern viele Männer dahinter. Nach so langer Zeit und so vielen Entschuldigungen ist die Wirklichkeit leider nur noch ein Beispiel.
»Siehst du mich?«, sagt er über mir.
Er hält mich genau so fest, wie ich es brauche, ohne dass ich darum bitten muss. Als die Spannung zu groß wird, lehnt er sich zurück, auf die Arme gestützt, und beobachtet mein Gesicht. Das sehe ich nicht, kann es aber spüren, an dem salzigen Geruch, der von ihm ausgeht.
»Würdest du die Augen wieder aufmachen?«
Sein Blick ist ein Mosaik. Als ich ihn bitte, das Licht anzuschalten, klinge ich zwar nicht, wie ich klingen will, aber wenigstens nicht hysterisch. Ich muss mich kaum überwinden. Während er über mich hinweglangt, schließe ich noch einmal die Augen, bis er meinen Kopf in beide Hände nimmt, bis ich hinsehe. Dann küsst er mich. Er fällt genauso tief wie ich. Oder so weit.
Mit Dimensionen hatte ich immer schon meine Schwierigkeiten.

Er besitzt sogar Frühstücksbrettchen.
Die Wände der Küche sind gelb getüncht, fast Mittag, und da

er nicht mit Besuch gerechnet hat, gibt es Vanilla Shortbread und Fruit & Lemon Biscuits. Die Ranunkel bebt, als der Verkehr draußen hartnäckig wird. Obwohl keiner der Chicanos weiß, wohin er fahren soll, tobt die Avenida. Bloemfeld behauptet, dass sie zu hundert Prozent arbeitslos sind.
»Aus London?«, frage ich und deute auf die Plätzchen. »Prinz Charles' eigene Produktion etwa?« Ich erinnere mich, dass es dort eine blaublütige Fabrik gibt, absolut biodynamische Rahmenbedingungen.
»Ist er dein Typ?«, sagt er. »Natürlich, er spricht mit Blumen und trägt Röcke, deshalb lieben ihn die Frauen auch, aber wie ich Charles kenne ...«
»*Ich kenne Charles...* Meine Güte, das beeindruckt mich nicht.«
»Doch«, sagt er und streicht Lemon Curd auf seinen Keks. Dann stoßen wir mit Kaffee an, dem bittersten Kaffee, den ich je getrunken habe. Am Gebäude gegenüber schwankt ein Fensterputzer vor stumpfen, grotesk großen Scheiben. Bloemfelds Blick folgt meinem.
»Diese ganze absurde Sehnsucht«, sagt er, »im Aldi an der Kasse sitzen zu wollen, oder da oben, mit einem Wischlappen in der Hand ...«
Bloß nicht daran denken. An den Geschmack, den Geruch, die Farben.
Sein Messer klopft gegen das Frühstücksbrett, im Takt des Gehupes von unten. Ein Tremolo. Er ist genauso beunruhigt wie ich. Sittsam falte ich die Serviette, lege mein Messer an den Rand des Tellers, obwohl die absolut zivilisierte Haltung, die sich darin ausdrückt, uns beide überfordert.
In dem Moment kippt die Stimmung.
Ich überlege, was ich sagen soll, Bloemfeld schaut auf die Kekse, erschreckend, wie fremd er mir ist. Beinah entsetzt

versuche ich mich zu erinnern, wie es sich anfühlte, als ich den Puls an seinem Hals spüren konnte. Auch er denkt daran, das sagt das Vakuum in seinem Blick.
Der Tisch misst etwa einen Meter im Karree, eine enorme Distanz. Stille dehnt sich aus, lässt kaum Platz, um zu atmen.
»Ja«, sage ich schließlich, »wird Zeit, dass ich zu Linda fahre.«
Sorgfältig legt er das Messer aus der Hand und den Kaffeelöffel neben das Messer. Beide betrachten wir das Stillleben.
»Du hast sympathische Knie«, sagt er plötzlich.
»Ja«, sage ich. Sympathie, auch das noch.

Ich kann sein Gesicht nicht sehen.
Nicht, bevor er mich vor den Garderobenspiegel schiebt. So schnell wie meine dünne Jacke angezogen war, hat er mich wieder herausgeschält, danach wartet er eine ganze Minute.
»Sag es endlich«, sagt er, »sag es mir!« Schwäche zieht durch meine Arme in die Fingerspitzen. Irgendwo eine Sirene.
»Ich will, dass du ...« Aber ich breche ab. Ich sage nichts, und wenn er mich umbringt. Ich gönne es ihm nicht, ich habe das auch nicht nötig.
»Was?«, sagt er. »Afra?«
Die Sleeveless-Bluse landet auf dem Boden, meine Hose, während er sein Hemd aufknöpft. Sein fester Griff um meine Oberarme. Er bewegt sich zu langsam. Ich friere, ich flüstere. Die weiche zarte Nässe an der Seite meines Halses.
»Was?«, murmelt er. »Wiederhol das!«
»Ich gehe«, sage ich, »ich gehe jetzt zu...«
»Nein, du gehst nicht, bevor du nicht mit mir sprichst. Sag, was du willst!«
An den Schultern dreht er mich zum Spiegel, hält mich vor sich, wie einen Schild. »Das da bist du«, sagt er.
Seine Hände legen sich um meine Brüste.

»Und das bin ich.« Seine Bewegungen sind schnell und einfach, verständlich, in mir und außen. Jede einzelne kann ich sehen. Selbst hinter meinen Augen, wenn ich sie schließe.
»Und das sind wir«, sagt Louis Bloemfeld.
Für ein paar lange, atemlose Minuten hört er auf, sich in mir zu bewegen.

»Ist etwas?«, fragt Linda immer wieder.
Alle paar Minuten variiert sie es: »Hast du was?«
Mithilfe des Prachtschnabels hangelt sich Eisenhower an einem der Gartenmöbel hoch, fehlt nur noch, dass Linda ihm eine Zigarre anbietet. In seiner Scientologenuniform spaziert Jesse zum Salzwasserpool, reißt Grasbüschel aus und wirft einzelne Halme hinein. Dazu singt er etwas, was sich wie »Asche zu Asche, Staub zu Staub« anhört.
Die feuchte Hitze sorgt dafür, dass ich mich nach ein paar Minuten schmutzig fühle, obwohl ich im Hotel geduscht habe. Ich könnte Jesse auch entführen, noch habe ich ihn in meinem deutschen Pass, noch wäre ich keine offizielle Verbrecherin. »Ist dir schlecht?«, fragt Linda, der Bluthund.
Mit einem Teller voller Limoneneis marschiert Yu zum Pool und stellt den Teller wie eine Gefängniswärterin vor ihm ab.
»Essen!«, schreit sie. »Chinesische Kinder essen schlimme Tiere! Waran und Känguru. Jessie darf Eis essen. Ist eine große Ehre.«
»In China gibt's aber gar keine Kängurus«, höre ich ihn antworten. »Kängurus leben in Australien. Außerdem Sumpfwallabys. Die sind aber nur einen halben bis einen Meter groß. Ein normales Känguru hat manchmal anderthalb Meter.«
Unglaublich, wie englisch er inzwischen Englisch spricht.
»Wa-haa!«, ruft Yu. »Jessie ungehorsam? Jessie glaubt mir nicht?«

»Doch«, sagt Jesse vorsichtshalber. Er dreht sich zu mir um.
»Oder«, er stockt, »Afra?«
Afra. *Oder, Afra.* Wie nennt er mich?
»Hast du was?«, fragt Linda eilig, als sie sieht, dass sich mein Gesicht verfärbt.

Bei Bloemfelds Ankunft hat sie einen Wackelkontakt. Immer wieder wendet sie das Gesicht von ihm zu mir, obwohl ich nicht annehme, dass wir es ausstrahlen. Bis eben haben Yus Malayinnen jeden Zentimeter Marmor geschrubbt, die geraden Haare stehen ihnen vor Anstrengung schräg vom Kopf, ihre Nasenrücken sind feucht. Einerseits fühle ich mich lethargisch und erschrecke andererseits, wenn ich mich in den Bodenfliesen spiegele. Wenig später krempeln sich darin gleich mehrere Bloemfelds die Ärmel ihrer weißen Hemden herunter.
»Es gibt Haiti-Kiwi-Torte, Hurt«, teilt Linda ihnen mit. Im Gegensatz zu mir behalten die Bloemfelds die Fassung.
»Die leckere«, sagt sie, »mit den drei Biskuitböden.«
Er hat mir noch keinen Blick gegönnt. Dann aber dreht er sich zu mir um. »Hallo«, sagt er.
Grüßend hebe ich die Hand und verstecke meine sympathischen Knie hinter der Kommode.
»Ist was?«, fragt Linda, und ihr roter Mädchenrock weht, als sie ihm einen Kuss auf die Wange drückt. Ich beginne zu husten. Aber auch Bloemfeld küsst, und als seine Lippen ihre Schläfe berühren, schließt Linda die Augen, während seine Hand ihren Nacken streift. In meiner Wahrnehmung dauert diese Geste Minuten, fast kann ich sie zusammen im Bett sehen, Jesses Eltern, die alles Notwendige getan haben, um dieses Kind zu fabrizieren. Gewissermaßen verbindet uns das dauerhaft.
Als Jesse in Pfadfindershorts hereinkommt, breitet sich ein

unverhältnismäßiges Lächeln auf Bloemfelds Gesicht aus. Das gelb-rote Muster von Jesses T-Shirt bewegt sich, als es die Khakihose seines Vaters streift. Auch Bloemfeld möchte ihn berühren, aber er tut es nicht. Als der kaiserliche Gong ertönt, die Millionärsparodie einer Türglocke, stehen beide in identischer Positur und lauschen.

»Schön«, sagt Jesse, während der Ton im Vorraum vibriert, sich in Vasen und Scheiben fängt und sich an Nervenenden festsetzt, die den Schall im Körper weiterleiten. Lindas Gesicht wirkt gelöst, bis sie plötzlich nach Luft schnappt, weil ihr einfällt, was der Gong bedeutet. Wenn das hohe Gericht eintritt, stehen die Angeklagten auf. Ihre Augenlider flattern, Jesse und Bloemfeld straffen die Schultern. Dies ist nicht mein Spiel.

Es gehört nur Linda, meinem Sohn und seinem Vater.

»Hi, Achmed!«, sagt Winston. »Gimme five!«
Hinter dem Funkeln seiner Stimme lauert eine Oberlehrerattitüde.
»Hi, Winston«, sagt Jesse zu seinem Großvater.
Bloemfeld erhält den Ritterschlag, einen satten Hieb gegen die eine Schulter, während die andere kräftig gedrückt wird. Ein kaum sichtbares Zucken im Mundwinkel verrät seine Ungeduld. Durch die Terrassentür schiebt Linda den Rollstuhl, über dem eine Gesichtsscheibe hängt, in der falschen Farbe. Perlgrau. Das großzügige Blau des Zweiteilers verbessert die Wirkung ganz und gar nicht. Winston, der Jesse im Nacken packt, trägt eine Jack-Wolfskin-Mütze, als wolle er zum Fliegenfischen fahren, die langen dünnen Füße stecken in Camel-Boots. »Ah!«, ruft er. »Die Mutter!«
Sein Händedruck ist schneidend. Mit geneigtem Kopf erträgt Helen Carruthers, was sich nicht vermeiden lässt, Linda, die ihre weiße Hand packt, anhebt und ein Winken

simuliert, in meine Richtung. Bloemfelds Kiefer mahlen, deutlich ist der kleine Muskel zu sehen, der sich immer wieder spannt und entspannt.

»Mutter hat neuerdings generalisierte Muskelschwäche«, sagt Linda erklärend. Mein kleiner Achmed starrt zu Boden, atmet aber dann weiter und betrachtet die spitze, blasse Hand seiner Großmutter, die Linda ihm entgegenhält. »Ein Küsschen für Granny?« An seiner vorgeschobenen Unterlippe ist die Befürchtung zu erkennen, Helen Carruthers' Mund könne sich in ein Weichtier verwandeln.

»Misses Helen«, sagt Yu im Hereinkommen, »Mistah Winston! Welch ein herrlich schön wunderbarer Tag!«

Ihr Haar zeigt nasse Kammspuren, und die Lippen reichen vor Anstrengung, respektables Englisch zu sprechen, von einem Ohr zum anderen. Der Zigarillo wippt, sie schleppt ein Lacktablett, auf dem Gläser und ein Teller mit Pfirsichhälften schwanken.

»Kullerpfirsich, Mom!«, sagt Linda, als sie den Champagner entkorkt. Er ergießt sich über gelbes Fruchtfleisch, das Linda mit einer Zange geschickt auf den Kristallboden drückt. Helen regt sich nicht, aber als sie noch lebte, muss sie eine schöne Frau gewesen sein. Unsere Prozession schreitet zum Tisch, den Yu mit Klöppeleien aus dem Beneluxraum eingedeckt hat.

»Warten wir doch noch ein paar Minuten«, sagt Linda mit einem Seitenblick auf Bloemfeld. Wüsste ich es nicht besser, würde ich wetten, dass er besorgt ist.

»Was macht die Kunst, Achmed?«, ruft Winston und klopft auf seinen Oberschenkel, wo Jesse sich vorsichtig niederlässt.

»Die richtige Kunst?«, fragt Achmed. »Oder allgemein, also, im Leben?«

»Beides«, ruft Winston jovial. Ein gezwungenes Lächeln

von Bloemfeld. Auf der Tafel, das sehe ich erst jetzt, liegt ein überzähliges Gedeck.

»Ich hab Troja gemalt«, verkündet Achmed. »Mit und ohne Pferd!«

Anerkennend krallen Winstons Hände sich in schmale Schultern und schütteln Jesse. Dann kommt Yu über den Rasen, und in ihrem Schlepptau nehme ich flüchtig ein zitronengelbes 30er-Jahre-Kleid wahr, das in der aufkommenden Brise flattert. Winston erhebt sich formell, während Linda für den Bruchteil einer Sekunde ihren Kopf an Bloemfelds Schulter sinken lässt. Er lehnt sich langsam zurück, die Beine ausgestreckt, seine Füße knapp vor meinen. Der Himmel ist eine griechische Schale, sehr blau und sehr weiß. Obwohl sie Bloemfeld anlächelt, trifft Barbaras erster Blick mich.

Es erklärt vieles. Dass sie meine Mailbox nicht mit Anrufen blockiert hat, nachdem S. Bahn mit ihr in Kontakt getreten ist, dass dieser Blick so aufwendig ausfällt, dass in jeder ihrer Gesten Triumph sitzt. Auch sie hat es also gewusst, in allen Einzelheiten. Dafür weiß Linda nichts von ihr und Bloemfeld. Sie zappelt nur herum, weil sie es spürt.

Ich habe mich nicht entblödet, ihm zum Händewaschen nachzugehen. Gott sei Dank benutzt er eine der Toiletten im hinteren Trakt. Denn ich habe ihm etwas zu sagen. »Komm rein«, sagt Bloemfeld höflich und zieht mich in den Dunst von Lindas Wellnessgerätschaften. Ordentlich wie Blumenzwiebeln stehen sie auf dem Rand einer beeindruckenden Badewanne, dunkelrot und dreimal so groß wie meine.

»Warum tust du das?«, schreie ich.

Er blinzelt nicht mal, schließt nur die Tür, und das Granit seiner Augen wird heller, als sich die Pupillen zu Punkten zusammenziehen. »Behaupte bloß nicht, du hättest mir sagen wollen, dass sie kommt! Heute Morgen, falls du dich an heute Morgen erinnerst?«

Das hier ist kein Badezimmer, sondern ein verdammter Blumenladen. Eine Anthurie streift mein Ohr, als ich auf ihn zugehe, alles voller miefiger Dschungelpflanzen. Womöglich bildet Linda sich ja ein, in einem Wartezimmer zu wohnen.

»Lass mich in Ruhe!«, schreie ich, als Bloemfeld sich vorbeugt und irritiert beobachtet, wie ich zwischen Farnen und Schwertlilien hin- und herlaufe. »Und vor allem«, sage ich, als ich vor einer Säule stehen bleibe und die Fäuste fest gegen die Wangenknochen presse, »fass mich nie wieder an!«

Eine Weile höre ich ihn atmen, dann ein paar Schritte und das Geräusch von Wasser, das ins Waschbecken plätschert. Wenn er jetzt versucht, die Blumen zu gießen, schlage ich ihn nochmal.

»Ich behaupte gar nichts«, sagt er plötzlich, ganz nah an meinem Rücken. »Ich hatte nie die Absicht – aber es ist tatsächlich so, dass ich wusste, sie kommt. Nur finde ich, es geht dich nichts an. Was Barbara und mich betrifft, ist unsere Sache.«

»Ab jetzt nicht mehr!« Ich greife nach dem nächstbesten Farn und schleudere ihn in seine Richtung. Ich hatte keine Ahnung, wie blitzschnell ich sein kann. Selbst für Bloemfeld kommt diese Wendung unerwartet, zunächst blickt er auf meine Hand, dann auf den Terrakottatopf, der zu seinen Füßen zerschellt, legt dann die Finger gegeneinander und betrachtet auch sie. Ein zartgrüner Wedel klebt an seinem Hosenbein.

»Du hältst es also nicht für nötig«, schreie ich, »mir zu sagen, dass du Jesses Vater bist? Deine Angelegenheit? Barbara – deine Angelegenheit? Linda – deine Angelegenheit?

Nun, ich gedenke nicht, mir ausgerechnet die beiden zum Vorbild zu nehmen. Ich werde dir nicht die Füße lecken! Du bist der reichste Mann der Welt. Nur täusch dich nicht, ich bin die reichste Frau. Ich habe nämlich auch meine Angelegenheiten.«
In aller Ruhe pflückt er Scherben vom Boden, dann sieht er auf, die Hände voller Erde, und ganz unten, am Boden seines Blicks, flackert etwas, was ich nicht deuten kann. »Du schläfst mit mir, du wickelst mich ein mit deinen Vorstellungen von dem, was eine Existenz ausmacht, du belügst mich, nimmst mir meinen Sohn weg, veranstaltest in meinem Leben deine persönliche, kleine Hinrichtung. Und nun sitzt du mit diesem dämlichen Farn auf den Fliesen und teilst mir allen Ernstes mit: Ich habe es dir auch gar nicht sagen wollen?« Weiß Gott, ob es sein alter Snobismus ist oder etwas ganz Neues, das er nun in ein Lächeln verpackt. Mir reicht's.
»Mir reicht's«, schreie ich, und das Echo anderer Sätze flitzt von einer Ecke zur anderen, bis es die Statue erreicht, Louis Bloemfeld. Der nach meinem Arm greift. Der mich packt. Eine Klammer um meinen Ellbogen, beinah unmenschlich fest, als er mich küsst. Als ich in seine Unterlippe beiße. Er schmeckt nach Blut und meinem Lippenstift und das weiche Innere seines Mundes nach meinen Tränen, obwohl ich gar nicht weine, sondern sich die Lider knochentrocken anfühlen, als wären meine Augen voller Staub.
»Du weißt genau, dass es nicht anders ging«, sagt er leise, eine Hand fest in meinem Nacken, »ich kann doch nicht mein ganzes Leben...«
Mit aller Kraft lege ich den Kopf zurück und drücke die Mulde zwischen Hals und Schädel gegen seinen Daumen, da, wo meine zerbrechlichen Knochen sitzen, damit es wehtut, und es tut sehr weh. Seine andere Hand liegt an meiner

Schläfe. Überall spüre ich seinen Mund, und als er nicht aufhört mich zu küssen, schmecke ich neues Blut, denn auch er hat zugebissen. Meine Bewegungen beschleunigen sich.
Die Haut unter seinem Hemd ist warm. Jemand keucht, ich weiß nicht, ob Bloemfeld oder ich, unsere Stimmen ähneln sich so, dass man sie nicht mehr auseinander halten kann. Finger krallen sich in meine Haare, die ich glatt und kühl am Rücken spüre. Als eine Hand mich gegen die Wand schiebt, als er meine Schultern mit seinen festhält und gar nichts mehr zwischen uns ist, außer unseren Augen, etwas Haut, ein paar Kleider, Bewegungen, die genauso wenig zu unterscheiden sind wie die Stimmen, die sich in seinem und meinem Mund vermischen.
Dann hört er plötzlich auf zu atmen.
»Nein«, sagt er unvermittelt, und so stehen wir, Taille an Taille, bis in mir ein seltsam kindliches Geräusch entsteht und er die Handballen in die Augenhöhlen presst und ganz langsam ausatmet.
»So nicht«, sagt er, »bitte nicht, jetzt nicht.«
Er legt die Hände über meine Schläfen und streicht mir langsam das Haar aus der Stirn. Seine Fingerkuppen umkreisen sehr zart die Stelle, wo einmal die Fontanelle saß. Als würde er sich selbst berühren.
Blut ist tatsächlich wie Meerwasser. Etwas von mir und etwas von ihm, auf meinen Lippen. Während ich immer noch seinen Atem atme, der mich nicht mehr verlassen wird, mache ich mich los.

Im vorderen Badezimmer finde ich fliederfarbene Kleenextücher.
Nachdem ich das Blut abgewischt habe, halte ich mein Gesicht in den eiskalten Wasserstrahl. Wahrscheinlich lässt Linda es von ihren Sklaven kühlen, nach dem heißen Weg

aus den Sandbergen. Meine Augen im Spiegel sind so absolut leer, dass ihre Ränder schwarz wirken.
Sie haben die Torte bereits bezwungen, als ich auf die Terrasse zurückkehre und mich barfuß hinsetze. Meine Slacks liegen noch unter dem Farn, aber wie ich Bloemfeld kenne, wird er sie wegräumen. Über Barbaras Gesicht wandert ein Lächeln, das sie für solche Gelegenheiten tiefkühlt, und Winstons starre Augen verfolgen, wie ich mir Kaffee einschenke und den Rest meines Kuchenstücks mit der Gabel malträtiere.
»Lecker?«, fragt Jesse deutsch. Ich nicke ihm fröhlich zu.
Barbara redet weiter, aber von Zeit zu Zeit mustert sie mich. Sie und Winston scheinen sich länger zu kennen, denn sie tauschen unfreundliche Bemerkungen über gemeinsame Bekannte aus. Mit ihrer Mutter schwafelt Linda über ein Projekt, das sie und ein paar Verbindungsfreundinnen in Downtown Los Angeles auf die Beine stellen wollen. Off-Theater-Sponsoring, Ibsen in neuen Kleidern, blabla.
Angesichts der Transparenz von Helens Wangen, stelle ich mir vor, wie ihre Haut zerreißt, wenn Winston mit seinem Chemikerzeigefinger darüber streicht. Dass etwas Schauerliches darunter zum Vorschein kommen muss, was mit ihrer Krankheit zu tun hat oder mit der Verzweiflung, in die Lindas Gelächter sie stürzt. In einem Arm Jesse, im anderen die zweite Champagnerflasche, sehe ich Bloemfeld über den Rasen schlendern.
Er trägt ein anderes weißes Hemd.
Also hat er doch Kleidung in Lindas Schrank.
»Baba!«, ruft Jesse, Yus chinesischer Ausdruck für Vater. Ausdauernd blickt sein Baba an mir vorbei, auf der Unterlippe ein kaum sichtbarer Schnitt, wenn er den Kopf bewegt. Der Korken fliegt, und Champagner sprenkelt Winstons Halbglatze.

»Linda«, sage ich, »wo gerade etwas Zeit ist: Louis und ich haben eben darüber gesprochen, was du wohl von folgendem Vorschlag hältst…«
Überall in den Bäumen beginnen Papageien zu schreien. Die Sonne sinkt. Unmerklich schlägt Bloemfeld das Handgelenk gegen die Tischkante, so dass ein ploppendes Geräusch entsteht. Ich lächle ihm zu. Nicht mit mir.
»Oder nicht, Louis?«, frage ich.
Wenn ich richtig sehe, zieht er eine Wange leicht zwischen die Zähne.
»Ja, sicher…«, sagt er schließlich. Durch Barbaras fast weißes Haar schimmert das rosige Licht des späten Nachmittags, und sie mustert mich interessiert, Silber über den Pupillen.

»Wir haben überlegt, wie es wäre, wenn wir Jesse morgen mitnähmen?«
»Mitnehmen?«, fragt Linda ausdruckslos. »Wohin?«
Winston erhebt sich, ein Stuhl scharrt, als er Eisenhower auf der Suche nach Sonnenblumenkernen folgt. Chemiker sind diskret, müssen es sein, weil sie wissen, wie es ist, mit ätzenden Substanzen in Kontakt zu kommen.
»Nach Deutschland!«, sage ich.
Im Rollstuhl hüstelt die bleiche Helen, Lindas Nagellackmaske ist wie weggeblasen, und ihr Gesicht klafft auf vor Überraschung. So erinnert sie plötzlich wieder an die Frau, die mich im vergangenen Mai angerufen hat. Aber auch ich selbst erinnere mich an jemanden. An Barbara oder ihren Zwilling, Stella Goldschlag. Wer hätte das gedacht?
Verrat ist allen Ernstes der Schlüssel.

»Nach Deutschland?« Lindas Stimme hängt einen Augenblick fest. »Aber du fliegst doch erst übernächste Woche! In

ein paar Tagen hast du den Termin mit Denne, das ist sehr wichtig. Jesse hat ja immer noch nicht...«
»Mamma«, sagt Jesse, »bitte, darf ich mit?«
Als ich antworten will, unterbricht seine Mutter.
»Jesse, das ist etwas, was Afra, Baba und ich jetzt besprechen. Sagst du Yu, dass die Scampi noch einmal mit Knoblauch bestrichen werden müssen!«
»Linda!«, unterbricht Bloemfeld warnend, aber schon ist der kleine Achmed wieder in Jesses Gesicht aufgetaucht, er richtet sich wortlos auf, seine Knie knacken, als er uns den Rücken zudreht, um ins Haus zu gehen.
Von Ferne ruft ihm Winston etwas zu, aber Jesse reagiert nicht.
»Ich hörte gerade von Louis«, sage ich, »dass S. Bahn, einer der Maler, die ich betreue«, tief im Rachen macht Bloemfeld ein höhnisches Geräusch, »für die nächste *Z-Lay*-Veranstaltung eingeplant ist. Nur ist S. Bahn leider etwas – schwierig... Eins der größten deutschen Talente. Sein Stil sticht absolut aus dem Gros der jüngeren Garde heraus. Er hat uns schon einmal Probleme gemacht...« Wieder kommt von gegenüber der Laut, inzwischen fast ein Gurgeln. Die Stirn in die Hand gestützt, schüttelt Bloemfeld den Kopf. »Denn manchmal«, sage ich zu ihm gewandt, »dreht er einfach durch!« Besonders auf dem Herrenklo, sagt Bloemfelds Miene. »Deshalb hat Louis auch vorgeschlagen, dass ich mein Glück versuche. Wir haben Paul Barth, wir haben Kainsbach, jeder würde sich fragen...«
»Was?«, fragt Barbara. »Ob die beiden S. Bahn umgebracht haben, falls er nicht teilnimmt?« In ihrem Tonfall steckt die gesammelte Gewalt von *Z-Lay*. »Machen Sie sich keine Mühe, Afra, wir finden schon eine Lösung. Ich kenne S. Bahn. Ich wusste auch gar nicht, dass er vorgesehen ist, aber zur Not übernehme ich ihn eben auch noch.«

»Kann ich mir vorstellen«, sagt Bloemfeld.
Überrascht lacht Linda auf, und Barbara klimpert mit den Armreifen. *Ich kann doch nicht mein ganzes Leben…* Endlich habe ich etwas gegen Bloemfeld in der Hand, sein Leben, das zwei sympathische Knie soeben zu sprengen im Begriff sind. Falls er sich nicht zusammenreißt. Aber er beherrscht zwei Dinge besonders gut: Er kann küssen und spielen, und so wie es aussieht, tut er beides ausnehmend gern.
»Beim besten Willen, Barbara«, sagt er mit ironischem Blinzeln, »ich traue dir eine Menge zu, aber wir haben Absprachen, und die Künstler sind meine Angelegenheit. Absolut unabdingbar, dass Afra mit ihm redet. Falls S. Bahn nicht mitzieht«, er wendet sich Linda zu, die aufmerksam lauscht, »funktioniert unser Konzept nicht.«
»Wer ist *wir*?«, fragt Barbara.
»Afra«, sagt er, »und ich. Heute habe ich ihm noch hinterhertelefoniert. Aber er lässt sich verleugnen.«
»Sehr unerfreulich«, erkläre ich und schlage mit der flachen Hand auf den Tisch. »Die halbe Nacht haben wir umsonst gearbeitet.« Bloemfeld bückt sich, denn in dem Satz schwang so viel echte Begeisterung, dass er es nicht mehr ertragen kann. Barbaras Armspange ist ins Gras gefallen, und er wirft sie ihr zu wie einen Baseball. Unbehaglich knetet Linda sich die nackten Schultern.
»Aber was soll Jesse dabei? Wer soll sich um ihn kümmern, wenn ihr…«
»Afra hat sich acht Jahre um ihn gekümmert«, sagt Bloemfeld leise. »Vergiss das nicht. Wir haben es ihr zu verdanken, dass er ist, wie er heute ist…«
»Genau«, wirft Barbara ein, »ein aufgeweckter Junge, euer Achmed!«
Im Fluss ihrer Altstimme schwimmen Scherben.

»Ich habe Esther«, sage ich, obwohl ich nicht weiß, ob es noch stimmt.
»Jedenfalls würde *ich* ihn gern mitnehmen«, sagt Bloemfeld abschließend, indem er seine Hand über Lindas Hand legt. Sieh da. »Nur für zwei, drei Wochen.« Paralysiert schaut sie beide Hände an. »Ich möchte schließlich auch wissen, wie er gelebt hat«, sagt Bloemfeld, »und er hat Heimweh. Wenn er fahren darf, wird er gern zurückkommen.«
Sehe ich richtig, und sein Daumen streichelt Lindas Fingerknöchel?
Ihre Stimme wird weich: »Ach!« Offenbar giert sie nach Berührung. Nach Worten wie *gemeinsam* oder *zusammen*, die sie von Bloemfeld lange nicht mehr gehört hat.
Barbara atmet scharf aus.
»Lass ihn mitfliegen!«, sagt plötzlich eine Stimme, Helen Carruthers, die soeben zum Menschen mutiert.

»Patt«, sagt Bloemfeld am Grill.
Ich schlage seine Hand weg, als sein Finger meine Lippe berührt, da, wo sie geblutet hat. »Bestimmt nicht!«, sage ich.
Bis Winston seine Frau zum Auto schiebt, reden wir Belanglosigkeiten. Beim Abschied drücke ich Helens kalte Hand.
»Viel Glück!«, sagt sie.
Bloemfeld küsst ihre Wange und streift meine Schulter, als er den Rollstuhl zusammenklappt und Helen in den Wagen hebt.
»Wir sehen uns später, Louis«, sagt Barbara.
»Hurt?«, ruft Linda. Allein die Namen, leibhaftige Schizophrenie. Bloemfeld dreht sich nicht nach mir um. Soll er fahren und in London Kekse bei seinem Charles einsammeln.

»Holt Jod und heißes Wasser«, schreit Jesse, »ein Hund hat mich geküsst!«

Die Matratze biegt sich, als er auf und ab hüpft und gegen Bloemfeld fällt, der auf der Bettkante sitzt. Ich mache die Tür wieder zu und verschwinde, um Yu packen zu helfen. Jesses Sachen. Für Deutschland.

»Besser wärmer!«, sage ich in Lindas Ankleidezimmer. »Bei uns ist es nämlich noch ziemlich kalt. Was heißt eigentlich ›Land‹ auf Chinesisch?«

»Gwo!«, sagt sie einsilbig. »Schreibt sich *gu-o*.«

In rasender Geschwindigkeit fließen Jesses Kleider durch ihre Finger.

»Gibt's auch einen Namen für Deutschland?«

»*De-guo!*«, sagt sie und zieht ihren Zigarillo hinter dem Ohr hervor.

»*De-guo!* Nur *De* vorne. Bedeutet Ethikmoral.«

»Wirklich wahr?«

»Glauben, Yu lügt?« Die Verdrehungen kommen durch die andere Grammatik zu Stande, das hat Bloemfeld mir erklärt. Zu Hause spricht Yu *Hanyu*, Mandarin, Hochsprache, was aber sonderbarerweise mit *Sprache des Volkes* übersetzt wird. »Wie heißt dann Amerika, Yu?«

»*Mei-guo!*«

»Und was ist *Mei-*?«

»Schön!«

»Schön? Wie Schönland?« Yus Nicken wird heftiger. »Und England?«

»*Ying-guo.* Tapfer. Heißt Land immer wie Leute drin.«

»Tapfer!«, sage ich kopfschüttelnd. »Na so was!«

»Mistah Hurt stimmt's«, urteilt Yu.

»Was – stimmt's? Mister Hurt?«

»Tapfer. Mistah Hurt tapfer. Drachenmut. Quasi«, sagt sie stolz auf das interessante Wort.

»Na ja«, sage ich. Tapfer. Drachenmut. Aber woher soll die arme Frau es besser wissen.
»Ähnlich«, sagt sie, »Sie, Mistah Hurt, Jessie.« Ich zucke zusammen. Aus der Hosentasche kramt Yu ein Feuerzeug und zündet den Zigarillo an.
Ich schließe den Koffer und bedeute ihr, sich darauf zu setzen.
»*Ying*«, sagt sie, klopft sich auf die Brust und zeigt auf mich.
»Miss Afra und Jessie auch: *Ying*. Mut.«
»Bei uns zu Hause ist es ähnlich«, sage ich versonnen.
Ich setze mich neben Yu auf den Koffer.
»*Mut* ist deutsch für *Ying*. So ähnlich wie *Mut-ter*. Mo-ther. Wie sagt man in China dazu?«
»*Ma*«, sagt Yu und bläst Kringel in die Luft. »Heißt auch *Pferd* oder *schimpfen*!«

Was fremde Geheimnisse angeht, bin ich schamlos.
Als ich mich verabschieden will, höre ich Linda und Bloemfeld hinter der geschlossenen Salontür reden. Natürlich lege ich nicht mein Ohr an die Wand, es ist auch gar nicht nötig, denn die schalldämpfenden Eigenschaften von Mahagoni sind schlechter als ihr Ruf.
»Ach bitte«, sagt Linda mit einer Stimme wie Marilyn Monroe.
Einen Augenblick höre ich weniger als nichts.
»Linda«, sagt Bloemfeld plötzlich, »ich habe dir bereits ein paar Mal erklärt, dass...« Der Rest geht in Aufräumgeräuschen unter, die Yu im Esszimmer veranstaltet, und erst nach einer Weile sind wieder ein paar Wortfetzen zu verstehen. Offenbar reden sie darüber, dass sie seine Aussiedlerwohnung nicht goutiert, erst recht nicht, wo hier ein bequemes Schlafzimmer zur Verfügung stünde. Ich denke an Lindas Kosmetik-Wahn, die Cellulite-Creme in den Badezimmern,

Lipgloss, der *Lipglass* heißt, und Eye Color Wash *pink sapphire*. Ein typisches Opfer der eigenen Ängste.
Seelenruhig höre ich weiter zu, der geborene Lauscher. Ich finde nämlich, dass man Schubladen besser abschließt, falls ein Geheimnis geheim bleiben soll, und auch keine Telefonnummern oder Briefe auf Schreibtischen liegen lässt. Die Welt ist voller Vorhängeschlösser, die man durchaus benutzen kann. Den Ruf nach Diskretion halte ich so gesehen für eine faule Ausrede.
Linda steht inzwischen dicht hinter der Tür.
»Hurt...«, es klingt deutlicher, da Bloemfeld die Klinke bereits in der Hand hat, etwas raschelt, Schritte, danach seine Stimme, die befiehlt:
»Komm her!« Eine Chirurgenstahl-Stimme, der Tonfall wie auf dem Hundeplatz.
Bestürzt zu sein wäre fast erleichternd, aber in mir kriecht die ungesunde Kälte hoch, die ein Anzeichen tieferer Wahrheiten ist. Als ich Linda leise keuchen höre, bewege ich mich rückwärts auf Jesses Zimmer zu, eventuell gibt sich ja das unwirkliche Gefühl, wenn ich nur einmal seinen Kopf berühre. »Weiter...«, höre ich Bloemfeld sagen, während Linda beinah singend lacht.
Als ich Jesses Zimmertür öffne, springt Bobby an mir hoch und leckt mir die Hand. Falls ich einen anderen Namen für das finde, was hier passiert, ändert sich möglicherweise der Sinngehalt.
Auf die genaue Bezeichnung kommt es an.
Deshalb heißt Trend ja auch nicht mehr Trend, sondern *Movement*.

Ich sollte noch nachts auschecken.
So ließe sich ein Treffen mit Bloemfeld allein vermeiden, obwohl wir Jesse morgens abholen und zum Flughafen fahren

wollten. Als das Telefon klingelt und die Rezeption Besuch ankündigt, werfe ich der blutenden Palme einen frustrierten Blick zu. Wenn es nicht er ist, dann Barbara, und beide können mich mal. Aber kaum eine Minute später steht Linda in der Tür, mit geröteten Wangen, wie frisch geduscht.
Ohne Umschweife lässt sie sich in ihrem Prada-Ausgehfummel auf dem Sofa nieder, wo ihr Mann erst unlängst gesessen hat. Aus einem unnatürlich kleinen Etui zieht sie schweigend eine lange Zigarette und inhaliert, während ich noch das Louis-Quatorze-Lächeln verarbeite, das sie mir spendiert.
»Pass auf«, sagt sie, »Afra, ich konnte vorhin nicht so reden.«
»Tut mir Leid, dass ich gegangen bin, Linda, aber ich habe dich nirgendwo gefunden«, sage ich. »Was gibt's denn?«
Sherry aus der Minibar fließt in die Gläser. Der schwarze Schlauch, der ein Kleid sein soll, gibt Linda ein verruchtes Aussehen, exakt das, was Bloemfeld so mag, ausbaufähige Schwesternschülerinnen.
»Möchtest du auch einen?«, frage ich. Sie schüttelt den Kopf.
»Ich war ganz überrascht«, sagt Linda, »dass ihr euch kennt? Hurt und du?«
Das Fragezeichen nehme ich als Beleg, dass die jämmerliche Aktion doch auf seine Kappe ging. Fast fühle ich mich erleichtert. »Weißt du«, sagt sie und strafft sich, »ich bin dir wirklich dankbar, dass du das alles nochmal auf dich nimmst. Es muss – schwer für dich sein, so zu tun, als ob nichts wäre, wenn ihr jetzt zusammen fliegt.« Sehr komisch.
»Ich habe vorhin nochmal mit Denne telefoniert...«
»Denne!«, sage ich übellaunig. »Wer ist Denne? Dein Entzücken kann ich nicht ganz teilen, Linda.«
»Er steht jedenfalls absolut auf deiner Seite. Ich habe auch

nur euren Termin abgesagt. Denne geht natürlich davon aus, dass du wiederkommst, dann könnt ihr in aller Ruhe reden.« Abwartend schließt sie die Knie, die Pose eines sehr kleinen Mädchens. »Aber er meint, du musst dir jetzt vorkommen wie ein Ersatzteillager.«
»Ach«, sage ich.
»Aber vielleicht ist es ja auch schön für dich, Jesse mal wieder bei dir zu haben?« Der fragende Unterton raubt mir den letzten Nerv, inzwischen raucht sie die dritte Zigarette, ohne mir eine einzige anzubieten.
»Ja«, sage ich. Darum habe ich die Privilegierten immer beneidet, so frei vom Gedanken an Mangel, dass ihnen ein schlechtes Gewissen erspart bleibt. So ununterbrochen wie sie raucht, gähne ich. Ein desorientierter Blick trifft mich, sie verknotet plötzlich die Finger, atmet durch und blickt auf einen Punkt oberhalb meiner Augenbrauen.
»Eigentlich wollte ich dich auch etwas ganz anderes fragen, Afra. Halt mich aber bitte nicht für konfus.«
»Nein, nein«, sage ich verständnisvoll, obwohl ich genau das tue.
»Du musst auch nicht antworten, im Grunde hasse ich nämlich solche Gespräche. Also, versteh mich nicht falsch, das wäre mir furchtbar peinlich.« Du lieber Himmel, das Letzte, was ich will, ist, ihr Peinlichkeiten zu ersparen. Eigentlich will ich nur noch schlafen. »Okay, machen wir's kurz«, sagt sie. Pause. Pause. Pause. Aber als ich gerade denke, sie hätte sich umentschieden, kommt es: »Wollte er... ich meine, hat er es bei dir auch versucht?«
»Wer?«, sage ich schrill.
»Hurt!«, sagt Linda mit einem Aufseufzen.
»Wie kommst du denn darauf?«, frage ich atemlos.
»Sieh mal«, sagt sie und ähnelt auf einmal Jesses Lehrerin, »Hurt bevorzugt – es ist schwer zu erklären – Versuchsan-

ordnungen? Es gibt solche Leute, sie lieben keine Menschen, sondern Experimente. Damit will ich nicht sagen, dass Hurt ein Schwein ist, bestimmt nicht. Er lebt nur in gewisser Weise in einer anderen Welt.«

»Aber«, sage ich, »du willst mir nicht erzählen, dass er einen Knall hat, Linda?« Ihre Stirn kraust sich, bis aus Falten kleine weiße Gräben werden.
»Eher nicht«, sagt sie. »Es ist nur seine *Lebensform*.«
Jetzt krame ich zwischen den Sofakissen nach der Zigarettenschachtel.
»Als wir uns begegneten, war ich ja ein halbes Kind, Afra, und er schon so absolut komplett. Das hält Denne beispielsweise für mein Grunddilemma. Du kannst so jemanden nur akzeptieren. Oder du gehst irgendwann mit der Axt auf ihn los. Tja«, sagt sie und zieht an ihrer Zigarette, »bei mir war es eine Pleite. Weder-noch.«
Mit dem Sherryglas wandere ich zum Fenster.
Aber Linda ist noch nicht am Ende.
»Denne hat mich auch auf die Idee gebracht, dass Hurt und mein Vater sich wirklich ähnlich sind. Beide versuchen sie sich die Welt zu erklären und veranstalten dann Freilandversuche. Nur finden die bei Hurt leider mit Menschen statt.«
»Warum?«, sage ich, nachdem ich Lindas Rollenwechsel verkraftet habe. Keine Spur mehr von der Kiwi-Torten-Bäckerin, die sie für Bloemfeld spielt.
»Ich würde es nicht Macke nennen«, sagt sie. »Aber ich glaube schon, dass es an seiner Kindheit liegt. Natürlich ist das keine Entschuldigung. Denne vertritt da allerdings den weniger darwinistischen Standpunkt. Man kann sein Leben so oder so leben. Hauptsache, dass man darin den Helden spielt. Nur findet Hurts Heldentum dummerweise auf einer einzigen Bühne statt.«

»Frauen«, sage ich betäubt. Im Aschenbecher verglüht Lindas Zigarette.
»Er *ist* natürlich unglaublich erfolgreich«, sagt sie, »die Crux ist nur, es berührt ihn gar nicht, auch wenn er seine Kunst hochhält. An ihn kommst du einfach nicht heran. Deshalb lässt Hurt sie auch regelrecht strammstehen, eine nach der anderen, weil er immer hofft, diesmal...«
»Was?«, sage ich. Aber ich weiß es, natürlich.
»Ach«, sagt sie, »Hurt verachtet diese billigen Skripte, aber es ist wahr. Das weiß ich. Er hat einen Traum. Es soll ihn endlich umhauen. Er will gepflückt werden.«
»Wieso?«, frage ich.
»Er hatte keine Mutter«, sagt Linda, greift nach meinem Glas und balanciert es zwischen den Fingern. »Keine Kindheit, keine Sicherheiten. Dahinter ist er wohl ein einziges Defizit.« Da kann ich ihr nur beipflichten.
»Was ist mit Barbara?«, fragt sie plötzlich.
»Was soll mit ihr sein?«
»Hast du mal bemerkt, wie sie ihn anschaut?« Mein Gott.
»Hör mal, Linda«, sage ich, »er ist Jesses Vater. Ich bemerke, wie er *Jesse* anschaut.«
»Aber Barbara – ich weiß doch, was ich sehe. Nur mal angenommen, sie wäre das aktuelle Modell. Sie würde zu ihm passen. Er sucht sich immer denselben Typ, den er dann vom Sockel stoßen kann. Denne glaubt, dass...«
»Pass auf«, sage ich, »mir ist egal, was Denne glaubt, und mir ist auch dein Hurt egal. Er geht mich nur insoweit etwas an, wie es Jesse betrifft oder nicht. Sonst kann er mich mal gern haben.«
Linda lacht erstickt, um mich dann auf verworrene Weise zu mustern. Als läge ich auf dem Operationstisch.
»Bist du dir sicher«, sagt sie, »dass er es bei dir nicht versucht hat?«

»Ganz sicher«, sage ich. Stella Goldschlag lacht.
»Dann ist es doch Barbara. Er wirkt so nervös in letzter Zeit. Er steht unter enormem Druck. Es kann natürlich an der Situation hier liegen, an Jesse, aber ...« Sie will nicht im Ernst *die Situation* ausgerechnet mit mir diskutieren?
»Linda ...«, sage ich, weil sie endlich aufhören soll.
»Nein«, sagt sie, »schon gut, ich bin nur manchmal so verzweifelt. Hurt ist der einzige Mann, den ich je geliebt habe, wahrscheinlich, weil er so ist. Weil ich diese Wut in ihm fühle, und ich will wissen, was dahinter ...«
»Vermutlich wollen sie das alle«, sage ich nicht unfreundlich.
»Wenn ich ihn aber nicht endlich demontiere – nun, vielleicht jetzt, wo ich weiß, dass Barbara, nicht du ... Ausgerechnet diese kalte Naziziege! Ihr Großvater ist Deutscher«, fügt sie erklärend hinzu. Für mein Teil ist jetzt wirklich Schluss. »Hurt kann doch nicht glauben, dass Barbara sein Alter Ego ist, oder?«, sagt sie fast hilflos.
Aber sicher kann er, ob er es will, wäre die eigentliche Frage.
»Nein«, sagt Linda, »sein Ernst ist sie nicht! Manchmal weiß er auch gar nicht genau, was er von ihnen will. Er hat diesen sadistischen Zug. Nicht sexuell«, sagt sie, »psychisch. Es würde ihm aber ähnlich sehen, Barbara ausgerechnet in meiner Nähe zu installieren. Das bereitet ihm Vergnügen, er lässt einen büßen, für seine Mutter. Sagt Denne.«
Ich stehe auf und packe sie an der Schulter.
»Mein Gott, Linda«, sage ich, »warum lässt du das mit dir machen? Dein Hurt ist so ein lausiger Egomane, und du bist doch kein Punchingball!« So weit ist es gekommen. Jetzt tröste ich bereits Bloemfelds abgehalfterte Frauen.
»Ich spiele eben gern«, sagt Linda Carruthers, bevor sie beginnt zu heulen.

Kaum zwölf Stunden später hebt die Concorde ab.
Diesmal sitzt Jesse am Fenster. Barbaras Augen bleiben geschlossen, solange der Startschub andauert. Sie und Bloemfeld müssen einen phantastischen Abend verlebt haben, aus Gründen der Besitzverhältnisse, nehme ich an. Da er sich durchgesetzt hat, sieht sie ihre Pfründe gefährdet. Die Stewardess, die ihn abschätzt, Barbara hofiert und mich nicht beachtet, hat Jesse einen Flugkapitän in Form einer Maus geschenkt.
Bloemfeld im langen Mantel, diesmal aus Leinen, kramt herum, um Kopfhörer aus den Plastikhüllen zu schälen. Wir berühren uns nicht, als er einen weitergibt, damit ich ihn für Jesse anschließe. Schon auf der Fahrt zu Linda haben wir so gut wie nicht gesprochen, bis auf meine Frage, warum er sie eigentlich nicht in Frieden Torten erfinden lässt. Als er mich anherrschte, habe ich den Hurt erkannt, den sie beschrieb. Den nachgeburtlichen Hurt, Jonathans Hurt, der einzige große Mund, aus dem es schrie.
Sobald ich zu Hause bin, mache ich mein Testament. Alles bekommt Jesse, der unabhängiges Geld braucht, damit er nicht meint, sich seine Lebensberechtigung durch Ähnlichkeiten erkaufen zu müssen.
Er soll der Mensch werden, der er sein möchte.
Selbst wenn ihn seine Familie zurückholt, um ihm das auszureden.

Barbara hat sich die Schlafmaske wie eine Sonnenbrille auf die Stirn geschoben. Meine Kopfhörer sind Nabelschnüre zur Freiheit, mit Musik lässt sich selbst das Universum füllen. Wenn man die Regler hochzieht, detoniert das All manchmal sogar. Dahinter bleibt es aber leer und glänzend. Vor den Fenstern ist es schwarz, ein Ergebnis der Verdichtungsstöße oder nur Folge meiner Missstimmung. Unter

den Neonleuchten sind Bloemfelds Schläfen geisterhaft blass.
Ich denke nicht, dass wir zu Hause viel Kontakt haben werden.
Er weiß, dass er mir den Weg freigeschossen hat, dass in Deutschland meine Chancen steigen. Aber er verzeiht sich und mir nicht, dass ich ihn dazu gezwungen habe. Mir ist das egal. Er kann mich zwar ignorieren, bis ich mich auf den Rücken lege und er mir den Fuß auf die Brust setzt. Aber weder bin ich Barbara noch Linda. In der Grauzone meiner Existenz findet er keinen Tritt. Es ist wie Bergsteigen.
Weder seine noch meine Absicherung genügt.

»Louis«, sagt Jesse, »kannst du das reparieren?«
Sofort nehme ich ihm die Ohrstöpsel aus der Hand.
Aus dem Lautsprecher salbadert jemand, der wie alle Flugkapitäne John heißt und klingt, als hätte er ein paar Gläser zu viel intus. Sein sexueller Oberton ist antrainiert wie die Handbewegung, mit der sich die Stewardess zimtfarbene Locken jedes Mal hinter die Ohren streicht, wenn sie an Bloemfeld vorübergeht.
Barbaras Schlafmaske rutscht über ihre Augen. Dahinter wirkt das gepuderte Gesicht auf einmal fahl und langweilig, Reize, die letzten Endes auch nur eine Frage von Muskelspannung sind. Als ich die Ohrstöpsel teste, zittern meine Hände, bis Bloemfeld sie über mich hinweg in der Einsteckbuchse an Jesses Platz zurechtrückt. Dann überprüft er den Kopfhörer.
Für Augenblicke sieht er aus, als befinde er sich allein in einem Konvent. Jesse wackelt mit den Beinen, die Lüftung rauscht, und Bloemfeld ist irgendwo, wo er dem lauscht, was Werbestrategen aus New York für pfiffig halten. Spülwassermusik, mehrheitsfähigen Rutschpartien durch die

Charts. Barbaras Kopf sackt halb zur Seite, der Mund leicht geöffnet.

»Und? Alles wieder gut?«, fragt Bloemfeld Jesse.

»Welcher Kanal?« Er will unbedingt dasselbe wie sein Vater hören.

»Sieben«, sagt Bloemfeld. Man darf sich nicht wundern, was später aus solchen Vater-Sohn-Gesprächen entsteht, Millionen Frauenleichen, an Einsilbigkeit gestorben.

Jesse strahlt, dann klopft er mir aufs Knie. »Du auch!«, sagt er.

Wie eine Margarinereklame sitzen wir da, hören denselben Kanal und starren geradeaus. Nach kaum zehn Minuten bin ich eingeschlafen.

Durch meinen Traum marschiert eine sehr wütende Erika. Diesmal stirbt sie jedoch nicht, sondern schleppt ein Baby, das wie Jesse aussieht, durch eine überlange Straßenschlucht. Ihre Schritte verraten das Ausmaß ihrer Wut. Vor einer Tür bleibt sie stehen, legt das Kind über ihr Knie, starrt aus der Hocke den Eingang an, einen hölzernen Verschlag, in dem es rumort.

Noch nie habe ich anders von ihr geträumt als üblich.

»Gemeinsam oder tot«, sagt Erika auf einmal.

Selbst im Traum bekomme ich Gänsehaut.

Als ich hochschrecke, packt Jesse meinen Arm.

»Hör mal«, sagt er aufgekratzt, »Louis' Lieblingslied!«

So lieb ich ihn habe, warum muss er dabei stolz klingen?

Now your dancing child with his Chinese suit, singt Bob Dylan, *he spoke to me, I took his flute. No, I wasn't very cute to him, was I?*

»Ja, wirklich«, sagt Bloemfeld und sieht weiter an mir vorbei, auf die nächste Rücklehne, »mein Lieblingslied!«

But I did it, though, because he lied, because he took you for

a ride and because time was on his side and because I...
Auch ich sehe an ihm vorbei.
»Ach, Mamma«, sagt Jesse, der morgens festgestellt hat, dass er nicht mehr Achmed heißen will. »Tolles Lied, oder?«
Natürlich. Dieses tolle Lied kenne ich. Es hat einen Titel.
I want you.

»Freust du dich?«, höre ich Bloemfeld sagen, als Jesse einnickt.
»Nein«, sage ich, »ich bin traurig.«
Wir fliegen. Man merkt es aber nicht.
Später liegt seine Hand plötzlich knapp unter meinem Ellbogen. Als Barbara sich eine Stunde später rührt, zieht er die Finger ohne Eile weg. Barbara blinzelt und schaut überrascht meinen Ellbogen an. Es wird die vorerst letzte Berührung sein, die ich zulasse. Als wir am nächsten Tag hintereinander die Sperre passieren, implodiert etwas, der alte Druck, der mir beinah fehlen wird. Jetzt löst er sich auf in einem kurzen, scharfen Schmerz zwischen Organen.
Ich habe es geschafft.
Der Gerichtsstand ist vorerst Deutschland.

Hinter der Sperre steht Esther mit August Mack und Nhom.
Über ihnen eine Traube von Luftballons.
»Oh nein«, sagt Barbara, an Bloemfelds Schulter gelehnt, mit einem Blick auf Nhom und Mack, »ich hoffe stark, das geht jetzt nicht so weiter...«
Aber Bloemfeld hat nur Blicke für Jesse, der klein und weiß in meinem Arm klemmt und keine Freude äußert. Weil ich sein Beben als Erste spüre, packe ich ihn fester. Obwohl sich Barbara in Bloemfelds Windschatten legt, macht er sich los

und greift in Jesses Nacken, seine Hand zwischen mir und dem Kopf in meiner Armbeuge.

Als Nhom losrennt und das Bündel Ballons wie einen Schweif hinter sich herzieht, stockt Jesse. Der Prachtaufzug, in den Linda ihn gesteckt hat, lässt seinen Freund jedoch Meter vor uns bremsen, denn Clubjacken tragen in Korea sonst nur Sportfunktionäre.

Als er sich beruhigt hat, macht er zwei, drei Schritte und packt Jesses Hand.

»Wir hatten dir auch ein Willkommensschild gemalt«, sagt er im bekannt zaghaften Ton, »aber Esther hat noch schnell Kaffee drübergekippt.«

Jesse sagt immer noch nichts. Von hinten nähert sich das Empfangskommando, dem er entgegensieht wie Henkern. August Mack schlenkert etwas in der Hand, was ein Werkzeugkasten sein könnte, und zwischen Esther und Jesse wird endlich ein Blick gewechselt. Darin taucht seine dritte Mutter auf, am Horizont, als Erinnerung. Er lässt mich los und zieht Bloemfeld am Mantel, und als Esther ihre grüne Windjacke über den Arm legt, lächelt Bloemfeld ihr zu. Als wäre nichts gewesen, spricht Jesse wieder Deutsch.

»Das ist mein Papa«, sagt er.

Barbara wartet draußen auf Bloemfeld, im MG mit offenem Verdeck.

In nächster Zeit will er mit seinem Sohn die Schwäne füttern, die Linda und ich schon letzten Sommer gemästet haben, das hat er mir vorhin im Flur erklärt. Er will ihn jeden Tag abholen und Dinge tun, die sie aneinander ketten. Über Barbaras Wagen, der in der Sonne glänzt, hängt Musik wie eine Wolke. Pink. *Family Affairs.*

Zwar haben Bloemfeld und ich Abmachungen, Versicherungen gegen die Unfälle, die einem passieren, sobald sich

Unberechenbarkeit mit Notwendigkeit paart, aber ich bekomme plötzlich Angst.
Auf Treu und Glauben, auch nur ein netter Spruch.
Im Kinderzimmer beschreibt ihm Jesse die Playmobilburg, und sein Vater geht in die Hocke, als ich Orangensaft bringe. Ein Blick streift meinen, offen misstrauisch, hart wie die Streifen von Sonnenlicht, das die Dielen in leuchtende Quader verwandelt.
Was Bloemfeld vor sich sieht, kann nicht leicht zu ertragen sein:
Jesse, der verloren aussieht, dessen erste Mutter keine mehr sein darf und dessen zweite nie mehr eine werden wird. Mit verengten Augen überlegt Bloemfeld, ob sein Sohn ab jetzt die Geschichte seines Vaters nachspielen muss. In seinem Gesicht kann ich alles lesen. Eigentlich ist es wie Billard. Die Kugel anzustoßen genügt nicht, man muss auch den Kurs berechnen können, selbst wenn man die Spielfläche nicht kennt. Er hätte früher hinsehen müssen, das steht in Bloemfelds Blick.
Als Esther sich neben ihn hockt, wird es Zeit.
Ich beuge mich hinunter und reiche ihm ein Glas.
»Du hattest ... *keine* Mutter, nicht wahr?«, sage ich sehr laut.
Das Glas klirrt, Esther blickt mich starr an.
Draußen höre ich Barbara nach ihm rufen.
»Keine Oma?«, fragt Jesse. »Macht nichts, ich hab ja noch zwei andere.«
Bloemfeld aber steht wortlos auf und zieht mich zur Küche.

Es ist keine Kunst zu hören, dass Barbaras MG draußen anfährt.
Wendt Jussen wird sich freuen. In etwa einer halben Stunde wird sie ihm die Pistole auf die Brust setzen, ein Gefühl, das

er weder kennt noch liebt. Abends wird er mich dann anrufen und jammern, aber ich werde ihn in die Wüste schicken. Wenn ich eins noch mehr hasse als Ausweglosigkeit, ist es Opportunismus. Aber er wird von mir verlangen, dass ich Barbara endlich die Füße küsse. Das schließt auch ein, ihr Al-Khafiz zu überlassen.
Entweder der Etat oder Bloemfeld, ihr Privatgrundstück, das soeben ein kleiner Junge betreten hat. Bevor die Agentur daran kaputtgeht, wird Wendt einlenken, mich bearbeiten, was am Schluss dasselbe bedeutet wie der Spruch, der mir seit dem Erika-Traum im Flugzeug durch den Kopf geht. Sie will ihn haben, ich habe mich herauszuhalten. Gemeinsam oder tot.

Er sieht aus wie ein Fernsehermittler.
Mit dem Rücken zum Fenster, verschränkt Bloemfeld die Arme, während mir die Sonne direkt in die Augen scheint. Selbst die Anmut der Verletzung, die auf seinem Gesicht liegt, verbessert die Sache nicht.
»Du weißt«, sagt er, »dass sie zu Wendt unterwegs ist?«
»Nun, wenn du deine Hüpfer nicht in den Griff bekommst...«, sage ich gedehnt.
»Langsam finde ich es penetrant, Afra, dass du ein Völkerrechtsanliegen aus der Geschichte machst. *Ich* habe Barbara keinen Anlass gegeben, zu glauben...«
»Was?«, sage ich. »Sprich es aus, ich warte schon eine Weile.«
In seinem Lachen schwingt Ernüchterung. »Barbara ist eine Plutokratin. Mich stört das nicht, mich interessieren ihre Beine. Aber es hat Auswirkungen auf deine Agentur.«
»Mich interessieren ihre Beine nicht.«
Ruckartig lehnt Bloemfeld den Kopf an die Scheibe, bevor er sagt:

»Ich nehme an, dein Vergaser-Vater hat dir einen Zeitzünder eingebaut.«
»Selbst euer Scheißgeld interessiert mich nicht, Louis.«
Er legt die Hände in den Nacken. Und dann kommt es endlich:
»Spar dir in Zukunft Bemerkungen über meine Mutter!«
Auf dem nackten Holz des Tisches wirken meine Finger künstlich.
»Deine Mutter, Louis? Was ist mit deiner Mutter?«
»Spar es dir einfach!«
»Was ist das eigentlich für eine Geschichte mit deiner Mutter?«
Nur eine Parodie auf einen Satz. *Was war das eigentlich für eine Geschichte mit Ihrem Jungen, Afra?* Aber die Wirkung ist verblüffend.
»Du gehst zu weit«, sagt Bloemfeld. Das bleierne Gefühl, das er empfindet, spüre sogar ich. »Wer hat es dir erzählt?«
»Deine Frau«, sage ich und betone es so, dass es ihm wehtut.
»Was hat sie sonst noch gesagt?« Ich zucke die Achseln.
»Was soll's?«, sagt er. »Gut, dann weißt du es eben.«
Nur zwei, drei Atemzüge, bis er wieder wie er selbst aussieht.
»Dann kann ich dich nur bitten, nicht darauf herumzuhacken«, sagt er, bevor er wieder einmal geht.

Nachdem er Esthers Pfannkuchen vertilgt hat, holt Jesse einen länglichen Gegenstand, eingewickelt in chinesisches Seidenpapier.
»Von Louis«, sagt er. »Papa hat das da für unsere Tür besorgt.«
Auf dem flachen Ding erkenne ich hebräische Schriftzeichen. »Es heißt Mezuzah«, sagt Jesse. »Du musst es anfassen und dann die Finger küssen. Wusstest du, dass ich gar nicht

evangelisch bin? Man muss übrigens auch nach dem Händeschütteln seine Finger küssen. Das heißt, ich muss es nicht, sagt mein Papa. Ich muss nur aufpassen, dass ich die liebe, die ich liebe. Das heißt *Havrutah U'Metutah*, gemeinsam oder tot.«
Ich zucke zusammen.
»Stimmt«, sage ich nach einer Weile und berühre die Mezuzah. Die lieben, die ich liebe. Kalt liegt meine Hand auf Bloemfelds Geschenk.
Gemeinsam oder tot.

Im Internet schlage ich später die Worte nach, die in Aleenas Küche fielen. In San Luis Obispo, im Kokainwahn, dem Erika anheim gefallen ist. *Menora, Mezuzah*, alles stimmt, genau so, wie sich herausstellt.
Wie kann das sein?
Als Nebenprodukt finde ich Rezensionen über Wydens Stella-Goldschlag-Buch, als ich aber *Arthur* in die Suchmaschine eingebe und *Kollaborateur*, ergibt sich nichts Entscheidendes, und auch mit *Überläufer* funktioniert es nicht. Danach versuche ich es mit *Erika*, mit *Nationalsozialismus*. Der Bildschirm füllt sich mit seitenlangen Abhandlungen über Erika Mann. Wäre auch zu schön gewesen.
Im Verlauf meiner Recherchen jedoch teilt mir ein gewisser Rabbi Gafni, charismatischer Kabbala-Meister, Neuigkeiten über Mose mit, den Mann, der nicht teilen konnte. Ihm erklärte Gott: *lo tov*. Was bedeutet: Es ist nicht gut. Unkonzentriert kritzele ich die Buchstaben auf Notizpapier. Wenn man sie schüttelt, ergeben sie fast *to love*. Das sagt nicht Rabbi Gafni, sondern ich. Dafür entdecke ich in einem Nebensatz noch einen neuen Namen für Jesses brandneuen Vater. *Imitatio Dei*. Göttliches Ebenbild.

»Afra«, sagt Wendt verschnupft, »was stellst du mit Bloemfeld an?«
»Ich stelle nichts an. Wie du vermutlich gehört hast, ist er Jesses...«
»Jaja«, sagt er mit seiner Börsenstimme, die Kurse fallen, eindeutig.
»Hab ich gehört«, sagt er, »merkwürdige Sache, nur wir sollten... ein wenig auf Z-*Lay* schauen... hm?«
»Wendt! Ich schaue auf Z-*Lay*, ich war sogar in Z-*Lays* Sklavenlager, wie du weißt, und Lance nennt mich schon Africa.«
»Leider ahnst du nicht, wie Barbara dich nennt, Afra. Ich will es lieber gar nicht wiederholen. Aber es wäre klüger, sie nicht ganz zu – verschrecken.« Sein Räuspern klingt verlegen. »Hand aufs Herz, hast du was mit ihm? Ich meine, es ist deine Sache, nur...«
»Wer will das wissen? Du oder die Domina?«
»Tut mir Leid, falls...«
»Es gibt kein Falls, es gibt kein Geheimnis, Wendt, es gibt nur den Vater meines Sohnes. Ich bin ihm rein gar nichts schuldig.«
»Dann ist es ja gut«, sagt er.

Für den nächsten Tag sagt Bloemfeld ab.
Auf dem Schreibtisch finde ich einen Zettel, Subjekt, Prädikat, Objekt.
Ich melde mich. Abends telefonieren Jesse und Linda, mir scheint, sie und ich haben die Rollen getauscht. Artig berührt mein Sohn die Mezuzah, wenn er durch die Haustür geht, küsst seine Finger. August Mack hat sie festgenagelt, er schüttelte zwar den Kopf, aber dem Kusspapst würde es gefallen. Vielleicht liegen Katholizismus und Judentum doch nicht allzu weit auseinander.

Am übernächsten Tag widme ich mich dem Nichtstun. Am dritten Tag fragt mich Jesse, wo sein Vater bleibt. Feierlich und sobald ich Lindas Stimme erkenne, überreiche ich ihm erneut den Hörer. Nach zahlreichen Anrufungen der Domestosgötter einigen wir uns, dass Jesse Rindfleisch essen darf, solange es aus Neulandbeständen stammt. Umständlich erkläre ich ihr die Vorteile. Danach rufe ich Wendt an, um nachzuhören, wo Bloemfeld bleibt.
Er befindet sich in München, um künstlerische Erkenntnis zu suchen.
Am vierten Tag wandert Jesse zu seiner Achmed-Lehrerin, die ihn übergangsweise wieder eingeschult hat, Gott sei Dank gibt es ja Gesetze, während die Lage in anderer Hinsicht nicht abschließend geklärt ist. Aus diesem Grund wähle ich Harrers Nummer, als Jesses Ranzen um die Ecke verschwindet. Wir verabreden, mittags zusammen zu essen und unsere Bräune zu vergleichen, könnte sein, dass auch ein Schlachtplan dabei herausspringt. Nachmittags füttere ich mit Jesse Schwäne, und Paul kommt dazu, der vielleicht etwas begriffen hat, da er altes Brot mitbringt. Jesses Augen nehmen einen gehetzten Ausdruck an. Der fünfte Tag vergeht, indem ich auf den Benjaminbaum in meiner Büroecke starre. Am Abend des sechsten Tages der Woche, in der Bloemfeld sich nicht blicken lässt, reicht Harrer alle notwendigen Unterlagen für eine einstweilige Verfügung ein.
»Wie ficken sie alle!«, sagt er strahlend, bevor er mit den Papieren verschwindet.

Den ganzen siebten Tag über fühle ich mich so, dass ich keine Begriffe dafür finde. Mitten in der Nacht gehe ich deshalb ins Internet.
Selbst wenn ich an dem ganzen Hebräischkram ersticke, werde ich mich in Jesses Wurzeln eindrehen wie eine

Schraube. Der neue Begriff, den ich für seinen Vater finde, heißt *levado*. So nennt der Rabbi Mose.
Überaus einsam, bedeutet es, und nah bei Gott.
Das Wort taucht auf, als Mose sein Volk über den Jordan ziehen lässt, nachdem er kurz vor dem geheiligten Land endlich die Managerallüren abgelegt hat. Delegieren muss selbst ein Heiliger lernen.
Es fällt ein wichtiger Satz:
Ich kann euch nicht allein tragen. Der zweite wichtige Satz des Abends steht in einer E-Mail, die ich Linda Carruthers schreibe, ein einziger Satz, nachdem ich ihr kurz mitgeteilt habe, dass ich eine einstweilige Verfügung beantrage.
Ich behalte ihn hier.
Ich küsse meine Finger und danke Rabbi Gafni.

Diesmal weiß ich, dass die Backing Vocals nicht Papageien gehören, sondern Yu. »Wie kannst du das tun?«, schreit Linda in den Hörer. »Wie konnte ich nur so bescheuert sein? Wie ist das bloß möglich?«
»Warte«, sage ich, »warte, Linda. Bitte!«
In meiner Stimme hockt ein Zittern.
»Nein! Du wartest! Ich – wie kannst du *mir* das antun? Ich habe dich damals zu nichts gezwungen, du hast ihn mir sogar freiwillig mitgegeben. Wir hatten uns angefreundet, Afra!« Gleich wird sie sagen, dass sie mir vertraut hat. »Ich habe dir absolut vertraut. Ich kann ... Aber du hast natürlich keine Ahnung, was los ist? Oder?« Gleich mehrere Worte schießen in Versalien durch die Leitung.
»Doch«, sage ich, »doch, natürlich, Linda.«
Irgendwo hinter ihr krächzt Yu, die Vogelmutter. »Warum *tust* du das dann? Du willst ihn doch nicht im Ernst dabehalten! Und wo ist eigentlich Hurt? Ich erreiche ihn mobil nicht! Weiß Hurt, was du da angeschoben hast, Afra?«

»Keine Ahnung«, sage ich ruhig. Sobald sie nochmal fragt, sage ich die Wahrheit, denn Bloemfeld hat sich für weitere drei Tage bei Wendt abgemeldet. Am Vortag war nur Barbara da, eine funkelnagelneue Prada-Tasche auf dem Schoß. Über diesem Doktorkoffer glänzten ihre Augen. Überschwänglich begrüßte sie mich, und ich suchte ihre Haut nach seinen Spuren ab. Am liebsten wäre ich in sie hineingekrochen.
Während Linda heult, kracht es plötzlich in der Leitung, und ich höre Winstons Stimme: »Ich fordere Sie auf, Jesse auf der Stelle zu meinem Schwiegersohn zu bringen!« Auch Mose hatte einen Schwiegervater, Jitro, der laut Rabbi Gafni die Grundlage des modernen Justizwesens entwickelt hat.
»Gut«, sage ich freundlich, »und wenn nicht, Winston? Setzen Sie Wasserwerfer ein?«
»Ich fordere Sie erneut auf...«, ruft er, während im Hintergrund Helen auf Linda einredet, magere, beruhigende Parkinson-Laute.
»Sagen Sie Linda einfach«, sage ich, als seine Stimme sich überschlägt, »dass es andere Instanzen gibt als uns. Über uns wurde nämlich längst entschieden. Das hat sie selbst letztes Jahr behauptet. Übrigens sagte sie damals auch, dass sie Jesse liebt. Wissen Sie, Winston, sie liebte ihn schon, bevor sie ihn gesehen hatte, nachdem sie sieben Jahre ohne ihn ausgekommen war. Sie sind doch Chemiker! Was weiß man über eine Verbindung, die man nicht untersucht hat? Ist das ein Grund, sie plötzlich für pures Gold zu halten?«
»Mein Gott«, sagt er, »Sie sind tatsächlich eine Maschine!«
Dieser Satz befriedigt mich zutiefst. Das Stahlbad Amerika hat gewirkt. Aber auch Rabbi Gafnis Interpretation von Mose. Ich kann euch allein nicht tragen. Man muss Dinge geschehen lassen, sehen, was sein Recht will. Dabei geht

vielleicht die Einzigartigkeit vor die Hunde, aber man bekommt etwas zurück.
Ich, sagt jemand, ich, ich und immer nur ich. Erika.
Niemand wird sich erinnern.
»Sagen Sie bitte Linda«, sage ich, als ich Helens Stimme erkenne, »dass ich ihn lieb gehabt habe, und ich habe ihn immer noch lieb. Sagen Sie ihr nichts sonst. Nur, dass er mein Kind ist.«
»Ich bete für Sie!«, sagt Helen, leider ohne eine Spur von Ironie. Was sie meint, schwebt hoch über sämtlichen Superhirnen Santa Monicas. Helen, der einzige Mensch, der mir jenseits der Avenida Cesar Chavez begegnet ist.
»Beten hilft ja manchmal«, sagt sie, »deshalb tue ich es auch. Für Sie alle drei, übrigens.«

Bloemfeld lässt sich Zeit.
Aber ich verlasse mich auf den Katalog von Verfahren, die er mir unbedacht präsentiert hat, in einer Nacht, als ich nicht sagen wollte, was ihm zu hören Spaß gemacht hätte. Er wird keine Ruhe geben.
Ein Mann, der ein Spieler ist.
Bis er sich durchringt, höre ich mit Jesse *Urmel aus dem Eis*, lasse mich Mama Wutz nennen, wir küssen uns, schlafen in einem Bett, die Köpfe aneinander gelegt, während über uns Esther herumwandert, auf einsamen Streifzügen zwischen Kühlschrank und Klo. Ich mache einiges anders, wenn ich auch nicht gedenke, zu einer der Mütterbestien zu werden und Jesse aus lauter Langeweile beizubringen, wie man Magnolien aus Vorgärten zerrt oder Bedienungen mit Negerküssen bewirft. Jesse soll nicht sein wie andere durchgedrehte Kinder. Kein psychischer Onanist.
Kein Bloemfeld.

An einem der zerwarteten Tage erfahre ich, wie aus Saulus Paulus wurde.
Ein indischer Gehirnforscher hat das Wunder entschlüsselt und mutmaßt, es sei gar nicht Gott, sondern nur ein epileptischer Anfall gewesen. Vielleicht liegt mein Ärger darüber an Rabbi Gafni, dessen Schriften ich bei der dünnbeinigen Buchhändlerin kaufe.
Danach begreife ich besser und wünsche mir sogar, dass Jesses Lehrerin wieder Strafarbeiten einführt und ihn *kleiner Achmed* nennt, damit ihm später etwas bleibt, wovon er sich befreien kann. Anders als andere, denen alles erlaubt ist und die am Ende nur noch ihre Mütter umbringen können. Nur werde ausgerechnet ich ihm nicht beibringen, wie man sich entscheidet, ein guter Mensch zu sein.
Aber er hat Anlagen. Wie seine Großmutter.
Leider verzögert sich die einstweilige Verfügung, was Harrer nervös macht. Was ich tue, wenn sich der kurzfristige Aufschub nicht zu einer Zukunft verlängern lässt, weiß ich nicht. Ich will darüber auch nicht nachdenken. Oder, wie der Rabbi den brennenden Dornbusch zitiert:
Leg deine Schuhe ab, denn der Ort, wo du stehst, ist heiliger Boden.
Jesse und ich vollführen jedoch seit ein paar Tagen sein Zählritual. Wir zählen, seit Bloemfeld Jesse schreibt, und am Ende werden wir auf einem Schatz von Tagen sitzen. Die Karten kommen mit der Hauspost, in großen Konzept-Umschlägen, die Barbara mitbringt. Über die letzte hüpfte ein tibetischer Mönch in knallbunten Hosenröcken. Ich lese die Nachrichten sehr genau: Dass er Jesse vermisst, was es zu Mittag gab, und manchmal notiert Bloemfeld auch, wann er arbeitet.
Bleibt nur die Frage, wo, warum und was.

Der Brief liegt unter der Tür.
Ein schwerer, gelblicher Umschlag mit einem amtlichen Stempel.
Es ist der 1. Juli. Das Schreiben ist sehr klar formuliert.
Die deutsche Behörde fordert mich auf, mich beim Amtsarzt vorzustellen. Nur eine kleine Maßnahme, die Grundlagen schaffen soll.
Die Kläger haben bereits Blutproben abgegeben.
Mein Herz setzt aus. *Beide* Kläger.
Louis H. Bloemfeld und Linda Carruthers.
Die das Kind, Jesse Barth, endgültig zur Gerichtssache machen.

Kurzfristig schwebt der Raum über mir. Bis ich über dem Raum schwebe.
Alles besteht jetzt aus Glas. Selbst die Luft.
Natürlich habe ich erwartet, dass etwas passiert, aber damit hatte ich nicht gerechnet. Jesse habe ich sogar jeden Abend mit Linda telefonieren lassen, und ab und zu sogar mit Yu. Ich habe ihn gezwungen, selbst wenn er keine Lust hatte. *Beide* Kläger, sieh einer an.
Es muss die Sache mit Bloemfelds Mutter gewesen sein, mein Übermut, an dem sich sein Hass entzündet hat. Ein Schritt zu weit, in ihn hinein, wo keiner sein darf außer ihm. Sonst hat Bloemfeld durchaus nichts gegen Spiele, hat dieses sogar mitgespielt, ist Linda gegenüber zum Judas geworden. Weil es ihm gefallen hat. Ich nehme an, ihm gefällt nun auch das: der Gedanke, wie ich in der Tür stehe und einen schweren Umschlag in der Hand wiege.
Vermutlich kann er mich sogar atmen hören.
Steht irgendwo und lauscht.
Louis H. Bloemfeld, der Kläger.

Sein Sportsakko ziert ein winziger Rest Rasierschaum.
Harrer fliegt auf mich zu, während ich ihm schweigend den Brief entgegenhalte. Dann erklärt er mir die Angelegenheit, die mich zu einer halben Kriminellen macht. Nicht nur werde ich zur Einlassung gebeten, was bedeutet, dass das Gericht die Basis für Sorgerecht und Aufenthaltsbestimmung des Kindes erörtern will, sondern *man* hat tatsächlich vor, Klage zu erheben. Bald bin ich vielleicht ganz offiziell eine Angeklagte, nicht nur inoffiziell keine Mutter mehr.
So schnell macht man Karriere.
Draußen herrscht fast kalifornisches Wetter, der Raps verblüht, aber in den Rabatten schäumen die Rosen. Der Himmel hängt noch sehr weit oben, in einem behutsam drängenden Blau.
»Was werfen sie mir denn genau vor?«, frage ich.
»Kindesentführung!«, sagt Harrer, vom Donner gerührt.
Es ist so absurd, dass ich lache.
»Grotesk«, sagt er stirnrunzelnd, »und bisher haben sie auch gar nichts in der Hand.«
»Was heißt das?«
»Vermutlich nur heiße Luft. Ein Warnschuss, solange das Jugendamt nicht tatsächlich auf der Matte steht. Sie wollen sich bemühen, den Gerichtsstand Kalifornien zu belegen, und das wird einfacher, wenn sie nachweisen, dass Sie ihnen Jesse gegen ihren Willen entziehen. Deshalb der ganze Aufstand.«
Sein Gesicht zieht sich zusammen, als er nachdenkt, mindestens fünfzig Muskeln, die sich um seinen Mund anspannen. »Immerhin waren Sie so schlau, ihn herüberzuholen, andererseits, falls man drüben Zeugen hat, falls also seine Mutter tatsächlich erwarten konnte, dass er wiederkommt…«
»Natürlich hat sie Zeugen!«
Die wenig vertrauenerweckende Melange zwischen Roll-

stuhl und Chemie – nach meinem Telefonauftritt wird zumindest Winston beglückt sein, mich in den Boden zu stampfen. In mir schrillen Sirenen. Bis es mir einfällt.
»Würde es etwas nützen«, sage ich, »wenn der Vater, der ihn ja begleitet hat, ohne weitere Angabe von Gründen verschwunden ist? Das heißt, wenn er Jesse allein lässt, in meiner Obhut, ohne vorherige Ankündigung?«
Harrers Hosenbeine wirken in meinem roten Sessel wie Bäume, Fitnessprodukte, anzunehmen, dass er hantelt. Er zuckt die Achseln.
»Sicher nützt es, alles nützt, solange wir nur nicht in die Staaten müssen. Wir könnten es versuchen. Natürlich setzt es den Mann in ein verdammt schlechtes Licht, das ist eine Variante. Man kann es ihnen auch als Vertrauensbeweis andrehen, als zeitweilige Überlassung der elterlichen Sorge, was natürlich die Entführung sehr unglaubwürdig erschei...«
»Na gut«, sage ich ungeduldig, »dann tun Sie das.«
Aber er erklärt mir umständlich, dass wir abwarten müssen. Zunächst muss ich die Blutprobe abliefern, damit sicher geklärt ist, dass ich als Mutter wegfalle, endlich auch amtlich. Esther hat es genauso vorausgesagt. Dazu kann man mich zwingen.
»Danach sehen wir ja dann, ob sie mit der Gerichtsstandsnummer durchkommen, wenn ja, werden sie nicht mehr wegen Entführung klagen müssen. Wir können uns darauf verlassen, Los Angeles bedeutet, der Junge ist so gut wie weg.«
»Und andernfalls?«, sage ich, plötzlich mutlos.
»Andernfalls haben wir ein wunderbares Hickhack. Erst mal ist Jesse deutscher Staatsbürger. Aber das ist durch die Verwechslung quasi erschlichen. Und es gibt so gut wie keine Präzedenzfälle. Es geht auch um Staatsrecht. Nur

kann ich mir nicht vorstellen, dass man den Leuten ihr Kind letztlich vorenthält, falls die Genanalyse es bestätigt. Natürlich können wir Besuchsregelungen erwirken, Ferien, Danke-Bitte an die bisherige Mutter et cetera pp. Es gibt ja so was wie Sozialverpflichtungen. Darüber hinaus nehme ich aber an, dass wir in die Röhre gucken. So was hätte nur Aussicht auf Erfolg, wenn einer der beiden Elternteile damit nicht einverstanden ist.«
»Womit?«, sage ich eine Spur zu laut, etwas bewegt sich in meinem Kopf.
»Damit, dass der Junge nach Amerika kommt. Falls mindestens einer der Sorgeberechtigten sich dafür ausspräche, dass er hier bleibt.«
»Einer der beiden Elternteile?«, sage ich verwirrt. »Egal, welcher?«
»Natürlich«, sagt Harrer. In Gedanken befindet er sich bereits bei den Indianern. »Da drüben leben sie doch nicht hinterm Mond, die haben auch eine gewisse Gleichberechtigung. Es wäre eine Chance, ja. Aber das ist natürlich utopisch.« Ich denke an die *Z-Lay*-Veranstaltung. Von Wendt weiß ich, dass Barbara ihre übliche Rede halten wird, also werde auch ich eine Rede halten müssen. Was immer ich ihr erzählen muss. Wenn Bloemfeld nicht von selbst kommt, muss ich ihn über seine Fetischistin auftreiben.

Sie duftet neuerdings nach Mädchencreme.
Vielleicht mag er das ja. Aber während Linda diesen echten Grüne-Äpfel-Charme hat, kann man ihn Miss *Z-Lay* beim besten Willen nicht vorwerfen.
»Afra!«, sagt sie hinter mir, und ich könnte sie auf der Stelle ohrfeigen, aber Esther und S. Bahn zuliebe, die im Feiertagsstaat plaudern, verzichte ich darauf. »Wie *lange* haben wir uns nicht gesehen...?«

Ihre Augen sagen, dass es getrost länger hätte gewesen sein dürfen. Barbaras Kleid haut allerdings selbst S. Bahn aus den Socken, *Donna Karan*, wie mir Mutter später zuflüstert. Es besteht aus, sagen wir, nichts und einem Lendenschurz, dabei ist die Aussicht auf ihre Proportionen so beeindruckend wie die auf die Niagarafälle.
»Wirklich hübsch«, stellt S. Bahn fest.
Mit dem Zeigefinger zupft er an einem Spaghettiträger.
Das ist der Sinn, auf den die Welt sich reduziert.
»Falls Sie nachher einen Moment Zeit hätten…«, sage ich.
»Sicher«, ruft Barbara über die Schulter. »Für Sie immer, Afra!«
Ihrem gemeißelten Hintern schaut S. Bahn anerkennend hinterher, aber Esther fragt mich:
»Was meinst du, ist das echt?«

Oben rollen sie ein hochblaues Transparent aus.
Auf der Bühne erscheinen nacheinander Paul, Kainsbach, S. Bahn und der Professor, den sie aus der Versenkung geholt haben. Er säuft und verfasst, sobald er besoffen genug ist, Dada-Literatur, alles, was bereits andere erfunden haben. Aber es fällt niemandem auf, außer vielleicht *Hühnchen!*. Hinter der Quadriga steht Barbara vorm Mikrophon, während die Künstler auf unterschiedlich lange Leitern klettern und die Leinwand spannen. Diesen Akt haben wir minutiös geplant, damit der Pegel des Professors eben noch niedrig genug ist, dass er nicht vorzeitig ins Leere fällt.
Jeder beginnt jetzt, einen Buchstaben in das Blau zu malen, in *Weißweiß*.
Auf dem Transparent entsteht ein Wort. STAY.
Der neue *Z-Lay*-Slogan, der ein Befehl ist. Zehn der stärksten Männer haben wochenlang darüber gebrütet, auch ich, und das Ergebnis der Brainstormings wurde von Barbara

beurteilt. Bis zuletzt hat sie jedoch nicht gewusst, dass STAY mein Vorschlag war. Meiner Ansicht nach war nichts falsch daran, es einmal mit dieser Parodie zu versuchen, denn STAY bedeutet, dass *Z-Lay* zur Umkehr aufruft, einen Punkt setzt im allgemeinen Trendverschleiß. Seide, Leinen und Spüli, Wertewandel und so weiter.
»Vergiss es«, sagte Wendt. »Das kann nicht dein Ernst sein.«
Wie ich befürchtete, war Barbara aber begeistert, selbst als sie erfuhr, wer die Idee hatte. In Gedanken übe ich meinen Spruch. »Für den letzten Event muss ich Bloemfeld erreichen, unbedingt. Zur Not eben auch zu dritt.«
Das wird ziehen. Wenn ich ihn erst habe, wird er mir zuhören müssen, egal, ob Barbara dabei ist oder nicht. Oben redet sie von Umschwung, und für meine kleine Bittrede werde ich ihr eigenes Stichwort ausbauen. In derselben Sekunde jedoch, in der ich mich ins Licht drehe, um auf die Uhr zu schauen, weiß ich, dass ich mir weitere Planungen schenken kann.
Schräg von mir sieht Louis Bloemfeld zu, wie ich über ihn nachdenke.

Barbaras hauchende Stimme im Ohr, beginne ich mich zu bewegen.
Doch es dauert Stunden, bis ich an der Säule ankomme, wo er, die Hände in den Hosentaschen, lehnt. Bis zu mir strahlt er die anonyme Kunsthändlerarroganz aus, die er anzieht wie seinen Ölmantel.
Kaum einen Meter von ihm entfernt bleibe ich stehen.
Er trägt Jeans und eins der schneeweißen *Z-Lay*-Hemden, die Barbara für ihn hat entwerfen lassen. Sie mag Männer, hat es mir einmal genau erklärt, bis niemandem mehr verborgen bleiben konnte, dass es auch Frauen gab, die keine Männer *mochten*. Gleich wird die meterhohe Sektflasche

schäumen, ein komplizierter Mechanismus, den sich die kalifornischen Techniker ausgedacht haben.
Bloemfeld dreht sich um, und erst da bemerke ich die Antilope neben ihm, langbeinig, milchkaffeefarben. Leicht berührt sie das winzige nackte Stück Arm zwischen seinem hochgerollten Ärmel und der Uhr. Sieh dir das an, sagt Bloemfeld in meinem Kopf, das habe ich dir schon einmal gezeigt, aber du hast nicht hingesehen. Sein Bayougehabe liegt über dem Moment, mit Alligatorstimme sagt er Dinge, die den Abend für seine neue Eroberung zu einem Ereignis machen werden. Er lässt mich einfach hier stehen.
Das kleine Stück seines Arms lasse ich nicht aus den Augen. So geht es nicht, denke ich. Das muss aufhören.

Als ich sein Handgelenk packe, taxiert er mich, als kenne er mich nicht.
In den Augen der Antilope vibriert ein Lächeln, das zu Überraschung wird.
Die Frau des finnischen Aufsichtsrats berührt mich erfreut an der Schulter, denn wir wurden uns bereits vorgestellt. In schlechtem Englisch beginnt sie auf mich einzureden. Immer noch halte ich seinen Arm, und er mustert meine Hand.
»So nicht«, sage ich, »du wirst jetzt so gut sein, Louis, und mir die paar Antworten geben, die ich haben möchte.«
Finger für Finger löst er meine Hand. Die Haut der Aufsichtsrätin spannt sich über Backenknochen, die jemand bereits heftiger gespannt hat, als ihr gut tut. Bloemfelds Lächeln schweift ab und trifft das Mädchen, in dessen Blick plötzlicher Spott aufscheint.
»Komm schon«, sage ich, »es ist durchsichtig, Louis! Wenn du etwas von mir willst, sag es. Gern auch Englisch, nur so, dass ich es verstehe.«
»Aber ich will nichts von dir«, sagt er freundlich.

Der Satz peitscht bis fast hoch zur Bühne, wo Barbara und Paul Barth eins seiner neueren Werke versteigern wollen.
»Kannst du dir dann wenigstens vorstellen, was ich von dir will?«
»Nein«, sagt er noch freundlicher.
»Werden wir uns noch vorgestellt?«, fragt die Antilope.
Unter Bloemfelds Kehle pulsiert sein Blut.
»Weißt du eigentlich«, sage ich, ohne auf die Frau zu achten, während Barbara über die Bühnentreppe auf uns zusteuert, »dass du Jesse auf dem Gewissen hast, wenn du das jetzt tust?«
»Was?«, sagt er. Ich ziehe den Brief aus der Tasche.
»Hast du überhaupt begriffen, wer er ist, Louis? Was du ihm wegnimmst? Nicht nur mit mir? Auch mit dir? Warum willst du ihn Linda geben?«
Millimeterweise schiebt er mich zur Seite. »Weißt du, wer Linda ist?« Er schweigt. »Deine Schöpfung, Louis, eine tolle Mischung, Haiti-Kiwi-Torte und antiallergisches Bohnerwachs. Und zu ihr soll Jesse gehen? Weil du dich selbst so gern dort aufhältst, etwa? Bei dem armen Monster, dem du nicht mal erlaubst, mit ihrem psychologischen Saubermann anzubändeln? Willst du nicht wenigstens Linda endlich von dir erlösen, Louis? Ein bisschen echte Großzügigkeit? Zur Abwechslung?«
»Wer ist Jesse?«, fragt die Antilope.
»Mein Sohn«, sagt Bloemfeld nachdenklich.
»Mir ist auch egal«, sage ich, »wer das aus dir gemacht hat. Ich bin nicht Linda, und du musst mir nicht mit deiner Mutter kommen. Gegen so etwas existieren Maßnahmen. Geh zu Denne, der treibt dir deine Mutter schon aus!«
»Dein Sohn?«, fragt die Antilope. »Und wer ist die Mutter?«
»Ich!«, sage ich.

Von hinten legt Barbara die Hand auf Bloemfelds Hüfte.
Immer noch sagt er keinen Ton, sondern verschränkt die Arme.
»Was ist denn hier los?«, fragt sie. Ihr saurer Ton bringt die Aufsichtsrätin dazu, die Lider zu schließen. Dann kippt Barbaras Stimme, weil sie seinen Gesichtsausdruck sieht.

Ich kann nicht sagen, dass Katastrophen mich je beunruhigt hätten.
Dass sie anderen Leuten, ja, ganzen Erdteilen oder sogar Ideen passierten, die plötzlich vom Erdboden verschluckt werden, ist sogar ein gewisser Trost. Nie war ich die Selbstmörderin, die Paul Barth in mir vermutete.
Eigentlich bin ich ein Geschöpf des Wassers.
Wenn ich auch keine Männer mag, in Barbaras Sinn, lebe ich doch gern da, wo die Farben sachter sind als in Pauls Acrylgemälden. Es ist eine Lebensform, die ausstirbt. Deshalb habe ich so lange stillgehalten, als das mit Jesse passierte. Ich habe versucht, meinen Unterwasserraum zu schützen. Den Erika-Traum, der Aufsehen erregende Entdeckungen brachte.
Die halbe Geschichte, die meine ist, gehört jedoch Linda. Vielleicht lüge ich, vielleicht aber tue ich das, was ich nun tue, auch für sie, für Stella und Erika. Unter Wasser gibt es nicht viele Fragen. Eigentlich nur die eine:
Taucht man tief genug oder nicht?

»Und du verschwinde!«, herrsche ich Barbara an.
»Bist du verrückt gewor...!«, ruft Barbara.
Weit unten in ihrer Stimme singt ein Sägeblatt.
»Lass sie«, sagt Bloemfeld, »lass sie es ruhig sagen!« Er hält sie an den Schultern. Seine Hand auf ihrem Körper, wie etwas, was dahin gehört.

»Und fass sie nicht auch noch an«, zische ich ihm zu. Langsam fallen seine Hände herab, streifen ihre Finger und umfassen die Säule, wo immer noch die überaus langgliedrige Antilope lehnt.
»Louis«, sagt Barbara. »Was soll denn das?«
»Und was weiter?«, fragt er mich. »Was hast du jetzt geplant, Afra?«
»Ich hole Paul«, sagt Barbara, sehr kalt.
»Du holst niemanden«, sage ich sachlich. »Das Einzige, was du dir holst, ist eine Abfuhr, falls du noch einmal versuchst, ihn anzufassen, bevor ich vernünftig mit ihm geredet habe. Danach häng ihn meinetwegen in deinen Kleiderschrank!«
So ist das Schachspiel.
Logisch, bis zum Punkt, an dem die Königinnen auftauchen.

Diesmal lässt es Bloemfeld nicht einfach geschehen, sondern hält meine Hände fest. »Hör auf!«, sagt er, nicht mit der Hundeplatzstimme für Linda.
Dann zieht er mich heran, bis meine Stirn fast sein Kinn berührt. »Nun hör schon auf, es genügt, Afra. Ich habe wirklich verstanden. Du wirst es nicht glauben, aber es reicht.«
Unter Barbaras Aufsicht, unter den Blicken der Antilope, unter *Hühnchens!* Luftschnappen, Pauls Schritten, unter alldem Tamtam und schließlich unter dem Plakat, das ich entworfen habe – STAY, das Barbara viel Vergnügen einbringen wird und noch mehr Geld –, entziehe ich mich seinem Griff. Denn es reicht nicht, weil es aufhören muss, wie es angefangen hat. Mit Distanz. Wenn es anders aufhört, muss es am anderen Ende des Spektrums wieder anfangen. Diesmal will ich ein vernünftiges Ende statt einer Vorstellung, die Louis Bloemfeld vor Publikum gibt.
»So nicht«, sage ich, »bestimmt nicht. Ich will reden.«

Er seufzt, nimmt mich am Arm und steuert auf die Garderobe zu.

»Ich bringe sie nach Hause«, sagt er zu Barbara.
Frisch gewetzt folgt sie uns, schlägt aber schließlich die Augen nieder und legt ihm den Handrücken flüchtig an die Wange.
»Bühnenreif«, stellt er fest, als er den Wagen aufschließt, aber er meint mich, nicht sie. »Ist es so schlimm? Ich meine, wie schlimm muss es sein, dass du es derart platzen lassen musst? Du hättest Drehbücher schreiben sollen, Afra.«
Auf den kalten Lederpolstern schließe ich die Augen, und das Concorde-Gefühl überkommt mich scharf und schnell, während die Geräusche der Nacht überlaut werden. Das Knacken der Schaltung, seine Bewegungen, wenn er in den Rückspiegel sieht.
»Was ist mit der Blutprobe?«, frage ich.
»Amtsarzt«, sagt er, »ein kurzer Einstich, bingo.«
»Ja. Und warum?«
»Was weiß ich«, sagt er.
»Leidest du etwa unter irgendeinem komischen Syndrom, Louis? Michael Douglas? Don Juan? Dr. Hirschfeld? Einstein des Sex und so weiter? Ihr habt doch genug Kliniken in eurer rauchigen Bucht. Kriegen sie dich nicht wieder hin, Louis?«
»Es macht Spaß«, sagt er.
»Ja«, sage ich. »Mir auch.«
Wir schweigen, bis er einen Parkplatz findet.

»Erbauungsliteratur?« Weil ich es vorziehe, still zu warten, legt Bloemfeld Rabbi Gafnis Buch zurück. »Ich kenne ihn«, sagt er.
»Wen kennst du nicht?«

»Es nennt sich Schule des persönlichen Mythos, er bezieht sich auf Abraham Kuk...«
»So weit bin ich noch nicht!«
»Die Welt wurde für mich erschaffen. Es bedeutet, du tust, was du tust. Vielleicht heißt es, wenn morgen der Himmel herunterfällt und keiner sieht zu, ist der Himmel nicht heruntergefallen. Oder wenn du nicht du bist, bleibt dein Platz leer.«
»Warum wirst du nicht Rabbi? Wenn du ohnehin alles weißt?«
»Das, was ich damals über deine Hässlichkeit gesagt habe, Afra, hatte damit zu tun. Ich fand dich hässlich, weil du jemand anders warst. Vielleicht kann ich dich jetzt sehen.« Er hat ein Grübchen, wenn er lacht, an derselben Stelle wie Jesse, an derselben Stelle wie ich. Aber selbst die Drei-Grübchen-Fraktion rechtfertigt unsere Penetranz nicht.
»Warum bringst du Jesse eigentlich diese Dinge bei?« Ich zeige auf das Buch. »Warum muss er Sachen küssen lernen?«
»Kein Philosoph hat je etwas gesagt, was die Rabbis nicht vorher gesagt haben. Es gibt keinen Anfang nach ihnen. Es gibt keinen Anfang nach der Wahrheit. Mach Musik«, sagt er, »mir ist gerade etwas leer. Irgendwas. Was dir gefällt.«
Wenig später breitet sich das *Officium* zwischen uns aus, und ich hoffe, dass Jesse davon nicht wach wird. »Wird Jesse nicht wach?«, fragt er.
»Er ist bei Esther«, sage ich. »Und wenn er es bis oben hört, sieht er dich wenigstens mal.«
»Ich glaube nicht, Afra«, sagt er mit kurzem Lächeln, »dass zwischen uns noch eine Annäherung möglich ist. Du merkst ja, wie es läuft. Du verprügelst mich, und irgendwann verprügele ich dich.«
»Wir leben«, sage ich, »in einer gewalttätigen Gesellschaft.«

»Abgesehen davon«, sagt er, »dass ich hundert Jahre älter bin als du, dass man nicht bewusst Selbstmord begeht – ich kann einfach nicht teilen. Ich versuche es, und dann spüre ich, dass es nicht reicht. Deshalb bevorzuge ich auch Frauen, die meine Minimalvariante genießen. Ich finde es selbst arm. Aber so ist es nun mal.« Diesmal sagt er *poor*, weil es weiter reicht.
»Wieso sprichst du so gut Deutsch?«
Louis Bloemfeld zuckt die Achseln.
»Ich dachte, Linda hätte es dir erzählt? Meine Mutter war Deutsche.«

Nach einer Weile fragt er, ob ich mich in ihn verliebt habe.
»Ja«, sage ich, und das Wort tropft zwischen Saxophonen in den Raum. »Die Welt wurde für dich erschaffen. Sehr reizvoll für jemanden wie mich, der von sich selbst das Gegenteil annimmt.«
»Die reine Notlösung, Afra. Ich koche auch nur mit Wasser.«
»Ich weiß«, sage ich. »Das ist ja das Deprimierende.«
Bloemfeld schaut auf die Uhr, gleich wird er gähnen, aber er zündet sich eine Zigarette an, scheint nachzudenken und lauscht dem *Parce mihi domine*. »Es ist jetzt gleich zehn. Gibst du mir drei Stunden? Ich möchte etwas mit dir spielen.«
»Was denn noch?«
»*Zwei*. Ein Spiel aus Los Angeles, aus der Therapieszene. Ich wollte es immer mal machen, aber es hat sich nie ergeben. Neulich habe ich gedacht, mit dir könnte es gehen. Du spielst doch gern, oder?«
»Wie Linda«, sage ich dumpf.
»Wie Linda?« Er macht ein Geräusch zwischen Lachen und Stöhnen. »Linda spielt gern Rotkäppchen, weil sie die Sache

mit meinen Frauen falsch versteht. Sie ist sehr intelligent, aber sie hat etwas von einem Herdentier, lässt sich immer weiter treiben. Man denkt, jetzt steht sie am Rand, jetzt kommt ein kleines Stück Wahrheit. Und dann marschiert sie einfach weiter. Ich wollte immer wissen, wo es für sie aufhört, aber es hört nicht auf.«
»Wie geht das Spiel?«

Er braucht einen Wecker. »Sobald er klingelt«, sagt Bloemfeld, »brechen wir ab. Nach drei Stunden. Egal, was gerade geschieht. Danach werden wir uns zehn Tage weder sehen noch ein Wort miteinander reden.«
»Zehn Tage?«
»Nicht weiter problematisch, wir sehen uns sowieso kaum. Wir werden auch niemandem ein Wort darüber sagen, was in dem Raum passiert ist. Und zwar verbindlich, darauf müssen wir uns verlassen können. Nach den zehn Tagen haben wir eine Stunde Zeit, es miteinander zu besprechen, falls einer von uns das will.« Er macht eine kleine Pause, gerade lang genug, dass ich begreife, was er meint. »Und falls nicht?«
»Dann sprechen wir es nie mehr an, das ist eine weitere Regel.«
»Ich kenne dieses Spiel«, sage ich, »es heißt Ehe.«
Er fragt nach einem Plattenspieler, und wir brauchen Platz. Zusammen räumen wir das Bett aus dem Gästezimmer, wo zuletzt der Bildzeitungsschreiber genächtigt hat.
»Worum geht es übrigens?«, frage ich.
»Darum«, sagt er, »die Wahrheit zu sagen.«
»Aha«, sage ich. Kein Spiel, das für Louis Bloemfeld gemacht scheint.
Als ich ihn frage, warum er es nie vorher gespielt hat, grinst er und reicht mir die Jacke, die über der Sofalehne lag.
»Kannst du das aufhängen, bitte?«

»Häng dich selbst auf«, sage ich, »am besten in Barbaras Fitnesscenter.«
Er grinst noch deutlicher. »Bitte, Afra, ich weiß nicht, wohin damit!«
»Warum hast du es nie gespielt?«
»Man darf es nur mit Leuten spielen, mit denen man keinen Sex hat.«
»Keinen Sex hat?«
»Ja«, sagt er, »und wir haben keinen Sex, oder?«
»Nein«, sage ich, »haben wir nicht.«
So weit ist die Sache also klar.
An Mitspielerinnen fehlt ihm einfach die Auswahl.

Anstatt über Jesse zu sprechen, zerbrechen wir Streichhölzer.
»Schade«, sagt er, als er das Kürzere zieht. »Du darfst die CD aussuchen. Irgendwann werden wir ein Stück hören, dasselbe Stück, für fünfzehn Minuten.« Das Spiel ist so obskur wie seine ganze *Lebensform*, das Wort, das Linda geprägt hat. »Sie sagen, es hat eine phänomenale Wirkung.«
Ich ziehe eine CD aus dem Stapel, ihm wird schon aufgehen, was er davon hat.
»So«, sage ich. »Und jetzt nochmal: Worum geht es, außer um Wahrheit?«
»Du hast doch Rabbi Gafni gelesen, was er darüber schreibt, sich selbst zu verlieren. Über Adam. *Er wusste nicht, wie er antworten sollte, als Gott ihn fragte: Wo bist du?*«
Gebe sein Gott, dass Bloemfeld Eva nicht dieselbe Frage zu stellen gedenkt.
»Keine Angst, Afra«, sagt er und streckt mir die Hand entgegen. »Es läuft ja auf Zeit. Wir haben eine Struktur. Wir stellen uns einfache Fragen, tun ein paar einfache Dinge. Es wird nichts weiter passieren.«

Jeder darf eine Antwort verweigern, den Joker, nur muss man rechtfertigen, warum. Ansonsten, erklärt er mir, bleiben wir drei Stunden da drin, wenn wir die Tür erst geschlossen haben, unter allen Umständen. Als er mich fragt, ob das in Ordnung ist, nicke ich, aber dann fällt mir etwas ein.
»Und wenn ich pinkeln muss?«
»Dann pinkelst du.«
»Wohin?« Er zuckt die Achseln. Mein Gott. Theoretisch besitzt der Mensch die größte Lernfähigkeit unter den Erdbewohnern. Alle Fragen dieser Welt, wenn Bloemfeld mir danach nur meine Frage so beantwortet, wie ich will. Von wegen: *Wo bist du?* Mit Adam soll er mich in Frieden lassen. Bald halb elf, gegen halb zwei wird es noch nicht zu spät sein, ihn das zu fragen, was für mich das Wichtigste ist. Meine Frage wird nicht lauten: Wo bist du? Sondern: Gibst du mir Jesse?

Es ist totenstill, bis Esther oben die Dusche anstellt.
Mir tanzen bereits Funken vor den Augen, das Zimmer ist zu leer, zu weiß. Wenn Bloemfeld den Knopf der Funkuhr drückt, beginnt der Countdown.
Wie wichtig sind mir Versprechen?
Erika nickt, ihr Gesicht, das ich nicht kenne, weil es auf der Schneise damals keinen Spiegel gab. Erst nachdem ich Bloemfeld vorhin belogen hatte, habe ich versprochen, die Wahrheit zu sagen. Nein, ich habe mich nicht in Bloemfeld verliebt. Aber da die Lüge so gut in sein Konzept passt, wird er es nie hinterfragen.
An die Wand gelehnt, öffnet er den Gürtel, hoffentlich zieht er sich nicht ganz aus. Aber selbst dabei würde ich mitspielen, wenn ich nur nicht die Welt mit Jesses Bildern tapezieren muss, weil sie alles sind, was mir bleibt. »Für die erste Runde«, sagt er, »haben wir eine halbe Stunde.«

Dann macht er es sich an seiner Wand bequem. Glück gehabt.
»Ich fange an, weil du die Musik aussuchen durftest.«
Wahrscheinlich sehen meine Augen im Halbschatten müde aus.
»Was ist? Möchtest du schon aufhören, Afra?«
»Natürlich nicht. Meinst du übrigens mit Wahrheit die Wahrheit, wie du sie verstehst?«
»Du weißt, was ich meine, Afra!«
»Also gut«, sage ich mit einem Seufzer.
»Keine Ja-Nein-Fragen, keine Kommentare. Zu jeder Frage zwei erlaubte Nachfragen vom Fragesteller. Ich lasse jetzt die Stoppuhr laufen, okay?«
»In Ordnung«, sage ich, und Bloemfeld drückt den Knopf, der die erste halbe Stunde in Sekunden und später in Minuten zerschneidet.
Bis sie aufgebraucht ist wie Jesses Karten-Zähl-Ritual.

»Hast du dich verliebt?«
Du lieber Himmel, das geht ja gut los, das beantworte ich nicht. Die Digitalanzeige zeigt 29:45, aber mir bricht bereits Schweiß aus.
»Nein«, sage ich bei 29:15. Worte sind morallos, denn mein Nein klingt genauso richtig wie das Ja eine Stunde zuvor.
»Warum hast du es dann behauptet, Afra?«
»Weil du es hören wolltest, weil du deine Annahmen bestätigt sehen möchtest, weil es mir gefallen hat, weil es einfacher war.«
»Ist das die Wahrheit?«, fragt er.
»Gilt das schon als zweite Nachfrage?«
Er schüttelt den Kopf und wartet.
»Nein«, sage ich. »Ist natürlich nicht die Wahrheit. Lass mir eine Minute, damit ich mich einleben kann.«

»An Wahrheit kann man sich nicht gewöhnen. Warum hast du vorhin Ja gesagt?«
Zeit, die rückwärts läuft, hat etwas von einem Vorwurf. 28:05 zeigt die Uhr.
»Weil ich etwas von dir brauche, was du mir vorenthältst.«
Das nur zu meinem schönen Plan.
»Jesse«, sagt er, keine Frage, ein Name, wie ein Ausrufezeichen. »Meine letzte Nachfrage ist: Warum glaubst du, mich nicht einfach bitten zu können?«
»Weil du«, in meiner Stimme ist keine Spur mehr von Unsicherheit, »ein Mensch bist, der mit mir ein Spiel wie dieses spielt.«
»Okay«, sagt er zu sich selbst, »ich verstehe.«
»Bin ich dran?«, frage ich. Bloemfeld nickt. 25:57.
»Ich möchte wissen«, sage ich, »was Barbara so attraktiv für dich macht?«
»Nichts«, sagt er, bevor er zu lachen beginnt. »Doch, natürlich, aber nicht ihre Beine, sondern ihr Arsch, und sie hilft mir, wenn mir nach Ventilen ist. Sie kann es parieren, ist bei mir, hat einen Apparat im Rücken, den ich brauche. Sie nennt mich Al-Khafiz. Sie füttert meine Vorstellung von mir selbst, aber sie weiß auch, dass sie nur ein Eckpunkt meines Systems ist. Dass ich uns beide durchschaue. Sie geht mit, wenn ich pokere, sie wehrt sich im Bett.« Das kommt gedehnt, dann dreht er die gefalteten Finger nach außen, bis sie knacken. So genau hatte ich es gar nicht wissen wollen.
»Was ist daran wichtig?«
»Daran, dass sie sich wehrt, wenn ich mit ihr schlafe?« Flüchtig lächelt er mir zu. »Dass ich gewinne, was sonst?«
»Und was ist mit deiner neuen Gazelle? Nein, warte: Warum brauchst du sie, wenn du Barbaras Wellnessprogramm so genießt?«
»Sie heißt Nadaz«, sagt er. »Und du hast mich noch nicht

gefragt, ob ich es genieße, das tue ich nämlich nicht. Attraktion hat mit Genuss nicht unbedingt etwas zu tun, und Nadaz hat nur einen Vorteil: Sie mag kein Silikon.« Wieder lacht er, als er meine Augen sieht. »Keine Kommentare, Afra. Es ist die Wahrheit. Und jetzt ich.«
Vor dem Weiß der Wände sind die Ziffern sehr rot. 20:37.

»Wie genau ist das Gefühl danach? Wenn du deine Hüpfer geschlachtet hast?« Gerade hatte ich überlegt, ob es schwerer ist zu fragen oder zu antworten.
Deshalb vergeht zu viel Zeit. 16:23.
»Ich fühle mich nicht mehr – hässlich?«, sage ich. »Nur wie jemand, von dem man irgendwo liest. Vielleicht liefere ich mir auch den Beweis, dass ich tatsächlich bin, wie sie erwarten. Wenn ich allein bin, wird es anders. Ich bin brüchiger. Ich höre Stimmen. Ich ...« Einen Moment denke ich nach, aber Bloemfeld wartet, seine übereinander geschlagenen Beine deuten auf mich. Mit angezogenen Knien hocke ich vor den Salzlampen, die Esther mir angedreht hat, nach ihrem Wahrsagerausflug, der Initialzündung. »Falls das passiert, wird es übel. Dann brauche ich ... Nachschub, nennt es Esther. Manchmal wird es hektisch. Ich komme mir vor wie ...«
»Ja?«, sagt er.
»Wie eine Betrügerin. Dazwischen fällt man. Und man weiß es. Das macht es fast pervers. Ich nehme an, es ist das Gefühl nicht zu genügen, auch wenn man immer schneller dreht.«
»Was?«
»Erste Nachfrage?« Ich blicke zur Uhr. 14:03. »Gut, es ist beinah wie vor Gericht, eine Beweislast. Ich will beweisen, dass ich nicht hässlich bin. Weder innen noch außen. Bestätigung, natürlich.«
»Sag mir, was die letzte Bestätigung war, eine, die funktioniert hat.«

»Joker!«, sage ich wie aus der Pistole geschossen.
»Begründung!«, sagt Bloemfeld. »Und wenn's geht, ausführlich.«
Nicht eine Sekunde denke ich darüber nach, ob ich diesen Joker besser anlegen könnte, sondern suche nach einem Ausweg. »Es ist etwas, wofür ich mich schäme«, sage ich. »Es wäre ... einfach zu entlarvend.«

»Warum willst du klagen?«, frage ich.
Sein Kopf liegt im Nacken, so kann er zur Decke sehen, die immer tiefer sackt, je weiter die Zeit fortschreitet. Zu wenig optische Reize.
»Ich gedenke, Linda eine Freude zu machen, du sagst ja selbst, dass sie unter mir leidet. Ich bin ihr Exekutionskommando. Ein Mechanismus, wir können schon nicht mehr anders. Vielleicht sollte ich ihr etwas zurückgeben. Natürlich schäme ich mich auch, weil ich ihr damals nicht geglaubt habe«, sagt er und zieht die Stirn hoch. »Eigentlich bin ich nur ungern der Böse, es ist nur insoweit eine angenehme Rolle, als man sich nicht zurücknehmen muss. Aber es ist anders, *wirklich* böse zu sein. Für Jesse wäre es besser, er bliebe bei dir, aber Linda braucht ihr Vateropfer. Und ich brauche Linda als Entschuldigung dafür, dass ich bin, wie ich bin und es bei ihr nicht aushalte.«
»Was hast du mit mir vor, wenn du Jesse nach Hause gebracht hast?«
»Ich weiß es nicht«, sagt er wieder und umschließt mit den Händen seinen Nacken. »Nein, Unsinn, ich habe natürlich vor, Afra Afra sein zu lassen. Du bist eine Radikale, im besten Sinn, du weißt es nur nicht, weil du alles für Notwehr hältst. Ich habe es von mir auch lange nicht gewusst. Es hat vielleicht mit Toden zu tun – wenn man ein paar gestorben ist, kann man sich alles leisten. Nur – zwei von unserer

Sorte«, er schüttelt den Kopf, »das geht einfach nicht. Es endet in Totschlag.«
»Na und?«, sage ich. »Wenn sonst alles erlebt ist...«
»War das die Frage?«
»Nein. Die Frage ist, ziehst du das durch?«
»Natürlich«, sagt er. In seinen Augen klappt etwas zu.
»Falsch«, sage ich. »Es war eine Ja-Nein-Frage und gar nicht erlaubt. Wieso ziehst du das durch?«
»Joker«, sagt Bloemfeld und lächelt.

»Es ist mir peinlich«, sagt er. »Es wäre einfach zu entlarvend.«
Er hat ein auditives Gedächtnis.
»Falsche Begründung«, sage ich. »Das war nämlich ursprünglich meine.«
»Meine ist es auch.«
Eine Weile sehen wir zu, wie die Uhr von 3:21 auf null läuft. Als der Signalton ertönt, schrecken wir synchron zusammen. Unter Bloemfelds blasser Müdigkeitsmaske scheint für einen Augenblick etwas auf, was ich in den Nachrichten gesehen habe, auf den Gesichtern von Leuten, die bei Zugunfällen oder Flugzeugabstürzen Leichen unter Eisenteilen hervorzogen. Er stellt erneut die Uhr.
»Für jeden eine Viertelstunde. Sag, was dir zu mir einfällt, keine Unterbrechung, keine Antworten. Es soll assoziativ sein, ohne weiteres Nachdenken, und es darf vor allen Dingen keine Pause geben. Sobald einer länger als fünf Sekunden aufhört zu sprechen, ist er raus, und der andere bekommt den Rest seiner Zeit.«
Keine Frage, wer dieser andere ist.
Also sollte ich besser reden wie ein Wasserfall.

Ich sitze in einer Zelle und spreche gegen die Wand, vor der Bloemfelds Umrisse verschwimmen, zumal ich ab und zu die Augen schließen muss, um nicht den Faden zu verlieren. Zumal dahinter ein ganz eigener Raum liegt. Ich habe ihm erklärt, dass es Blech ist, was er redet, und dass Gurus nur reich sind, solange es Anhänger gibt, die ihr letztes Hemd für sie opfern. Dass Frauen, die Nadaz oder Jezabel heißen, gern die letzten Hemden fallen lassen, damit Gleichberechtigung herrscht und ihr Körper genauso nackt und arm dasteht wie ihr Gehirn.

Nach etwa vier Minuten bin ich so in Rage, dass Szene für Szene durch den Raum paradiert, jede Minute, in der ich ihn beobachtet habe. Ich ahnte gar nicht, wie schön es war, das vergessen zu haben. Wahrscheinlich sind meine Wangen hochrot, als ich auf Jesse zuschleudere, aber nun muss ich wenig tun, nur die Protokolle dessen abrufen, was Esther mir je vorgeworfen hat. Lediglich das Wort *Mutter* muss ich durch *Vater* ersetzen.

Als ich aufblicke, hat Bloemfeld die Knie angezogen, die Arme auf die Knie gestützt und das Kinn in die Hände. Reglos. Seine Augen sind wie Dennes Augen, nur ohne den Ring um die Pupillen, der dafür sorgt, dass sie nicht in einen eindringen. »So«, sage ich, »und nun das Positive!«

Ein paar Mal hole ich tief Luft, um nachzudenken.

»Schluss«, sagt Bloemfeld. »Zu lange Pause. Danke. Deine restlichen fünf Minuten gehören mir.«

Es ist zum Kotzen.

Dann sagt er mir, dass ich schön bin. Er sagt, dass er meine Knie weniger sympathisch, als vielmehr aufregend findet. Dass er mich für mutig hält. Über die ganzen fünfzehn Minuten steigert er das Niveau, bis ich schließlich weghöre und mich mit jedem neuen Satz fester gegen die Wand drücke – das kann sein Ernst nicht sein. Was hat er? Leider

herrscht Kommentarverbot, und ich darf nicht sagen, dass mich nur eins mehr nervt als Verlogenheit.
Jede Art von Freundlichkeit.
Aber ich nehme an, dass Bloemfeld das bereits sehr gut weiß.

Während ich verwirrt warte, legt er die CD auf.
»Fünfzehn Minuten«, sagt er. »Sitzt du bequem?«
Er hockt sich hin. »Jetzt«, sagt er, »musst du ganz still sein, darfst nichts weiter tun. Wir werden eine Viertelstunde zuhören, die CD ist auf Repeat eingestellt. Beweg dich bitte nicht und hör dir an, was du ausgesucht hast.«
Erleichtert lehne ich mich zurück. Ich will eine Zigarette.
»Zigarette?«, sage ich.
»Nein«, sagt Bloemfeld. »Und wir müssen uns berühren. Deine Hand auf meiner oder umgekehrt. Nicht zugreifen, du musst mich aber ansehen.«
»Und wenn nicht?«
»Ist das Spiel beendet.«
»Es ist dein Spiel, oder?«, sage ich. »Nicht irgendein Spiel?«
Er schüttelt den Kopf. »Und wenn ich aufhöre?«
»Gehe ich«, sagt er. So weit darf es nicht kommen, jedenfalls nicht meinetwegen. So schwer kann es auch nicht sein. Ich will Jesse.
»Welche Nummer?«, fragt er und schaut die CD-Hülle an.
»Acht!«, sage ich.

Die ersten paar Minuten haben eine eigenartige Wirkung. Während seine Augen immer heller werden, bricht irgendwo in Bloemfelds Rücken die Atmosphäre auf: Eintrübung, Verschleierung, Verdunklung, Kernschatten. Seine Hand ist warm unter meiner, wird aber immer größer. Ich blinzele, doch der Umriss bleibt vage, auch als seine Atemzüge sich beschleunigen.

Well, I return to the Queen of Spades, singt Bob Dylan, *and talk with my chambermaid, she knows that I'm not afraid to look at her.*
Sein Lieblingslied. Ich nehme mich zusammen, aber immer wieder reißt das Licht, das überall ist, bis die Wände am Rand meines Blickfelds nachdunkeln. Irgendwann bleibt nur Rabenschwärze.
She is good to me and there's nothing she doesn't see, she knows where I'd like to be, but it doesn't matter.
Auch er blinzelt jetzt, unter meinen Fingern spüre ich ein Zucken seiner Hand. Man muss sich eine Mauer vorstellen, das haben die NLPler mir beigebracht. Es gibt ein uraltes Gehirn und ein sehr junges, soweit ich aber verstanden habe, ist nur Letzteres zum Denken da.
Now your dancing child with his Chinese suit, he spoke to me, I took his flute, no, I wasn't very cute to him, was I?
Mein Nacken schmerzt von dem ganzen Nebel, und unter meiner Hand pocht sein Puls, den ich deutlicher spüre. Seine Augen sind bereits verschwunden in Dylans diffuser Stimme, die zu Marjams Stimme wird, von Wasser redet, von ägyptischer Gefangenschaft. Ich atme, aber dann atmet jemand mich. Das hier ist schlimm, schlimmer noch als Aleenas Kokain.
But I did it, though, because he lied, because he took you for a ride, and because time was on his side and because I ...
Das Unerträgliche an Musik ist ihr Rhythmus. Die Amerikaner nennen es *beats*, Schläge.
I want you, singt Dylan immer wieder.
Honey, I want you so bad.

Oft habe ich mich gefragt, ob man den Tag kennt, an dem man stirbt.
Ob man irgendwann zufällig auf den Kalender sieht und es

weiß. Wie jemand, der sich aus einem Loch in der Zeit an ein Datum erinnert. Vielleicht von der Ewigkeit aus. Falls Zeit tatsächlich nicht chronologisch verläuft, sondern in die Breite, wäre es vorstellbar, das behaupten inzwischen selbst die Physiker, eine Spezies, die sonst zur Beschränkung neigt. Sie grenzen ein, weil das Universum so unerträglich groß ist.

Aber ich bin eine Zweiflerin und glaube nur an die praktischen Eigenschaften von Hängeschränken, Gewissenskonflikte oder Dunkelziffern. Das höchste der Gefühle, alles andere macht mir Heidenangst. Darum erledigen mich auch meine Albträume. Schon als Bloemfeld die CD abstellt, weiß ich, was kommt.

Im hellen Licht wirkt jede einzelne Teppichfranse überscharf. Das Spiel sollte nicht *Zwei* heißen, sondern Einzelhaft. Schon frage ich mich, wo ich hier bin, was das alles soll, wer dieser Mann ist, Jesses Vater, den ich kaum kenne. Ein Beleg dafür, dass die Knastmethoden wirken.

»Afra«, sagt er, als ich betäubt blinzele, »schlaf nicht ein.«
»Ich bin fix und fertig«, sage ich.
»Dann hören wir auf«, sagt er sachlich.
Aber das geht nicht.
»Das geht nicht«, sage ich.
»Warum nicht? Wegen Jesse?« Als ich nicke, werden seine Lippen schmal. Er hat Jesses hohe Wangenknochen, über denen sich nun die Haut mehr als nötig spannt, wie bei der finnischen Aufsichtsrätin, die nicht Zeugin einer Auseinandersetzung sein wollte, geführt zwischen Dogma und Dogma.
»Denkst du etwa, Afra«, sagt er leise, »ich verkaufe ihn dir?«
»Ja«, sage ich, »das denke ich.«

»Denkst du wirklich, mir liegt so viel an diesem Spiel, dass ich Linda bearbeite, damit sie ihn dir lässt? Falls du es jetzt mit mir zu Ende bringst?«
»Das denke ich, Louis«, sage ich genauso leise.
»Warum sollte ich das tun?«
»Weil du kein Vollidiot bist. Weil es dir letztlich wirklich um Wahrheit geht. Wegen Rabbi Gafni. *Wo bist du?* Das weißt du nämlich nicht. Das ist dir wichtiger als alles andere. Ich habe dir sehr wohl zugehört, Louis, ich gehe weit, und so weit bringt dich deine Barbara nicht. Vielleicht findest du es ja mit mir heraus. Übrigens müsstest du Linda nicht mal bearbeiten. Es reicht, wenn du deinem Anwalt mitteilst, dass der Vater dagegen ist, ihn zu holen.«
»Also verkaufe ich sie dir beide? Jesse und Linda?«
»Ich denke, du willst es zu Ende spielen, oder?« Die Hundekälte in meiner Stimme gehört Erika. Mit Kunsthändlermiene geht er vor mir in die Hocke. Sein Lächeln wird frostig.
»Gut«, sagt er langsam, »bringen wir es auf deine Art zu Ende. Das schenke ich dir, wie schon einmal. Und danach bekommst du Jesse!«

Jetzt ist sie endlich da.
Aus mir sehen Erikas Augen den Mann an, den ich lieben könnte, wenn er nicht ausgerechnet jetzt das täte, was er tut. Aber vermutlich ist auch das bloß eine schlechte Entschuldigung. Vermutlich, vielleicht, wahrscheinlich. Wenn ein Mensch seine Geschichte ist, bin ich eine Zwischenlösung.
Erika würde er gefallen, sie würde glauben, dass er auch nur sein Leben rettet, dass man keine andere Wahl hat.
Dass die Welt für den einen Menschen erschaffen wurde, der man ist. Damit hat sie Erfahrung, Verrat ist ein viel zu großer Vorwurf.

Ich nehme an, dass Louis sein Wort hält, wenn ich den Raum nicht verlasse, er bringt es fertig, mir Jesse zu verkaufen. So wichtig nimmt er sich, ein Experimentator, dessen größtes Experiment er selbst ist. Das letzte große Rätsel. Das endlich zu begreifen lässt er sich einiges kosten.
Jesses und Lindas Leben. Wie sagte er doch einmal?
Sehen, wann es kippt? Über die Mauer stürzen? Kamikaze?
Mit Linda hat er es versucht, auch mit mir, verlangt nur, was er sich selbst zumutet – weitergehen, bis man nackt und bloß und heulend auf einem Fliesenboden sitzt. Treulosigkeit ist ein hübscheres Wort als Verrat.
Es wird ihm gefallen, wenn ich es bald benutze.

Wieder ziehen wir Streichhölzer.
»Such dir ein Thema«, sagt er. »Du musst aber bei dem einen bleiben. Stell die richtigen Fragen. Nachfragen, so viel du willst. So lange, bis es ausgeschöpft ist. Kein Joker. Dann bin ich dran.«
»Warum nicht um seine Fesseln betteln?«, sage ich bitter.
Wahrheit macht auch nicht gerade überglücklich.
»Und?«, sagt Bloemfeld mit Bloemfeld-Stimme.
»Deine Mutter!«, sage ich.
»Was ist mit meiner Mutter?«
»Sie ist das Thema.«
»Meine Mutter ist kein Thema, ich ...«
»Jetzt ist deine Mutter Thema«, sage ich.
Die fahle Blässe seiner Schläfen ist bis hierher zu erkennen.

»Ja«, sagt er. »Dann reden wir also über meine Mutter.«
Eine gemäßigte Stimme. Nur keine Panik.
»Wie alt warst du, als sie starb? Oder ist sie gar nicht gestorben?«
»Sie ist gestorben. Und ich war sehr jung.« Er verweigert

sich bereits, bevor die Frage ganz ausgesprochen ist. Mach langsamer, dann wird es gehen. »Gab es einen Vater dazu?«

»Es gibt ihn noch. Er lebt in Irland.«

»Wie Paul«, sage ich, hocherfreut. So viel haben Jesse und Bloemfeld gemeinsam. Sogar die irischen Väter.

»Er ist weit über achtzig. Liest Yeats, inmitten einer Herde von Border-Collies. Sammelt auch.«

»Was?«, sage ich. »Frauen?«

»Ikonen und asiatische Kunst.«

Ein angedeutetes Lächeln, aber er soll sich nicht zu früh freuen.

»Jesse liebt Border-Collies«, sage ich.

»Hm«, macht er.

»Wo haben sie sich kennen gelernt? Er und deine Mutter!«

Bloemfeld stützt sich am Boden ab, sein Blick geht aber aus dem Fenster, in dem sich orangefarbene Punkte spiegeln. Die Lampen.

»Bei Beelitz, ganz in der Nähe.«

»Ich weiß«, sage ich. »Hochburg des Spargels und der Kirschen. Gab es da nicht auch diesen Mädchenmörder? Den Rosa Riesen?«

»Sie war damals fünfzehn, er zehn Jahre älter. Meine Großeltern hatten eine Art Landgut, Trakehner, und er hat dort ein Wirtschaftspraktikum gemacht. Sein Vater züchtete spanische Pferde. Später war sie mal für drei Monate in England, da ist es wohl passiert. Sie war seine große Liebe.«

»Wie sind sie zusammengekommen?«

»Sie ging nach Berlin, wollte eine Gesangsausbildung machen. Die Großmutter mütterlicherseits hat es durchgeboxt, gegen den Großvater, gegen all das chassidische Judendenken ihrer Vorfahren. Ich glaube, sie war eine Art Revolutionärin. Eigensinnig. Immer, wenn mein Vater

nach Deutschland kam, hat er ihr Veilchenseife mitgebracht. Sie soll viel Wert auf ihr Aussehen gelegt haben.« Eigentümlich klinisch, wie Bloemfeld das sagt.
»Wie sah sie aus?«
»Blond, sehr schön, relativ groß. Er sagt immer, sie reichte ihm bis über die Augen, der Typ, der es nicht nötig hat, viel nachzudenken, aber sie hat's trotzdem getan. Hat ihn sich in den Kopf gesetzt. Sie ähnelte wohl ihrem Vater, der war clever, hatte aber eine Macke: Tov, das Gute.«
»Ach«, sage ich gedehnt, »daher.«
»Gott war ihr egal, aber sie hat ihre Eltern geliebt und wollte nicht, dass mein Großvater sie verstößt. Also fand sie ein paar Tricks und hat ihren Hang zu Vergnügungen *Freude von Mitzvah* genannt. Das Glück, das aus den Geboten kommt. So hat er es ein bisschen verstanden.«
»Woher weißt du das alles?«
»Bis ich neun war, habe ich nicht mal gewusst, dass ich Jude bin. Meine englischen Großeltern haben alles, was daran erinnerte, gestrichen. Dann hat man mir wenigstens das mitgeteilt. Es hat ihnen keine Ruhe gelassen. Vielleicht war es auch nur der große Strafgott, der durchkam.«
»War sie da schon tot?«
»Natürlich«, sagt Bloemfeld und drückt seine Finger gegen die Schläfen. »Ich war ein Baby, als sie gestorben ist. Das wusste ich immer, aber nie, was genau passiert ist.« Mit einem Zischen ziehe ich die Luft ein, und er zuckt zurück.
»Was hat sie gehabt?«, frage ich.
»Nichts«, sagt er, »sie war kerngesund. Sie ist erschossen worden.«

»Ein Unfall?«, frage ich, mit der Stimme für Anna Brakers Therapieraum. Ich müsste sie anrufen, seit Santa Monica habe ich mich nicht mehr gemeldet.

»Nein«, sagt Bloemfeld und trommelt auf sein Knie. Hätte er nicht damit angefangen, würde ich jetzt einen Punkt machen. Aber wir beide wissen, dass es nicht meine Sache ist. So bin ich, die Königin der Scherben.
»Was dann?«
»Es war schwierig zu rekonstruieren. Mein Vater redet sonst wie ein Buch, spricht sogar mit seinen Collies. Und ich wollte es auch lang nicht wissen, eine Art Scheu vielleicht. Nichts von alldem hören, weil ich immer dachte, es hat etwas mit mir zu tun. Frag mich nicht, weshalb. Aber ich kam auch erst zu ihm, als ich zehn war. Vorher war ich bei den Großeltern.«
Plötzlich schwenkt er ab und beschreibt eine Pferdejugend, in der Trensen und Bücher die Hauptrolle spielen.
»Mein Gott, Louis«, sage ich scharf, »nun sag schon, was passiert ist!«
»Pass auf, Afra, vielleicht...«
»Nein«, sage ich, »es ist schließlich auch Jesses Geschichte.«
Dann fällt mir ein, dass mich Jesses Geschichte weniger angeht als ihn. »Ich meine«, sage ich, »wenn du willst, hören wir auf!«
»Nein«, sagt er.
»Weiß Linda eigentlich davon?«
»Nein, falls sie es nicht herausgefunden hat. Über solche Sachen haben wir nicht gesprochen.«
»Wer weiß es?«
»Ich nehme an«, sagt er, »eigentlich niemand.«

Sie hatten Gäste, eine von den Geburtstagsfeiern, die sein Vater immer groß aufzog. Die Collies bekamen neue Lederhalsbänder, Bloemfeld einen Überschreibungsvertrag für das Landhaus in Wicklow. Dieser Vater scheint ein seltsamer Vogel zu sein, macht anderen zu seinem Geburtstag

Geschenke, spielt gern Finn McCool. Meist vergessen die Iren aber zu erzählen, dass dieser Nationalheld ein großer Daumenlutscher war, denn wenn er nicht gerade Titanen erschlug, lag er im Wald und nuckelte. Bloemfeld räuspert sich, als er berichtet, dass auch sein Vater viel für die Liebe tut. Seine Stimme ist jedoch völlig ausdruckslos.
»Sonst hält er sich eher bedeckt«, sagt er. »Eine Attitüde. Zum Beispiel wusste ich nie genau, woher sein Geld ursprünglich kam und warum er nicht mehr in England leben wollte. Das Problem war allerdings, dass ich auch nie wirklich *gefragt* habe.« Im Schatten kann ich sein Gesicht nicht sehen, also rücke ich einen Meter vor und blicke ihn direkt an. Damals war er knapp dreißig, viel zu alt eigentlich für Eröffnungen.
»Ich kam auch zurecht, ich sammelte, hatte meinen Spaß. Vielleicht war ich etwas achtlos, aber durchaus ambitioniert. In dem Alter hält man ja vieles für eine Lüge, vor allem den Tod, denke ich. Manche Leute bleiben leider in dem Stadium hängen ...«
»Ja«, sage ich, »und was weiter?«
»An dem Abend erwähnte einer der Gäste einen Mann, der vorhatte, irgendwann ein Buch über die Berliner Zeiten zu schreiben. Über eine Frau, die zufällig eine Weile in derselben Fabrik wie meine Mutter arbeitete. Sie schaffte es aber, durch ein paar Winkelzüge zu überleben. Die Atmosphäre wurde danach plötzlich – fast schon krank. Nachts hat er es mir dann erzählt. Was er in Berlin getan hatte, wo auch Stella ...«
Langsam richte ich mich auf, und er schaut zu mir hoch, in seinen Händen noch die Armbanduhr, mit der er gespielt hat.
»Ich will das nicht hören«, sage ich überlaut.
Dann setze ich mich wieder. Bloemfelds Verwunderung ist fast greifbar, aber ich denke an Lindas Anruf, an den Augen-

blick, in dem ich zum ersten Mal ihre roten Haare sah. Sonst denke ich nichts. Exakt dasselbe Gefühl. Darum weiß ich auch, was er gleich sagen wird.
»Wenn du ...«, sagt er.
»Nein«, sage ich. »Auf gar keinen Fall! Ich glaube absolut nicht an so etwas!« Er lehnt sich herüber.
»An was?«, sagt Bloemfeld vorsichtig.
»Mach weiter«, sage ich. Meine Hände sind taub.
»Diese Frau hatte damals ... Sie war wie er. Sie hat kollaboriert. Er wusste von ihr. Allein ihre Erwähnung hat ihn fast umgebracht. Leute wie sie hatte er schlicht ausgeblendet, alles, sich selbst, diese ganzen – Geschichten. Ich jedenfalls kannte ihren Namen lange vorher, nur war mir nicht klar, dass – vermutlich ist sie dir auch ein Begriff?«
»Bestimmt nicht!«, sage ich, der allerletzte Versuch.
Es ist alles ein Irrtum. Gespenstisch. So bin ich nicht.
»Stella Goldschlag?«, sagt er.

Es fängt bei A an. Es hört bei Z auf.
Ich höre mich das Alphabet aufsagen. Mit einer Kinderstimme. *Aleph, Beth, Gimel...*
Eine Neunjährige, die damals lieber Stella heißen wollte.
Die dieses Alphabet nicht mal kannte. Aber ich *habe* es gekannt.

»Was hast du?«, fragt er.
»Nichts«, sage ich. »Erzähl weiter!«
»Mein Vater hat seinerzeit von der anderen Seite aus kollaboriert. In England. Falls du die Stella-Geschichte kennst, kennst du auch seine.«
»Ich kenne nichts«, sage ich schrill. »Gar nichts!«
Auch sein Gesicht ist weiß wie die Wand, aber er spricht sehr akzentuiert. »Es gibt ein interessantes Buch über sie.

Man nannte sie die Greiferin. Wenn du willst, kann ich es dir leihen. Mein Vater war wie sie, jung, er ist seinen Eltern durch die Maschen gerutscht. Hat nie begriffen, was es bedeutete, ihr Glaube, alles. Oder es war die viel gerühmte Liebe zum Risiko. Erst nur kleinere Sachen, ein paar Konstruktionsbeschreibungen, Lagepläne. Eine Weile hat er in London für die Regierung gearbeitet, besaß alle Möglichkeiten. Dann, als er merkte, dass er anders nicht mehr nach Berlin hineinkam, die ersten größeren Geschichten. Dabei hat er gespürt, dass es ausgeglichen werden musste. Wenn sie mit den Schriften groß werden, kann man sie nie mehr aus ihnen herauskratzen, hat mir mal ein Rabbi gesagt. Also hat er immer wieder ein paar unserer Leute herübergeholt, über den Kanal. Ein Gutes für ein Schlechtes, es gab ja Wege, nicht viele, aber die wenigen kannte er.«

»Warum hat er deine Mutter nicht vorher …?«, sage ich mit dieser steifen, kleinen Stimme.

»Weil sie nicht wollte, behauptet er jedenfalls. Am Ende muss sie völlig übergeschnappt gewesen sein, erst dreiundzwanzig Jahre. Sie wollte ihr Leben, wie sie es kannte. Beweise, dass Berlin nur ein Irrtum ist, das oder gar nichts. Einmal hat sie sich die Lippen mit Blaubeeren so lange gerieben, bis sie fast schwarz waren. Das nannte sie Lippenstift. Vielleicht hat sie den Stern ja für ein Schmuckstück gehalten. Er sagt, sie hat es nicht ertragen, sich Endlichkeit auch nur vorzustellen, und dann war sie auch schwanger. Sie wollte kein Kind, und sobald ich da war …« Ich sehe, wie er auf die Uhr schaut. »Uns bleiben nur noch anderthalb Minuten, Afra«, sagt er. »Jedenfalls hat er sie überredet, und '43 wurde sie dann auf der Flucht erschossen. Das war's.«

»Das ist nicht dein Ernst«, sage ich.

»Natürlich«, sagt Bloemfeld, er drückt den Knopf der Stoppuhr.

»Wir müssen Schluss machen, wie abgesprochen.«
Ich schaue ihn an, sie schaut ihn an, in mir, wie er zum Fenster geht.
»Wie heißt sie«, sage ich. »Heißt sie Erika?«
Sein Kopf fliegt herum.

Kaum kann ich die Klinke halten.
Von draußen weht kalte Luft unter mein Kleid. In der Haustür sagt Bloemfeld: »Bis in zehn Tagen, ich rufe dich an. Falls ich das möchte.«
Er geht über die Bruchsteine, die August Mack mit Jesse in den Garten geschleppt hat, der Apfelbaum dahinter fast schwarz. Bloemfeld schließt das Auto auf. Kein Wort. Ich sage kein Wort. Natürlich heißt sie Erika.
Unsere Zeit war zwar um, aber ich habe es seinen Augen angesehen.
Danach haben wir kein Wort mehr gesprochen, die Regeln. Er zieht es durch. Mir ist kalt. Hinter den Wagenfenstern leuchtet sein Hemd.
»Esther«, sage ich ins Telefon, als ich ihn anfahren höre. »Kommst du bitte mal runter? Und bring Jesse mit.«
»Es ist fast zwei«, sagt sie verschlafen.
»Soll ich ihn lieber holen?«
»Er braucht auch seinen Schlaf!«
»Bitte«, sage ich. »Ich bin so traurig.«

In den nächsten Tagen erhalte ich drei wichtige Anrufe.
Morgens meldet sich Paul Barth, der vorgibt, Jesse besuchen zu wollen, bevor er zurück nach Irland fährt, und teilt mir auch mit, dass die Guggenheim-Leute eine seiner Prostitutions-Installationen kaufen. Auf Vermittlung von Louis Bloemfeld. Darauf trinke ich mit Esther einen Prosecco. Am frühen Abend habe ich erstaunlicherweise Barbara in

der Leitung. Sehr direkt für ihre Verhältnisse fragt sie mich, wo er ist.
»Wer?«, frage ich, als ob ich es nicht wüsste.
Bloemfeld hat sich nicht bei ihr gemeldet, auf seinem Mobiltelefon läuft die Mailbox, bereits seit fast zwanzig Stunden, so gut wie lebenslänglich also in der Zeitrechnung einer Diktatorin. Nach einem Wortwechsel, der meinen Auftritt bei der Veranstaltung zum Inhalt hat, knallt sie den Hörer auf, nicht ohne den Befehl, er solle sie anrufen, falls er Kontakt zu Jesse aufnimmt.
Das wird er nicht tun, aber das sage ich ihr nicht.
Am folgenden Mittag klingelt das Handy. Regen fällt in feinen, kleinen Strichen, als wolle er die Landschaft skizzieren, das Grün, das in der Nässe immer heftiger wird. »Afra«, sagt ihre Stimme. »Hier ist Linda.«
Als würde ich sie nicht erkennen.
»Winston, Helen und ich«, sagt sie, »haben uns etwas überlegt.«
»Ich freue mich, dass du anrufst«, sage ich förmlich. »Möchtest du Jesse sprechen?«
»Nein, nein. Heute Morgen habe ich mit Denne telefoniert, und wir sind uns alle in groben Zügen einig. Wir finden . . .«, hier ist die Pause so dünn, dass man sie fast überhören könnte, mit allem, was sie über Linda sagt. »Wir finden, dass man übergangsweise vielleicht eine andere Lösung suchen muss. Selbst mein Vater meint, es kann nicht gut sein, wenn wir es so regeln.«
Die Gerichte, sagt sie, seien schließlich auch nicht allwissend, sie kennen Jesse ja gar nicht. Denne sei außerdem der Ansicht, die Achmed-Geschichte ließe keine gute Prognose zu. Es ging doch alles ziemlich schnell für das Kind.
»Ja«, sage ich. Schnell. Sie weiß nicht, wie lang ein Tag sein kann, eine Aneinanderreihung von Tagen.

»Deshalb habe ich gedacht – das heißt, ich frage mich, ob es dir recht wäre, wenn Jesse erst mal eine Weile bei dir bleibt?« Der Regen, der stärker wird, peitscht die Äste des Apfelbaums, die zarten, verletzlichen Blätter.
»Natürlich«, sage ich ausdruckslos, mit meiner Bloemfeld-Stimme. Mag sein, dass Linda sie wiedererkennt, denn sie klingt nun fast demütig.
»Man könnte auch zusammen überlegen … Ja, ich denke, sobald ich hier weg kann, komme ich zu euch.« Ihr Theaterprojekt braucht noch zwei Wochen, danach will sie sich in den Flieger setzen. Winston – Winston! – hat vorgeschlagen, dass sie eine Wohnung kaufen, nichts Großes, nur etwas, wo Linda hin und wieder ein paar Wochen wohnen kann. »Bis … bis Jesse so weit ist, selbst zu entscheiden.« Ich schließe die Augen.
»Warum?«, sage ich, als ich sie wieder öffne. »Ich meine, wie kommt das plötzlich zu Stande?«
»Ich habe mir Gedanken gemacht«, sagt Linda eifrig. »Und dann sagte Hurt auch etwas, was ich schon wieder vergessen hatte. Er hat mich daran erinnert, was war, bevor du kamst, das Kauderwelsch, das Jesse auf einmal sprach.«
»Hurt …«, sage ich, einmal muss ich ihn wenigstens so nennen, damit es wahr wird.
Damals hat Jesse also fast zwei Wochen lang puren Unsinn geredet, ohne dass Linda mir davon erzählte, Zeug nennt sie es, über Teiche und Seen, in verschiedenen Sprachen. Natürlich wusste sie nicht, woher er es hatte, und befürchtete, ich könne mir Sorgen machen, wenn sie mich damit belästigte. »Außerdem …«, sie stockt.
»Du hast gedacht«, sage ich, »du hättest etwas falsch gemacht.«
»Ja«, sagt sie, »genau das dachte ich.«
»Hast du aber nicht«, sage ich. »Du hast gar nichts falsch ge-

macht, Linda!« Während ich ihr tiefes Ausatmen höre, überlege ich, ob ich sie frage.
»Hör mal«, sage ich, »habt ihr telefoniert?«
»Wer? Ich und Hurt?«
»Ja.«
»Gestern. Ja«, sagt sie. »Kurz bevor ich mit meinen Eltern gesprochen habe.«
»Wo ist er?«, frage ich. Ich kann sie mir vorstellen, in einem ihrer Rühr-mich-nicht-an-Kleider, wie sie auf der oberen Terrasse auf und ab geht und Yu beobachtet, die Eisenhower füttert. Hinter ihr Bobby, der ihr neuerdings auf den Fersen bleibt. In der Bucht die Boote, weiße Gedankenstriche. Linda kann eine Menge, zugreifen, nachdenken. Sie wäre keine schlechte Mutter, sondern würde immer die richtigen Anweisungen geben, den Überblick behalten, welche Vitamintabletten und Lichtschutzfaktoren sie Yu besorgen lässt. »Ich dachte«, sagt Linda, »Hurt ist bei euch?«
»Er arbeitet«, sage ich und beobachte den Regen.
Spielschulden sind Ehrenschulden. Es hat kaum mehr als einen Tag gedauert, bis Bloemfeld mich bezahlt hat.

»Mach dir doch nichts vor«, sagt Esther.
»Er kommt nur so aus der Nummer raus. Er ist berechnend!«, beharre ich.
»Ich habe den Mann kennen gelernt«, sagt sie, »er ist nicht der Gorilla, für den du ihn hältst!«
Über der blauen Bank unterm Apfelbaum summen Bienen, da, wo August Mack Unkraut aus dem Rasen zieht und sich aufführt, als hätte er persönliche Aversionen gegen Löwenzahn. Ab und zu hält er die Hand über die Augen, als wollte er in die Ferne sehen, dabei gibt es hier keine Ferne, die nicht aus Nachbarhäusern besteht.
»Nein, wirklich«, sagt Esther und schlägt ihre Gabel gegen

den Teller. »Ich denke einfach, er weiß, dass Linda es nicht packt, dass sie Jesse zu einer Schaufensterfigur machen würde. Gesponsert von Z-*Lay*.«
»So ist Linda gar nicht.«
»Egal, wie sie ist. Er scheint sie nicht für vertrauenerweckend zu halten. Aber wie soll er das vor ihr rechtfertigen? Und vor allem vor sich selbst? Er wird sie auch mal geliebt haben. Man setzt doch nicht einfach so ein Kind in die Welt.«
»Ja«, sage ich, denn das stimmt. Die deutsche Sonne ist heiß in meinem Nacken. Die Exodus-Sonne, immer bereit, sich zu verabschieden.
Vor Begeisterung überschlägt Esther sich beinah, sie findet Bloemfelds Vorgehen geschickt, nur weil er ein Spiel erfunden hat, das ihm Gelegenheit gibt, die Dinge an den Platz zu rücken, an den sie gehören. Seine Taktik hält sie für Altruismus. »Du bekommst Jesse, für den es so am besten ist, er muss nicht weiter mit Linda Dreifaltigkeit spielen, und sie verliert sogar den Anlass, weiter daran zu glauben.«
»Er ist eiskalt«, sage ich. »Du kennst ihn nicht.«
»Da bastelst du dir einen Zombie, Afra. Bloemfeld ist einfach ziemlich allein. Mit seinem Kunstsnobismus!«
Als sie fragt, ob ich ihn einmal angesehen habe, wenn er neben Jesse stand, schüttele ich den Kopf. »Dann wüsstest du auch, wie kalt er ist. Was hast du gegen ihn? Er ist schließlich Jesses Vater, und an deiner Stelle würde ich mich gut mit ihm stellen.« Stöhnend erhebt sich August Mack und wirft die Hacke ins Gras. »Nein«, sagt sie. »Ich weiß, dass er es Jesses wegen macht. Aus Liebe, das sieht man doch. Dein Sohn hat wirklich einen interessanten Vater!«

»Bumm!«, sagt er.
Die Schultasche fliegt zu Boden, und seine teure Trinkfla-

sche aus Camper-Aluminium rollt in die Ecke. »Du glaubst es nicht, Mamma, jetzt nennt sie mich plötzlich Jesse! Erst wusste ich gar nicht, wen sie damit meint.«
»So heißt du aber. Deine Lehrerin hat es schwarz auf weiß in den Akten.«
»Komischer Name«, sagt er. »Warum hast du mich eigentlich so genannt?«
»Keine Ahnung«, sage ich.
»Es ist aber gar kein deutscher Name!«
»Ich weiß.«
»Vielleicht hast du das ja mal geträumt«, sagt er und reibt sich die Handgelenke, bevor er eine Flasche Sieben-Zwerge-Kindersaft aus dem Kühlschrank holt und auf den Tisch stellt. Er setzt sie an den Hals und trinkt in langen Zügen. »Pass auf«, sage ich. »Das ist doch eiskalt!«
»Super!«, sagt er. »Weißt du noch, mein Traum? Als ich ertrunken bin, Mamma?« Er schüttelt den Kopf, sein Haar leuchtet in der Exodus-Sonne. »Könnte doch sein, du hast vorher auch mal geträumt, dass sie mich verwechselt haben. Und du dachtest, dann geb ich ihm einen schönen Namen, für später. In Amerika.«
»Kann sein«, sage ich.
Gestern, nach den Anrufungen des Chow-Chow-Gottes, habe ich ihm gesagt, dass er hier bleibt.

»Wo steckt Bloemfeld?«, sagt Wendt.
Wie immer habe ich den Arme-Sünder-Stuhl, so kann er besser mit mir umgehen. »Es ist ja nur noch die eine Veranstaltung, aber Barbara rückt mir auf die Pelle. Sie scheint zu glauben, dass ich ihn persönlich irgendwo vergraben habe. Ehrlich, mir wird das langsam zu viel.«
Der unsichere Zug um seinen Mund hat sich verflüchtigt, denn *Kunst als Kunstprodukt* ist so gut wie gelaufen. »Nun

ruft gestern auch noch der Schrankenwärter an, ihr Vater, dieser Lance. Er wollte mit dir sprechen, aber natürlich habe ich ihm deine Nummer nicht gegeben.«
Nichts natürlicher als das. Wendt starrt mir in die Augen.
Gestern behauptete er sogar, Barbara könnte Monitore installiert haben, um zu überwachen, ob Bloemfeld nachts heimlich einbricht und ihre Autorität untergräbt.
»Wie hält er es eigentlich mit ihr aus?«
Jelly hat mir erzählt, dass Milka Jussen unlängst mit verweintem Gesicht aufgetaucht ist und Wendt danach die Antilope anschleppte, Nadaz, die Bloemfeld in diesen Zoo eingeführt hat.
»Unter uns, Afra«, sagt Wendt mit einem Blick auf Big Ben, »wenn du weißt, wo er ist, verrat es Barbara einfach! Es würde einiges erleichtern. Wobei ich ihn verstehe. An seiner Stelle wäre ich auch abgetaucht. Aber er ist doch jetzt so was wie dein Stiefgatte. Also treib ihn auf und sag ihm, er soll sie mir vom Hals halten!«
»Ich weiß aber nicht, wo er ist«, sage ich.
»Dann such ihn gefälligst!«

Vorher schicke ich Marjam noch einen Sommerblumenstrauß.
Groß wie ein Wagenrad, das Mindeste, was ich tun kann.
Für ihren Schäferhund habe ich kein hübsches Halsband gefunden. Ich kannte seine Größe nicht.
Aber ich nehme an, die geistige Welt hat dafür Verständnis.

Eine brandneue Haarfarbe.
Tag sieben meines Zählrituals endet mit der seelischen Klimax, denn blond sieht Anna Braker nicht mehr wie Demi Moore aus, sondern wie Nicole Kidman. Nur Jahrzehnte älter und besorgter um die Stirn.

»Was war?«, fragt sie mit gänzlich unpsychologischer Stimme.
»Das Kind ist da«, sage ich unpersönlich.
»Wo?«
»Bei mir. Zu Hause. Aber ich will etwas anderes besprechen.«
Die Rattanmöbel knacken.
»Das habe ich gewusst«, sagt sie und strahlt. Wie die Frau, die den weißen Riesen gesehen hat und endlich wieder in vernünftigen Laken schläft. »Sie sind wirklich weitergekommen, Afra! Ich dachte es mir bereits, bevor Sie flogen.«
Also bin ich doch ihr Lebensprojekt, wie *Johnny Walker*, nur im therapeutischen Sinn, das, wofür sich die Arbeit lohnt.
»Hand aufs Herz«, sage ich und bemühe einen von Wendts Allgemeinplätzen. »Was halten Sie eigentlich von Seelenwanderung?«
»Nichts«, sagt sie lächelnd. »Das wissen Sie doch.«
Diesmal trägt sie eine Art Brautkleid, überaus verspielt und jungfräulich.
»Man hat mich verarscht«, sage ich. »Das will ich einfach mal loswerden. Können Sie sich vorstellen, was das *H* in Bloemfelds Namen bedeutet? Das heißt, erinnern Sie sich überhaupt an Louis Bloemfeld?«
»Sicher«, sagt sie ohne Zögern.
»Sein *H* bedeutet *Hurt*. Und erinnern Sie sich, wer Hurt ist?«
»Jesses Vater«, sagt sie und sucht nach den Plisseefalten, die sie sonst zu ordnen gewohnt ist. »Afra, was soll ...«
»Können Sie nachvollziehen«, sage ich in ihren unruhigen Blick, »dass ich langsam paranoid werde? Falls Paranoia auch eine Frage von Namen ist? Wie ich vermute? Wissen Sie, wie nämlich Bloemfelds Mutter geheißen hat?«
»Nein«, sagt sie leise.

»Erika«, sage ich. »Sie hieß Erika, bevor man sie aus dieser schönen Welt verabschiedete. Und wissen Sie auch, wann das passierte? Also, in welchem Jahr? Nein, das wissen Sie nicht! Es war Bloemfelds Geburtsjahr. 1943.« Dies wird einer der wenigen Augenblicke bleiben, in denen ich Demi Moore sprachlos sehe. Nach langer Zeit beugt sie sich in ihrem Stuhl vor, der genauso aussieht wie meiner.
»Afra!«, sagt sie fast flehend. »Manche Sachen kann man vermutlich nicht erklären. Ich könnte Ihnen jetzt natürlich einen Haufen von Theorien liefern, aber es würde Sie nicht befriedigen. Und ich könnte es auch nur als Privatperson tun.«
»Nun sagen Sie bloß nicht«, sage ich, »ich soll es als Symbol nehmen.«
»Das sage ich nicht.« Knapp über dem Brautrock hängen ihre Hände in der Luft. »Was ich meine, ist, passen Sie ein bisschen auf sich auf. Sie haben eine Menge hinter sich. Hören Sie auf, so viel nachzudenken, damit landet man nur«, sie sucht das richtige Wort, »in der Klapse.«
»Ich weiß«, sage ich, als sie sich zurücklehnt. »Seelenwanderung ist übrigens auch das Letzte, woran *ich* glaube. Aber vielen Dank, Anna. Ohne Sie wäre ich vermutlich längst da.«
Irritiert blickt sie mich an.
»In der Klapse«, sage ich. Bevor ich aufstehe und ihr Honorar auf den Tisch lege, schüttele ich ihr die Hand. Wenn sich Bloemfeld eine Zeugin für seine Geschichte kaufen kann, muss ich mich nicht schämen, meine Zeugin ordentlich zu bezahlen.

Zehn Tage. In der Leitung klackern Kontakte.
Seit dem frühen Morgen habe ich auf den Anruf gewartet. Nachdem Jesse und Nhom im Bett verschwunden sind, wo

sie eine Abenteuernacht mit Lagerfeuergefühl erleben wollen, sitze ich im roten Sessel, Rabbi Gafnis Buch auf den Knien. Ich lasse das Telefon viermal klingeln, obwohl ich weiß, wer es ist, und hebe dann erst ab. Schließlich bin ich auch nicht frei verfügbar. Ich werde ihn nicht fragen, wo er ist, da es mich weit weniger interessiert als der Dreh, wie er es anfängt.
Weder nennt er mich beim Namen, noch nennt er seinen, *Al-Khafiz*, was bedeutet: der sich gefangen hat.
»Ich will darüber reden«, sagt er nur kurz, als ich schweige.
»*Ich* will nicht darüber reden, Louis, aber natürlich, wenn *du* willst.«
»Woher wusstest du ihren Namen?«, sagt er schnell.
»Ich kann Gedanken lesen«, sage ich. »Keine Kunst, auch ohne NLP. Warum hast du mir eigentlich nicht gesagt, wie es damals weitergegangen ist?«
Ein ungewöhnlicher Ton macht sich in meiner Stimme selbstständig.
Etwas wie ein schwaches Dröhnen.
»Es war keine Zeit«, sagt Bloemfeld. »Wir hatten abgemacht...«
»Warum hast du mir nicht gesagt«, sage ich, »dass dein Vater die anderen Frauen verraten hat? Und ich glaube, auch ein paar Kinder?« Nichts ist so beleidigend wie dieses Schweigen. »Warum hast du mir nicht erzählt, dass du dabei warst? Dass du es *erlebt* hast, Louis? Dass du es nicht vergisst, obwohl du dich nicht erinnerst? Dass es in dir ist? Warum sagst du mir denn in deinem schönen Wahrheitsspiel nicht die Wahrheit?«
In der Leitung tuckert etwas. Wie Kähne. Ich höre genauer hin, und plötzlich sehe ich auch etwas in der Dunkelheit, einen Hörer, den ich einmal aufgelegt hatte, damit Pauls Stimme ins Leere lief.

Höre wieder die Leitung, die Kähne, das Paul-Geräusch. Klackern. Eine Eigenheit irischer Telefone.
»Woher weißt du es?«, fragt er. »Es gibt nur wenige Unterlagen. Du hast es irgendwie herausgefunden – wie?«
»Ich bin nicht Linda«, sage ich. »Das habe ich dir schon mal gesagt, aber du hast es nicht hören wollen.«
»Gut«, sagt er. »Ich möchte nämlich nicht, dass du mir nachspionierst.«
»Wo war dein Vater«, sage ich, »Art? Wie hat er dich danach gefunden? Wie kann es sein, Louis, dass du es tatsächlich überlebt hast?«
»Und ich möchte noch etwas anderes, Afra«, sagt er gleichgültig, »ich möchte, dass wir uns eine ganze Weile nicht mehr sehen. Vielleicht erst mal ein paar Jahre. Deshalb rufe ich eigentlich an.«
Ich nicke, obwohl er es nicht sehen kann. »Für Jesse wird sich nichts ändern, ihn wird es nicht stören. Er hat mich ja kaum begriffen. Und wir«, er macht eine Pause, »wir sind weit genug voneinander entfernt.« Ein paar Sekunden wartet er, zwischen den tuckernden Kähnen. »Ich möchte es einfach nicht«, sagt er, als habe ich etwas geantwortet. »Begreifst du das?«
»Aber natürlich«, sage ich. Nun habe ich, was ich benötige. »Du schämst dich, Louis, nicht wahr? Das finde ich absolut«, dies ist der faire Platz für eine Pause, »verständlich. Ich kann dich wirklich nur allzu gut verstehen.«
Dann lege ich auf und lasse Louis Bloemfeld sitzen.
Inmitten seiner Kähne.

»Rat mal«, sagt Jesse, »welche Hand?«
Beide Fäuste kommen mir entgegen. »Rechts oder links?«
»Links«, sage ich und tippe auf seinen Handrücken, aber die Hand ist leer.

»Ha!«, schreit er. »Ich kann zaubern!«
Als er die andere öffnet, sehe ich den ersten hellgrünen Sommerapfel, eine Frucht, verschrumpelt wie ein böses kleines Gesicht.
Paul Barth lacht und packt Jesse im Nacken.
»Warum kommt ihr eigentlich nicht einfach mit?«, sagt er, die Finger in Jesses Haar.
»Wohin denn?«, fragt Jesse.
»Nach Irland. Du hast es doch noch nie gesehen. Wir nehmen dir eine Woche frei, ich habe da einen Bach und eine tolle Hütte.«
»Ich weiß«, sagt Jesse sehnsüchtig.
Sein Blick entwischt mir so schnell, dass ich ihn kaum festhalten kann.
»Ja«, sage ich. »Warum fahren wir eigentlich nicht mit?«

Die irischen Flugzeuge sind voller Kleeblätter.
»Unbedeutend«, sagt Paul, als Jesse ihn danach fragt.
»Glückszeichen kannst du hier vergessen, Irland war immer eins der ärmsten Länder, und irgendwann saufen sie sich wieder in Grund und Boden.«
Betreten hebt Jesse die Augenbrauen, die in den letzten Monaten nachgedunkelt sind, fast schwarz, sehr ungewöhnlich. Schon die ersten paar Autobahnmeter aus Dublin heraus erleide ich einen Schwindelanfall. Ohne weitere Zimperlichkeit fährt Paul auf der falschen Straßenseite, bis ich ihn zwinge, auszusteigen, weil ich die Panik der Einheimischen nicht mehr ertrage, ihr Erbleichen unter Sommersprossen.
»Rothaarland«, sagt Jesse munter.
»Müssen wir uns von Yu ins Chinesische übersetzen lassen«, sage ich.
Ich bin eine noch schlechtere Autofahrerin als Paul, zumal ich seit zwei Tagen kaum etwas gegessen habe. In dieser um-

gekehrten Welt ein nicht wieder gutzumachender Fehler, aber für Jesse und meine Sicherheit reicht es aus.

»Guck mal, Mamma«, ruft er, als wir über einen besseren Feldweg kurven, durch einen Tunnel aus Bäumen, deren Äste ineinander verschlungen sind. Sonnenflecken sprenkeln die Konsole, und hinter jeder romantischen Scheune tut sich ein neues Bühnenbild auf: Hunde, die dünnbeinige Kinder über Kopfsteine hetzen, die feuerroten Köpfe der Kniphofia, der blaue Teppich aus Montbretien, nah am Wasser, das irische See heißt. Wie Amerika ein Land voller Anblicke, nur unbedeutend kleiner. An der nächsten Ecke winkt ein marmorner Riese dem Meer, die Füße bedeckt von Rosen.

»Wer ist das?«, fragt Jesse seinen Paul, der auf dem Beifahrersitz angespannt wartet, dass es vorübergeht.

»Finn McCool, einer ihrer unzähligen Nationalhelden. Hält mit St. Patrick die Hand über die Verrückten, damit ihnen die See nicht ihr kleines Paradies unter den Füßen wegsäuft.«

»Aha«, sagt Jesse.

»Wo ist eigentlich Wicklow?«, frage ich, nur damit es nicht zu weiteren Fremdenführeraffekten kommt. Paul dreht den gotischen Ring an seinem Mittelfinger und deutet mit dem Daumen in mehrere Richtungen.

»Gar nicht so weit von da, wo wir hinwollen!«

»Was ist Wicklow?«, fragt Jesse.

»Eine ziemlich winzige Stadt«, sage ich und schalte, als mir ein Kastenwagen entgegenkommt und ich im Rückspiegel verschiedene Hühnersorten erkenne, die darin eingepfercht sind. »Hieß mal Wikingerwiese, dieses County. Alles voller Wälder und Teiche, so viele, dass einem gruselig wird – Dorsche, Flundern, Barsche.« Irritiert sieht Paul mich an. »Außerdem ein Wasserfall«, sage ich ungerührt,

»und irgendwo ein uraltes Gefängnis, hergerichtet wie Disneyland.«
»Oh!«, ruft Jesse. »Da will ich unbedingt mal hin!«
»Aber ohne mich«, sagt Paul, »ihr beiden solltet euch in aller Ruhe austoben!«

Als Jesse im Bett liegt, sitzen wir vor der Hütte.
Nur dass es inzwischen keine Hütte mehr ist, sondern ein gläserner Wohnschrein. Offenbar wurden Eingeborene dazu gezwungen, die Ruine mit Tausenden von spitzwinkligen Scherben zu verkleiden. Im Abendlicht wirft der Hüttendiamant Prismen vor meine Füße und auf Paul Barths Gesicht, das Eigentümer-Gesicht, die Reliquie.
Bataillone von Dorfbewohnern sind noch spätnachmittags durch seine Küche gepilgert, wo ich mich bemühte, Tomatenschnittchen herzustellen, unter Jesses Gesinge, den Gesellschaft neuerdings animiert.
»Das habe ich mir oft gewünscht«, sage ich, während Paul Barth Steine in den Mühlbach wirft. Weiße Strömungssäume, die sich teilen.
»Afra!«, sagt er.
»Nein, wirklich«, sage ich sinnend. »In Gedanken hab ich mich und Jesse so oft in die Fotos gesetzt, dass ich mir fast eingebildet habe, wir wären mal da gewesen.«
»Du hättest eben doch Malerin werden sollen«, sagt er und wiegt einen der Kiesel in der Hand, bevor er ihn gnadenlos ins Wasser feuert. »Nicht immer nur diese opportunistischen Texte und Gebrauchsgrafiken.«
»Ich hätte vieles werden sollen«, sage ich. »Man hat mir auch einiges angeboten. Aber leider habe ich keine besonderen Talente, außer einem gewissen Sinn dafür, wie man aus seinem Leben ein Chaos macht.«
»Afra, Afra«, wiederholt er.

»Was: Afra, Afra?«, sage ich. »Könntest du mal etwas Substanzielles von dir geben?«
»Ich finde es gerade sehr schön mit dir!«, sagt Paul Barth.
Leere ist niemals ganz leer, behaupten die Physiker, sondern in ihr findet sich immer ein Hauch von Materie. Selbst die Abwesenheit feststellbarer Substanzen bedeutet nie das Nichts. Nur gehe ich jede Wette ein, dass diese Fachleute Paul nicht gekannt haben.

In der Nacht fühle ich seine Hand auf meinem Bauch.
»Verdammt«, zische ich halblaut. Die Hand bewegt sich von meinem Bauch zu meinem Mund, damit ich nicht weiterrede, dann schlüpft er zu mir unter die Decke.
»Afra«, flüstert Paul.
Draußen jammert irgendein Tier. »Was willst du?«
»Ich finde dich gerade – sehr attraktiv.« Ein Ton, so tastend wie seine Finger, die ich wegschiebe.
»Was ...?«, sagt er.
»Nichts«, sage ich. »Ganz einfach: Nichts!«
Am Morgen weckt mich Bob Dylan.
And I wait for them to interrupt me drinkin' from my broken cup.
Direkt über dem Dach steht die Sonne. Äquatorsonne.
And ask me to open up the gate for you.
Ich überlege alles noch einmal ganz genau. Aber nicht sehr lange. Manchmal fasse sogar ich Entschlüsse. Wenn Louis Bloemfeld sein Leben für einen Kinofilm hält, tue ich ihm gern einen letzten Gefallen. Mangelnde Hartnäckigkeit soll mir keiner vorwerfen.

Jesse quietscht so laut wie die Fußfessel in der Gefängniszelle.
Das Wicklow Historic Gaol ist derart grandios fingiert, dass

es einen schon auf der Schwelle fröstelt. Gegenseitig ketten wir uns mit eisernen Ringen an, bis als Herolde verkleidete Wärter uns vor die Tür setzen. Danach essen wir unter flatternden Markisen Kuchen. Lemon-Cream mit fettigem Zimtboden. Das heißt, Jesse isst, und ich tue so.
Alles riecht nach Salz, und die ärmellosen Hemden der Kinder wehen im Wind. Wir streicheln gefleckte Straßenhunde und kaufen eine Karte für Esther, auf der ein gefleckter Straßenhund abgebildet ist. Keinen Bissen bekomme ich herunter, weil ich Bilder sehe: Bloemfelds Gesicht, darüber Geräusche, klackernde Leitungen.
»Was ist los?«, fragt Jesse. »Ist etwas?«
Mit der Linda-Betonung, da er auch Antennen besitzt.
»Alles gut«, sage ich. »Und? Gefällt's dir hier?« Er nickt, heftig. Gegen fünf haben wir die Kramläden hinreichend durchforstet und ein Schweizer Messer erstanden, als Ersatz für das Ulu. Als wir ins Auto steigen, schnitzt er schon an einem Stück Kork, das er auf der Straße gefunden hat.
»Wie wär's«, frage ich locker, »wenn wir noch einen kleinen Abstecher machten?«
»Abstecher?« Jesse lässt das Messer sinken, und das weiße Schweizer Kreuz auf rotem Grund schimmert. Ihn entzückt der Ausdruck, Abstecher, allein dafür würde ich ihn lieben, auch wenn er nicht mein Junge wäre.
»Wohin denn?« Ich lege den Finger auf den Mund.
»Ich weiß auch gar nicht, ob es klappt«, sage ich. »Ist eine Überraschung.«

Schafe. Am Ballyguile-Hill wohnen nur Wolllieferanten. Dahinter Pappeln, Stricknadeln, schnurgerade in das getupfte Grün gesteckt. Als wir uns nähern, höre ich sie rauschen. Jesse trägt sein Hemd vom Schulbild, und unter dem Kragen, in der dünnen Mulde der Kehle, schlägt sein Herz.

Ich möchte meinen Finger auf die Stelle legen, aber da ich am Steuer sitze, geht es nicht. Er muss auch nicht merken, wie viel Angst man haben kann. Vielleicht hat er aber mehr Mumm als ich, wie sein Vater.
Diesen Platz nennen sie *Meeting of Waters*. Alle Flüsse tragen hier Namen mit A – wie die beiden, die unten zusammenfließen, Avonbeg und Avonmore, das liest mir Jesse aus dem Reiseführer vor. Das Dorf heißt Avoca, aber das Haus, das ich suche, liegt ein paar Kilometer entfernt.
Wie sich herausstellt, hat es ein, zwei Balkone, Erker, einen Turm, nicht übertrieben, aber auch nicht allzu bescheiden. Im Hof bellen die üblichen gefleckten Hunde, als wir einbiegen. Rote Backsteine, und vor allen Fenstern Blumenkästen, Klatschmohn und Ranunkeln.
Am hinteren Silo steht ein Kaltblüter, wie man sie sonst kaum mehr sieht.
Was ich mit meinen Augen tue, heißt anderswo Rasterfahndung, aber ich will mir alles merken, falls es das letzte Mal ist, und Jesse erinnert sich vielleicht später nicht. Er ist mucksmäuschenstill, aber ich spüre, dass es in ihm arbeitet.
»Komm«, sage ich und greife nach seiner Hand.
Die Wagentür, ein platzendes Geräusch in der Sonne. Mich hat man mit den falschen Filmen gefüttert, der kleine Lord Fauntleroy, hoffentlich ist wenigstens der alte Mann nicht schwächlich. Ich würde es ausbaden müssen, falls er kollabiert. Der vordere Eingang mit den Treppen wirkt nicht besonders einladend, und ich suche einen anderen, den widerstrebenden Jesse im Schlepptau. Er will lieber Pferde füttern, aber ich vertröste ihn.
Hinten finden wir endlich eine niedrige Tür, in Bruchstein eingefasst.
»Komm schon!«, sage ich. Er bleibt aber stehen.
»Kennst du hier wen?«

»Nein«, sage ich, »außerdem heißt es *jemanden*!«
»Was soll ich dann hier? Ich geh nicht mit. Mamma!« Seine Nase zieht sich kraus. »Das ist gar keine Überraschung!«
»Doch«, sage ich, »nur nicht unbedingt für uns, warte ab!«
Er friert, denn der Flur ist kalt und öffnet sich in eine Küche, wo es nach Bohnerwachs und gekochten Gemüsen riecht. Vereinzelte Fliegen surren über viel Kupfer auf Borden und Steingut wie in Solvang. Kein Mensch lässt sich sehen, aber über uns höre ich irgendwo ein Klavier, Rachmaninow, vage Passagen. Die niedrigen Fenster sind uralt, hinter den Sprossen eine Weide, Wiesenschaumkraut und dann die Pferde.
»Pferde!«, sagt Jesse. »Ich glaube, das sind Lipizzaner!«
Jedenfalls sind sie alle äußerst weiß.
Eine Treppe führt nach oben, aber so weit vor wage ich mich doch nicht.
»Pass auf«, sage ich, »versuchen wir es besser nochmal vorne.«
»Nee«, sagt Jesse. »Auf gar keinen Fall, ich bin doch nicht bescheuert.«
»Red nicht so«, sage ich, »und tu nur einmal, was ich dir sage.«
Er lässt die Schultern fallen, dreht sich um, stockt. Seinem Atem höre ich an, dass wir wohl doch nicht so geschickt waren, wie ich dachte. Ich packe ihn am Arm, als ich in der Tür den Mann erblicke. Er ist tatsächlich steinalt, fast so alt wie der Kusspapst, und hat ganz blaue Lippen.

Art Bloemfeld besitzt Hände wie ein Dirigent.
Immer noch ist er sehr groß, aber er geht zu viel an die Sonne, und wenn er nicht auf seine Ohren aufpasst, werden sie ihm demnächst abfallen. Verschmurgelt wie zwei Kohlestücke, darüber weißes Haar.

»Bist du Jesse?«, fragt er, als Jesse die Flucht nach vorn antritt und ihm höflich die Hand entgegenstreckt. Art beobachtet diese Hand wie eine gefährliche Schlange. »Aha – hab ich's mir doch gedacht.« Sein Deutsch ist nicht mal eingerostet, manche Sprachen vergisst man eben nicht. Nach Sekunden verrutscht sein Blick, als er versucht abzuschätzen, was hinter dem Jungen zum Vorschein kommt.
Aber ich halte die Schultern gerade. Als Jesse sich zu mir umdreht, ist der Ausdruck von Konfusion um seine Mundpartie schlecht auszuhalten.
»Wer ist das?«, sagt er, in Taubstummensprache, die nur ich lesen kann.
»Ach so«, sagt Art Bloemfeld, »ach so.«
Nun greift er doch nach Jesses Hand, die längst schlapp neben der Hosennaht hängt. »Eigenartige Situation!« Das gilt mir. »Hat sie's dir nicht gesagt?« Zu Jesse. »Ich bin«, zwei Finger zucken hoch zur Augenbraue, »so was wie dein anderer Opa.«
»Von wem?«, sagt Jesse, der langsam aufwacht.
»Von Louis«, sagt Art in gelangweiltem Ton, der nicht zur linken Hand passt, die heftig an der Tischplatte längs fährt. Möglich, dass mein Mitleid einfach aufgebraucht ist, aber vermutlich liegt es eher daran, dass in mir etwas zusammenfällt. Ich erkenne nämlich Art Bloemfeld nicht.
Dabei dachte ich es mir wie die Schöpfungsgeschichte: Nur ein paar Worte, und die Sache wäre klar. Dass man es plötzlich weiß, dass Menschen, Gegenstände und Wahrnehmungen an ihren Platz fallen.
Aber es ist nicht die Spur mystisch. Bloß ein scheußlicher Irrtum, unsinnig, mir weiter etwas vorzumachen. Ich bin nicht Erika. Ich habe mich nur in sie verrannt. Während dieser gänzlich fremde Art Bloemfeld meinem Sohn den Oberarm tätschelt und mit einem Mal verloren aussieht, höre ich

einen Wagen auf dem Hof, Pferde, die wiehern, und Türenschlagen.

Als er lacht, bückt sie sich, um ihre Sandale zu befestigen, das kann ich durchs Fenster sehen. Ein unschuldiger Blick, schräg über die Schulter, ich nehme wahr, wie hell es draußen ist, wie Jesse erstarrt. Tock, tock, tock – Arts Hand an der Tischkante. Über mir hängt ein Bündel Majoran. Ich mache einen Schritt rückwärts, obwohl es keine Veranlassung dazu gibt.
Hinter den anderen Fenstern bewegen sich wie helle Blitze die Pferde.
Barbara weiß nicht, was das ist, bremsen.
»Großeinkauf!«, ruft sie, als sie die Küche betritt. Ihre Wangen sind erst rosig, werden aber blass, offenbar hat sie sich von ihrem Make-up verabschiedet. In kaum einer Sekunde wird ihr Mund zur Klinge, genau die Sekunde, die sie braucht, um neue Eindrücke zu verarbeiten. Arts Mund öffnet sich, während sie langsam die erste Tüte auf der Eichenplatte ablegt. Aus dem Packpapier rollt eine einzelne Orange, der wir alle nachsehen. Draußen höre ich Schlüssel klimpern, dazu das dumpfe Ploppen galoppierender Pferdehufe auf der Wiese. »Na...!«, sagt Barbara erschüttert.
»Hallo, Barbara«, sagt mein höflicher Jesse und streckt die Hand aus.
Die Orange fällt zu Boden, aber mit einem Griff hat Barbara sie gepackt und wirft sie auf den Tisch. »Hallo, Jesse«, sagt sie ernster, als ich je etwas aus ihrem Mund gehört habe, und Art dreht sich um, zur Tür, ein Halbschatten im Zwielicht. Und dann sehe ich es plötzlich.
Alles in mir wird entsetzlich starr.
Es ist diese Drehung, ein Widerschein des anderen Lichts, eine Farbe wie Fackellilien, überall an den Straßenrändern.

Ich sehe, wie Art sich immer wieder so umdreht. Zu Louis, der von der letzten Treppenstufe aus Jesse anstarrt, danach mich. Aber das ist es nicht. Nur diese winzige, richtige Bewegung der Schulter, an der ich Arthur Bloemfeld schließlich wiedererkenne.

»Ich hatte dir gesagt«, er wirft den Schlüssel auf den Tisch, zu den Tüten, zu der Orange, »dass ich das nicht möchte!« Seine Stirn ist so weit hochgezogen, dass der Rest seines Gesichts nur abstürzen kann. Barbara beginnt auszupacken, als Arthur Jesse eilig an der Schulter nimmt und sagt, dass er ihm die Pferde zeigt.
»Geh ruhig«, sagt Bloemfeld zu Jesse. Schon halb in der Vorratskammer, beginnt Barbara zu flöten, etwas von Macy Grey.
»Ich will das nicht!«, wiederholt er.
»Aber ich konnte nicht mehr...«, versuche ich einen Satz.
»Was?«, sagt Bloemfeld. »Essen, trinken, schlafen?«
»Genau«, sage ich.
»Ich auch nicht«, sagt er, und Barbaras Schulter bleibt halb im Türrahmen hängen. »Wo ich jederzeit damit rechnen muss, dass mir von irgendwo eine Kugel um die Ohren pfeift.« Sie streckt den Kopf aus der Kammer.
»Das nennt man übrigens *Stalking*«, sagt sie, »und es gibt gute Psychologen. Für sie!« Ihr Daumen zeigt auf mich.
»Mein Gott, Barbara«, sagt er, lässt sich am Tisch nieder, zieht Zellophan von einer neuen Zigarettenschachtel, lässt sie aber ungeöffnet liegen. Seine Hand klopft denselben Takt wie die seines Vaters vorhin, dann dreht er sich zum Fenster und sieht hinaus.
»Was tut sie hier?«, sage ich und drehe den Kopf zu Barbara.
»Frag sie«, sagt er ins Fenster.
»Das ist ein Witz«, Barbara nimmt ihr Haar zum Zopf zu-

sammen, »ein ziemlich mieser Witz, Louis, an deiner Stelle würde ich jetzt langsam Maßnahmen...« Aber immer noch wirkt sie eher ruhig, bis er sich zu ihr umdreht und sagt: »Hör jetzt auf!«
Die violetten Schatten unter seinen Augen sind fast schwarz.
»Na gut«, sage ich. »Hast du dich diesmal übernommen, Louis? Wurde ja auch Zeit.« Aber mir ist nicht zum Lachen, so wie er sie und mich ansieht.

Wir essen gesittet, während Jesse seinem Großvater von Clausilien erzählt. Art besitzt sogar ein paar Ammonshörner, die er aus dem Acker gegraben hat, und auf der Anrichte brennt eine Menora. Immer wieder mustere ich Bloemfelds Vater, als wäre auch er eine Clausilie. Sobald er meinen Blick auffängt, schaut er auf sein Besteck, sagt aber irgendwann, dass ich ein nettes Grübchen habe.
»Seine Großmutter«, er zeigt auf Jesse, »hat auch so ein Grübchen gehabt.« Danach sieht er Louis an, der ein halbes Angus-Rind in millimeterdünne Streifen zerlegt. »An derselben Stelle, übrigens. Sehr nett.«
»Erika?«, sage ich.
»Erika, genau«, sagt er.
»Selbst Männer«, sagt Barbara beflissen, »lassen sich ja inzwischen Grübchen operieren. Ins Kinn...«, Louis runzelt die Stirn, »oder sonst wohin«, setzt sie beinah zaghaft hinzu und legt ihr Besteck ab.
Präzise zwei Tage ist sie schneller als ich gewesen, nicht dass es von Belang wäre, sie hat eben den Apparat.
Arthur massiert sich die Ohren, obwohl er sehr gut hört.
Er sieht nicht mehr alt aus, gar nicht eigentlich, er würde sogar Helen gefallen. Man müsste das arrangieren können.
Linda wäre beglückt.

»Wann fahren Sie denn morgen?«, fragt er mich. »Sie frühstücken doch noch hier? Eier gekocht oder geschlagen?« Barbaras Lachen schrillt wie eine Alarmglocke, und er taxiert sie mit einem einzigen Blick, bis sie aufhört. Auch Louis legt Messer und Gabel vorsichtig nebeneinander, als könne er den Teller verletzen.
»Keinen Appetit mehr?«, fragt Arthur.
»Nein«, sagt Louis. »Keinen Appetit.« Als Barbara ihm vorschlägt, einen Spaziergang zu machen, steht er sofort auf.
»Schlaf schön, Jesse«, sagt er und wartet, bis Jesse ihn küsst.

Das Bedrohliche an der Dunkelheit ist ihre Aura.
Weil die Unschärfe einen auffordert, Stellung zu beziehen. Das kann man tun, oder einfach schlafen. Aber ich liege wach, höre in die Farbe hinein, die undurchdringlicher ist als ihr Name, Schwarz.
Eine Andeutung von Lachen weiter hinten im Flur.
Ich habe Paul angerufen und ihm gesagt, was los ist, wenigstens soll er heute nicht auf uns warten müssen. Wobei ihm das wohl genauso fremd wäre, wie meine Art zu denken. Aber mich beruhigt das Telefonat, und darum geht es Rabbi Gafni, der mich auf die Gedichte einer Frau namens Laura Riding gebracht hat. Bis wir nicht die Geschichte von uns selbst erzählt haben, sagt sie, kann uns nichts genügen. *Bis dahin werden wir uns nach ihr sehnen.*
Kommt aber immer darauf an, wer sie erzählt, und wer sie hört, wenn ich, Jesse oder sein Vater einmal tot sind. Tot wie Erika. Dass es passiert, ist nicht zu verhindern, auch wenn ich meinen 43. Geburtstag unbeschadet überstanden habe. Aber mir wäre es lieb, wenn die Geschichten nicht mit Leuten wie uns untergingen.
Vielleicht wird aus Jesse irgendwann sogar ein guter Erzäh-

ler, mittlerweile fange ich tatsächlich an, daran zu glauben. Er hat jetzt alle Voraussetzungen, wer hätte das gedacht? Für eine gute Geschichte würde er ihren gesamten Schluss verkaufen, und dies ist eine der besten. Auch wenn sie ein schlechtes Ende hat, wüsste ich einen guten Titel. *Meeting of Waters*, wie die Gegend hier.

Drüben knallt eine Tür. Aber Bloemfeld muss gar nicht bei mir sein. Allein als Vorstellung ist er fabelhaft. Manchmal treffe ich ihn ohnehin. Unter Wasser, wo ich Geräusche höre, die sonst einfach zu leise sind. Da sitzt er und lauscht. Mein angenehmer Zuhörer, ohne den der Erzähler kein Erzähler wäre.

Es ist zwanzig nach drei, als ich mich im Bett umdrehe.

»Wach?«, sagt er, und der Rahmen knarrt, weil er sich auf die Kante setzt.

Ich rücke ans Kopfende und mache Licht. Er ist immer noch im Pullover. »Wer hätte das gedacht?«, sagt er. Sein Kopfschütteln lässt das Bett wieder knarren. »*Ich* jedenfalls nicht.«

»Was macht Barbara?«, frage ich misstrauisch.

»Schläft«, sagt er und reibt sich das Kinn.

»Warum nimmst du dir nicht eine Irin?« Er zieht die Schuhe aus, rutscht ans Fußende, gut, er ist der Hausherr. »Nein«, verbessere ich mich, »warum nimmst du dir nicht zwei?«

»Du bist irgendwie aufmüpfig«, sagt er, »ein sehr schönes Wort übrigens, hat mir immer gefallen.« Ein Schnalzen, wie damals, in Santa Monica, als wir Linda die Idee verkauften, Jesse mit nach Hause zu nehmen.

»Was findest du eigentlich an diesem S. Bahn?«, fragt er.

»Allein der Name! Und malen kann er auch nicht.«

»Warum verkaufst du ihn und Paul dann ausgerechnet nach New York?«

»Weil alles irgendwo hinmuss«, sagt er, »Angebot, Nachfrage. So ist das nun mal, machen wir uns nichts vor. Außerdem habe ich mir schon gedacht, worauf es hinausläuft.«
»Was?«
»Das hier!« Er macht eine gereizte Geste ins Zimmer. Zu mir. »Letzten Endes ist es doch seit einiger Zeit jedem klar. Dir auch, Afra.«

Alles Gefühl kommt vom Wasser.
Schon Yus Vorfahren wussten, dass Angst und Liebe eigentlich flüssig sind. Aber mich hätte interessiert, auf welche Weise genau das Flüssige fest wurde und wer es dazu gebracht hat. Ein paar Zentimeter rückt Bloemfeld zur Wand. Gerade weit genug, dass er mich richtig ansehen kann.
»Was ist das mit dir?«, fragt er. »Warum bist du so? Ob es mit Verbrecherehre zu tun hat? Ob du immer wieder zurückziehst, weil du wissen musst, ab wann jemand für dich stirbt? Ob du darunter erst gar nicht anfängst? Oder ob es etwas ganz anderes ist? Viel belangloser?«
»Keine Ahnung«, sage ich.
»In Ordnung«, sagt er. »Erfinden wir keinen neuen Mythos!«
Alles kommt vom Wasser. Wer weiß, warum.
Ein Gott als Lösung ist mir einfach zu groß.

»Hast du eigentlich sonst noch Interessen, Louis?«
»Außer Frauen?« An meiner Hüfte bewegt er die Zehen. »Endlich. Darauf hatte ich gewartet. Ja! Ich gehe gern zu den Pferden, ich lese ein bisschen. Dann sammle ich buddhistische Schriften, habe einen Haufen Seminare gemacht, Psychozeug.«
»Das wusste ich«, sage ich. Sein Seitenblick wird müde.

»Kunstsachen, etwas Astronomie und Menschen natürlich, meist als Versuchsobjekte. Es ist wie höhere Mathematik, erst undurchschaubar, aber mit der Zeit begreift man sogar Euklid. Man muss es nur anwenden.«
»Soll ich morgen wieder fahren?«
»Nein«, sagt er. Pause. »Ja. Ich weiß wirklich nicht, wie es gehen soll. Ich bin ich, und du machst es nicht leichter. So zumindest geht es nicht.«
»Ich will nicht«, sage ich, »dass Jesse auf der Strecke bleibt. Bei solchen Geschichten – man streitet sich später doch nur darum, was Leidenschaft ist und wie lange sie dauert. Streitet man nicht, wird es noch unerträglicher. Dazwischen hängt er dann und wird immer kleiner.«
»Ja«, sagt er, »wahrscheinlich. Leidenschaft? Gib mir etwas Decke!«
Er zieht das Laken, das nach Mottenkugeln riecht, über sich zurecht.
»Übrigens«, sage ich, »Antilopen und so weiter... nein!«
»Hab's mir gedacht«, sagt er und winkt ab. »Mein Problem ist, ich glaube nicht an Kontinuitäten. Wenn es sich irgendwann ändert, und es ändert sich immer... Ich weiß nicht, was ich tue, falls ich keine Lust mehr habe. Man setzt ja zu viel voraus.«
»Dein Problem«, sage ich. Ich fasse es nicht. Wir schachern schon wieder.

»Wie Skifahren«, sagt er, »erst die Schussfahrten und zum Schluss läuft es aus. Aber das kann ich nicht. Wenn ich es hochrechne.«
»Gerede«, sage ich. »Und jetzt?«
»Jetzt gehe ich ins Bett. Ich gehe zu Barbara. Sag mir nur noch, wie du an die Geschichte gekommen bist, Art und Erika. Ich spar mir auch jeden Kommentar, keine Angst.«

Für einen Moment schließe ich die Augen. Ich gehe zu Barbara.

Genauso gut kann ich gleich die Wahrheit sagen. Also fange ich an. Mit dem Mädchen, das seinen Namen gehasst hat. Dann kommen die anderen. Stella, Erika. Anna Brakers Symbole vergesse ich nicht, den Verlauf des Traums jedoch erzähle ich zuletzt, weil es mir schwer fällt. So gewaltig ist seine Wucht. Wenn Bloemfeld mich dabei ansieht. Ich rede, und er verzieht keine Miene. Als ich aber an die Stelle komme, als Erika über das Baby fällt, steht er plötzlich auf.

»Das denkst du dir aus«, sagt er, »woher weißt du das?«

In die Mitteltür des schwedischen Sekretärs ist eine Blume eingelassen. Bloemfeld bleibt nicht davor stehen, sondern geht weiter, im Kreis, und statt mich anzuschauen, blickt er zu Boden. Aber ich habe bereits sein Gesicht gesehen. Es ist entsetzt.

»Natürlich denke ich mir das aus«, sage ich, »ich habe nämlich auch Hobbys. Ich schreibe Romane.« Nur ein paar Meter weiter legt er die Arme in den Nacken, mit dem Rücken zu mir, dehnt sich, lässt die Arme fallen.

»Es kann alles Mögliche sein«, sagt er zu sich selbst, »für so was gibt es keine Beweise.« Als ich aus dem Bett steige, dreht er sich nicht um.

»Frag Art«, sage ich mit einer hohen, singenden Stimme, »frag ihn bitte morgen, ob sie dir damals ein Schlafmittel gegeben hat. Das ist so fantastisch. Das denkt man sich nicht aus.«

Er kommt zu mir, streichelt meine Wange. Er sagt nichts.

»Ja, sicher«, sagt er schließlich und berührt meinen Hinterkopf.

»Doch, Afra«, sagt er dann. »Ich muss gar nicht fragen. Das hat sie.«

»Ich denke«, sage ich, »ich fahre wirklich zurück. Ich glaube nämlich, mir fehlen die Nerven für so was.« Einmal mehr wird es hell, irische Helligkeit, klarer als die in Kalifornien. Bloemfeld blickt auf die Uhr.
»Leg dich hin«, sagt er, »schlaf schnell noch ein bisschen.« Er hat sich in einen der beiden französischen Sessel gesetzt. »Ich versteh das nicht«, sagt er nach ein paar Minuten.
»Komm«, sage ich, »hören wir auf damit.«
Aber er nimmt eine Untertasse und schüttelt Zigaretten aus der Packung, sitzt schweigend da, raucht, während ich vor dem Bett sitze.
»Was hast du ihr gesagt?«
»Nichts. Was soll ich sagen? Barbara schläft, ganz einfach.« Wieder der Bloemfeld-Ton. Draußen krähen Hähne, dann wiehert irgendwo ein Pferd. »Seltsame Kulisse«, sage ich und erinnere mich an Silvester.
Daran, wie viele Arten zu weinen es damals gab.

»Er war gar nicht weit weg«, sagt er plötzlich.
»Er hat es sogar gesehen. Das hat ihm den Hals gebrochen. Vorher war es wohl eher wie ein Spiel, Go. Oder Schach. Etwas, was einen zum Denken bringt jedenfalls. Danach setzt es sich dann einfach fort.«
»Hat er nicht versucht, irgendetwas zu tun?«, sage ich neben seinem Sessel.
»Was kann man dagegen tun? Er hat gedacht, alles, was er tut, macht es nur schlimmer. Das Allerschlimmste, sagt er, war nicht das, was er gesehen hat. Nicht, wie sie geschossen haben. Es war das Gefühl. Der Verrat. Nicht seiner, ihrer, der Verrat der Deutschen, mit denen er die Absprachen hatte. Es war so absehbar. Aber er hat nicht damit gerechnet.«
Die Lehne hat geschnitzte Ornamente, die sich in meine Handflächen graben.

»Es gab die Vereinbarung«, sagt er kaum verständlich, »er wollte ihnen signalisieren, wenn die Frauen schlafen. Damit niemand fortlaufen kann. Er hat gar nicht nachgedacht, wie es dann wirklich aussieht. Das Blut. Die Toten. Er sollte Erika holen dürfen. Und dann ging es plötzlich ohne ihn los.« Asche fällt zu Boden. »Danach hat er ihr den Ring abgezogen.«
Er schaut seine Finger an und drückt die Zigarette aus.

»Sie hat das Kind nicht gewollt«, sagt er.
»Sag nicht das Kind«, sage ich, »sag das nicht.«
»Aber es stimmt, das Kind war ihr egal. Unser Bittgebet heißt *Shema*. Sogar beim Beten hält man inne, gleich, was man tut, wenn ein Mensch vorübergeht. Selbst das hat sie nicht begriffen.«
»Doch«, sage ich, »doch.«
»Art wollte das Kind. Aber eben nicht genug, dass er durchgedreht wäre, als er merkte, was sie tun. Er hat sich nicht bewegt, nur zugesehen.«
»Er hat dich gefunden«, sage ich. »Das ist es, was wirklich passiert ist, und er hat dich später ertragen. Du musst ihn doch jedes Mal an sie erinnert haben. Er hat es *getragen*, Louis. Das muss sehr schwer gewesen sein.«
Er wendet den Kopf und sieht mich an.
»Was denkt sie«, sagt er, »in deinem Traum? Wie ist das Gefühl? Wie genau, Afra? Kurz bevor es vorbei ist? Sag mir das!«
Als ich es ihm sage, sieht er durch mich hindurch.
Ich weiß, wo er ist. Weil auch ich durch ihn hindurchsehen kann.

Um kurz nach sechs geht er zu Jesse.
Er kommt wieder und schließt die Tür ab.

»Art ist auf«, sagt er ohne Betonung.
»Sobald Jesse wach ist, füttern sie die Pferde.«
»Und Barbara?«
»Vergiss Barbara.« Als er das Fenster öffnet, riecht es entfernt nach Rauch.
»Sie brennen ein Feld ab«, sagt er, »als Junge habe ich den Geruch geliebt. Etwas wird zerstört. Daraus wächst etwas Neues. Ein billiger Gedanke, aber anders billig, wenn man ihn spürt.«
»Louis ...«, sage ich.
»Ich nehme an, darüber bin ich nicht hinweggekommen. Dass ich schon als Junge gedacht habe, sie hat mich nicht ... Albern«, sagt er, »ziemlich albern sogar. Aber die Bilder vergisst man nie. Man spürt sie, irgendwo anders.« Er wirft die Zigarette nach draußen, schließt das Fenster. »Komm«, sagt er, »steh auf, Afra. Nicht auf dem Boden sitzen. Es ist noch kalt.« Dann legt er sich aufs Bett und klopft auf die Matratze. »Ich habe es die ganze Zeit über gewusst«, sagt er. »Komm, sei nicht so schüchtern. Was soll denn jetzt noch passieren?« Als ich neben ihm liege, schiebt er mir eine Hand in den Nacken. »Dahinter wird es wirklich leer«, sagt er.
»Louis«, sage ich, »ich fahre. Jesse muss zur Schule. Und Linda kommt.«
Er bewegt seine Hand unter meinem Kopf. Stille.
Er schafft es nicht.
Vielleicht will er es, aber er wird nicht springen.

»Ach Afra.«
Stille. Ich weine. So lautlos, dass er es nicht sehen kann.
»Ach Afra. Ich kann nicht denken, nicht essen, nicht schlafen.«
Endlich atme ich aus, bis seine Hand unter meinem Kopf sich senkt.

»Ich habe sogar davon geträumt. Ein ganz normaler Traum, nicht so wie du träumst, viel langsamer. Ich bin einfach eine Weile bei dir gewesen.«
»Ich weiß«, sage ich.
Er dreht sein Gesicht halb zu mir, die Wange auf meiner Hand.
»Ich habe solchen Hunger. Ich habe Durst, ich denke tagelang, stundenlang... Und selbst das ist nicht echt«, sagt er. »Nur ein Filmzitat. Aber es hat mich einmal sehr gerührt. Nichts Eigenes. Ich kann es nicht allein.«
Sein Gesicht in meinen Händen.
»Ich weiß das doch«, sage ich. »Ich weiß.«
»Nicht heulen«, sagt er, »das ist schlecht für die Haut. Sagt Barbara.«
Er hält mich fest, seine Wangen sind nass.
»Schnall sie auf einen deiner Lipizzaner«, sage ich, »und lass sie um den Hof schleifen.«

»Ich wollte immer sehen, wann es endlich kippt«, sagt er, »wie es ist. In den letzten Wochen – ich habe es mir ein paar Hundert Mal vorgestellt. Oder noch häufiger.«
Er zuckt die Schultern. Ich streichele seine Stirn.
»Anders«, sagt er, »anders, anders, anders.«
Stille. Er atmet in meinem Mund. »Immer noch«, sagt er. »Tiefer...«
Ich halte seine Handgelenke. Niemand rührt sich. Irgendwo ein Gong.
Erika sieht ihn an. Keine Ahnung, ob sie stolz sein würde. Ich kenne sie ja nicht.
Ich kenne höchstens ihre Geschichte, so weit sie mit mir zu tun hat.

In ihm habe ich die ganze Geschichte geküsst.
Er sagte noch ein paar Sachen, die er sich nicht verbeißen konnte, aber Hillmans Geister haben sich zuverlässig in uns bewegt.
Wir haben ein Zeichen gesetzt, diesmal allerdings nachdrücklicher.
Auch meine Lippe hat wieder geblutet, vermutlich, weil der alte Biss noch nicht verheilt war. Vermutlich oder wahrscheinlich. Etwas von mir und etwas von ihm. Dazwischen hat er gelacht. Es klang wie unter Wasser.

Um zwölf ruft schließlich Jesse.
Vom Fenster aus sehe ich Barbara mit Art auf dem Rasen stehen, wie sie auf ihn einredet. Art macht Gesten, als hacke er Holz.
»Ich gehe«, sagt Louis, »bleib du noch liegen. Nachher komme ich wieder, ich bin stressresistent.« Er streicht über eins meiner sympathischen Knie. In der Tür zieht er seinen Ring ab. Ich kenne die Aufschrift. Ich kenne viel zu viele Aufschriften. Das Sonnensigill. Gott ist im Menschen.
Es ist sehr hell, irische Helligkeit. Vor dem Haus wartet mein Junge.
Ich möchte nicht sagen, dass ich es einfach finde. Aber es war auch nicht einfach gedacht. Als er die Hand hebt, denke ich, Louis will mir von der Tür aus winken, aber er wirft mir etwas zu. Golden.
»Deiner«, sagt er, er lächelt.

»Das Universum«, sagt Jesse irgendwann später, »ist Gottes schwarze Gardine. Wenn er gewollt hätte, dass wir es erforschen, hätte er es ganz leicht gemacht.« Linda schüttelt den Kopf, erbarmungslos rational, wie sie ist.
Eine eher heftige Regung für eine Chemikertochter, die ihr

Dasein gewohnheitsmäßig mit einer riesigen, lösbaren Formel verwechselt.
Darum glänzt sie auch immer noch vor Optimismus.
Selbst als sie erfahren hat, was mit Louis Bloemfeld und mir passiert ist.
Angenehmerweise scheint es wirklich so, dass das Große überlebt.
Ein kleines Kompliment übrigens, das er mir unlängst machte, und außerdem ein Trost für jeden, der das Gegenteil behauptet. Manchmal ist das Große eben das Kleine, bloß eine Sache der Relativität, wobei der Haken natürlich darin besteht, dass ein Vergleich nicht ohne Vergleichbares zu haben ist. Darauf reduziert sich selbst ein Genie wie Einstein.

Rinnsal, Bach, Lauf, Fluss, Strom, Meer.
»Alles ist eben ein großes Geheimnis«, sagt Jesse stirnrunzelnd.
Immer noch kommt er mir unausstehlich frühreif vor, ein Kind, das in ein Gewächshaus gelegt wurde, durch nichts zu erschüttern und kompromisslos in seinem Verhältnis zur Wirklichkeit. Das Malen hat er zwar endgültig aufgegeben, aber neuerdings interessiert er sich für Gehirne.
Nur wer die Geschichte kennt, versteht, wie mich das erleichtert.
Den Mandelkern nennt er inzwischen *Amygdala*.
Bezeichnungen sind schließlich dazu da, sie zu benutzen, selbst wenn keiner, außer ihm, sie begreift.
»Mit dem Pech ist es wie mit Autobussen«, hat er uns neulich mitgeteilt, »man steht einfach da und wartet, bis es vorbeikommt.«
Louis setzte ihn schnell auf einen der viel zu weißen Lipizzaner, weil er nach wie vor zu scheußlichen Übertreibungen neigt. Seit einiger Zeit habe ich jedoch aufgehört, mir Sor-

gen zu machen. Denn erstens kann Jesse Gedanken lesen, und zweitens ist er wie sein Vater und ich.
Randvoll mit Bildern, mit Liebeserklärungen.
An den *Gardinenmacher*, zum Beispiel, den großen Chow-Chow-Gott, dem wir seiner Ansicht nach mehr zu verdanken haben als Schnecken und andere wirbellose Tiere. Ganz selten erfindet er noch Worte, und Jesses wirkliche Geschichte fängt deshalb auch mit dem Kauderwelsch an, das er jetzt manchmal wieder spricht.
Diesmal allerdings umgekehrt.
Meer, Strom, Fluss, Lauf, Bach, Rinnsal.
Ereignisse sind so eigensinnig.
Manche Geschichten lassen sich eben nur rückwärts erzählen.

Susanna Clarke

JONATHAN STRANGE & MR. NORRELL

Roman

Vor vielen Jahrhunderten, als es in England noch Magie gab, war der größte aller Zauberer der »Rabenkönig«. Jetzt, am Anfang des 19. Jahrhunderts, ist er nur noch eine Legende, und England glaubt nicht mehr an wirkliche Zauberei.
Bis der zurückgezogen lebende Mr. Norrell aus Hurtfew Abbey auftaucht und die Statuen der Kathedrale von York sprechen und tanzen lässt. Die Nachricht über die Rückkehr der Magie in England verbreitet sich, und Mr. Norrell geht nach London, um der Regierung im Krieg gegen Napoleon zu helfen. Dort trifft er einen brillanten jungen Zauberer, den er als Schüler aufnimmt: Jonathan Strange. Die beiden begründen eine neue Tradition englischer Magie…

»Ich bin fasziniert von der Mischung aus historischem Realismus und äußerst fantastischen Ereignissen. Fast glaubte ich nach der Lektüre selber, dass es tatsächlich eine Tradition von Zauberei in England gegeben haben muss, von der ich bisher nichts wusste. Ein erstaunlicher Roman. Ich kenne nichts, was dem auch nur annähernd nahe kommt.«
Charles Palliser, Autor von Quincunx

BLOOMSBURY BERLIN

Mirjam Pressler

ROSENGIFT

Roman

»Ich nahm sie mit nach Hause, was hätte ich auch tun sollen, denn wenn man jemandem das Leben rettet, ist man für alle Zeit für ihn verantwortlich, heißt es, obwohl einen das ja eher abschrecken könnte, ich jedenfalls würde mir lieber die Hand abhacken, als sie einem Ertrinkenden hinzuhalten.«

Rosengift – die verführerisch spannende Geschichte einer Erfolgsautorin, die ihr Leben, so wie ihre Kriminalstorys, fest im Griff hat und doch ins Straucheln gerät. Temporeich und gänzlich unsentimental erzählt, mit einem Höchstmaß an Einfühlungsvermögen und psychologischem Scharfsinn.

BLOOMSBURY BERLIN

Alice McDermott

THERESAS SOMMER

Roman

Theresa ist fast fünfzehn in dem Sommer, als sie zum beliebtesten Babysitter in dem kleinen Städtchen auf Long Island wird. Sie ist herzlich zu den Eltern, beliebt bei Kindern und Haustieren und hat eine besondere Begabung, sich der kleinen und großen seelischen Kümmernisse ihrer Schützlinge anzunehmen. Sie ist »wie von einem Zauber umgeben«, aber sie braucht diesen Zauber auch, um den vielen Erschütterungen in den Familien der ihr Anvertrauten zu begegnen.

»Ein wunderbarer Roman.«
Sunday Times

»Reich verarbeitet und detailliert verwoben... ein phantasievoller Roman, absolut überzeugend.«
Margaret Atwood

»Ein Buch voller Ideen, weise und zärtlich. Ich war absolut begeistert und warte auf mehr von ihr.«
Esther Freud

BLOOMSBURY BERLIN

William Newton

EINE TRAM FÜR ZWEI PFUND

Roman

Wilfred und Duncan wachsen in den dreißiger Jahren in einem großen Haus in Sussex auf, wo sie ihre Eltern jeweils nur mittwochs sehen und im übrigen ihre Tage damit verbringen, Schmetterlinge zu fangen und von Abenteuern zu träumen. Als ihre Mutter die Familie verlässt und der Vater sich mit anderen Damen beschäftigt, beschließen die Beiden: genug ist genug und laufen von zu Hause weg. Sie fahren nach London und kaufen sich eine ausrangierte Tram – für zwei Pfund. Es ist eine Pferde-Tram, mit der sie fortan unterwegs sind und Abenteuer erleben. Sie träumen aber von einer Tram auf Schienen, und die bekommen sie auch. Dann aber bricht der Zweite Weltkrieg aus…

Eine bezaubernde, außergewöhnliche, amüsante Abenteuergeschichte, ein ideales Geschenkbuch!

BLOOMSBURY BERLIN